Volker Klüpfel / Michael Kobr

Rauhnacht

Ein Klufti-Roman

Piper München Zürich

Mehr über unsere Autoren und Bücher:
www.piper.de

Von Volker Klüpfel und Michael Kobr liegen bei Piper vor:
Milchgeld
Erntedank
Seegrund
Laienspiel
Rauhnacht
Schutzpatron
Zwei Einzelzimmer, bitte!

Für meine drei Mädels.
Michi

Für meinen Sonnenschein.
Volker

MIX
Papier aus verantwortungsvollen Quellen
FSC® C014496
www.fsc.org

Taschenbuchsonderausgabe
Juni 2013

Umschlaggestaltung und -motiv: bürosüd°, München
Satz: Satz für Satz. Barbara Reischmann, Leutkirch im Allgäu
Papier: DANUBE extra white FSC, Salzer/St. Pölten, Austria
Druck und Bindung: GGP Media GmbH, Pößneck
Printed in Germany ISBN 978-3-492-30304-0

Inhalt

Die Höllenfahrt, erster Teil 7
Das Spiel beginnt 14
Die Verwandlung 21
Ein seltsamer Scherz 34
Stille vor dem Sturm 43
Elf bei Tisch 52
Eine rätselhafte Entdeckung 75
Der unheimliche Weg 85
Das weiße Grab 100
Ein schlimmer Verdacht 108
Ein ungebetener Besuch 116
Galgenstricke 120
Auf doppelter Spur 123
Das Memmel-Prinzip 128
Das mysteriöse Glas 143
Rendezvous mit einer Leiche 148
Fragen über Fragen 150
Ein Fund im Schnee 173
Das Geheimnis der verschlossenen Türen 210
Der Tod kommt zweimal 230
Die Spur verliert sich 236
Der Vorhang fällt 255
Der große Knall 271
Die weiße Spinne 292
Das Spiel ist aus 328
Ein unerwarteter Gast 348
Die Höllenfahrt, zweiter Teil 354

Die Höllenfahrt, erster Teil

In sich zusammengesunken sog Kluftinger die feuchtwarme Luft in seine Lungen. Seine Nasenflügel bebten. Aus müden Augen betrachtete er die vorüberziehende Allgäuer Landschaft, die ihm so unwirklich vorkam wie die Dekoration einer Spielzeugeisenbahn. Um den Brechreiz niederzukämpfen, der ihm den kalten Schweiß auf die Stirn trieb, lehnte er seinen Kopf an die beschlagene Fensterscheibe. Die Kälte tat ihm gut.

Noch vor wenigen Wochen hatte alles so schön ausgesehen in seinem Leben. Ein goldener Oktober war einem herrlichen Altweibersommer gefolgt, und als sich der Herbst schließlich von seiner nasskalten Seite gezeigt hatte, hatte es der Kommissar genossen. Er war erleichtert, dass dieser Sommer so glücklich zu Ende gegangen war. Ein Sommer, den er sein Leben lang nicht vergessen würde …

Auch das Weihnachtsfest vor einer Woche mit seinen Eltern, seinem Sohn Markus und dessen Freundin war ungewohnt harmonisch abgelaufen.

»Uaaah!« Ein Schlagloch drückte Kluftingers Magen für einen kurzen Moment gefährlich nach oben.

»Alles klar da hinten auf den billigen Plätzen?«

Kluftinger sah in den Innenspiegel und nickte dem Fahrer zu. Alles, was er sah, waren zwei leuchtende Augen hinter einer riesigen Brille. Der Blick, der seinem begegnete, wirkte wie ein Versprechen. Ein Versprechen, dass die kommenden Tage die Hölle werden würden. Wie hatte er nur einwilligen können? Wie hatte er die Einladung der Hotelmanagerin nur annehmen können? Doch er wusste genau, weshalb er weich geworden war: Die Aussicht, ein Wochenende in einem Berghotel hoch oben in den Allgäuer Alpen zu verbringen, umgeben von blauem Himmel und weißen Gipfeln, hatte ihn korrumpiert. Außerdem hatte ihn die Frau ja praktisch angefleht: Er müsse kommen, er habe ihr doch das Leben gerettet letzten Sommer. Ja, das hatte er. Nicht nur ihr … Kluftinger rieb sich die Schläfen: Seine Gedanken kehrten immer wieder zu diesem dunkelsten Kapitel seiner beruflichen Laufbahn zurück. Zum Laienspiel, zur Terrorbedrohung … Er schüttelte den Kopf, als könne er so auch die düsteren Gedanken loswerden.

Aber wohin hatte ihn das alles geführt? Er saß im überheizten Jeep des Altusrieder Gemeindedoktors, sein Gepäck auf dem Schoß, und rang mit seiner Übelkeit. Hätte er nur nicht eingelenkt, als ihn Erika bekniet hatte! Und dann hatte Dr. Martin Langhammer natürlich auch noch darauf bestanden zu fahren – nun bretterte er mit seinem winzigen »Winterauto« wie ein Irrer um die engen Kurven und weigerte sich strikt, ein Fenster aufzumachen.

»Aufpassen!«, schrie der Kommissar plötzlich mit schriller Stimme, als er einen Begrenzungspfahl rasend schnell auf sich zukommen sah.

Langhammer quittierte den Hinweis mit einem abrupten Schlenker, der Kluftingers Magen erst recht Achterbahn fahren ließ. »Kein Problem«, beruhigte der Doktor, »darum haben wir ja diesen Offroader. Wissen Sie, ich muss ja oft mal zu abgelegenen Höfen, wenn ich Hausbesuche mache. Und da kann ein bisschen mehr Bodenfreiheit nicht schaden.«

Kluftinger wischte mit der Hand über die Seitenscheibe. Vor einer Viertelstunde hatte es heftig angefangen zu schneien, und die Straße war bereits von einer mehr als fingerdicken weißen Matschschicht bedeckt.

»Ja, bei so einem Wetter ist ein Geländewagen wirklich viel sicherer. Gell, ihr habt auch einen Haufen Dienstautos mit Allradantrieb, oder?«, sagte Erika in dem Bemühen, ein Gespräch unter den Männern über dieses vermeintlich maskuline Thema anzukurbeln.

»Mhm«, grunzte ihr Ehemann und machte damit unmissverständlich klar, was er von diesem Vorstoß hielt.

»Also, Allrad hat er jetzt nicht, der Jeep, oder, Martin?«, warf Annegret Langhammer vom Beifahrersitz aus ein.

Kluftinger horchte auf. Er setzte sich aufrecht hin, soweit das die

Gepäckstücke auf seinem Schoß zuließen, und lehnte sich nach vorn. »Ähm, Sie haben einen Jeep ohne Allrad? Was genau ist denn dann der Vorteil gegenüber einem richtigen Auto? Dass er praktisch keinen Kofferraum hat und man sein Gepäck ganz nah bei sich am Körper tragen darf? Oder dass man beim Fahren die Straße viel unmittelbarer spürt? Quasi rustikal-alpin?« Er sah Beifall heischend zu Erika hinüber, die an den Auseinandersetzungen der beiden Männer aber keinerlei Interesse zeigte und gelangweilt aus dem Fenster blickte.

»Ach, das kennen Sie noch nicht?«, nahm Langhammer die Herausforderung an. »Das ist der neue Trend bei den Japanern. Da geht es um Gewichtsreduzierung und um eine bessere Ökobilanz. Das sind sogenannte Softroader …«

Kluftinger stieß hörbar die Luft aus und grinste. *Softroader.* Eine Viertelstunde genoss er einfach schweigend dieses Wort. Die schlechte Luft, das Gepäck, die Enge auf der unbequemen Sitzbank, ja nicht einmal die Meditationsmusik – eine Mischung aus Vogelgezwitscher und Fußgängerzonen-Flötengruppe – konnten ihm im Moment etwas anhaben.

Plötzlich drehte der Doktor aber die Musik ab, sah in den Rückspiegel und verkündete: »So, meine Lieben, genug gedöst, jetzt machen wir ein bisschen Gehirnjogging, wie? Wir müssen ja fit sein für den kniffligen Fall am Krimiwochenende. Vor allem Sie, mein Lieber. Sie haben ja geradezu einen Ruf zu verlieren!«

Priml, dachte Kluftinger. Es reichte nicht, dass er den Jahreswechsel hier in diesem abgelegenen Winkel oberhalb von Oberstdorf mit dem allwissenden Doktor verbringen musste. Nein, ausgerechnet zu einem Kriminalspiel waren sie geladen, bei dem die Hotelgäste selbst einen Fall aufzuklären hatten. Und bestimmt würden alle erwarten, dass er dieses Rätsel lösen konnte – auf Anhieb, versteht sich. Genau diese Befürchtung hatte der Doktor eben bestätigt.

»Sie sind dran, mein lieber Kluftinger!«, riss Langhammer den Kommissar aus seinen Gedanken. »In meinen Koffer packe ich ein Stethoskop …«, wiederholte der Doktor mit erwartungsvollem Blick. »Na?«

Kluftinger verstand nicht. »Ja, sicher, ein Stethoskop. In Ihrem Koffer. Sie sind ja auch Arzt.«

»Nein, nein, das Spiel: *Ich packe meinen Koffer.* Ich sage, was ich einpacke, Sie müssen es wiederholen und auch was dazutun … also?«

Kluftinger schüttelte nur den Kopf. Das würde dem Quacksalber so passen, dass er sich bei so einem Kinderspiel wieder zum Deppen machte. »Ich kenn dieses Spiel nicht!«, log er daher in ruppigem Ton.

»Ach«, sagte Langhammer und runzelte die Stirn, »ist das die Möglichkeit? Das kennt doch jedes Kind! Also, noch mal, das geht so: Jeder nennt Dinge, die er …«

»Stethoskop und eine Scheibe Leberkäs! Und jetzt mach ich nicht mehr mit, ich kann mir die Sachen nicht merken!«

»Ach kommen Sie! Seien Sie kein Spielverderber!«

Die Frauen packten munter mit, und schon nach dreißig Sekunden war die Reihe wieder am Doktor. »In meinen Koffer packe ich ein Stethoskop, eine Scheibe Leberkäs, eine Gurkenmaske, zwei Nachthemden und einen Medizinball«, sagte er, demonstrativ ohne nachzudenken. »Und nun Sie, mein Lieber!«

»Kreuzkruzifix, ich mach nicht mit, ich kann mir den Schmarrn nicht merken«, brummte Kluftinger.

»Ähm, mein Mann hat ein bissle Migräne, das kommt sicher von dem plötzlichen Wetterumschwung, gell, Butzele?«, säuselte Erika.

Kluftinger kochte. Migräne. Und Butzele. Priml. Er hatte gute Lust, sich nachher im Hotel ein Taxi zu bestellen und wieder zurück nach Hause zu fahren. Nur die horrenden Kosten für solch eine Fahrt würden ihn noch daran hindern können.

»Ach, mein Lieber, das wusste ich nicht, dass Sie unter Migräne leiden. Unter normalen Umständen würde ich sagen, das ist der Stress, aber bei Ihnen als Beamter muss das andere Ursachen haben.«

Der Beamtenwitz des Doktors senkte Kluftingers Taxifinanzierungshemmschwelle deutlich.

»Aber ich hab was in meiner Arzttasche dabei, keine Sorge. Und solange Sie keine Aura haben, ist es noch nicht allzu beunruhigend. Oder haben Sie eine?«

»Mehr als du allemal!«, knurrte Kluftinger, allerdings so leise, dass das Motorengeräusch seine Stimme übertönte.

»Da haben Sie einen Prismenkreis im Sehfeld, bei so einer Aura. Ein seltsames Gefühl, das sage ich Ihnen.«

»Mhm. Nein, das hab ich dann nicht, in dem Fall. Und jetzt brauch ich ein bissle meine Ruh, und dann ist die …«, er machte eine kurze Pause und sah mit bitterer Miene zu seiner Frau, »… Migräne sicher gleich vorbei.«

»Also, dann mach ich mal weiter«, versetzte Erika betont freudig. »In meinen Koffer packe ich ein Stethoskop, eine Scheibe …«

Ein kalter Luftzug wehte Kluftinger um die Nase. Er musste eingenickt sein. Der Wagen stand vor dem Hotel, auf dessen Front in riesigen Lettern der Name »Königreich« stand. Langhammer war bereits ausgestiegen.

»Mir sind da-ha!«, lachte ihn Erika an, und Kluftingers Verstimmtheit wich einer resignierten Milde. Er konnte sowieso nicht weg hier, und das nicht etwa wegen des Taxipreises, sondern vielmehr eines emotionalen Zwanges wegen, der ihn schon so manche unangenehme Situation hatte überstehen lassen. Mit dem Gefühl, eine Sache Erika zuliebe über sich ergehen zu lassen, fiel ihm manches leichter.

Kluftinger schob seine Reisetasche von seinem Schoß und stieg aus. Mittlerweile war aus dem leichten Schneefall ein beißender Sturm geworden. Der Kommissar zog den Kopf ein, drehte sein Gesicht aus dem Wind und schlug den Kragen seines Lodenmantels hoch. Er ging nach hinten, um sich Erikas Koffer zu schnappen. Dort begann Langhammer bereits, einem Hotelangestellten seine Habseligkeiten in die Hand zu drücken: Neben zwei großen Schalenkoffern befanden sich in dem Kofferraum sage und schreibe zwei Beautycases, eine Sporttasche von der Größe, wie sie professionelle Surfer benutzen würden, zwei Paar zottelige Moonboots, Wanderstöcke und zwei sogenannte Zipflbobs aus Plastik, einer in Neonpink, einer in Leuchtgelb. Erikas kleiner Koffer lag obenauf, und als der Doktor ihn dem Helfer in die Hand drücken wollte, schritt der Kommissar vehement ein.

»Nix da, den nehm ich selber. Den geb ich nicht aus der Hand, der ist noch fast neu!«, rief er, ohne den Hotelmitarbeiter eines weiteren Blickes zu würdigen, und griff sich das Gepäckstück.

Erika und Annegret hatten sich derweil im Hoteleingang untergestellt. Schwer bepackt machte sich Kluftinger gerade auf den Weg zu ihnen, als er ein Stöhnen vernahm. Er drehte sich um. Der Kofferträger hievte gerade einen der beiden langhammerschen Riesenkoffer aus dem Wagen.

»Zefix!«, entfuhr es dem Mann in breitem Oberallgäuer Dialekt, »isch der schwer!«

Kluftinger grinste und rief ihm zu: »Kein Wunder, da sind ja auch ein Stethoskop, eine Scheibe Leberkäs, eine Gurkenmaske, zwei Nachthemden, ein Medizinball, ein Sparschwein, eine Duftkerze, ein Allgäukrimi, ein Glas Honig, vier Packungen Vollkornbrot, eine Kamelhaardecke, ein Schweizer Taschenmesser, ein Paar Wollsocken, ein DVD-Player, ein Laptop, ein Kopfkissen, ein Kniffelspiel, zwei DVDs, eine Nagelschere, eine Flasche Massageöl und ein Schutzengel drin.« Dann sah er lächelnd zum Doktor, der ihn verdutzt anblickte, und wollte mit seinen Koffern durch den Schnee davonstapfen, wurde aber vom Gepäckträger aufgehalten.

»Jetzt geben S' mir halt wenigstens ein Gepäckstück, Sie sind ja Gast bei uns!«, sagte der Mann unwirsch und griff nach Kluftingers Reisetasche. Dessen eher zaghaftes »Nein, jetzt, ich nehm das schon!« wurde vom Schneetreiben verschluckt.

Priml. Und jetzt? Nicht, dass der Kommissar wirklich Angst um seine Habseligkeiten gehabt hätte. Was ihm keine Ruhe ließ, war die Frage, was er dem Mann würde zahlen müssen. Kluftinger fuhr zum Missfallen seiner Frau ja nur selten in Urlaub, und wenn, dann irgendwohin, wo es garantiert niemanden gab, der einem die Koffer schleppte. Und nun? In einem Film hatte er einmal gesehen, dass man in Amerika nach der Anzahl der Gepäckstücke bezahlte. War das hier auch so? Oder ging es in Europa eher nach der Wegstrecke?

Gab es Alpinzuschläge? Und wenn ja, was genau war ein Tarif, mit dem man sich nicht allzu sehr blamierte, andererseits aber auch nicht unnötig Geld hinauswarf?

Unsicher trottete Kluftinger seiner Tasche hinterher und hielt sie sogar an einem Zipfel fest, um dem Träger ein wenig seine Arbeit zu erleichtern. Das würde er später guten Gewissens vom Trinkgeld abziehen können.

Das Spiel beginnt

Beim Betreten der Hotelhalle besserte sich Kluftingers Laune wieder. Das war eine Herberge so ganz nach seinem Geschmack: Große Panoramafenster gaben den Blick auf den verschneiten Garten frei, die Halle war mit einem hellen Steinboden ausgelegt, alles wirkte freundlich, gemütlich und gepflegt. Und teuer, was ihn eigentlich am meisten freute – musste er sich doch eingestehen, dass er sich einen Aufenthalt in einem derartig luxuriösen Hotel nicht leisten könnte. Oder nicht leisten wollte, das traf die Sache vielleicht noch besser.

Die Empfangshalle war weitläufig und hatte ein Glasdach, das automatisch die Blicke zu den vier galerieartig darunter angeordneten Stockwerken zog. Hinter den gedrechselten Geländern sah man die Türen, die goldene Schildchen mit den Zimmernummern zierten. Das Dach gab den Blick in den inzwischen ziemlich bedrohlich aussehenden Himmel frei, aus dem dicke Flocken fielen, die aber auf dem Glas sofort schmolzen und als kleine Rinnsale nach unten flossen. Es war eine spektakuläre Aussicht, aber es würde sie sicher nicht mehr lange geben, vermutete der Kommissar, denn wenn der Schneefall nicht bald aufhörte, würde sich die weiße Masse wie eine Decke auf das Glasdach legen.

»Schön hier, oder?« Erika schmiegte sich an Kluftingers Seite, und als er sich ihr zuwandte, sah er, dass auch sie wie gebannt nach oben schaute.

»Ja, sehr schön«, antwortete er ehrlich. Die Kombination aus rustikaler Gemütlichkeit, die die vielen Holzelemente verströmten, und moderner, lichter Bauweise gefiel ihm gut. Kluftinger blickte sich um und sah, dass auch Langhammers von dem Anblick angetan zu sein schienen. »Gar nicht so schlecht, oder?«, sagte Kluftinger ein wenig stolz, denn immerhin kamen sie seinetwegen in den Genuss dieses kostenlosen Wochenendes. Gut, ein klein bisschen hatte der Doktor auch dazu beigetragen, wenn er ehrlich war. Aber nur minimal.

»Ja, ganz ausgezeichnet, mein Lieber. Und das haben wir alles nur Ihnen zu verdanken«, erwiderte Langhammer, und Kluftinger schämte sich ein wenig, weil er Langhammers Verdienst um diese Sache gedanklich so herabgewürdigt hatte.

»Darf ich mal?« Der Mann, der vorher Kluftingers Koffer getragen hatte, drängte sich mit Langhammers Gepäck an ihnen vorbei. Sie traten zur Seite und bemerkten erst jetzt die anderen Gäste, die sich schon hier befanden. Vor dem Panoramafenster saß eine Frau mit strengem Gesichtsausdruck und schmalen Lippen, vielleicht Mitte vierzig, die auf Kluftinger wirkte, als komme sie nicht aus Deutschland. Er wusste auch nicht, warum, aber wenn es um Nationalitäten ging, landete er fast immer einen Treffer. In ihrem Fall tippte er wegen des blassen Teints und der blonden Haare auf Schweden oder ein anderes skandinavisches Land. Er war gespannt, ob er richtig liegen würde. Neben ihr saß ein junger, durchtrainierter Mann mit langen schwarzen, zum Pferdeschwanz gebundenen Haaren. Ihm gegenüber nippte ein braungebrannter Mann mit schlohweißem Haar an seiner Kaffeetasse, seine Beine wippten im Takt der Musik aus den Lautsprechern. Die Musik! Erst jetzt fiel dem Kommissar auf, dass die Lobby mit munteren Klängen beschallt wurde, was die heitere Atmosphäre der Einrichtung noch verstärkte. Die Melodie kam ihm bekannt vor. War das nicht …

»Ah, Miss Marple«, flüsterte eine Stimme an seinem Ohr. Er drehte sich um und blickte in das grinsende Gesicht des Doktors.

»Wie bitte?«

»Die Musik. Aus den Miss-Marple-Filmen. Tatata-taataa-taatata … wirklich herzallerliebst.«

Natürlich. Jetzt fiel es auch dem Kommissar wieder ein. Es war die Titelmelodie dieser Agatha-Christie-Verfilmungen, in denen eine dicke, schrullige Alte die englische Hobbydetektivin gab. Die Organisatoren hatten wirklich an jedes Detail gedacht.

»Herr Kluftinger!« Eine durchdringende Frauenstimme hallte

durch die Lobby und ließ die anderen Gäste aufsehen. »Kommissar Kluftinger! Hallo!« Die Frau, die hinter der aus massivem Holz gebauten Rezeption stand, winkte ihm fröhlich zu.

Erika stieß ihren Mann in die Seite: »Guck mal, die Julia König.«

»Ja, ich hab's gesehen«, sagte Kluftinger, dem es peinlich war, dass sich die Aufmerksamkeit der übrigen Gäste so auf ihn konzentrierte. Also winkte er hastig zurück, und sie durchquerten die Halle mit schnellen Schritten in Richtung Empfangstresen. Noch bevor sie diesen erreicht hatten, kam die Frau dahinter hervor und lief freudestrahlend auf sie zu. »Endlich«, sagte sie und breitete ihre Arme aus. »Meine Ehrengäste!«

Kluftinger fühlte sich geschmeichelt und wurde ein bisschen verlegen – auch, weil die Hotelbesitzerin sehr attraktiv war. Ihr mintgrünes Dirndl passte – das fand zumindest Kluftinger – wunderbar zu ihrem strohblonden Pagenkopf und ihrer gesunden Bräune. Doch landeten die Blicke der meisten Männer wohl erst einmal in ihrem ausladenden Dekolleté – was Kluftinger einen Rippenstoß seiner Frau und Langhammer einen strafenden Blick von Annegret einbrachte.

»Ich freu mich so, dass Sie kommen konnten. Ich hätte ja gar nicht zu hoffen gewagt, dass Sie meiner Einladung folgen. Sie sind sicher wahnsinnig beschäftigt.« Julia König war nicht zu bremsen.

»Ach, das ist halb so wild«, antwortete Langhammer, drängte sich an Kluftinger vorbei und begrüßte die Hotelbesitzerin mit zwei Küsschen auf die Wange. Kluftinger, dem solche Begrüßungsrituale suspekt waren, reichte ihr lediglich die Hand.

»Mei Frau«, sagte er und deutete dabei auf Erika, »und … sei Frau«, fügte er hinzu und deutete auf Annegret, nachdem Langhammer keine Anstalten gemacht hatte, seine bessere Hälfte selbst vorzustellen.

»Das freut mich wirklich sehr, eine so prominente Sportlerin kennenzulernen«, sagte Erika in fast ehrfürchtigem Tonfall und schüttelte Frau König die Hand.

Julia König winkte ab: »Ach was. Exsportlerin. Und so prominent war ich nun auch wieder nicht.«

»Na hören Sie mal«, protestierte Kluftinger, »immerhin waren Sie Olympiasiegerin im … Superski.«

Die König sah ihn prüfend an, weil sie sich nicht sicher war, ob er einen Witz gemacht hatte. Als sie keine Anzeichen dafür fand, murmelte sie: »Jaja, der Super-G, das war schon was … ist ja aber auch schon fast nicht mehr wahr.«

»Das war doch vor höchstens fünf Jahren«, schaltete sich Langhammer in schmeichlerischem Tonfall ein, was der Hotelchefin ein gekünsteltes Kichern entlockte.

»Sie sind mir ja einer! Mir kommt es vor, als ob es eine Ewigkeit her ist. Das war in Sarajevo, 1984, da war ich gerade mal zwanzig. Noch ein richtiges Baby, sozusagen.« Sie lachte laut.

»Ich bin auch begeisterter Skifahrer«, fuhr Langhammer fort, der gar nicht zu merken schien, dass Annegret inzwischen gelangweilt an der Rezeption lehnte. »Vielleicht können wir uns da mal ein bisschen austauschen. Fürs richtige Wachs könnte ich noch ein paar Tipps gebrauchen.«

»Vielleicht wären ein paar Tipps zum richtigen Pflugbogen noch wichtiger«, grummelte Kluftinger eingedenk eines gemeinsamen Skiausflugs und zog Erika ebenfalls in Richtung Tresen.

Dort bekamen sie gerade noch mit, wie sich ein elegant gekleideter Mann, den Kluftinger trotz seiner grauen Schläfen auf höchstens fünfundvierzig schätzte, lautstark bei einem Hotelangestellten beschwerte. »Ich hab gedacht, das Hotel ist neu, da sollte man ja wohl davon ausgehen können, dass die Sachen funktionieren.«

Der Hotelangestellte, ein gedrungener Mann in roter Livree, entschuldigte sich unterwürfig und fügte an: »Aber unser Hotel ist nicht neu, es wurde nur grundlegend saniert.«

»Brauchen Sie mir nicht erzählen, weiß ich doch«, fuhr ihn der Mann an. »Und da haben Sie die kaputten Sachen gleich dringelassen?« Während der ganzen Zeit spielte er dabei mit seinem Handy herum, das golden glänzte. »Ich hab es gleich gewusst, ich hätte nicht herkommen sollen. Das war eine blödsinnige Idee, dieser Einladung zu folgen.«

Als Kluftinger das Wort »Einladung« hörte, wurde er hellhörig. Er wusste nicht, dass die anderen Gäste auch geladen worden waren. Noch weniger verstand er aber, wie man sich, wenn man schon alles umsonst bekam, so aufführen konnte wie der Mann neben ihm.

Inzwischen stand auch Langhammer bei ihnen, und die Hotelchefin hatte wieder ihren Platz hinter dem Tresen eingenommen. Als der Beschwerdeführer merkte, dass ihn alle anblickten, setzte er sofort ein verbindliches Lächeln auf und fuhr in ausnehmend freundlichem Tonfall fort: »Na gut, da ist dann wohl nichts zu machen. Vielleicht benutze ich einfach Ihren Hotelsafe hier unten, wenn meiner nicht geht.«

»Nein, kein Problem, lass nur, ich kümmere mich persönlich darum«, warf Julia König plötzlich ein. Ihre Stimme war ruhig, ihr Blick sicher. Kluftinger bewunderte sie dafür, dass sie selbst bei derartig unangenehmen Zeitgenossen noch freundlich bleiben konnte. Ein Serviceberuf wäre definitiv nichts für ihn gewesen. Da arbeitete er schon lieber im öffentlichen Dienst, wo man immerhin einigermaßen ehrlich sagen konnte, was man von seinen Zeitgenossen hielt.

»Ich komm schnell zu dir, dann klären wir das.« Frau König ging um den Tresen herum, redete beschwichtigend auf den Mann ein, der weiter verärgert schien und sie immer wieder anzischte, was der Mann in der roten Uniform mit unverhohlener Missbilligung beobachtete. Schließlich schien der Beschwerdeführer zufrieden und wandte sich ab. Als er bemerkte, dass ihn die eben eingetroffenen Reisenden noch immer fixierten, streckte er ihnen die Hand entgegen und zeigte bei seinem Lachen eine makellose Zahnreihe.

»Weiß. Carlo Weiß. Guten Tag.«

Passt zu seinen Zähnen, dachte der Kommissar. Sie reichten ihm nacheinander die Hände, Kluftinger allerdings nur widerwillig. Der Kommissar konnte mit Menschen nichts anfangen, die andere, von denen sie glaubten, sie stünden gesellschaftlich unter ihnen, herablassend behandelten. Als Weiß Kluftingers Zögern bemerkte, beeilte er sich zu sagen: »Es tut mir leid, dass ich da gerade etwas aufbrausend war. Wissen Sie, ich bin Halbitaliener, wie Sie vielleicht wegen meines Aussehens schon vermutet haben.«

Kluftinger hatte nichts dergleichen gedacht.

»Eigentlich müsste ich ja Bianco heißen, Sie wissen schon, Weiß auf Italienisch«, er grinste breit. »Aber meine Eltern waren nicht verheiratet, und jetzt heiße ich eben so wie meine …«

Weiß verstummte. Sein Gesicht wirkte wie erstarrt und er war auf einen Schlag kreidebleich geworden. Er sah an Kluftinger vorbei in Richtung des Panoramafensters. Kluftinger folgte seinem Blick. Auch die Gäste in der Sitzgruppe vor dem Fenster sahen hinaus. Die Wolken hatten sich verdichtet und sahen bedrohlich schwarz aus. Es schneite nun derart heftig, dass man das an den Hotelgarten angrenzende Waldstück kaum mehr sehen konnte.

»Ach, das ist halb so schlimm«, wollte Kluftinger ihn beruhigen. »Das hört schon wieder auf zu schneien, das geht hier ganz schnell in den Bergen.« Doch seine Worte schienen den Mann gar nicht zu erreichen, der mit einer fahrigen Entschuldigung auf dem Treppenabsatz verschwand.

»Unsympathischer Zeitgenosse«, flüsterte Kluftinger seiner Frau ins Ohr. »Bestimmt ein Arzt«, schob er mit Blick auf Langhammer noch nach.

»Darf ich Ihnen vielleicht gleich einen kleinen Imbiss anbieten?«, fragte die Hotelchefin, als sie ihnen die Anmeldeformulare über den Tresen schob.

»Nein, danke. Mir ist von … vorhin noch ein bissle flau im Magen«, antwortete Kluftinger.

»Der Herr Kommissar verträgt das Autofahren durchs alpine Gelände nicht so, stimmt's?«, mischte sich Langhammer ein und klopfte ihm kumpelhaft auf die Schulter. »Ist vielleicht doch eher ein Flachlandtiroler, was?«

»Besser als Flachwichser«, murmelte Kluftinger und füllte sein Formular aus.

Der Doktor tat es ihm gleich, und als Kluftinger sah, dass der mit Großbuchstaben »DR. MED.« vor seinen Namen setzte, schrieb er ein »HAUPT KOMM. KRIMPOL.« vor den seinen.

»Ich habe Ihnen zwei schöne Doppelzimmer direkt nebeneinander reserviert, ich hoffe, das war in Ihrem Sinne?«

So lang eine dicke Mauer dazwischen ist, lag dem Kommissar auf der Zunge, heraus kam jedoch nur ein gequältes »Freilich«.

»Gut, Sie sind gleich im ersten Stock untergebracht, einfach die Treppe rauf und den Gang entlang. Ihr Gepäck bringen wir Ihnen hoch.«

»Ich hoffe, Sie haben eine schöne Spielwiese für uns im Zimmer bereitgestellt«, grinste Langhammer die Hotelchefin an und kniff seiner Frau in den Po.

Kluftinger wurde gerade mit dem Formular fertig; er hatte nur das Wort Wiese mitbekommen. »Mei, mit Wiese wird's an dem Wochenende wohl nix, Herr Langhammer. So wie das schneit.«

Die Eheleute sahen ihn erstaunt an und kicherten dann wie ein Teenagerpärchen, bevor Langhammer, ohne den Blick von Annegret abzuwenden, sagte: »Den werden wir schon zum Schmelzen bringen, nicht wahr, meine Taube?«

Zwar verstand Kluftinger nicht, was der Doktor da faselte, seinem Gesichtsausdruck entnahm er jedoch, dass das Gespräch eine Richtung eingeschlagen hatte, der er keineswegs würde folgen wollen. »Also dann: pack mer's«, sagte er schließlich und sah sich nach ihrem Gepäck um – aber von dem Kofferträger war bereits nichts mehr zu sehen.

Die Verwandlung

»Nur die eine Tasche und der kleine Koffer bei uns in Zimmer 105, der Rest vom Wagen kommt auf die 106«, sagte Kluftinger, als er seine Tür aufsperrte. Hinter ihm stand der Hotelbedienstete mit einem messingfarbenen Gepäckwagen, der bis an seine Belastungsgrenze beladen war. Langhammer, der gerade die Tür nebenan aufschloss, nickte ihm zu und sagte: »Ja, mein Lieber, auf einen gewissen Komfort möchten wir nun mal nicht verzichten, meine Taube und ich. Das sind wir uns wert!«

Kluftinger lächelte erleichtert, weil sie nun wenigstens für ein paar Minuten eine Wand zwischen sich und den Doktor bringen würden, und betrat noch vor Erika und dem Träger das Zimmer. Als sie den kleinen Korridor durchschritten hatten und im Wohn- und Schlafraum standen, blieb Kluftinger abrupt stehen. Ganz offensichtlich waren sie im falschen Zimmer, denn der Fernseher lief, und leise Musik war zu hören. Eine Programmzeitschrift lag aufgeschlagen auf dem Nachttisch, darauf die Fernbedienung. Wahrscheinlich würde jeden Moment jemand aus dem Bad kommen. Am Ende nackt. Kluftinger wandte sich bereits wieder zum Gehen, da fiel sein flüchtiger Blick auf den Bildschirm. Er konnte nicht glauben, was er da las, und stieß seine Frau in die Seite, damit sie seinen Sinneseindruck bestätigte: Auf dem Videotext im Fernseher stand: »Herzlich willkommen, Familie Kluftinger!«

Als seine Frau anerkennend nickte, war er einigermaßen beruhigt, wenn auch ein Rätsel blieb: »Wie kommen wir denn ins Fernsehen?« Er hatte die Frage geflüstert, denn er wollte nicht, dass der Angestellte sie hörte. Der stand nämlich immer noch im Zimmer – sicher, um sein Trinkgeld zu kassieren. Priml, dachte Kluftinger. Nun war er also da, der Moment der Entscheidung. Langsam zog er sein Portemonnaie. Auf dem Weg hatte er beschlossen, dass ein Euro eigentlich genug sein müsste. Die eine Hälfte fürs Tragen, die andere als Schlechtwettergeld. Und er kam sich dabei durchaus großzügig und weltmännisch vor. Der Blick ins Münzfach seines Geldbeutels offenbarte jedoch unerwartete Komplikationen: Dort befanden sich nämlich neben drei Eincentstücken lediglich zwei größere Münzen – einmal fünfzig Cent sowie ein Zweieurostück. Im Kommissar entbrannte nun ein innerer Kampf: Doch nur fünfzig Cent? Zwei Euro? Nein, nicht für eine Leistung, die gerade mal drei Minuten gedauert hatte. Und bloß weil er für dieses Wochenende keinen Pfennig für Kost, Logis und Krimispiel zahlen musste, brauchte man ja nicht gleich das Geld verprassen. Schließlich war Erikas Koffer gar nicht schwer. Zudem hatte er beim Tragen geholfen, sodass sich das Gewicht noch mal reduziert hatte. Insofern schien ihm das goldfarbene Geldstück mittlerweile ohnehin eine viel angemessenere Entlohnung als ein ganzer Euro. Fünfzig Cent, das wär früher eine Mark gewesen. Eine große, silberne Münze. Nur weil das Pendant in der jetzigen Währung nicht so repräsentativ aussah, war es ja nicht weniger wert. Und außerdem hatte man vergessen, das Radio auszustellen und die Fernsehzeitung vom letzten Gast wegzuräumen. Aber einen Cent konnte er auch schlecht geben. Mit einem gequälten Lächeln entnahm er schließlich die goldene Münze seinem Geldbeutel und reichte sie dem Mann mit einem Kopfnicken, das bedeuten sollte, er solle es ruhig annehmen, er habe es sich ja verdient, es sei schon gut so, da brauche er jetzt kein großes Aufhebens darum machen.

Ungläubig blickte der Helfer auf die Münze in seiner Hand und sagte nach einer kleinen Pause mit gerunzelter Stirn: »Oh, das … hätt's doch … nicht gebraucht.«

Dann verließ er das Zimmer und murmelte beim Hinausgehen: »Da kann ich's heute Abend ja mal richtig krachen lassen.«

Für einen kurzen Moment war sich der Kommissar nicht sicher, ob er vielleicht doch zu wenig gegeben hatte, dann siegte die Empörung über die Dreistigkeit des Angestellten. Er überlegte, ob er ihm hinterherrufen sollte, dass des Talers nicht wert sei, wer den Pfennig nicht ehre, verwarf den Gedanken aber. Schließlich waren sie eingeladen; zudem wusste der Kommissar ja, was sich gehörte.

Statt sich also über etwas aufzuregen, das er sowieso nicht ändern konnte, tat er das, was Erika immer kopfschüttelnd seinen *Zimmerkontrollgang* nannte.

Zuerst versicherte er sich mehrmals, dass die Verbindungstür zu Langhammers Räumlichkeiten fest verschlossen war. Dann nahm er sich die Schränke vor. Zu seiner Überraschung waren die nicht vollständig leer. Es fanden sich vielmehr Dinge darin, die den Kommissar aufs Höchste verwunderten: Neben einer Zusatzmatratze und zwei Frotteestapeln, die er schnell als Bademäntel nebst Schlappen identifiziert hatte, und einem Schuhlöffel mit Hotellogo, den er geistesabwesend in der Jackentasche verschwinden ließ, stieß er auf einen einzelnen Handschuh aus Stoff. Vielleicht für eine erfrischende Gesichtsmassage? Da entdeckte er die golden aufgestickten Buchstaben darauf: Geeignet für alle Schuharten. Er räusperte sich, legte den Handschuh schnell zurück und klemmte sich die praktischen Wäschebeutel unter den Arm, um sie in seine Tasche zu stecken.

Dabei dachte er sich nichts, seit ein Richter bei einer Verhandlung, bei der er zugegen gewesen war, festgestellt hatte, dass kleinere Hotelartikel vom Gast als kleine Präsente verstanden werden konnten. Das hatte Kluftinger sich gemerkt. Anschließend studierte er den an der Tür aufgehängten Fluchtwegeplan. Kopfnickend murmelte er immer wieder unverständliche Silben, begleitet von unkoordiniert wirkenden Bewegungen seiner rechten Hand.

»Was machst du denn da?« Seine Frau war unbemerkt hinter ihn getreten.

»Hm?«

»Was du da machst! Du siehst aus wie ein Skifahrer, der vor dem Rennen in Gedanken die Strecke durchgeht.«

Kluftinger ließ seine Hand sinken. »Ich? Ach, hab bloß … gesungen.«

»Soso.«

»Jetzt pack du lieber mal aus«, erwiderte der Kommissar und schob seine Frau zurück ins Schlafzimmer. Sollte sie ruhig den Kopf über ihn schütteln. Im Notfall war er jedenfalls fein raus – im wahrsten Sinne des Wortes. Und sie mit ihm.

Um den Blicken seiner Frau zu entgehen, setzte er seinen Rundgang im Bad fort. Der Föhn war funktionsfähig und wies zumindest äußerlich keine Sicherheitsmängel auf. Wobei … bei diesen Dingern wusste man ja nie. Sie waren wie die ganze elektrische Installation in Feuchträumen mit Vorsicht zu genießen. Er hatte mehr als eine Leiche in der Badewanne gesehen, die eine Dosis Wechselstrom abbekommen hatte. Gut, Unfall war nie einer dabei gewesen, immer nur Selbsttötung oder Mord, aber Vorsicht war die Mutter der Porzellankiste. Doch die Steckdosen wie die Lampen bestanden seine Sichtprüfung.

»Da!« Erika reichte ihm ihre beiden Kulturbeutel durch die Tür. Dankbar nahm Kluftinger sie an sich, öffnete ihren und räumte die ganzen kleinen Fläschchen, die im Bad standen, mit ein paar schnellen Handgriffen hinein. Sie hatten immer ihre eigenen Fläschchen dabei. Die kleinen, die vorn im Drogeriemarkt standen. Diese hier sahen dagegen ungleich edler und vor allem teurer aus. Kluftinger schätzte, dass allein das Shampoo locker für drei Haarwäschen reichen würde. Nur die Duschhauben ließ er in dem kleinen Körbchen auf der Ablage.

Als er in den Spiegel blickte, zuckte er zusammen und unterdrückte einen Schrei: Seine Frau war offenbar nicht gleich wieder gegangen und starrte ihn nun mit ungläubiger Miene an.

»Und was wird das, wenn's fertig ist?«

Auch wenn er nichts Falsches getan hatte, fühlte er sich, als hätte ihn Erika genau dabei erwischt. »Ich … äh …«, stotterte er. Dann holte er tief Luft und streckte die Brust heraus: »Ich sammle die kleinen Proben ein. Die sind ja dazu da, dass man sie benutzt.«

»Ja, schon, aber hier, nicht bei uns daheim.«

»Das spielt keine Rolle. Ist alles …« Kluftinger hielt inne. Schon während er den Satz aussprach, bemerkte er, dass es komisch klingen würde, weil sie doch als Gäste hier waren. Er fand jedoch keinen anderen Schluss und endete: »… im Preis inbegriffen.«

Erika zog lediglich die Augenbrauen nach oben und schwieg. Er hasste es, wenn sie das tat. Sie wollte schon wieder nach draußen gehen, da fiel ihr noch etwas ein: »Warum räumst du dann nicht am Ende unseres Aufenthalts hier ab?«

Seine Augen verengten sich. Sollte er ihr wirklich den Grund nennen? Sie würde ihn kaum gutheißen. Aber schließlich war er im Recht; er tat nur das, wozu das Hotel ihn praktisch aufforderte. »Weil sie es dann nicht jeden Tag auffüllen«, sagte er mit selbstbewusst nach vorne geschobenem Kinn.

Seine Frau seufzte und verschwand aus dem Türrahmen.

Erleichtert öffnete er den Klodeckel und schloss ihn wieder. Alles in Ordnung hier. Er verließ die Nasszelle und betrat den Schlafraum. Erika hatte den Inhalt ihres Koffers bereits zum größten Teil in einem der Einbauschränke verstaut. Fein säuberlich geordnet natürlich.

»Du, meine Wertsachen leg ich in den kleinen Safe im Schrank. Hast du auch was zum Reinlegen?«, fragte sie ihn, ohne sich umzudrehen.

»Bloß das Handy. Das scheint hier oben eh nicht zu funktionieren. Das Geld hab ich im Brustbeutel!«

»Im was?« Erika sah ihren Gatten verwundert an.

»Hm?«

»Wir sind doch hier nicht in Chicago oder in Palermo. Dein Brustbeutel, das alte Ding! Du gehst doch auch nicht durch Kempten damit!«

»Ja und? Im Urlaub muss man auf Geld und Dokumente besonders aufpassen, das solltest du schon wissen. Da ist man oft mal abgelenkt, und schwupps, findest du dich auf dem Konsulat wieder, ohne Papiere, ohne Geld, ohne Schlüsselbund!«

»Du hast deinen Schlüsselbund …«

»Im Brustbeutel, jawoll«, sagte Kluftinger trotzig, und Erika gab auf. Wenn sie wieder zu Hause wären, würde sie dieses Achtzigerjahrerelikt aus mittlerweile ziemlich speckigem Naturleder, das sie für eine Italienreise angeschafft hatten, dezent verschwinden lassen. Bei Nachfragen würde sie ihrem Mann einreden, dass er es wohl verschlampt haben müsse.

»Ich hoff nur, dass die Annegret und der Martin das nicht spitzkriegen, die lachen sich ja tot!«, sagte Erika resigniert.

»Beim Doktor wär's kein großer Verlust!«, knurrte Kluftinger. Er hatte sich unterdessen darangemacht, die Bestandsliste der Minibar mit dem tatsächlichen Inhalt des kleinen Kühlschranks zu vergleichen. Man wusste ja nie, was die einem alles auf die Rechnung setzen würden. Erika schüttelte den Kopf und bemerkte: »Wir sind hier eingeladen und zahlen keinen Pfennig. Meinst du, die wollen sich an einem kleinen Mineralwasser bereichern?«

Doch Kluftinger ließ sich nicht beirren. »Sicher ist sicher. Da ist auch Prosecco drin. Für sieben Euro. Piccolo! Muss ja nicht sein, oder?«

»Gib mir doch grad ein Fläschle Orangensaft«, bat Erika, während sie ihren Badeanzug aus dem Koffer zog. »Und dann deinen Koffer, ich räum ihn für dich aus.«

»Das braucht's jetzt ja wohl nicht, würd ich mal sagen.«

»Was?«, erkundigte sich Erika.

Der Kommissar räusperte sich. »Das mit dem Koffer mein ich.« Vielleicht würde Erika über diese Diskussion ihre Orangensaftforderung vergessen. Der kostete nämlich nur unwesentlich weniger als der Sekt. Wobei das nicht das eigentliche Problem an der Sache war. Hier ging es ums Prinzip. Er war kein Minibarkonsument. Er würde nie einer sein. Und Erika, wenn sie ehrlich war, auch nicht. Sie stammte wie er aus bescheidenen Verhältnissen. Sie hatten nie Geld verprasst. Denn genau dafür stand nach seinem Dafürhalten die Institution Minibar: Völlerei und Verschwendungssucht. Vier Euro für einen Zehntelliter Saft! Dazu waren weder er noch seine Frau der Typ. Umso mehr wunderte er sich. Aber vielleicht wollte sie ihn nur provozieren. Prüfend sah er zu Erika auf. Die aber blickte ihn mit großen Augen an und wiederholte langsam und deutlich: »O-ran-gen-saft?«

»Wie, Orangensaft? Das fangen wir ja jetzt wirklich nicht an! Hast du nix dabei zum Trinken?« Die Frage kam in rüderem Ton, als er eigentlich gewollt hatte.

»Du, gell … wir sind hier zur Erholung und nicht auf dem Spartrip.« Das kaum vernehmliche Schluchzen am Ende des Satzes machte Kluftinger bewusst, dass er den Bogen ein wenig überspannt hatte. Mit seinem treuesten Dackelblick reichte er ihr das gewünschte

Fläschchen und fügte an: »Du musst doch nicht mein Zeug ausräumen, du bist schließlich zur Erholung da. Außerdem, bei zwei Nächten lass ich mein Gwand eh in der Tasche. Ich räum bloß mein Knabberzeug raus.«

Erika griff sich den Saft und begab sich wortlos ins Bad.

Ihr Mann hingegen kniff die Augen zusammen und sah sich einen kurzen Moment skeptisch im Raum um, wie um zu überprüfen, ob die Luft rein sei, und ließ den Flaschenöffner, ein kombiniertes Modell aus Korkenzieher und Kronkorkenheber, flugs in Erikas Handtasche gleiten. So würde die Minibardiskussion sich von selbst erledigen.

Ächzend setzte er sich auf seine Seite des Bettes. Schnell hatte er beschlossen, welche das sein würde: die zum Fenster gewandte, wie zu Hause. Zwar lag die in diesem Fall auf der linken, Erikas Seite. Aber Fenster oder Tür wogen stärker als rechts oder links. Das hatte sich, auch wenn sie nicht oft und in seinem Falle auch nicht gern auswärts schliefen, schon zu Beginn seiner Ehe so eingebürgert. Kluftinger schlug die Decke zurück, die zu seinem Missfallen viel zu fest unter die Matratze gesteckt war. Wegen seines Problems mit den heißen Füßen benötigte er aber dringend Luft an denselben.

Das Allerschlimmste an dieser Art Bettzeug war aber, dass den Kern meist eine Steppdecke bildete, die in ein loses Laken eingeschlagen war, das sich im Laufe der Nacht unweigerlich von der Decke löste. Warum, das konnte sich der Kommissar auch nicht erklären. Er wusste nur, dass er morgens stets in eine blanke, bereits von unzähligen Fremden benutzte Decke eingekuschelt aufwachte, mit einem Zipfel davon direkt im Gesicht. Er seufzte und zupfte ein wenig an seiner Decke, wobei er peinlich darauf achtete, Erikas Hälfte nicht zu beschädigen, die diese Bettformation geradezu abgöttisch liebte.

Als er die Laken zu seiner Zufriedenheit drapiert hatte, nahm er schließlich seine Tasche, zog den Reißverschluss auf und verstaute in seinem Nachttisch zwei Prinzenrollen, eine Tüte Studentenfutter, eine Tafel Schokolade und eine große Portion Gummibärchen sowie eine Dose »Nüssle«, wie er seine geliebten gerösteten Pistazien nannte, deren Brösel im Bett Erika schon mehr als einmal zur

Weißglut getrieben hatten. Er stellte die Tasche gerade neben sein Bett, als Erika aus dem Bad trat, die Hände in die Hüften gestützt.

»Hör halt mit dem Schmarrn auf!«, seufzte sie. »Ich nehm ja wirklich viele von deinen Marotten hin, aber jetzt reiß dich mal ein bissle zusammen!«

Fragend blickte der Kommissar seine Frau an. Er war sich keiner Schuld bewusst.

»Tu bitte nicht so naiv! Wenn du schon die ganzen Pflegemittelchen aus dem Bad klaust, dann steck sie dir in deine eigene Tasche, nicht in meinen Kulturbeutel. Was sollen wir denn überhaupt mit dem Zeug, hm? Wir haben ein ganzes Fach in unserem Spiegelschrank voll davon. Die Sachen sind teilweise noch aus den Achtzigern! Ist das nicht sogar Diebstahl?«

»So ein Schmarrn, Diebstahl«, gab Kluftinger beleidigt zurück, »das sind Gastgeschenke. Wenn man die nicht annimmt, sondern einfach achtlos stehen lässt, dann ist das unhöflich, das solltest du eigentlich auch wissen. Ich wollt dir nur einen Gefallen tun, dass du immer was dabei hast auf Reisen, aber bitte …«

Erika dachte gar nicht daran, auf diese »Ich-hab's-nur-für-dich-getan«-Masche einzusteigen. »*Was dabei hast*, alles klar. Ich hab heute noch Salz- und Pfefferbrösel von unserem Ostereinkauf in München in meiner Handtasche. Die hast du mir in dem Schnellrestaurant mit diesen Tütchen vollgepackt. Die sind alle aufgegangen. Und ich hab's dir nicht einmal gesagt, weil du so viel um die Ohren hast und ich mich nicht immer beschweren will. Du mit deinem komischen Sammeltrieb, das ist doch eine Manie.«

»Manie, so ein Krampf. Mit dem Salz und dem Pfeffer zum Beispiel, das ist halt einfach praktisch. Und höflich«, verkündete Kluftinger in leidendem Tonfall.

»Höflich?«, erkundigte sich Erika und schien mehr interessiert als verstimmt.

»Ja, höflich. Stell dir vor, wir gehen nobel essen …«

»Was wir fast nie tun«, unterbrach Erika ihren Mann.

»Das tut jetzt nix zur Sache. Geht eben nicht so oft, ich bin auch nur …«

»… ein kleiner Beamter, ich weiß. Und weiter?«

»… im Restaurant fehlt es am Pfeffer auf den Kässpatzen …«

»… ah, wir essen Kässpatzen im Nobelrestaurant. Lecker. Mal was ganz anderes!«

»Wie dem auch sei: Man möchte doch nicht nach dem Salzstreuer fragen. Stattdessen langt man in die Tasche und würzt ganz diskret nach.«

Erika schüttelte nur den Kopf und schnappte sich ihre Tasche. »Jetzt zeig ich dir, was diese Notfallgewürze für einen Dreck hinterlassen haben in …«

Erikas Augen weiteten sich. Irgendetwas schien ihre Aufmerksamkeit erregt zu haben. Kluftinger schluckte. Der Öffner! Jetzt saß er wirklich in der Tinte.

»Also, das ist doch wohl das …«

Es klopfte. Erika hielt inne, raunte ihm zu, dass sie sich darüber noch zu unterhalten hätten, setzte ein ziemlich echt wirkendes Lächeln auf und forderte ihren Mann auf, zur Tür zu gehen.

Kluftinger tat, wie ihm geheißen, und blickte kurz darauf in die strahlend blauen Augen der Hotelchefin, die ihm mit einem Berg Kleider gegenüberstand. Prüfend begutachtete Kluftinger den Stapel in ihren Armen, bis Julia König sagte: »Darf ich reinkommen?«

»Oh, sicher, mei, Entschuldigung.« Er trat zur Seite, und die König ging rasch an ihm vorbei ins Zimmer, wo sie den Klamottenberg auf einen Stuhl gleiten ließ.

»Sie, das ist sehr nett, Frau König, aber wir haben eigentlich genug Sachen dabei. Wir haben auch für die kalte …«

Die Hotelchefin unterbrach ihn: »Nein, nein, das verstehen Sie jetzt falsch«, sagte sie lachend. »Das sind die Sachen für heute Abend.«

»Wie, Sachen?«, fragte Erika.

»Ach so, natürlich, Sie sind ja noch gar nicht im Bilde, sollte eine Überraschung sein. Also: Unser Spiel heute soll in authentischen Kostümen stattfinden. Die anderen wissen noch gar nix davon, die kriegen die Kostüme erst aufs Zimmer gelegt, wenn wir uns nachher zum Begrüßungscocktail treffen. Aber es wäre toll, wenn Sie Ihre gleich anziehen könnten, zur Anschauung für die anderen. Sie beide sind ja erfahrene Schauspieler, wie ich selbst feststellen durfte.«

Kluftinger machte eine wegwerfende Handbewegung. »Also, Schauspieler ist vielleicht ein bissle …«

»Jetzt bloß keine falsche Bescheidenheit, Herr Kluftinger. Ich habe mich davon überzeugt – jedenfalls solange das Stück damals gedauert hat bis zu dem … Zwischenfall.« Die Hotelchefin sah, dass den beiden das Thema unangenehm war, und fuhr munter fort: »Jedenfalls habe ich hier einen prächtigen Anzug, wie er einem Meisterdetektiv gebührt.«

Kluftinger runzelte die Stirn.

»Sie haben schon richtig gehört. Ich würde Sie nämlich bitten, in unserem Spiel nachher die Rolle des Hercule Poirot zu übernehmen. Ich meine, wenn man schon einmal so einen berühmten Ermittler unter den Gästen hat …«

Kluftinger errötete leicht. Er fühlte sich außerordentlich geschmeichelt. »Ach, Frau König, also wissen Sie …«

»Also, Sie machen es?«

Kluftinger zögerte nicht lange und sagte schließlich: »Gern.« Er hatte ein Faible für Detektivgeschichten. Jedenfalls gehabt, denn als er noch regelmäßig Bücher gelesen hatte, also in seiner Jugend, waren viele Romane von Arthur Conan Doyle oder Agatha Christie dabei gewesen. Selbst die allerdings meist nur deswegen, weil seine Mutter ihm, wenn er ein Buch las, immer bereitwillig seine geliebten Kässpatzen gekocht hatte. Dennoch war er nicht die von ihr erhoffte Leseratte geworden. Das Spielen mit den anderen Buben, draußen im Dorf, hatte er immer der Ofenbank vorgezogen, Kässpatzen hin oder her. Früher jedenfalls.

Und so war ihm Agatha Christies berühmter Detektiv ein Begriff. Auch aus den Verfilmungen natürlich. Und Kluftinger freute sich darauf, seine Kenntnisse nun schauspielerisch anwenden zu können. Immerhin war es eine bedeutende Rolle, in die er da schlüpfen durfte, auch wenn sich seine Befürchtungen bestätigten: Er würde den »Fall«, oder was auch immer heute Abend stattfinden würde, aufklären müssen.

»Wunderbar, ich hatte nichts anderes von Ihnen erwartet.« Julia König strahlte ihn an und zerstreute so seine Bedenken. »Um achtzehn Uhr dann im Salon, zum Begrüßungscocktail?«

Kluftinger nickte. Allein das Wort »Salon« versetzte ihn zurück in die Zeit, in der diese Detektivgeschichten spielten, die Jahrhundertwende oder die Zwanzigerjahre, als man noch mit Droschken oder heutzutage völlig veraltet anmutenden Automobilen durch neblige englische Grafschaften oder über die Küstenstraßen der Côte d'Azur fuhr. Und sehr viel Wert auf angemessene Kleidung legte, weswegen er, sobald die Hotelbesitzerin verschwunden war, neugierig in den Kostümen stöberte, die diese dagelassen hatte.

»Schau mal, was für ein schönes Kleid«, rief Erika erfreut aus und hielt einen blau glänzenden, mit Spitzen besetzten Stoff in die Höhe. Kluftinger nickte nur kurz und fügte ein beiläufiges »Mhm, toll« an, denn er betrachtete konzentriert die Sachen, die für ihn bereitgelegt worden waren: ein cremefarbener Anzug, eine Weste und schwarz-weiße Schuhe, die aussahen, als kämen sie direkt aus einem Mafiafilm. Sogar ein Monokel und eine Uhrenkette waren dabei – und ein kunstvoll gezwirbelter Schnauzer samt Bartkleber.

»Die Frau König hat ja wirklich an alles gedacht.« Erika lächelte ihren Mann an. »Komm, machen wir uns schnell fertig, damit wir die Sachen anprobieren können.«

Die Hotelchefin hatte geschafft, was Kluftinger heute nicht mehr gelungen wäre: Erika war ihm überhaupt nicht mehr böse. Kluftinger verzog sich ins Bad, um sein Kostüm anzulegen. Zehn Minuten später stand er, samt Schnauzbart, in der Tür. »Und?«

»Du siehst …« Es schien, als fehlten Erika buchstäblich die Worte, dann vollendete sie den Satz mit einem heiseren: »… toll aus.«

Kluftinger stand vor dem mannshohen Spiegel am Kleiderschrank und betrachtete sich selbst ein wenig ungläubig. Er sah wirklich fabelhaft aus, da hatte seine Frau nicht übertrieben. Er hatte die Daumen in die Westentaschen gehakt und erinnerte, auch von der Statur, ein wenig an Peter Ustinov, der den Detektiv in den legendären Verfilmungen gespielt hatte. Der gezwirbelte Schnurrbart tat ein Übriges, um die Ähnlichkeit noch zu verstärken. Eine dunkelbraune Fliege und ein Einstecktuch vervollständigten das Bild. »Ja, du hast recht, das Kostüm ist …«

»Würdest du vielleicht auch mal was zu mir sagen?«

Verlegen drehte sich Kluftinger um. »Natürlich, Entschuldigung, du bist auch, also wirklich …«

»Lass gut sein, mein Meisterdetektiv«, sagte Erika und hauchte ihrem Mann einen Kuss auf die Wange. Sie wusste, dass dieses Gestammel so ziemlich das größte Kompliment war, das er zustande brachte. Und sie fand es absolut gerechtfertigt: Das lange, dunkelblaue Trägerkleid hatte ein spitzenbesetztes Dekolleté, ihre Hände steckten in dunklen Handschuhen aus Samt, die bis über den Ellenbogen reichten. Dazu trug sie einen extravaganten, ebenfalls dunkelblauen Hut. »Ich glaub, so können wir uns sehen lassen.«

»Abär sischerlisch, Madame«, sagte Kluftinger und ahmte dabei einen starken französischen Akzent nach. »Wollen wir nun die Lang'ammers 'olen?«

Erika lachte und hakte sich ausgelassen bei ihm unter.

Wenig später klopfte Kluftinger am Nachbarzimmer mit der Nummer 106.

»Na, da sind Sie ja endlich, wir haben schon …« Langhammer brach den Satz abrupt ab. Mit großen Augen musterte er Kluftingers Aufmachung und sagte dann abschätzig: »Na, haben Sie aus Versehen den Koffer Ihres Großvaters mitgenommen?«

Da trat Kluftinger einen Schritt zur Seite und gab den Blick auf die hinter ihm stehende Erika frei.

»Erika … du … ich meine … auch?«

»Gefällt dir unser Aufzug etwa nicht?«, fragte sie ein wenig pikiert, und Kluftinger freute sich darüber, dass Erika nun auch einmal eine Dosis von des Doktors Arroganz abbekam.

Da hatte Langhammer sich aber schon wieder gefangen: »Doch, doch, natürlich, meine Liebe. Ihr seht ganz phantastisch aus. Wie aus einem Hollywoodfilm, nicht wahr, meine Taube? Da wirst du uns unten aber ganz schön die Show stehlen, Erika.«

Kluftinger konnte sich des Gefühls nicht erwehren, dass Langhammer mit dem letzten Satz seine tatsächliche Gefühlslage verriet. Er grinste nur und antwortete mit Blick auf Langhammers Cordanzug: »Nun, ein 'Err sollte sisch in Gesellschaft doch wissen zu kleiden, Misjö. Wir sehen uns im Salon? Wenn Sie misch suchen, fragen Sie einfach nach … Hercule Poirot. Kommen Sie, meine Liebe!«

Mit diesen Worten zwirbelte er seinen falschen Bart, hielt Erika wieder seinen Arm hin, und sie stolzierten, Langhammers ratlose Blicke im Rücken, den Gang entlang.

Ein seltsamer Scherz

Das Hallo war groß gewesen, als Kluftingers den Salon betreten und in ihren Kostümen eine kleine Runde durch den Saal gedreht hatten. Der Kommissar hatte in französischem Akzent ein paar Bonmots zum Besten gegeben, wie es ihm ohne Verkleidung wohl nie möglich gewesen wäre. Es war schon seltsam: Wenn er sich, wie beim Laienspiel in seinem Heimatort Altusried, hinter einer Maske verstecken konnte, wurde er zu einem anderen Menschen. Manchmal sogar zu dem Menschen, der er gerne sein würde. Dann scheute er sich nicht, vor einem Auditorium zu sprechen, das aus mehr als zehn Zuhörern bestand – in den Zuschauerraum der Freilichtbühne passten 2500 Besucher. Dann hatte er kein Problem, Frauen selbstbewusst Komplimente zu machen. So war es auch jetzt: Er war nicht er selbst, er war Hercule Poirot. Jedenfalls eine ziemlich gelungene Allgäuer Ausgabe des belgischen Detektivs, wie er fand.

Bei seinem Rundgang hatte Kluftinger Zeit, sich die anderen Gäste anzuschauen. Er zählte ungefähr ein Dutzend. Ungefähr, weil er sich nicht sicher war, wer von ihnen zum Hotelpersonal gehörte. Er war etwas enttäuscht über sich selbst, denn er war überzeugt, dass Hercule Poirot darauf anhand scheinbarer Nebensächlichkeiten wie der Länge der Fingernägel, der Form des Schuhabsatzes oder ähnlich abstruser Dinge messerscharf geschlossen hätte. So musste er warten, bis sie sich einander bekannt gemacht hatten. Alle standen im Halbkreis um Erika und ihn herum und machten ihnen Komplimente über ihren Aufzug. Die blonde Frau vom Panoramafenster sogar mit – er hatte es ja gleich gewusst – unverkennbar holländischem Akzent: »Sie säihen abr wirklich gans putschig aus! Toll«, sagte sie, was er mit einer wegwerfenden Handbewegung beantwortete. Ihr Kommentar löste nicht nur bei Erika große Heiterkeit aus. Auch der langhaarige Sportlertyp brach in schallendes Gelächter aus und umarmte die Holländerin. Offenbar war er ihr Freund, auch wenn er nach Kluftingers Schätzung rund zwanzig Jahre jünger zu sein schien. Der Mann mit den weißen Haaren war ebenfalls da und klatschte anerkennend.

In diesem Moment kamen Langhammers die Treppe herunter, und Kluftinger konnte am Gesicht des Doktors unschwer ablesen, dass der ihnen die Aufmerksamkeit der anderen zutiefst missgönnte.

Nur einer der Gäste saß etwas abseits an einem der geschmackvoll gedeckten Tische. Kluftinger erkannte in ihm den unangenehmen Beschwerdeführer von der Rezeption.

»Ja, meine Damen und Herren, liebe Gäste, darf ich für einen Augenblick um Ihre Aufmerksamkeit bitten?« Julia König klatschte in die Hände und verschaffte sich so Gehör. Alle wandten sich der Hotelchefin zu, die sich zu ihrer Begrüßungsrede vor den aus groben Natursteinen gemauerten Kamin stellte, der das Zentrum des Raumes bildete. In ihm loderten zwar Flammen, aber nicht aus Holzscheiten, sondern aus einer Art länglichem Gasbrenner hinter einer Glasscheibe. Auch hier fand Kluftinger die Verbindung von modernen und rustikalen Elementen beeindruckend – wenn auch nichts über die Behaglichkeit eines echten Kaminfeuers ging.

»Sie haben aber einen feschen Mann an Ihrer Seite«, hörte Kluftinger plötzlich eine Stimme flüstern. Er sah zweimal hin, um sicherzugehen, dass die Stimme der Person neben seiner Gattin gehörte: Es war eine attraktive junge Frau, um die dreißig, in einem hautengen roten Stretchkleid, das ihre weiblichen Formen stark betonte.

Als die Frau bemerkte, dass Kluftinger sie gehört hatte, lächelte sie ihm zu und streckte ihm die Hand hin: »Gertler. Alexandra Gertler«, sagte sie und blickte das Ehepaar erwartungsvoll an. Als die beiden nicht reagierten, schob sie nach: »Sie kennen mich ja bestimmt aus dem Radio.«

Kluftinger schüttelte den Kopf. »Nein, ich hör nur Bayern 1«, sagte er ganz selbstverständlich.

Erika blickte ihn vorwurfsvoll an und sagte: »Natürlich, Frau

Gertler.« An ihrem Tonfall merkte der Kommissar, dass auch sie keine Ahnung hatte, wer sie war.

»Ich freue mich sehr, dass Sie alle meiner Einladung gefolgt sind. Und den Gewinnern des Preisausschreibens meinen ganz herzlichen Glückwunsch!« Mit diesen Worten gewann Julia König ihre Aufmerksamkeit zurück. Also doch, dachte sich Kluftinger, die anderen waren also auch eingeladen.

»Sind andere also auch eingeladen worden«, flüsterte Langhammer, der sich dicht neben ihm postiert hatte.

»Ja, wussten Sie das denn gar nicht?«, gab Kluftinger zurück.

»Ich möchte Ihnen kurz den Ablauf bekannt geben«, fuhr die Hotelchefin fort, »und Sie dann alle zu einem kleinen Umtrunk einladen.«

Applaus brandete auf.

»Also, wie Sie ja wissen, weihen wir mit Ihnen und unserem kleinen Mörderspiel dieses neue, wunderschöne Hotel ein. Nach einer anstrengenden Umbauphase wirklich ein Grund zum Feiern. Alles ist genau so geworden, wie wir es uns vorgestellt hatten.« Mit diesen Worten breitete sie die Arme aus und deutete unbestimmt in den Raum.

Wieder applaudierten die Gäste.

»Wenn ich wir sage, dann meine ich mich und mein Team: Da wäre einmal unser Concierge, den haben Sie alle ja schon kennengelernt.« Erst als Julia König rechts hinter sich deutete, sah Kluftinger, dass dort, im Halbdunkel, noch ein paar Menschen an einem Tisch saßen. Einer von ihnen, der Mann mit der roten Livree, stand nun auf und deutete eine Verbeugung an.

»Ferdinand Sacher wird sich um all Ihre Wünsche kümmern. Ebenso wie Arndt Vogel, auch wenn es bei ihm etwas handfester zugeht.« Ein sportlicher junger Mann mit weißen Hosen und weißem Hemd stand auf. »Er ist nämlich unser Masseur«, sagte die König verschmitzt grinsend. Erika und Annegret warfen sich erfreute Blicke zu.

»Herrlich, mein lieber Kluftinger! Ein Masseur! Der wird unsere müden Glieder wieder auf Vordermann bringen, wie?«

Kluftinger sah den Doktor stirnrunzelnd an.

»Jetzt sagen Sie bloß, dass Sie nicht auch hin und wieder einen Fachmann an Ihren … Astralkörper lassen!«

Bevor Kluftinger antworten konnte, fuhr Frau König fort: »Dann wäre da noch unsere Waschfrau, die, na eben beim Waschen ist. Unsere Mitarbeiter im Service werden Sie heute ja noch kennenlernen, aber die sind gerade damit beschäftigt, Ihr Dinner für eine Leiche vorzubereiten, wenn ich mal einen bekannten Filmtitel zitieren darf.«

Da keiner der Gäste lachte, ging Kluftinger davon aus, dass, wie er, niemand diesen Film kannte.

»Ich will Ihnen nicht verhehlen, denn Sie wissen es ja sicher aus der Presse, dass wir, Klaus und ich, in den letzten Jahren wirtschaftlich nicht gerade eine Glückssträhne hatten.« Bei diesen Worten blickte sie zum Durchlass in die Lobby, an der ein Mann in einem schlecht sitzenden Anzug und mit teigigem Gesicht lehnte. Er blickte aus müden Augen zurück und nickte, wobei ihm sein schütteres Haar strähnig ins Gesicht fiel.

Kluftinger erkannte in ihm den Kofferträger von ihrer Ankunft wieder. Aus dem »wir« schloss er, dass es sich dabei um ihren Geschäftspartner, Lebensgefährten oder sogar ihren Mann handelte, hielt Letzteres aber für nicht allzu wahrscheinlich, denn er schien glatt zwanzig Jahre älter als sie. Noch mehr wunderte sich der Kommissar allerdings darüber, dass sich dieser Klaus um Dinge wie das Gepäck der Gäste kümmerte.

»Aber diese Zeiten sind nun vorbei«, fuhr die König fort, »denn wir werden alles auf ganz neue Beine stellen. Mit unserer neuen Ausstattung und dem Viersternestandard haben wir den Anfang gemacht. Und wenn Sie uns dabei helfen und es überall herumerzählen, dann wird unser Erfolg nicht ausbleiben.«

Die Hotelchefin machte eine Pause, als erwarte sie wieder Applaus, doch als sich niemand rührte, fuhr sie fort: »Wir möchten ein etwas anderes Unterhaltungsprogramm anbieten als andere. Wir werden das einzige Hotel im Allgäu sein, das solche ›Mordstage‹ veranstaltet. Aber es soll nicht einfach ein Theaterstück werden, das Sie sich ansehen. Nein, Sie werden aktiv daran teilnehmen, in eine Rolle schlüpfen, mitermitteln, mitraten …«

»… und mitsterben.«

Ein Raunen ging durch die Menge. Die Köpfe drehten sich in die Richtung, aus der die Stimme gekommen war, die Julia König unterbrochen hatte. Etwas abseits an einem Tisch saß ein Mann, ein Glas mit einem offensichtlich hochprozentigem Getränk in der Hand.

»Also wirklich, ein seltsamer Scherz …«, zischte Annegret, und ihr Mann schüttelte ebenso den Kopf wie einige andere Gäste.

Die Bemerkung hätte unter anderen Umständen als Spaß durchgehen können, aber der Ernst, mit dem Carlo Weiß – denn so hieß er, erinnerte sich Kluftinger – sie gemacht hatte, ließ keine heitere Stimmung aufkommen. Doch Julia König schien sich dadurch nicht ihre gute Laune verderben zu lassen, und einmal mehr bewunderte Kluftinger sie für ihren Gleichmut.

»Ja, Carlo, auch sterben, aber natürlich so, dass keinem ein Haar gekrümmt werden wird, nicht wahr, meine Damen und Herren? Nur Theaterblut soll hier im ›Königreich‹ fließen. Und wenn es knallt, dann bitte nur aus Spielzeugwaffen. Schließlich sollen Sie danach ja überall erzählen, wie gut es Ihnen hier bei uns gefallen hat. Tot nützen Sie mir also gar nichts.«

Gelöstes Lachen.

»Offenbar kennt sie diesen Muhackel«, flüsterte Erika ihrem Mann ins Ohr. Auch ihm war nicht entgangen, dass die König ihn beim Vornamen genannt hatte, aber das war auf der anderen Seite nicht weiter verwunderlich, schließlich hatte sie ja die meisten Gäste persönlich eingeladen. Und nach jemandem, der an einem Preisausschreiben teilnimmt, sah Weiß ganz und gar nicht aus.

Kluftinger musterte den Mann noch einmal. Auch der stimmte nun in das Gelächter mit ein, offensichtlich war ihm seine Bemerkung doch unangenehm. Er stand auf und stellte sich neben eine Frau, etwa in seinem Alter, die sich auf einen Stock stützte. Er flüsterte ihr etwas ins Ohr und strich ihr über den Rücken, doch sie drehte sich weder nach ihm um, noch reagierte sie sonst auf ihn. »Francesca«, zischte Weiß ihr zu, doch die Frau wandte sich noch ein Stück weiter von ihm ab, sodass Kluftinger ihre rechte Gesichtshälfte sehen konnte. Er erstarrte für einen Moment, denn der Anblick war schrecklich: Ihre Wange war vernarbt, die Haut wirkte wächsern, wie geschmolzen. Schwerste Verbrennungen, schoss es Kluftinger durch den Kopf. Erika hatte die Narben offensichtlich auch bemerkt, denn ihre Hand krallte sich für einen kurzen Moment in seinen Arm.

Dann zog Julia König wieder die Aufmerksamkeit der beiden auf sich: »Ich möchte Ihnen nur kurz die Regeln unseres Spiels erklären, dann können wir beginnen. Also: Damit Sie alle aktiv am Geschehen teilhaben können, wird Ihnen eine Rolle zugewiesen. Die bekommen Sie jetzt gleich auf einem Kärtchen zu lesen, das wir Ihnen austeilen. Klaus?«

Der Mann mit dem teigigen Gesicht setzte sich mit einem Seufzen in Bewegung und schlurfte mit leicht gesenktem Kopf zu ihr. Als er bei ihr angekommen war, legte sie einen Arm um seine Schulter und sagte: »Das ist, wie gesagt, Klaus Anwander, mein Mann. Er ist, wie ich, Ansprechpartner in allen Belangen. Wenn Sie etwas benötigen, lassen Sie es uns einfach wissen. Tja, und jetzt lassen Sie sich bitte nicht in die Karten schauen, ja? Schließlich wird es später darum gehen, einen Mordfall aufzuklären. Da ist Spürnase gefragt, kein Schummeln. Und es soll doch für alle spannend sein, nicht wahr?«

Alle nickten ihr zu.

»So, und jetzt kommen wir zu einem ganz besonderen Gast des heutigen Abends.«

Der Kommissar blickte gespannt in die Runde.

»Herr Kluftinger?« Die Hotelchefin bat ihn mit einer Geste zu sich.

Verwirrt ging der Kommissar auf sie zu. Er hatte keine Ahnung, dass er ein »ganz besonderer« Gast war. »Bringen Sie doch Ihre Gattin gleich mit«, schob die König nach, worauf Kluftinger rot anlief. Linkisch winkte er Erika zu sich her, worauf einige Anwesende leise zu kichern begannen.

»Herr Kluftinger ist der berühmteste Kriminalkommissar des Allgäus«, sagte sie, und ein anerkennendes Raunen ging durch die kleine Gruppe. Verlegen blickte Kluftinger zu Boden.

»Natürlich wird er den Meisterdetektiv geben. Vielleicht haben Sie ihn schon erkannt?«

»Hercule Poirot! Hercule Poirot!«, rief Langhammer und hüpfte dabei wie ein Schuljunge, der eine Antwort weiß. Grinsend blickte er in die Runde.

»Sehr gut, Herr Doktor Langhammer. Sie kennen sich ja ganz offensichtlich aus in der Welt der großen Krimis.«

Ganz ungeniert antwortete der Doktor mit einem gespielt bescheidenen »Ach, na ja … man hat eben das eine oder andere gelesen«.

»Damit Sie sich alle leichter in die längst vergangene Zeit der legendärsten Ermittler einfühlen können, werden gerade im Moment passende Kostüme zu Ihnen aufs Zimmer gebracht.«

Erneuter Applaus.

»Jetzt verteilen wir aber erst einmal die Rollen.« Die König ließ sich von ihrem Mann die Karten geben. Während sie jedem Gast eine davon reichte, sagte sie laut dessen Namen. Kluftinger sah sich die Anwesenden noch einmal genau an. Es war ein bunt zusammengewürfelter Haufen, den er da vor sich hatte, und er war gespannt, welche Geschichten sich hinter den Gesichtern verbargen. Eigentlich war er nicht der Typ, der im Urlaub gerne neue Leute kennenlernte. Seine Frau hingegen schon, denn die schleppte meist schon am ersten Abend irgendwelche Bekanntschaften aus der Lobby oder dem Hallenbad zum Abendessen an ihren Tisch. Aber diesmal war das natürlich anders: Sie würden alle zusammen bei diesem Spiel mitmachen und sich dadurch zwangsläufig näherkommen.

»Sie brauchen ja keine Karte mehr, Herr Kommissar«, sagte die König, als sie an Kluftinger vorbeiging.

Als sie Langhammer sein Kärtchen gab, sah der Kommissar, dass der, bevor er es auseinanderfaltete, verstohlen zu dem Mann mit dem weißen Haar blickte, den die Hotelchefin mit »Herr Eckstein« angesprochen hatte. Dann schaute er auf seine Karte und grinste zufrieden.

»So, meine Damen und Herren!« Die Hotelbesitzerin klatschte erneut in die Hände. »Wenn Sie jetzt alle Ihre Rolle kennen, können wir ja zum gemütlichen Teil übergehen. Aber heben Sie sich Ihre ›Identität‹ gut auf. Noch eins: Ich würde Sie bitten, nach dem Umtrunk zügig auf Ihre Zimmer zu gehen und sich umzuziehen, denn in etwa …«, sie blickte auf die große Standuhr gegenüber dem Kamin, »einer Stunde gibt es Essen. Dafür haben wir uns eine kleine Überraschung ausgedacht, deswegen wäre es nett, wenn Sie pünktlich kommen würden. Ich sage nur so viel: Wir haben zwei Schauspieler engagiert, die uns nicht nur durch das Spiel geleiten werden, sondern auch als kleine Einführung ein kurzes … aber ich verrate schon viel zu viel. Herbert?«

Bei diesem Wort blickte sie sich um, und wie auf ein Stichwort kam ein Kellner mit einem riesigen Tablett und lauter kleinen Gläsern durch eine Schwingtür, die allem Anschein nach zur Küche führte. Er trug das Tablett zur Bar, wo die König und ihr Mann die Gläser einschenkten. Dann nahm sie selbst das Tablett und reichte den Gästen jeweils ein Glas, was Kluftinger gefiel. Im Geiste sah er vor sich, wie Langhammer so ein Hotel wohl führen würde. Vermutlich würde er sich im Stundentakt in einer Sänfte durch die Hallen tragen lassen und huldvoll winken. Da war Julia König schon von anderem Schrot und Korn.

Als hätte der Doktor erraten, dass sich Kluftingers Gedanken gerade um ihn drehten, wanzte er sich von der Seite an den Kommissar heran. Mit kaum geöffneten Lippen flüsterte er: »Ich habe einen Verdacht.«

Kluftinger verstand nicht. »Was haben Sie?«

»Einen Verdacht.«

»Was?«

»Ver-dacht!«

»Jaja, gehört hab ich's, bloß verstehen tu ich's nicht.«

»Ich will ja nichts sagen, aber der Typ da drüben«, der Doktor ruckte mit dem Kopf in Richtung des Weißhaarigen, »sieht mir nicht ganz koscher aus. Würde mich nicht wundern, wenn der Dreck am Stecken hat und sich nachher als Mörder rausstellt.«

Kluftinger sah Langhammer entgeistert an.

»Nur so. Als Tipp. Für Ihre Ermittlungen«, fügte der Doktor hinzu und zwinkerte dem Kommissar gönnerhaft zu.

»Sie wollen mir sagen, dass der Hotelgast, der sich noch nicht einmal für das Spiel umgezogen hat und der zufällig bei der Vergabe der Rollen neben Ihnen stand, sodass Sie als Spielverderber problemlos in die Karten hätten spitzen können, sich jetzt schon, vor dem Beginn des Spiels, so verdächtig gemacht hat, dass Sie ihn für den Mörder halten?«

Langhammer blickte ihn perplex an.

»Ist es ungefähr das, was Sie mir sagen wollen?«

»Ich dachte ja nur … ich meine, es erwarten ja sicher alle, dass Sie die Sache ganz schnell … quasi als Profi …«

Kluftinger dachte kurz nach. Dann zwirbelte er seinen künstlichen Schnauzbart und sagte: »Ah, oui, sischer aben Sie sisch auch Gedanken über sein Motiv gemacht, nischt wahr? Denn ohne Motiv gibt es auch keinen Mörder …«

Langhammer holte Luft, um etwas zu erwidern, aber ganz offensichtlich fiel ihm nichts ein, und er gab sich geschlagen. Eins zu null für mich, dachte der Kommissar, obwohl er zugeben musste, dass er in seinem Kostüm ein bisschen im Vorteil war.

»Dann auf ein wundervolles Wochenende, meine Damen und Herren«, meldete sich Julia König wieder zu Wort. Sie schritt noch einmal die Gäste ab und stieß mit jedem Einzelnen von ihnen an. Als sie Kluftinger gegenüberstand, hob er sein Glas und sagte: »Salü!«

Stille vor dem Sturm

»Komm, Butzele, solange die anderen sich umziehen, können wir uns ja mal das Haus anschauen, oder?«

Der Kommissar bot seiner Frau galant den Arm zum Unterhaken an.

»Ach, bleiben Sie doch noch kurz hier!«, hielt Julia König die beiden zurück. Sie kam mit neuen Gläsern auf die Kluftingers zu.

»Wir wollten uns ein bisschen im Haus umsehen«, erklärte Erika.

»Ich zeige es Ihnen gern selbst!«

»Mei, das ist aber nett von Ihnen!« Erika fühlte sich sichtbar geschmeichelt angesichts des Angebots der prominenten Hotelchefin.

»Ich bitte Sie«, erwiderte die, »Sie sind doch meine Ehrengäste. Aber erlauben Sie mir vor der Hotelführung kurz, eine Kleinigkeit an der Rezeption zu erledigen und Ihnen dann bei einem weiteren Glas noch einmal von ganzem Herzen zu danken.«

Kluftinger runzelte die Stirn. Schließlich war ja alles gratis, da brauchte sie sich doch nicht extra bedanken, dass sie gekommen waren. Allerdings genoss er diese aufmerksame Gästebetreuung auch, und so setzte er sich mit Erika an einen Tisch und wartete gespannt.

Einige Augenblicke später kehrte die Hotelchefin zurück. »Danke, dass Sie gewartet haben. Das Essen heute wird eine Wucht, das verspreche ich Ihnen jetzt schon.« Dann wurde sie ernst. »Und danke, dass Sie uns allen damals das Leben gerettet haben. Sie sind ein echter Held unserer Tage.«

Erika strahlte. Auch Kluftinger konnte ein Lächeln nur mühsam unterdrücken: »Nein, also, ich habe ja nur meine Pflicht getan.«

»Herr Kluftinger, nun hören Sie aber auf zu kokettieren. Sie haben alles gegeben, ohne Rücksicht auf sich selbst zu nehmen, und das ist heutzutage mehr als selten. Aber nun lassen Sie uns noch einmal anstoßen.«

Frau König reichte ihnen die Gläser. Kluftinger rang mit sich. Würde er diese nette Frau vor den Kopf stoßen, wenn er bekannte, dass er dieses süße Gesöff schon beim ersten Mal kaum hinuntergebracht hatte? Viel zu intensiv schmeckte es nach diesem schwarzen Johannisbeersirup. Und Prosecco konnte er sowieso nichts abgewinnen. Was die Leute nur immer mit diesem Schaumweinzeug hatten. Kluftinger griff sich zähneknirschend ein Glas, und sie prosteten sich zu.

»So, nun ist es mir eine Ehre, solche Persönlichkeiten durchs Haus führen zu dürfen«, sagte die König, nachdem Kluftinger das Getränk widerstrebend, aber mit bemüht neutralem Gesichtsausdruck in einem Zug hinuntergekippt hatte. »Die Halle haben Sie ja schon gesehen. Wir haben hier bewusst auf alpenländische Elemente gesetzt – das erwarten die Gäste. Aber unser Loungebereich ist dafür moderner. Auch wenn die Leute geteilter Meinung über unser ›Gasfeuerchen‹ sind. Glauben Sie mir, hier abends bei einem guten Gläschen Wein oder Whisky in den Klubsesseln sitzen, das hat schon was. Sie sehen, wir versuchen, ein Berghotel zu sein, aber wir haben nie den klassischen Lederhosenbarock mit gedrechselten und geschnitzten Elementen bedient. Klare Linien waren mir schon immer lieber.« Die Hotelchefin war in ihrem Redeeifer kaum mehr zu bremsen. »Das schlägt sich auch in unserer Speisekarte nieder. Wir haben im Stüberl und auch im großen Restaurant wechselnde Thementage wie unseren Berggeistschmaus oder unsere Südtiroler Brettljausn.«

»Jausn?«, echote Kluftinger, und als er seinen Worten nachhorchte, stellte er fest, dass sie kritischer klangen, als er es beabsichtigt hatte.

»Ich weiß, was Sie sagen wollen: Eine Jausn und ein Stüberl im Allgäu – das passt wie die Faust aufs Auge. Aber das ist unseren Gästen egal. Die würden sich allenfalls fragen, wieso es denn ›Stüble‹ heißt und Alpe statt Alm. Hier haben wir uns der Mehrheit angepasst.«

Erika legte die Stirn in Falten. »Aber das heißt doch, sie können einen Urlaub im Allgäu kaum von einem in Tirol, Oberbayern oder Südtirol unterscheiden.«

»Streng genommen nicht«, sagte Julia König. »Aber so ist es halt, da muss man an den Markt schon Zugeständnisse machen.«

Kluftinger nickte. Priml, Hauptsache Berge. Wo die stehen, scheint inzwischen völlig egal zu sein.

»Übrigens: Mittags gibt es die Almbrotzeit, dann ab halb drei unsere Coffee-Break und ab halb fünf die Tea-Time. All inclusive.«

»Aha, sind das die Anklänge an Urlaub in den Rocky Mountains, oder?«, kam es vom Kommissar.

»Nein«, lachte die Hotelchefin, »das sind die Gepflogenheiten der internationalen Gastronomie. Sorry.«

»Null problemo«, erwiderte Kluftinger.

Auf dem Weg in die Küche erfuhren er und Erika, dass es abends immer Themenessen gab, etwa die *Fiesta Mexicana*, das *Königsmahl*, die *Rauhnacht*, den *Wildererschmaus* oder das beliebte *Bella Italia*. Das »Highlight« aber sei der *Karibiktraum* mit Tischfeuerwerk.

»Servieren Sie das Essen unter diesen Metallhauben?«, erkundigte sich Erika.

»Manchmal schon, auch wenn ich es ein wenig übertrieben finde. Aber mein Mann liebt es, und wir haben die Dinger eh rumstehen.«

»Hat denn Ihr Mann das Hotel aufgebaut? Oder war es schon länger im Familienbesitz?«, wollte Kluftinger wissen.

Die König lachte kurz auf: »Mein Mann? Nein, ganz und gar nicht. Er hat mit dem Betrieb offiziell nichts zu tun. Ich habe das Haus ganz profan gekauft. Mit Personal und Ausstattung. Auch all inclusive, sozusagen. Ich habe es im laufenden Betrieb übernommen. Es war ja klar, dass ich nicht ewig vom Sport würde leben können. Und ich bin gelernte Hotelkauffrau. Mein ganzes Geld und noch ein ganzer Rattenschwanz an Schulden stecken hier drin – besonders seit dem Umbau. Der war aber dringend nötig, damit es wieder aufwärts geht. Aber lassen wir das und wenden uns den angenehmen Dingen zu: Auf in unseren neuen Wellnessbereich, die Königsthermen!«

An der Rezeption vorbei gingen die drei zur Treppe, die zu den unteren Stockwerken führte. Dort liefen sie dem Doktor in die Arme: »Oho, was ist hier denn los?«, wollte der sofort wissen. Als er allerdings hörte, dass die Kluftingers eine Privatführung bekamen, ging er einsilbig und sichtbar verschnupft seiner Wege. Kluftinger hütete sich, ihn zu fragen, was er überhaupt hier unten mache oder – noch schlimmer – ob er sich ihnen nicht anschließen wolle.

Bereits auf der Treppe bemerkte der Kommissar den typischen Schwimmbadgeruch, diese Mischung aus Dampf, Chlor und muffiger Turnhalle. Er war nie ein großer Badefan gewesen, und seitdem er einmal mit Langhammers ein Erlebnisbad hatte besuchen müssen, hatte sich diese Abneigung noch verstärkt. Als sie nun aber durch die gläserne Doppeltür eintraten, staunte auch er: Die Beleuchtung war gedämpft, überall brannten Kerzen, die Decke war von winzigen Birnchen erhellt, wie ein Sternenhimmel, der sich in der Wasserfläche des menschenleeren Beckens spiegelte.

»Werfen wir kurz einen Blick auf die wichtigsten Einrichtungen«, sagte die König, die durch die offen stehenden Münder ihrer Gäste nun so richtig in Fahrt kam. »Zunächst unser Bad mit insgesamt drei Solebecken. Dazu ein Dampfbad und zwei Außenbecken, eines davon mit Wasserfall und das andere mit einem Salzgehalt wie im Toten Meer.«

Das würde er vielleicht doch einmal ausprobieren, dachte Kluftinger. Man konnte im Toten Meer angeblich auf dem Wasser liegen und Zeitung lesen. Aber der Blick auf das immer dichter werdende Schneetreiben draußen ließ ihn den Gedanken schnell wieder verwerfen.

Nachdem sie den Saunabereich durchquert hatten, tat sich vor ihnen eine große Kuppel auf.

»Das ist die Königsgrotte. Eine Oase der Ruhe«, erklärte die Hotelchefin feierlich, und Kluftinger wunderte sich darüber, dass sie flüsterte, obwohl sie doch allein hier unten waren. Mit einer Handbewegung forderte sie das Ehepaar zum Eintreten auf. »Hier haben wir unsere Liegewiesen.«

Kluftingers Blick folgte dem ausgestreckten Zeigefinger, und er sah einige Matten, die auf geschwungenen gemauerten Liegen platziert waren. Jede Liege hatte eine eigene Leselampe, Kopfhörer hingen an der Wand. »Hier können Sie total abschalten und die Seele baumeln lassen. Wir haben für jeden etwas dabei, von den Brunftgesängen des Walfisches bis zur Titelmelodie vom ›Traumschiff‹. Die Kuppel wird abwechselnd in den Regenbogenfarben illuminiert, auf unserem Königsfeuer …«, sie deutete in die Mitte des Raums, wo in einem großen Glasgefäß Flammen züngelten, »… brennen wir regelmäßig indianische Räucherstäbchen ab.«

Der Kommissar fühlte sich regelrecht erschlagen, und er versuchte abzuschätzen, was das Ganze gekostet haben mochte. Ein sechsstelliger Betrag hatte wohl nicht ausgereicht, um allein diese weit verzweigte Unterwelt zu kreieren.

»Wenn Ihnen das zu öffentlich ist, haben wir noch unsere Relaxhöhle. Eine Art Schwitzhütte. Möchten Sie sie sehen?«

Kluftinger und Erika lehnten dankend ab und wurden schließlich aus dem Saunalabyrinth heraus zu den Räumen des Physiotherapeuten geführt. Dort sah es genauso aus wie in der Praxis für Krankengymnastik, in die Kluftinger auf Langhammers Geheiß wegen seiner Kreuzschmerzen eine Zeit lang hatte gehen müssen. Er erinnerte sich noch an die demütigenden Verrenkungen auf einem riesigen Gummiball, die er dort hatte vollführen müssen.

»Sagen Sie, kommen denn auch Leute aus dem Tal in Ihre Praxis?«, wollte Kluftinger wissen.

»Wie meinen Sie das?«

»Das ist doch nicht alles für die Hotelgäste, oder?«

»Aber sicher, lieber Herr Kluftinger. Unser Masseur ist eigentlich immer gut gebucht. Bei 120 Betten, die wir hoffentlich in Zukunft wieder voll belegt haben werden, kein Wunder.« Sie senkte die Stimme: »Und Frau Kluftinger, im Vertrauen: Von dem lässt sich frau gerne durchkneten, das werden Sie sehen.« Bei diesen Worten zwinkerte sie Erika verschwörerisch zu, die verschämt zurücklächelte.

Nachdem ihnen auch noch der Skikeller, der Veranstaltungssaal mit Panoramafenstern und die Heizungsanlage gezeigt worden waren, hatte Kluftinger genug. Er fürchtete, sie würden auch noch die Garagen und die Abstellräume zu sehen bekommen, wenn er dem Ganzen nicht ein Ende bereiten würde.

»Das war jetzt aber wirklich nett«, sagte er also, und die König verstand den Wink.

Als sie ins Foyer zurückkehrten, waren die anderen Gäste noch auf ihren Zimmern. Nur ein Mann und eine Frau, die bei der Begrüßung nicht dabei gewesen waren, saßen in den Klubsesseln am Fenster.

»Ach, erlauben Sie mir kurz, Sie vorzustellen«, sagte Frau König und lief auf die beiden zu. »Herr und Frau Rieger – darf ich Sie mit dem Ehepaar Kluftinger bekannt machen? Herr Kluftinger ist Chefermittler bei der Allgäuer Kriminalpolizei.«

Das stimmte zwar nicht, hörte sich aber gut an, fand Kluftinger. Schade, dass Langhammer noch nicht da war. Aber wahrscheinlich hätte die Hotelchefin den dafür als »Chefarzt« tituliert.

»Kluftinger. Grüß Gott«, sagte er und streckte seine Hand aus. Dann deutete er auf Erika und fügte an: »Mei Frau.«

»Herr und Frau Rieger sind beide Theaterleute. Sie haben das Stück, das heute beginnt, ausgearbeitet«, erklärte die König. »Sie werden uns durch den Abend führen und helfend eingreifen, wenn uns die Ideen ausgehen, wer der Mörder sein könnte.«

Kluftingers nickten, während die Riegers linkisch lächelnd dastanden. Die Hotelchefin entschuldigte sich kurz, und es entstand einer jener unangenehm stillen Momente zwischen Leuten, die sich nichts zu sagen haben. Aber wie immer konnte Kluftinger sich auf Erika verlassen, die als Erste versuchte, die Konversation ins Laufen zu bringen: »Sind Sie Stückeschreiber?«

»Mein Mann ist sozusagen Dramaturg, Regisseur, Requisiteur und Schauspieler in Personalunion«, antwortete die Frau.

Kluftinger musterte beide und fand, dass sie abgespannt und müde aussahen. Ihre Haut war blass, fast grau. Ihm fiel auf, dass sie sich ungeheuer ähnlich sahen. Ein Umstand, den er schon bei vielen Paaren beobachtet hatte. Man glich sich einander an. Auch äußerlich.

Frau Rieger plauderte derweil erstaunlich lebendig von ihren früheren Plänen, ein eigenes Theater zu gründen, zusammen ein Ensemble zu leiten, und von einem Schicksalsschlag, der, wie sie sagte, alles auf den Kopf gestellt habe. Erika fragte nicht nach. Jetzt wandte sich die Frau an Kluftinger: »Sie sind als Kommissar sicher ein großer Krimifan, oder?«

Kluftinger runzelte die Stirn. Er sah hier nicht den geringsten Zusammenhang. Im Gegenteil: Warum glaubten eigentlich alle, dass sich gerade ein Polizist in seiner Freizeit mit Krimis beschäftigte? Sahen Ärzte im Fernsehen denn immer nur die Schwarzwaldklinik? Oder Erzieherinnen ausschließlich die Supernanny?

»Ich meine nur«, fuhr Frau Rieger fort, die seinen irritierten Blick bemerkt hatte, »vielleicht haben Sie meinen Mann erkannt?«

Kluftinger schüttelte wortlos den Kopf.

»Na, liegt vielleicht am Kostüm. Frank hatte eine große Rolle in ›Polizeirevier München‹. Sie wissen, die Vorabendserie, damals in den Achtzigern.«

Kluftingers sahen sich an, nickten und lächelten. Sie hatten keine Ahnung.

»Vor Ihnen steht Niedermayer, der Assistent von Kommissar Gospodarek«, sagte die Rieger stolz.

»Ah«, sagte Erika mit unnatürlich weit aufgerissenen Augen. Ihr Mann fügte ein geheucheltes »Ah, jetza!« an.

»Constanze«, schaltete sich Herr Rieger ein, »hör doch auf mit den alten Kamellen! Lass uns lieber den leibhaftigen Kommissar fragen, wie er zur Ehre der Einladung zu diesem Wochenende kommt. Oder haben Sie das Wochenende gewonnen?«

Erika ließ sich so umgehend zu einer Antwort hinreißen, dass der Kommissar nicht die geringste Chance hatte, auch nur einen Ton zu sagen. »Wissen Sie«, begann Erika, »mein Mann ist, das kann man wohl so sagen, im wirklichen Leben so etwas wie ein Held. Nicht nur auf der Mattscheibe.«

»Jetzt Erika!«, versuchte Kluftinger, seine Frau zu bremsen. Allerdings nur halbherzig, denn es passierte selten genug, dass sie ihn in Gegenwart anderer lobte. Und noch seltener kam es vor, dass er gleich zweimal an einem Tag als Held tituliert wurde.

»Nein, jetzt lass mich das ruhig mal sagen. Mein Mann hat eine große Tragödie verhindert, Hunderten Leuten das Leben gerettet. Eben auch Frau König. Aber diese Geschichte würde wohl zu weit führen.«

Erika horchte zufrieden ihren Worten nach. Kluftinger nutzte die Pause: »Und Sie haben sich dann auf so Sachen … wie diese hier spezialisiert?«

»Auf Krimievents, Theaterwochenenden, Workshops und Crime-Dinner, genau. Wir haben damit vor drei Jahren angefangen.«

»Läuft das gut?«, wollte Kluftinger wissen.

»Es reicht zum Leben. Und wir genießen oft den Luxus solcher Hotels oder Restaurants – als Nebeneffekt. Das ist auch nicht verkehrt.«

»Das denk ich mir«, fügte Kluftinger an. Dann fiel ihm keine Frage mehr ein, und er war geradezu erfreut, dass in diesem Moment das Ehepaar Langhammer auf sie zukam. Auch sie hatten mittlerweile ihre Kostüme angelegt: Annegret trug ein ähnlich pompöses Kleid wie Erika, der Doktor einen altmodischen Tweedanzug. Um seinen Hals hing ein uraltes Stethoskop, und er hatte seine eigene, antiklederne Arzttasche dabei.

»Well, well, Mister Poyrott, how do you do?«, sagte er grinsend in Kluftingers Richtung.

»Heu, gehen Sie heut als Doktor Mabuse, oder wie?«, entgegnete der, während sich die Frauen tuschelnd Komplimente machten und an ihren Kleidern herumzupften.

»Well, Mister Poyrott, erkennan Sie misch nischt?«, insistierte der Doktor mit erbärmlich schlecht nachgeahmtem englischen Akzent.

Kluftinger schlug sich theatralisch an die Stirn. »Ah so, jetzt: Doktor Frankenstein …«

»Well, no, my Name is Watson, Sir!«, konterte der Doktor. »Aber in der französischen Provinz kennt man solche Persönlischkaiten wohl nischt, isn't it that?«

Isn't it that? Dass das kein Englisch war, erkannte sogar Kluftinger. »Belgien, Misjö Watson, Belgien!«, gab er zurück, aber der Doktor hatte sich bereits abgewandt und musterte Frank Rieger.

»Also …«, sagte er mit zusammengekniffenen Augen, »wenn mich jetzt nicht alles täuscht … Sind Sie denn nicht der Niedermayer aus der Serie ›Polizeirevier München‹?«

Kluftinger war baff. Langhammer hatte ihn erkannt? Er, der sich immer rühmte, dass ihr Fernseher so gut wie nie lief, weil er doch ein gutes Buch und eine gepflegte Konversation vorzog? Rieger nickte nur, und seine Frau bestätigte sichtbar erfreut Langhammers Vermutung.

»Was führt denn einen Fernsehhelden wie Sie in die Allgäuer Alpen?«, stimmte nun auch Annegret in das Fangeschwafel mit ein. Wahrscheinlich würden sie sich gleich noch ein Autogramm auf die nackten Oberarme geben lassen, vermutete Kluftinger.

»Wissen Sie, mein Mann und ich, wir zeichnen verantwortlich für die Dramaturgie des Stückes, das dem Wochenende zugrunde liegt.«

»Ach ja?«, sagte der Doktor und machte ein wichtiges Gesicht. »Das müssen Sie unbedingt kurz erklären. Gestatten: Doktor Watson … Langhammer, meine ich. Aber der Doktor stimmt dennoch. Ich bin Arzt, müssen Sie wissen …«

Musste sie? Kluftinger wandte sich angewidert ab. »Komm, Erika, lass die großen Leut sich ein bissle unterhalten. Wir gehen in den Speisesaal.«

»Ja, wir schauen mal, wo wir sitzen«, sagte sie und nickte den anderen zu. Dann fügte sie flüsternd an: »Diese Schauspieler sind nicht gerade anregende Gesprächspartner. Da ist mir so ein waschechter Meisterdetektiv schon lieber!«

Elf bei Tisch

Nach gut zehn Minuten folgten Langhammers mit den Riegers in den Speisesaal, der sich allmählich mit Gästen füllte. Der Kommissar fühlte sich in eine längst vergangene Zeit versetzt, denn alle waren im Stil der Zwanzigerjahre gekleidet. Nur wenige Tische waren gedeckt und zu Tafeln zusammengeschoben, schließlich waren sie ein »erlesener Kreis« am Eröffnungswochenende, wie Erika nicht ohne Stolz festgestellt hatte. Kluftinger hatte bereits ihre Sitzplätze ausfindig gemacht und die Tischkärtchen so umgestellt, dass er nun am Kopfende saß und nicht direkt neben Langhammer. Außer für die beiden Altusrieder Ehepaare waren noch drei Gedecke aufgetan: Eine Karte trug den Namen Gertler, die anderen beiden lauteten auf Weiß.

Beim Blick auf den Tisch schwante Kluftinger Böses: Drei Messer, vier Gabeln und drei Löffel lagen neben dem silbernen Platzteller. Er hatte keine Ahnung, wozu er was davon würde verwenden müssen. Aber sicher würde Langhammer ihn bei passender Gelegenheit in gehobener Etikette unterweisen. Priml.

Während Langhammer noch im Stehen irgendetwas bestellte, studierten er und Erika die Menükarte. Und wurden nicht schlau daraus: Es hörte sich an wie die Inventarliste eines Gruselkabinetts. Nach einem »Gruß aus der Giftküche« sollte es eine Portion »Selbst ausgelassenes Hirnschmalz auf Strychninbrötchen«, abgerundet mit einem Glas Blutwein, geben.

Die Getränkekarte war normal gehalten. Sie hatte neben einigen Weinen, die Kluftinger nicht einmal zu weiß und rot zuordnen konnte, ein paar Cocktails zu bieten. Das Spezi, das Erika so mochte, und die Biere hatte er noch nicht entdeckt. Stattdessen standen auf einer Seite gleich mehrere Wassersorten. Kluftinger musste schlucken, als er die Preise sah. Bis zu dreißig Euro musste man dafür hinlegen. Und bekam dafür das zweifelhafte Vergnügen geboten, »Mondwassser aus Java« oder »Gletscherwasser aus dem Himalaja« zu trinken.

Bevor Langhammers Platz nahmen, arrangierte der Doktor die Tischkärtchen mit einem kumpelhaften Augenzwinkern in Kluftingers Richtung so um, dass sie wieder nebeneinander saßen. Während Annegret und Erika, wie der Kommissar mit einem Ohr hörte, über Frau Rieger lästerten, versuchte sich Kluftinger im Smalltalk mit dem Doktor. Man war sich ja praktisch das Wochenende über ausgeliefert, da konnte man es ja ein wenig harmonisch gestalten.

»Haben Sie das gesehen? Mit dem Wasser?«, fragte Kluftinger vorsichtig.

»Ja, unglaublich, nicht wahr?«

»Ich möchte bloß wissen, welchen Deppen so was einfällt!«

»Wie? Was jetzt genau?«, hakte Langhammer nach.

»Welcher völlig verblödete Idiot kauft sich denn …«

Kluftingers Tirade wurde vom Erscheinen des Kellners unterbrochen, der sich zum Doktor hinunterbeugte und leise sagte: »Tut mir leid, das Gletscherwasser ist leider nicht geliefert worden. Geht auch ein anderes?«

Langhammer legte seinen Zeigefinger nachdenklich an die Lippen und entgegnete: »Dann das vom Fujiyama in der Kugelflasche, bitte. Und ein Glas vom Sancerre vor dem Essen. Ein 2000er-Jahrgang, denke ich?«

Der Kellner nickte, aber aus der Art, wie er es tat, glaubte Kluftinger herauszulesen, dass er sich nicht ganz sicher war.

»Gut, und dann verlasse ich mich ganz auf den Sommelier. Bitte zu jedem Gang das Passende. Für dich auch, meine Taube?«

Annegret winkte ab und bestellte nur ein Glas Weißwein. »Einen schönen Riesling mit gepflegter Säure, bitte!«, präzisierte der Doktor. Kluftinger war an der Reihe.

»Was habt's ihr für ein Bier?«

»Sie meinen die Sorten?«, fragte der Ober. »Nun, das Gängige, Weizenbier, Helles, Pils, ein ungespundetes Kellerbier und ein hervorragendes irisches Stout.«

»Kempten oder Memmingen?«

Der Kellner sah den Kommissar stirnrunzelnd an. »Äh, lassen Sie mich überlegen, das Helle ist aus Sonthofen, das Weizen aus Erding, das Pils aus Dresden und das Ungespundete aus einer kleinen Familienbrauerei aus Bamberg. Unser Festbier stammt von …«

»Ein helles Weizen für mich und für meine Frau ein großes Spezi.«

»Großes Spezi, verstehe.«

»Sie sollten das Wasser versuchen«, riet der Doktor. »Das ist energetisch aufgeladen. Aber was wollten Sie vorher noch sagen?«

Kluftinger winkte ab. »Schon gut.«

Zu ihnen gesellten sich nun zwei weitere Gäste: die Radiomoderatorin Alexandra Gertler und die Frau mit dem vernarbten Gesicht. Sie stellte sich als Franziska vor, die Frau von Carlo Weiß, dem unangenehmen Nörgler.

»Ich dachte, Sie heißen Francesca«, entgegnete Kluftinger und biss sich sofort auf die Lippe. Er hatte das vorher bei ihrem Streitgespräch mit angehört, das war der Frau sicher unangenehm. Doch die ließ sich nichts anmerken. Im Gegenteil: In lockerem Plauderton erzählte sie, dass ihr Mann eben südländisches Blut in sich habe und die italienische Version ihres Vornamens bevorzuge.

Kluftinger war nicht gerade begeistert von seinen Tischgenossen. Und er wusste auch nicht, wie er mit dem Umstand umgehen sollte, dass Frau Weiß mit ihrer Narbe ausgerechnet ihm zugewandt saß. Nicht, dass er damit prinzipiell ein Problem gehabt hätte. Aber er wusste einfach nicht, wie man sich in so einem Fall am besten verhielt. Fragte man nach, wie das passiert war? Ging man einfach darüber hinweg, als würde man nichts sehen? Er seufzte. Ein schwieriger Tisch. Zumal Frau Gertlers »Prominenz« Langhammer wieder zu wahren Begeisterungsstürmen hinriss. Kluftinger selbst konnte mit dieser Art des Privatradios, bei der sie arbeitete, nichts anfangen. Schon am frühen Morgen wurde man dort von penetrant vergnügten Menschen angeschrien und darüber aufgeklärt, dass man selbst auch unglaublich vergnügt zu sein habe, weil das Wetter so toll sei, und wenn das Wetter mal nicht so toll war, wurde man davon in Kenntnis gesetzt, dass man sich bloß die tolle Laune nicht vermiesen lassen solle. Außerdem titulierten sich diese aufgekratzten Morning-Men oder Frühaufdreher selbst ständig als »der Bichlmoser« oder »die Gertler«, wobei sie von tutenden Jingles unterbrochen wurden, die einem in vertraulicher Ansprache versicherten, dies sei »dein Sender für baaaare Geldgewinne«. Noch schlimmer wurde es, wenn die sich duzenden Moderatoren »Frau Thiele« oder »Herr Mayer« zueinander sagten und ständig das laufende Programm für Anrufe von Hörern unterbrochen wurde, die unbedingt sagen wollten, dass sie eigentlich nichts zu sagen hatten, das aber für ihr Leben gern im Radio tun würden. Und außerdem wollten sie natürlich immer noch »die Lolo«, »den Günni« und »die Babs« grüßen, die alle auch fänden, dass die Morgen-Moni und ihr Team die spaßigsten Spaßmacher überhaupt seien und nur so das nicht so tolle Wetter zu ertragen sei.

Da lobte sich Kluftinger das gute alte Bayern 1.

»Die Gertler« hatte, wie er erfuhr, ihre »steile Karriere« als Wetterfrau begonnen. Langhammer versicherte, er sei ein großer Fan von ihr, und in seiner Praxis laufe den ganzen Tag nur »Bavaradio«. Was nicht stimmte, wie Kluftinger aus leidvoller Wartezimmer-Erfahrung beim Altusrieder Arzt wusste, wo die Kranken mit Kammermusik malträtiert wurden.

Der Platz von Carlo Weiß blieb leer; auf Nachfrage Erikas gab seine Frau zu verstehen, dass der sich eigentlich immer verspäte.

»Oh je, das kenne ich nur zu gut. Da fällt den Herren dann ein, dass sie noch schnell auf die Toilette müssen«, seufzte Erika. »Und man selbst steht in voller Montur da und wartet. Aber da hatten Sie recht, dass Sie jetzt gleich allein gekommen sind.«

»Wissen Sie, wir haben getrennte Zimmer. Er weiß ja, wann es Essen gibt.«

Erika nickte betreten.

Muss ja eine tolle Ehe sein, dachte Kluftinger. Warum blieben Leute zusammen, obwohl sie so offensichtlich keine Zuneigung mehr füreinander hegten? War es da nicht besser, einen klaren Schnitt zu machen? Er streichelte seiner Frau unter dem Tisch übers Knie. Solche Gedanken musste er sich Gott sei Dank noch nie machen.

»Ein kleiner Gruß aus unserer Giftküche!«, trällerte der Ober kurz darauf fröhlich und stellte einen Teller von den Ausmaßen einer Tortenplatte vor den Kommissar. Darauf befand sich ein höchstens drei Quadratzentimeter großer Würfel aus irgendeiner schwarzen Gallertmasse, flankiert von zwei winzigen Klecksen Mayonnaise und Senf. Julia König, die wie vorhin am Kamin stand, erklärte: »Ein herzliches Willkommen von unseren Köchen! Kaviarsülze mit frischen Miesmuscheln, hausgemachter Kräutermayonnaise und unserem guten Honigsenf! Wohl bekomm's!«

»Muscheln, herrlich!«, jubilierte Langhammer, und Kluftinger griff sich resigniert ein Stück Brot aus dem Korb. Das war, hatte er bereits festgestellt, zwar giftgrün gefärbt, schmeckte aber wie die knallrote Butter am Tisch ganz normal. Den Teller schob er so weit es ging von sich. Niemals würde er dieses Zeug anrühren, und wenn es fünfmal nichts kostete. Muscheln und Kaviar in den Allgäuer Bergen – Mahlzeit.

Nachdem sich Langhammer ohne Zögern nach seinem eigenen zuerst Kluftingers Küchengruß und dann auch noch Erikas Reste einverleibt hatte, wurden die Teller abgetragen.

»Hat Ihnen der Gruß aus der Giftküche behagt?«, fragte der Kellner lächelnd, als er Kluftingers leeren Teller abräumte.

»Sagen Sie der Küche einen schönen Gruß zurück«, raunte der Kommissar. »Ich hätt Hunger!«

Doch Kluftingers Hoffnung auf einen üppigeren nächsten Gang wurde fürs Erste enttäuscht, denn das Licht im Speisesaal wurde gedimmt, und das Ehepaar Rieger, ganz in schwarze, enge Anzüge gekleidet, betrat den Raum. Hinter sich zogen sie eine Art kleinen Leiterwagen her. Die Stimmen senkten sich, und allmählich wurde es still. Riegers stellten sich vor und kündigten die »Ouvertüre« zum Kriminalwochenende an: Eine kleine Zusammenschau von großen Ermittlern, schließlich müssten sie im Folgenden ja alle versuchen, mit Wachsamkeit und Gewitztheit einen kniffligen Fall zu lösen.

»Na, da werden wir endlich sehen, wie weit es mit Ihrer kriminalistischen Intuition her ist, mein lieber Kluftinger«, flüsterte ihm der Doktor zu.

»Begleiten Sie uns auf einer Reise durch die Zeit. Und durch die

Welt der großen Kriminaler!«, kündigte Frank Rieger an. Ein Spot wurde auf ihn gerichtet, als er aus seinem Wagen eine karierte Mütze samt Pfeife hervorzog. Dazu erklang im Hintergrund leise Geigenmusik.

»Ladies and Gentlemen, welcome zu unserem Spiel. Sie werden Abgründe der menschlichen Seele kennenlernen, die Sie nicht für möglich gehalten hätten. Ebenso werden Sie feststellen, wozu der menschliche Geist fähig ist, denn wie ich immer sage: Wenn man alles, was nicht möglich ist, ausschließt, dann muss das, was übrig bleibt, und sei es noch so unwahrscheinlich, die Wahrheit sein. Ich bewundere Ihren Mut, gerade in diesen Tagen an einem solchen Spiel teilzunehmen. In den Rauhnächten. Nun, bei uns in London sind alle Nächte rau, aber man nennt sie nicht, wie bei Ihnen, tote Nächte, und es verschwimmen dann auch nicht die Grenzen zwischen den Welten.« Der Schauspieler machte eine wirkungsvolle Pause und zog an seiner Pfeife.

»Und doch habe ich einige solcher Nächte erlebt. Aber davon ein andermal.«

»Holmes?« Constanze Rieger trat in den Lichtkegel. »Gestern war ein Besucher bei uns, aber wir haben ihn leider verpasst. Er hat lediglich seine Uhr hier gelassen. Schade, dass wir nun nicht wissen, was er wollte.« Sie reichte ihrem Mann eine Taschenuhr.

»Nun, wir können zumindest einiges über den Mann herausfinden.«

»Wie soll das denn gehen?«

»Indem wir genau hinsehen.«

»Hm. Seine Uhr scheint wertvoll zu sein. Also ein reicher Mann.«

Rieger, der jetzt Holmes war, sah sie scharf an. »Niemals, hören Sie, niemals dürfen Sie voreilige Schlüsse ziehen. Und niemals raten. Das ist eine schockierende Angewohnheit, unwürdig eines logisch denkenden Menschen.«

»Na dann, machen Sie's doch besser.«

»Es ist ganz eindeutig: Der Mann, der sie trug, war unordentlich, ja schlampig. Er hatte einst gute Aussichten auf eine Karriere, hat aber seine Chancen verworfen, einige Zeit in Armut gelebt, ist zwischendurch immer wieder zu Geld gekommen und begann schließlich zu trinken und starb.«

Das Publikum lachte.

»Niemals kann man das aus dieser Uhr herauslesen«, schimpfte die Rieger, die offenbar Holmes' Freund Watson darstellen sollte – sehr zu Langhammers Leidwesen, der die ganze Zeit über kerzengerade in seinem Stuhl saß, als erwarte er jeden Moment sein Stichwort, das jedoch nicht kam.

»Natürlich«, antwortete Holmes-Rieger, »Sie könnten es auch sehen, wenn Sie die Kleinigkeiten beachten würden, die zu diesen Schlüssen führen. Sehen Sie sich die vielen Kratzspuren auf der Uhr an. Das deutet darauf hin, dass sie der Träger mit vielen anderen Gegenständen, Kleingeld zum Beispiel, in seiner Tasche trug. Man braucht kein Hellseher zu sein, um festzustellen, dass jemand, der eine solch wertvolle Uhr so mit sich herumträgt, ein nachlässiger Mensch ist. Andererseits hat er die Uhr wohl vererbt bekommen, denn sie trägt ein Familienwappen. Das heißt, er kommt aus gutem Hause, hatte also wohl alle Chancen.«

Die Schauspielerin nickte.

»Außerdem ritzen unsere Pfandleiher gerne die Nummer der Pfandgüter winzig klein mit einer Nadel in die Artikel selbst ein – hier finden sich gleich vier solcher Einritzungen. Das heißt, der Mann kam immer wieder in Geldnot, aber auch immer wieder zu Geld, sonst hätte er das Pfand ja nicht mehr auslösen können. Und schließlich: Diese Uhr hat ein Schlüsselloch – eigentlich ungewöhnlich für eine Taschenuhr, aber das tut jetzt nichts zur Sache. Schauen Sie sich das Loch an: Viele tiefe Kratzer drumherum. So sehen Uhren von Trinkern aus; nüchterne Menschen würden kaum so oft das Schlüsselloch verfehlen.«

Es wurde wieder dunkel, und Applaus brandete auf. Kluftinger war beeindruckt. Obwohl er wusste, dass es nur ein Theaterstück war, war ihm doch klar, dass er niemals zu solch scharfsinnigen Schlüssen fähig gewesen wäre.

»Na, ob Sie das auch hingekriegt hätten?«, fragte ihn Langhammer augenzwinkernd.

»Ach, bestimmt, das war doch gar nix«, erwiderte Kluftinger.

Als es wieder hell wurde, hatte sich Frau Rieger eine graue Perücke aufgesetzt und stützte sich in gebeugter Haltung auf einen Stock. Dabei erklang aus dem Lautsprecher wieder die beschwingte Musik, die sie bei ihrer Ankunft gehört hatten.

»Die Arbeit eines Polizisten ist nie getan, sage ich immer«, begann sie mit brüchiger Stimme. »Aber manchmal muss ich denen von der Polizei auch ein bisschen helfen, damit sie zumindest annähernd fertig werden.«

Bei diesen Worten grinste Langhammer den Kommissar an, was dieser aus den Augenwinkeln sah, ihm jedoch nicht den Gefallen tat, sich ihm zuzuwenden.

»Mein Motto lautet jedenfalls: Sachte, sachte fängt man den Affen mit der Mausefalle. Na, wissen Sie denn schon, wer ich bin?«

»Miss Marple, Miss Marple«, kam es von mehreren Seiten, am lautesten vom Doktor.

»Nein, Moment, das kann ich so nicht gelten lassen.« Rieger kam wieder dazu; diesmal trug er einen Trenchcoat und eine riesige Brille. Mit einer Stimme, die klang, als stecke ihm ein Knödel im Hals, sagte er: »Wir brauchen hier Regeln, anders kann ich nicht arbeiten. Und eine Regel sagt mir: Was auch immer für ein Verbrechen hier verübt wurde, wahrscheinlich kommt gleich der Millionärssohn vom Golfspielen und wird es gestehen. So lange kannst du schon einmal den Wagen holen, Harry …«

Das Publikum johlte, und einige riefen voller Freude »Derrick!«, während Langhammer »Der Alte!« hineinbrüllte.

»Oh, isch sehe, wir aben hier ein aufmerksames Publikum, n'est-ce pas?« Frau Rieger hatte sich einen Zwicker auf die Nase gesetzt und blinzelte Kluftinger zu. »Isch bin nischt das Orischinal, aber glauben Sie mir, auch isch abe meine Erfahrung.«

Der Doktor lehnte sich zu Kluftinger und flüsterte: »Passen Sie nur gut auf, da können Sie sich noch eine Scheibe abschneiden.«

»Mein Tipp lautet«, fuhr Frau Rieger fort, »immer su beginnen mit der Frage, wer von dem Mord am meisten profitiert.« Sie machte eine kurze Pause. »Dann vernehme ich als Nächstes den Ehemann oder die Ehefrau.« Großes Gelächter. »Und immer nur das erwägen, was wirklisch beobachtet werden kann.«

Inzwischen hatte sich Frank Rieger erneut umgezogen: Er hatte einen Trenchcoat an; einen beigen Borsalino hatte er tief ins Gesicht gezogen. Eine brennende Zigarette hing lässig in seinem rechten Mundwinkel. Schließlich brachte ihm der Kellner ein Whiskyglas mit einigen Eiswürfeln.

»Tag, Leute«, begann Rieger, »wenn ich mich mal kurz vorstellen darf: Philip Marlowe mein Name.«

Rieger nahm einen tiefen Schluck aus dem Glas.

»Ich soll Ihnen ein paar Tipps geben für eine gute Ermittlung. Nehmen Sie bitte nicht mich als Vorbild. Man sagt über mich, ich sei einer der schlimmsten Zyniker meines Metiers. Mag sein. Wissen Sie, ob man einen Täter findet oder nicht, was macht das schon? Macht es die Welt denn an sich schon besser? Nicht jeder Täter ist deswegen auch gleich jemand, den man bestrafen muss. Geben Sie nicht allzu viel auf die Trennung von Gut und Böse. Ich hab zu viel gesehen im Leben, ich könnte nicht mehr sagen, was gut ist und was schlecht. Passen Sie auf – wenn Sie zu tief in die Abgründe der Seele schauen, schauen diese Abgründe auch in Sie.«

Constanze Rieger legte ihm den Arm um die Schulter und sagte: »Ach Philip, sei doch nicht so ernst!«

»Ernst, Mable?«, fragte er zurück.

Marlowe schnaubte, und die Asche seiner Zigarette fiel einfach zu Boden. »Was denn sonst, wenn nicht ›ernst‹, Baby? Findest du, dass wir in einer Welt leben, die zu Fröhlichkeit verleitet? Wenn du erst einmal eingesehen hast, dass es keine gerechte Welt geben kann, bei so viel Lüge und Korruption, dann wirst du verstehen, dass man einen ehrlichen Bourbon und eine gute Pfeife oder eine Zigarette jedem angeblichen Freund vorziehen sollte.«

»Mensch, Marlowe, du bist echt ein Pessimist! Und viel zu bescheiden! Du könntest ein ganz anderes Leben führen, wenn du endlich das Geld eintreiben würdest, das dir die Leute für deine Arbeit als Detektiv schulden. Dann würde es dir auch seelisch besser gehen!«

»Nein, Geld ist nicht wichtig. Ich kämpfe für eine Welt, die gerecht ist. Ich bin im Grunde ein Romantiker, ein ziemlich heilloser sogar. Ich höre manchmal nachts Schreie, und dann gehe ich nachsehen, was los ist. Dabei verdient man keinen Penny. Wenn man noch seine fünf Sinne zusammen hat, macht man das Fenster zu und dreht die Musik lauter.

Na schön, ich werde Ihnen also sagen, was ich am besten kombinieren kann, am besten überlegen: Nehmen Sie sich ein Schachspiel, ein halbes Päckchen Zigaretten, genügend Bourbon und eine berühmte Schachpartie. Spielen Sie sie nach, und die Zusammenhänge werden Ihnen klar, die Figuren des Spiels nehmen die Gestalten der Leute Ihres Falles an. Und bevor die Partie zu Ende ist, werden Sie verstehen. Und werden den Richtigen haben. So, und jetzt muss ich weiter. Es gibt zu viele dort draußen, denen übel mitgespielt wurde. Und die Miete für mein Büro sollte ich auch noch verdienen in diesem Monat. See ya!« Er nahm einen tiefen Schluck.

Frank Rieger drehte sich um. Bei Marlowes kleinem Schlussmonolog war seine Frau aus dem Lichtkegel verschwunden.

»Jules?«, tönte es aus dem Hintergrund, während Rieger sich noch einmal mit neuen Attributen ausstattete. Dann trat Constanze Rieger, bekleidet mit einem Morgenrock, wieder ins Rampenlicht. In der rechten Hand hielt sie eine Müslischale, in der linken eine Tabakspfeife. »Hier, Jules, dein Kaffee!«

»Danke, Madame Maigret«, sagte Frank Rieger, nun mit einem schwarzen Hut ausgestattet. Dann legte er seinen schwarzen Wintermantel, den er unter dem Arm hatte, über einen Stuhl und setzte sich.

»Gut, dass du nur mich umsorgen musst, nicht auch noch Kinder!«

Constanze Rieger seufzte. »Glaubst du, dass der Sohn meiner Schwester zur Polizei gehen sollte?«, fragte sie nach einer Pause.

»Meine Liebe, du weißt doch, was mein Motto ist: Ich glaube grundsätzlich nichts. Es wird sich erweisen, ob er dafür taugt. Warum?«

»Nun, Jules, du weißt doch, dass er die Prüfung für den gehobenen Dienst ablegen will. Ja, und jetzt möchte ihm meine Schwester noch ein paar gute Tipps geben, was er beim ersten Gespräch vielleicht sagen könnte.«

»Wie, sagen?«, brummte der Mann, während er umständlich versuchte, seine Pfeife anzustecken. »Muss das denn jetzt sein? Beim Frühstück?«

»Ja, weißt du, sie ruft mich im Laufe des Vormittags noch an, und da will ich ihr etwas sagen können, vielleicht ein paar Tipps zur Ermittlung.«

»Unsinn. Danach wird ihn sicher niemand fragen. Gute Polizeiarbeit lernt man nur durch Erfahrung. Er wird schon sehen, dass es das Wichtigste ist, besonnen vorzugehen. Sich langsam in einen Fall hineinleben, darauf kommt es an. Die Lebensgewohnheiten der Leute studieren. Und wenn man den ganzen Tag in einer Eckkneipe am Boulevard Saint-Michel verbringen muss. Irgendwann tickt man wie die Leute, mit denen man es zu tun hat. Und dann versteht man die Dinge, die hinter der Fassade geschehen. Man muss das Opfer kennenlernen. Erst dann kann man auch den Mörder kennen.«

Die Frau hing an seinen Lippen.

»Aber dazu ist er im Moment noch zu grün. Er wird als Inspektor unglaublich viele Fehler machen. Doch aus denen lernt man eben am meisten. Er braucht einen guten Lehrmeister. Einen vernünftigen, erfahrenen Kommissar an seiner Seite, dann wird das schon. Und man soll sich nie mit der ersten Wahrheit abfinden. Es gibt immer mehrere Möglichkeiten. Aber das sagen wir ihm nicht, darauf muss er selbst kommen. Lass ihm ausrichten, dass ich ihm Glück wünsche. Und sag deiner Schwester, dass ich mich schon auf ihr Johannisbeergelee freue, wenn wir im Sommer zu ihr ins Elsass fahren.«

Auf einmal ertönte eine Klingel. Constanze Rieger erhob sich, ging ab, während ihr Mann als Maigret wortlos und weiter Pfeife rauchend am Tisch saß. Dann kam sie wieder und sagte: »Das Quai des Orfèvres hat angerufen. Lucas ist schon nach Montmartre aufgebrochen – eine tote Tänzerin. Du musst dich beeilen.«

Dann half sie ihrem Mann in den Mantel. Er gab seiner Frau einen flüchtigen Kuss und sagte: »Ich rufe dich an, ob und wann ich nach Hause komme, ja?«

»Ja, Jules. Ich warte mit dem Essen. Es gibt Kaninchenragout mit Wacholder.«

»Gut, Madame Maigret. Und spare nicht mit dem Pastis in der Soße, ja?«

»Keine Sorge, Jules«, hauchte Frau Rieger, dann erlosch der Spot.

Zur Titelmusik des »Tatort« verließen die beiden Schauspieler im Dunkeln wieder den Raum, und das Licht ging an. Als Kluftinger zu Langhammer sah, verstaute der gerade ein Büchlein mit Gummiband und einen Kugelschreiber in seiner Jacketttasche.

»Ich habe ein wenig mitnotiert«, beantwortete er Kluftingers ungestellte Frage.

Streber, dachte der Kommissar und antwortete: »Ja, ganz wichtig.«

Endlich wurde die Vorspeise gebracht. Das Hirnschmalz mit Strychninbrötchen stellte sich als hervorragendes Griebenschmalz auf einem der besten Schwarzbrote heraus, die Kluftinger je gegessen hatte. Nachdem der Brotkorb zum dritten Mal aufgefüllt worden war und Kluftinger auch den letzten Schmalztopf geleert hatte, fragte er nach, warum Langhammer kein Brot gegessen und stattdessen nur das Schmalz vom Löffel probiert habe.

»Low-Carb, mein Lieber!«, sagte der Doktor, doch noch bevor er erklären konnte, was das bedeutete, erloschen schlagartig die Lichter. Ein Raunen ging durch den Saal, wie auf ein Stichwort verstummten alle Gespräche. Mit einem Mal war es stockfinster. Erst jetzt fiel Kluftinger auf, dass keine Kerzen auf den Tischen brannten. Kein Lichtschein war zu sehen, auch die Halle war dunkel, die Außenbeleuchtung aus, ja sogar das Kaminfeuer war erloschen. Unbehagen kroch seinen Nacken hoch. Nur ganz allmählich erhob sich an einigen Tischen ein leises Tuscheln. Die anderen Gäste schienen ebenfalls ein wenig nervös zu werden. Doch nichts geschah. Kluftinger nahm wahr, dass am Nebentisch jemand aufstand. Oder waren es zwei? Er glaubte, Schritte zu hören, ein Rempeln, schließlich einen leisen Schlag und auf einmal einen durchdringenden, gellenden Schrei. Ein erschrockenes Raunen ging durch den Saal, dann ein kurzer stiller Moment, jemand rannte davon, und ein dumpfer Schlag ertönte. In diesem Moment gingen alle Lichter wieder an.

Sofort erhob sich Gemurmel, eine Frau kreischte schrill auf, Stühle wurden gerückt, einige standen auf. Als sich Kluftingers Augen wieder an das grelle Licht gewöhnt hatten, sah er in all dem Trubel einen Mann in dunkler Hose, der zwischen den Tischen auf dem Boden lag. Um ihn herum hatte sich eine große Blutlache gebildet. In seinem Rücken steckte ein Brotmesser, sein weißes Hemd war blutgetränkt.

Kluftinger brauchte ein, zwei Sekunden, um sich aus seiner Erstarrung zu lösen. Auch die restlichen Gäste erhoben sich, ein paar gingen langsam auf den Mann zu und bildeten einen Kreis um ihn.

»Einen Arzt! Schnell«, rief jemand. Kluftinger blickte sich um. Erst jetzt bemerkte er, dass Erika seine Hand fest umklammert hielt. Er löste sich und lief zu den anderen. Er musste eingreifen, die Leute beruhigen. Hier war aus Spiel blutiger Ernst geworden! Ihm wurde schwindlig. All das Blut! Langhammer rannte ebenfalls zu dem Opfer, schob die Leute beiseite und bückte sich.

»Er lebt noch!« .

»Keine Spuren verwischen jetzt!«, fauchte Kluftinger. »Erstversorgung ja, aber bitte nicht alles antatschen!«

Langhammer bedachte den Kommissar mit einem tadelnden Blick. Dann stand er auf und rief unvermittelt mit demselben schlecht imitierten englischen Akzent wie vorher: »Einen Arzt, please, schnell einen Arzt!«

Kluftinger runzelte die Stirn und sah den Doktor verständnislos an. »Sie sind doch Arzt! Trauen Sie sich das nicht zu?«

Mit zusammengezogenen Brauen musterte ihn Langhammer. »Well, schon. Aber ick praktiziere ja lange nickt mehr!«

»Heu!«, versetzte Kluftinger baff. »Seit wann jetzt das? Und finden Sie nicht, dass Sie mal mit diesem komischen Akzent aufhören sollten, Kruzinesn!«

»Well, Sir, ick sprecke so, wie ick es kann. Als Engländer habe ick eben eine Aksent! Und was die Sacke mit dem Arzt angeht: Ick kümmere mick nur nock um meinen Freund Holmes. Wo ist der überhaupt? Well, egal, wir braucken einen praktischen Arzt!«

Langsam dämmerte es Kluftinger. Er fühlte, wie sein Kopf heiß wurde, als ihn die Erkenntnis durchfuhr. Er betrachtete das Gesicht des Mannes am Boden noch einmal genau, dann hatte er Gewissheit. Kreuzkruzifix, das Ganze war so gut inszeniert gewesen, dass er sich hatte täuschen lassen! Mit einer schwungvollen Bewegung, die grelle Lichtblitze vor seinen Augen aufscheinen ließ, kniete der Kommissar sich hin, holte tief Luft und versuchte von einer Minute auf die andere, wieder in seine Rolle hineinzukommen.

»Isch verstehe, Sie sind also dieser bekannte Docteur Wat-Sonn.« Kluftinger zwirbelte sich den Bart, unter dem es ihn mittlerweile erbärmlich juckte, und fuhr fort: »Gestatten: Poirot. Sie aben rescht. Wir sollten einen verlässlischen Arzt inzuziehen, keinen solchen – mit Verlaub – Quacksalber, wie Sie es sind.«

Langhammer sah ihn bedröppelt an, wollte dann für einen Gegenschlag Luft holen, doch Kluftinger ließ ihn nicht zu Wort kommen. Er hatte wieder zu seiner Rolle zurückgefunden. »Meine Damen und Erren, nehmen Sie bitte wieder Platz, bis die Polizei eintreffen wird!«

»Die Polizei ist bereits unterwegs, sie muss jeden Moment da sein«, tönte Julia König, während sie auf Kluftinger und Langhammer zuschritt. Sie hatte mittlerweile eine alte Kittelschürze und ein Kopftuch an. Auch sie bat die Gäste, wieder Platz zu nehmen. Dann flüsterte sie dem Kommissar ins Ohr: »Herr Weiß soll den Dorfpolizisten geben, aber er scheint sich zu verspäten. Bitte improvisieren Sie doch, ich habe bereits eines der Mädchen nach ihm geschickt. Sie können das doch aus dem Stegreif sicher überbrücken!«

Das konnte er … sicher nicht, wollte der Kommissar entgegnen, doch er spürte, dass alle Blicke auf ihn gerichtet waren. Priml, dachte er, biss für einen kurzen Moment energisch die Zähne zusammen und legte, die beiden Daumen in den Westentaschen eingehakt und den Bauch über Gebühr nach vorn gestreckt, los: »Isch möschte nur kurz vor dem Eintreffen der dörflischen Polizei rekapitulieren: Wir aben es zu tun mit einem Menschen, mutmaßlisch einem Mann, der regungslos vor uns auf dem Boden liegt, nischt wahr?«

Langhammer nickte. Wenigstens als stummen Partner zum Anspielen konnte man ihn gebrauchen.

»Gut. Des Weiteren …«, Kluftinger machte eine kleine Pause, in der er tat, als ob er angestrengt nachdenken müsste, »… des Weiteren können wir davon ausgehen, dass er ein Messer im Rücken hat. Isch würde also ein Fremdverschulden nischt ausschließen. Mittlerweile hat er auch so lange unversorgt ier gelegen, dass er wahrscheinlisch nischt mehr am Leben ist.«

Kluftinger warf einen theatralisch bösen Blick in Richtung Langhammer, dann setzte er seinen Monolog fort, den er dadurch dramatisch unterstrich, dass er ein paar Schritte auf und ab lief. »Meine Frage an Sie alle ist also, ob jemand etwas beobachtet hat. Alles, das kleinste Detail, kann nützlisch sein!«

»Well, Mister Porridge, das Lickt war ja aus!«

Kluftinger holte tief Luft. »Nun, äh, natürlisch. Aber vielleischt vorher? Oder etwas geört?«

»Gsst!«

Kluftinger horchte auf.

»Gsst!«, zischte es noch einmal aus Richtung der Leiche. Der Kommissar hatte sich also nicht getäuscht.

»Nun, isch werde misch kurz zum Toten beugen, um zu sehen … äh … ob er nach Gift riescht!« Als sein Blick dabei auf das im Rücken steckende Messer fiel, flüsterte ihm der Tote, den der Kommissar erst jetzt als den Schauspieler Frank Rieger erkannte, bereits zu: »Mann, jetzt bringt entweder den Dorfpolizisten her oder schafft mich weg! Ich hab's mit der Bandscheibe, dieses kalte Parkett ist Gift für mein Kreuz und für meine Rippen. Also bitte, Herr Kluftinger!«

»Nun, isch bin mir nischt sischer mit dem Gift. Isch denke, wir müssen den Toten wegbringen, wegen der … und … nischt, dass er friert … oder anfängt zu rieschen!«

Im Augenwinkel bemerkte Kluftinger, dass ihn Julia König, die sich wieder ein wenig abseits gestellt hatte, aufgeregt zu sich winkte.

»Oh«, rief er deshalb, »meine Ändi klingelt!«

Er ging auf die König zu, während Rieger nach draußen getragen wurde. Der ächzte immer wieder vernehmlich. Offenbar war diese Prozedur ebenfalls nicht gut für seinen Rücken.

»Herr Kluftinger«, sagte die Hotelchefin aufgeregt, und erst jetzt bemerkte er, dass eine junge Frau neben ihr stand. Der Kleidung nach zu urteilen handelte es sich dabei um das Zimmermädchen, vermutete Kluftinger. Die Hotelchefin sprach mit Nachdruck, aber so leise, dass sie die anderen Gäste nicht hören konnten, »Weiß nimmt das Telefon nicht ab. Und das Zimmermädchen war oben: Auf das Klopfen an der Tür reagiert er auch nicht.« Dabei blickte sie auf die Frau neben sich. Die nickte nur und sagte: »Ja, ich habe gerade die Vase weggeräumt …«

»Welche Vase?«, fragte Kluftinger.

»Die im zweiten Stock. Hat irgendjemand runtergeschmissen.« Sie schüttelte mit Blick auf ihre Chefin demonstrativ missbilligend den Kopf. »Also jedenfalls hat mich dann Frau König nach oben geschickt, aber er hat auf mein Klopfen nicht reagiert.«

Mit einer Handbewegung bedeutete Julia König dem Mädchen, dass es sich nun wieder entfernen könne. »Seine Frau weiß auch nichts«, fuhr sie fort. »Ich finde, wir sollten wirklich nach ihm sehen. Ich mache mir ein wenig Sorgen, nicht, dass ihm etwas fehlt.«

Schwer atmend versuchte der Kommissar mit der ehemaligen Spitzensportlerin Schritt zu halten, die vor ihm zügig die Treppen zum vierten Stock erklomm und bereits ein gutes Stück vorausgeeilt war.

»Wir hätten … doch auch … den Aufzug …«, presste er hervor.

»Ach, das dauert doch viel zu lang. Nicht, dass die anderen unruhig werden«, antwortete sie ihm im Laufen, und in ihrer Stimme hörte er kein bisschen Anstrengung.

Schließlich waren sie im vierten Stock angekommen, worauf Kluftinger erst einmal den obersten Knopf seines Vatermörder-Kragens löste und der Hotelchefin dann hastig folgte. Beinahe hätte er sie niedergerannt, so plötzlich hielt sie vor einem der Zimmer. Auf dem goldenen Schildchen stand die Nummer 406.

»Ist es das?«, keuchte Kluftinger.

Statt einer Antwort klopfte Julia König an die Tür und horchte, doch es war kein Laut aus dem Zimmer zu vernehmen. Alles, was man hier oben hörte, waren die gedämpften Stimmen der Gäste im Erdgeschoss und Kluftingers schweres Schnaufen.

Wieder klopfte die Hotelchefin, diesmal begleitet von Rufen: »Hallo? Carlo?«

Nichts. Noch immer drang kein Geräusch aus dem Zimmer, das darauf hingedeutet hätte, dass sich jemand im Inneren aufhielt.

»Haben Sie nicht einen Generalschlüssel?«, fragte Kluftinger.

»Doch, aber ich weiß ja nicht, vielleicht will er nur einfach nicht gestört werden.«

»Dann hätte er uns sicher schon weggeschickt. Und Ihr Zimmermädchen hat doch auch schon geklopft.«

Sie nickte.

»Das kommt mir wirklich seltsam vor. Schließlich hat er ja die Rolle in dem Spiel übernommen, das hätte er doch sonst nicht gemacht«, sagte der Kommissar. Nach kurzem Nachdenken verkündete er schließlich seine Entscheidung: »Nein, da stimmt was nicht. Wir gehen rein.« Er hörte seinem letzten Satz nach und fand selbst, dass er ein bisschen theatralisch klang. Wie in einem dieser amerikanischen Krimis, kurz bevor ein Haus gestürmt wurde. Aber in diesem Kostüm und diesem stilisierten Umfeld konnte man leicht in so einen Ton verfallen, rechtfertigte er sich vor sich selbst.

»Herr Kluftinger?«

Offenbar hatte Julia König ihm eine Frage gestellt. »Wie? Oh, Entschuldigung, ich habe …«

»Ob ich aufsperren soll, wollte ich wissen.«

»Jaja, sicher.«

Kluftinger hielt den Atem an, als sie den Schlüssel ins Schloss steckte. Er bemerkte, dass ihre Hand dabei zitterte. Plötzlich wurden ihre Bewegungen hektischer, und sie begann zu fluchen. Mehrmals versuchte sie, den Schlüssel ins Schloss zu bekommen, doch er ließ sich nur ein kleines Stück hineinschieben. Schließlich zog sie ihn wieder heraus und sagte: »Mist, er hat von innen abgeschlossen und den Schlüssel stecken lassen.«

Kluftinger kaute nachdenklich auf seiner Unterlippe. Er sah sich um.

»Wie kommen wir jetzt rein?«, fragte die König.

»Hm, ich fürchte, na ja …«, er druckste etwas herum, weil er damit rechnete, dass ihr seine Antwort nicht gefallen würde, »wir müssen die Tür aufbrechen.«

Sie sah ihn mit großen Augen an. »Geht das denn nicht vielleicht doch anders? Ich meine, mit einer Kreditkarte oder so? Ist ja doch nagelneu alles.«

Kluftinger verzog die Mundwinkel zu einem schiefen Lächeln. »Nein, mit einer Kreditkarte funktioniert das nicht. Das meinen nur viele Leute, weil das oft im Fernsehen vorkommt.« Er verschwieg ihr, dass er, nachdem er sich zu Hause einmal ausgeschlossen hatte, genau das selbst versucht und dabei seine EC-Karte zerbrochen hatte. Seinem Kundenbetreuer bei der Bank hatte er damals erzählt, sie sei ihm bei einem Einsatz abhanden gekommen.

»Na gut, wenn es denn sein muss.« Mit diesen Worten tat sie einen Schritt zur Seite und blickte ihn auffordernd an. Als er sich nicht rührte, fragte sie: »Wollen Sie sie jetzt nicht eintreten?«

Er dachte an eine Begebenheit bei einem seiner letzten Fälle, bei dem er den Versuch, eine Tür mit der Schulter aufzubrechen, mit einer schmerzhaften Prellung bezahlt hatte.

»Nein«, antwortete er deshalb, »wenn Sie nur halbwegs solide Türen haben, ist da kein Durchkommen. Wir brauchen irgendetwas wie … einen …« Er blickte den schmalen Gang entlang. Plötzlich hellte sich seine Miene auf: »Einen Hebel!«

Julia König folgte seinem Blick bis zur Wand. Dort hing, als riesiges »X«, ein Paar Skier an der Wand. Sie blickte wieder in Kluftingers Gesicht, dann begriff sie. »Oh nein, Herr Kluftinger, bitte, das geht nicht, das sind meine Olympiaski!«

»Keine Sorge, Frau König, denen passiert nix, die sind genau richtig. Und so Ski, die halten ja was aus. Die sind ja noch stabil gebaut, die alten.«

»Meinen Sie?« Ihr Blick verriet große Sorge um ihre Memorabilien.

»Meine ich.« Ohne noch weitere Einwände ihrerseits abzuwarten, nahm Kluftinger einen der Skier herunter.

»Wollen Sie die Tür damit einschlagen?«, fragte die König zweifelnd, doch der Kommissar schüttelte den Kopf. Mit einem wissenden Lächeln sagte er: »Nicht einschlagen. Aufhebeln. Das ist viel sauberer, und das Türblatt bleibt auch heil. Da verbiegt es uns höchstens ein bissle das Schließblech, sonst nix.«

»Na gut. Wie Sie wollen.« Mit diesen Worten trat sie von der Tür zurück und überließ Kluftinger das Feld. Der steckte die Schaufel etwa in der Mitte in den Spalt zwischen Tür und Rahmen und stemmte sich dann mit aller Kraft gegen das andere Ende. Zunächst geschah nichts, aber dann bog sich die Tür tatsächlich einige Millimeter auf. Kluftinger hob schon zu einem »Sehen Sie« an, da brach mit einem Krachen die Schaufel des Skis, und die Tür sprang wieder in die Ausgangsposition zurück. Mit hochrotem Kopf drehte sich der Kommissar zu Julia König um, die, starr vor Entsetzen, auf ihren demolierten Ski starrte. Daraufhin nahm Kluftinger mit einer Mischung aus Scham, Wut und Besorgnis das Sportgerät und drosch damit auf die Tür ein. Wie ein Berserker bearbeitete er das Holz, das schon nach wenigen Sekunden splitterte. Angespornt vom eigenen Adrenalin schlug der Kommissar weiter zu, bis schließlich das Schloss aus seiner Verankerung sprang und die Tür aufschwang. Dem Ski war auch diese Prozedur nicht gerade gut bekommen: An einigen Stellen war die Farbe abgesplittert, die Kanten schauten heraus, und die Schaufel hing baumelnd an ein paar Materialfäden herab. Schuldbewusst drehte sich der Kommissar zu Julia König um, die ihn mit noch immer weit aufgerissenen Augen ansah.

»Also, Frau König, das tut mir wirklich leid um Ihren Ski, aber …«

»Oh, mein Gott«, stammelte sie.

»Ich bin sicher, den kriegt man wieder hin, ich mein, ein Fachbetrieb …«

Die Augen der Frau bekamen einen wässrigen Glanz, was Kluftinger nun doch etwas übertrieben fand, immerhin hing ja noch ein zweiter Ski an der Wand. Und fahren konnte man diese Bretter heute eh nicht mehr!

»Sehen Sie denn nicht?«, fragte sie mit heiserem Flüstern.

Jetzt erst erkannte der Kommissar, dass die Frau nicht auf ihn oder den Ski, sondern an ihm vorbei ins Zimmer blickte. Er drehte sich um – und erstarrte ebenfalls. An dem kleinen Schreibtisch, rechts an der Wand, mit dem Rücken zu ihnen, saß Carlo Weiß. Er hatte sein Kostüm an, doch es war auf den ersten Blick erkennbar, dass er nicht einfach nur eingenickt war: Seine Hand hing nach hinten weg, der halbe Oberkörper war rechts über die Armlehne gebeugt, der Kopf nach hinten gesackt.

Eine Gänsehaut jagte über Kluftingers Nacken. Ehe er sich rühren konnte, sprintete Julia König an ihm vorbei in den Raum, warf sich neben dem Stuhl auf die Knie, packte das Handgelenk des in sich zusammengesunkenen Mannes, fühlte ein paar Sekunden, um sich dann zu Kluftinger umzudrehen und ihm mit sich überschlagender Stimme zuzurufen: »Tot! Mein Gott, ich glaube, er ist tot!«

Kluftinger war wie gelähmt. Erst ihre nächsten Sätze rissen ihn aus seiner Erstarrung: »So tun Sie doch was. Holen Sie den Doktor. Schnell! Schnell!«

Kluftinger machte auf dem Absatz kehrt und rannte los. Als er den Treppenabsatz erreicht hatte, war er bereits schweißgebadet. Allerdings nicht von der Anstrengung. Tausend Gedanken jagten ihm durch den Kopf, während er die Treppe hinunterstürzte, dabei immer so viele Stufen auf einmal nehmend, wie er konnte, ohne zu stolpern. War der Mann wirklich tot? Was war passiert? Würde sein Beruf ihn auch hier, während dieses Urlaubswochenendes, einholen? Und Erika, wie würde Erika regieren? All das schoss ihm durch den Kopf, während er beinahe mechanisch die Treppen nach unten rannte. Kurz vor der Tür zum Salon machte er halt und versuchte, seine Kleidung notdürftig in Ordnung zu bringen, denn er wollte die übrigen Gäste nicht mit einer voreiligen Todesnachricht in Aufruhr versetzen. Mit dem Ärmel wischte er sich den Schweiß von der Stirn, atmete tief durch und drückte die Klinke.

Als er den Salon betrat, sah er die Gäste im Kreis um einen Mann sitzen, der gestikulierend herumlief. Es war Doktor Langhammer. Als der den Kommissar erblickte, begann er: »Ah, Mister Porrot, very nice, dass Sie endlick kommen, mein Lieber. Ick habe in Ihre Abwesenheit bereits damit begonnen, die Fall aufzuklären.«

Auch die anderen Gäste drehten sich nun um. Kluftinger blickte in genervt dreinschauende Gesichter. Offensichtlich hatte der Doktor bei seiner »Aufklärung« bereits ganze Arbeit geleistet. Jedenfalls sahen die meisten so aus, als wünschten sie, dass *er* mit dem Messer im Rücken zwischen den Tischen gelegen hätte. Doch der Kommissar hatte keine Zeit, sich darüber zu freuen. Keuchend stieß er hervor: »Ich brauche einen Arzt. Bitte kommen Sie.«

Langhammer grinste ihn an. »Aber Sie wissen doch, dass ick nickt mehr praktiziere, mein lieber Porrot.« Erst jetzt bemerkte Kluftinger, dass er wieder diesen unsäglichen Akzent verwendete, der wie eine Mischung aus Englisch und Russisch klang.

Kluftinger, dem jetzt ganz und gar nicht mehr nach Spielchen zumute war, biss die Zähne zusammen und zischte: »Das ist kein Spiel mehr. Ich brauche einen richtigen Arzt.«

Er fing Erikas Blick auf und erkannte sofort, dass sie verstand. Was man von Langhammer nicht behaupten konnte. Mit seiner lächerlich theatralischen Stimme fuhr er fort: »Aber, aber, natürlich bin ick ein ricktiger Arzt gewesen, mein Lieber, aber ick habe hier Wicktiges zu tun, ick war gerade dabei …«

Die Zornesröte stieg Kluftinger ins Gesicht, und er konnte sich nicht mehr beherrschen: »Kreizkruzifix, wir haben da oben einen Mann liegen, der möglicherweise tot ist, vielleicht lebt er aber auch noch. Und jetzt bewegen Sie endlich Ihren Hintern und kommen mit mir!« Gleich nachdem er den Satz ausgesprochen hatte, bereute er ihn schon wieder, denn nun starrten ihn alle mit weit aufgerissenen Augen an. Immerhin hatte er damit erreicht, dass Langhammer kapiert hatte und zu ihm gelaufen kam. Zögernd folgten ihm ein paar der Gäste, die unschlüssig zu sein schienen, ob das nun auch noch Teil des Spiels war oder nicht. Als sie die Tür zur Halle erreicht hatten, hatten der Arzt und der Kommissar jedoch bereits die ersten Stufen erklommen. Auch wenn er befürchtete, den erneuten schnellen Aufstieg mit einem Herzinfarkt bezahlen zu müssen, entschied sich Kluftinger wieder für die Treppe. Womöglich ging es um jede Sekunde – falls man überhaupt noch etwas ausrichten konnte.

Zeitgleich mit ihrer Ankunft im vierten Stock öffnete sich mit einem metallischen Klingelton der Aufzug, und ein paar der Gäste kamen zögernd heraus. Priml, dachte sich Kluftinger, japste ein kaum verständliches »Weg da!« und rannte mit dem Doktor im Schlepptau an ihnen vorbei zu Zimmer 406. Dort blieben sie kurz vor der Tür stehen und sahen hinein.

Julia König kauerte noch immer neben dem Körper von Carlo

Weiß; sie schien völlig aufgelöst, ihr Gesicht war bleich mit einigen hektischen roten Flecken. Kluftinger verfluchte sich dafür, die Frau hier allein gelassen zu haben.

»Darf ich?«, fragte Langhammer und schob sich am Kommissar vorbei in das Zimmer. Auch die anderen Gäste hatten die beiden nun erreicht und wollten ebenfalls hinein.

»Keinen Schritt weiter!«, sagte Kluftinger scharf, worauf er in erstaunte Gesichter blickte.

Alexandra Gertler, die Journalistin, drängte sich nach vorne und fuhr Kluftinger ärgerlich an: »Na hören Sie mal, wir wollen alle mitspielen, schließlich ist das nicht Ihr Privatvergnügen.«

Das Adrenalin, das seit mehreren Minuten durch Kluftingers Körper jagte, ließ seine Antwort schärfer ausfallen, als er es vorgehabt hatte: »Spiel?«, rief er entrüstet. »Das ist kein Spiel mehr, geht das endlich in Ihren Schädel?«

Dann entdeckte er Erika und Annegret und schüttelte nur den Kopf in ihre Richtung. Auch wenn er nicht genau wusste, was er ihnen mit dieser Geste sagen wollte, schien seine Frau ihn intuitiv zu verstehen und hielt Annegret am Arm zurück. Erleichtert wandte sich Kluftinger noch einmal an die Gäste vor ihm: »Keiner betritt das Zimmer, ist das klar? Gehen Sie einfach wieder runter.«

Das Räuspern von Martin Langhammer lenkte seine Aufmerksamkeit wieder in das Innere des Zimmers. Er drehte sich um und blickte ihn an. Kluftinger schickte ein Stoßgebet zum Himmel, dass der Mann nicht …

»Er ist tot«, sagte Langhammer mit versteinerter Miene. Ein erstickter Schrei ließ den Kommissar wieder herumfahren. Franziska Weiß stand, auf ihren Stock gestützt, an der Schwelle des Zimmers und presste eine Hand auf ihren Mund. Auch die anderen drängten nun näher, in ihren Mienen erkannte der Kommissar eine Mischung aus Entsetzen und Neugier. Kluftinger legte noch einmal all seine Autorität in die folgenden Worte: »Sie gehen jetzt. Alle. In den Salon. Dort warten Sie, bis wir kommen. Erika?«

Er streckte den Kopf in die Höhe, und seine Frau kam zu ihm, blickte ihn ernst an und führte dann Franziska Weiß von der Tür weg. Die anderen blieben einfach stehen.

»Ja, Herrgottsakrament! Ich bin von der Kripo, zefix. Das ist ernst hier! Ich habe gesagt, Sie sollen nach unten gehen!«, rief der Kommissar noch einmal. Erst jetzt löste sich die Ansammlung zögernd auf, und die Leute schritten zurück in Richtung Aufzug.

»Und keiner verlässt das Hotel!«, rief Kluftinger ihnen nach.

»Ist ja wohl kaum möglich, bei dem Schneesturm«, gab Alexandra Gertler schnippisch zurück.

Eine rätselhafte Entdeckung

»Nichts zu machen?«, fragte Kluftinger.

Langhammer schüttelte den Kopf. »Er ist definitiv tot. Allerdings noch nicht allzu lange.«

Kluftinger blickte den Doktor prüfend an. Wollte er ihn veräppeln? Natürlich war er noch nicht lange tot, schließlich hatten sie ihn ja gerade noch unten gesehen. »Sonst noch irgendwelche Erkenntnisse?«, fragte er mürrisch. »Vielleicht die Todesursache?«

»Nein, also das kann ich so unmöglich feststellen. Da müsste ich ihn schon genauer untersuchen.«

Durch ein leises Schluchzen wurde Kluftinger auf die Hotelchefin aufmerksam. Er hatte sie in der Aufregung fast vergessen. Noch immer kauerte sie neben der Leiche, den Blick starr auf den Boden gerichtet. Jetzt beugte der Kommissar sich zu ihr und half ihr beim Aufstehen. Sie schien verstört, was Kluftinger gut nachvollziehen konnte, denn auch für ihn wäre es eine Horrorvorstellung gewesen, mit einer Leiche allein in einem Zimmer zu sein. Noch dazu hatte sie den Mann ja gekannt. »Sie gehen am besten auch nach unten zu den anderen. Wir kommen dann gleich nach.« Damit wollte er sie aus dem Zimmer führen.

»Nein, nein, es geht schon, danke. Ich würde lieber … hier bei Ihnen bleiben«, wehrte sie ab. Offenbar rang sie um Fassung und wurde tatsächlich ein wenig ruhiger.

»Ich weiß nicht so recht …«

»Bitte, wir sollten … die Sache …« die Königin warf einen Blick auf Carlo Weiß »… schnell und diskret klären, daran wäre mir sehr gelegen.«

Kluftinger nickte verständnisvoll. Dann wandte er sich um und blickte Langhammer ernst an. »Meinen Sie, also, könnte es sein, dass er an einem Herzinfarkt oder so …«

»Ich kann das so wirklich nicht sagen. Am besten, Sie rufen gleich Ihre Kollegen, die sind darauf spezialisiert. Selbst wenn ich ihn untersuche, weiß ich nicht, ob ich was finde, das Ihnen da weiterhilft.«

Kluftinger nickte. »Und es macht nichts aus, wenn die die Leiche erst später untersuchen können? Dauert ja eine Weile, bis die da sind.«

Langhammer strich sich nachdenklich übers Kinn. »Nun ja, er ist tot. Hat also keinen Stoffwechsel mehr. Aber allzu lange sollten sich Ihre Kollegen auch wieder nicht Zeit lassen. Was ich schon jetzt sagen kann, ist, dass man auf den ersten Blick keine Gewalteinwirkung an Kopf oder Händen sieht. Würgemale, Blutergüsse, Wunden oder Einstiche oder so.«

Kluftinger hob die Augenbrauen. Dazu brauchte es nun wirklich kein Medizinstudium. »Fremdeinwirkung können wir dann ja wohl ausschließen«, sagte er halb zu sich selbst.

»Wieso denn das?«, protestierte Langhammer. »Also, so wie ich das sehe, hat hier ein Kampf stattgefunden.«

Kluftinger runzelte die Stirn. »Wie kommen Sie denn darauf?« Er blickte sich im Zimmer um. Die Möbelstücke standen alle an ihrem Platz, es herrschte keinerlei Unordnung.

Langhammers Augen glänzten, als er fortfuhr: »Nun, die Spuren sind doch eindeutig. Hier: Die Tür ist aufgebrochen worden, und mit dem Ski ist vielleicht auf ihn eingeschlagen worden, würde ich meinen. Vielleicht innere Verletzungen, denn Blut ist ja keins zu sehen.«

Kluftinger streckte dem Doktor beide Hände hin und sagte: »Gut kombiniert, Watson. Dann nehmen Sie mich fest, ich gestehe alles.«

Verwirrt blickte der Doktor zwischen ihm und der Hotelchefin hin und her. »Was soll das bitte heißen?«

»Dass ich es war, der die Tür aufgebrochen hat. Und zwar mit dem Ski, der dabei leider …« Kluftinger verstummte und blickte schuldbewusst zur Hotelchefin. Dann fuhr er fort: »Sein Zimmer war von innen verschlossen, und der Schlüssel steckte.«

Zum ersten Mal, seit er ihn kannte, sah Kluftinger den Doktor peinlich berührt. »Oh, ja, natürlich, dann ist Fremdeinwirkung wohl tatsächlich eher unwahrscheinlich. Dann wird sich alles schnell aufklären, denke ich. Unter diesen Umständen bin ich natürlich bereit, die Leichenschau durchzuführen und den Totenschein auszustellen. Wir müssten ihn allerdings freimachen, damit …«

»Denkbar wäre aber immerhin Selbstmord«, warf Kluftinger ein, der unter allen Umständen eine Leichenschau in seinem Beisein verhindern wollte.

»Ja, vielleicht hat er etwas genommen«, vermutete die König und zeigte auf ein Glas, das auf dem Boden lag. Daneben befand sich ein feuchter Fleck auf dem Teppichboden.

Kluftinger nickte. »Wir müssen auf jeden Fall das Zimmer genau untersuchen. Solange wir nicht zweifelsfrei von einer natürlichen Todesursache ausgehen können, dürfen wir nichts unüberlegt lassen. Frau König, könnten Sie einstweilen meine Kollegen bei der Polizei verständigen?«

»Nein, tut mir leid.«

»Was tut Ihnen leid?«

»Ich kann leider niemanden verständigen. Die Telefone sind tot. Und die Handys funktionieren hier eh nicht.«

»Und mit dem Computer?«, fragte Kluftinger nach.

»Hab ich schon probiert, aber auch da geht im Moment nichts. Läuft zwar über Satellit, aber da haben wir bei so einem Wetter immer wieder Probleme. Zum Glück haben wir noch Strom. Das letzte, was ich bekommen habe, war eine Unwetterwarnung des Deutschen Wetterdienstes per Fax. Sieht so aus, als säßen wir hier fest.«

»Sakrament! Das fehlt grad noch.« Kluftinger dachte nach. »Das hilft jetzt nix, wir müssen auf jeden Fall alles genau festhalten und dokumentieren. Und hoffen, dass wir bald eine Verbindung nach draußen kriegen.«

Langhammer nickte und zog ein Handy hervor.

Der Kommissar schüttelte den Kopf. »Das geht nicht, hat doch die Frau König grad gesagt.«

»Ich will damit ja auch gar nicht telefonieren«, entgegnete der Doktor, drehte es und drückte darauf herum, wobei er es mit beiden

Händen vom Körper weghielt. Als Kluftinger begriff, dass der Arzt Fotos machte, ließ er ihn gewähren. Dann begann auch er, das Zimmer zu inspizieren, wobei er immer wieder die Augen schloss, um das Gesehene abzuspeichern. Seine Kollegen wussten, dass er in solchen Situationen viel Ruhe brauchte. Langhammer wusste das nicht.

»Links vom Toten, etwa einen Meter entfernt, auf der etwas erhöhten Ebene des Zimmers vor dem Fenster, liegt ein Glas«, hörte Kluftinger ihn sagen. Er öffnete die Augen und sah, dass er in sein Handy sprach.

»Mit wem telefonieren Sie denn, ich denke, das geht nicht?«

»Ich telefoniere nicht. Ich benutze nur die Diktierfunktion meines Palm.«

Kluftinger fragte nicht nach, was genau denn sein Palm war, sondern schloss die Augen mit einem bitteren Kopfschütteln.

»Das Bett ist unberührt, offenbar hat es der Tote noch nicht benutzt«, hörte er Langhammer weiterreden.

»Ich hab fei schon einen Maier«, raunzte Kluftinger den Doktor an. Langhammer erinnerte ihn allzu sehr an seinen Kollegen, der ohne sein Diktiergerät keinen Schritt aus dem Haus machte. Langhammers fragenden Blick beantwortete er lediglich mit einer wegwerfenden Handbewegung. Dann machte er sich seufzend daran, den Rest des Zimmers zu inspizieren. Die beiden anderen folgten ihm dabei auf Schritt und Tritt, was ihm unangenehm war, spürte er doch ihre Blicke wie ein Brennen im Rücken. Andererseits war so aber auch gewährleistet, dass sie nicht durch laienhaftes Vorgehen Dinge verändern würden.

Kluftinger und sein Gefolge starteten ihren Rundgang im Bad, dessen Tür neben dem Schreibtisch auf der rechten Seite des Zimmers lag. Kluftinger stellte fest, dass das fensterlose, in Marmoroptik gehaltene Bad größer war als sein eigenes, und er fragte sich, ob das für Langhammers Bad auch zutraf – immerhin bewohnte der ebenfalls das Zimmer mit der Nummer 06, nur eben drei Stockwerke tiefer. Ein dunkelgrauer Waschbeutel hing ordentlich an dem dafür vorgesehenen Haken. Dann erst registrierte er den beißenden, sauren Geruch in der Luft. Schnell presste sich der Kommissar den Ärmel seines Sakkos auf die Nase.

»Ihm scheint nicht ganz wohl gewesen zu sein«, bemerkte Langhammer und deutete mit dem Kopf in Richtung Toilette. Kluftinger sah nur kurz hinüber und wandte dann den Kopf angeekelt ab. Dem Doktor schien das Ganze jedoch nichts auszumachen. Schließlich war er ja Arzt, sagte sich der Kommissar.

»So ein Erbrechen hat auch etwas Reinigendes«, fügte Langhammer an, und allein der Satz löste bei Kluftinger einen Würgereiz aus.

Dann gingen sie zurück in den Wohn- und Schlafbereich. Kluftinger ließ noch einmal seinen Blick durch das ganze Zimmer schweifen: Rechts von ihm saß der Tote zusammengesunken auf seinem Schreibtischstuhl, gegenüber an der Wand stand das frisch gemachte Bett, an dessen Fußende ein hölzerner Bauernschrank. Neben dem Bett lag der Koffer des Toten, daneben stand ein kleines Nachtkästchen, dessen Schublade halb aufgezogen war. Ein kleiner Absatz führte zu der etwas erhöhten Ebene, die den Zimmern eine besonders edle Note verlieh, wie Kluftinger fand. Dort stand auf der linken Seite des Fensters ein schwerer lederner Klubsessel, rechts gegenüber ein kleines Sideboard mit der Minibar. Und in der Mitte lag ein Glas auf dem Boden.

Kluftinger ließ den Eindruck eine Weile auf sich wirken. Zu lange für sein Gefolge, denn die beiden zappelten unruhig hin und her. Es fiel ihm schwer, unter diesen Bedingungen seine Konzentration aufrechtzuerhalten. Dennoch nahm er sich die Zeit, die er brauchte. »Seltsam«, flüsterte er plötzlich.

»Was ist seltsam?«, wollte Langhammer sofort wissen. Kluftinger machte ein paar Schritte in den Raum. »Das Glas …«

Er ging weiter zum Schrank und öffnete ihn. Darin hing nur ein dunkler Anzug. Ansonsten war das Möbel in der gleichen Weise bestückt wie ihr Schrank: Ein Bademantel lag auf der oberen Ablage, Schlappen darunter, ein Korb, der Tresor, der Fluchtplan, ein Plastikschuhlöffel, ein Schuhputztuch, die zusätzliche Matratze und ein Flaschenöffner. Kluftinger ging weiter zum Nachtkästchen. Die anderen folgten ihm. Als er hineinblickte, seufzte er tief.

»Tabletten …«, hauchte Julia König. »Meinen Sie, er hat sich … umgebracht?«

»Ich wäre mit solchen Schlussfolgerungen vorsichtig«, sagte Kluftinger.

»Ja, ich auch!«, pflichtete ihm Langhammer mit demonstrativem Kopfnicken bei.

Der Kommissar ging in die Hocke und nahm mit seinem Taschentuch das Tablettenröhrchen, in dem sich nur noch zwei Pillen befanden. »Valocordin«, las er vor. Dann blickte er sich fragend zum Doktor um.

»Ein Tranquilizer«, sagte der. Und als Kluftinger fragend die Augenbrauen hob, fügte er an: »Das ist ein Beruhigungs- oder Schlafmittel. Der Wirkstoff heißt Diazepam, er gehört zu den Benzodiazepinen. Nicht ganz ungefährlich, die Dinger. Können auch abhängig machen.«

Kluftinger nickte. Er hätte nicht gedacht, dass dieser Tag jemals kommen würde, aber im Moment war er tatsächlich froh, den Doktor in seiner Nähe zu wissen. »Könnte man sich damit umbringen?«

»Wenn die Dosis hoch genug wäre, also wenn das Röhrchen voll gewesen ist, durchaus.«

»Trotzdem seltsam …«

»Was denn?«

Wortlos stand Kluftinger auf und ging zum Fenster. Er blickte auf die unberührte Schneewüste, die sich inzwischen ausgebreitet hatte. Und es sah nicht so aus, als würde es in nächster Zeit aufhören zu schneien. Er rüttelte einmal kurz am Griff des Fensters: Es war fest verschlossen. Eine Verbindungstür wie in seinem Zimmer gab es hier nicht.

Er ging zum Schreibtisch, griff sich den Briefblock und den Bleistift mit dem Werbeschriftzug für das »Königreich« und begann, ein paar Linien auf das Papier zu bringen, um diese dann schließlich zu beschriften, wobei er immer wieder kurz aufsah. Was so entstand, war ein genauer Lageplan des Zimmers, sodass er jederzeit darin herumspazieren konnte – wenn auch nur auf dem Papier:

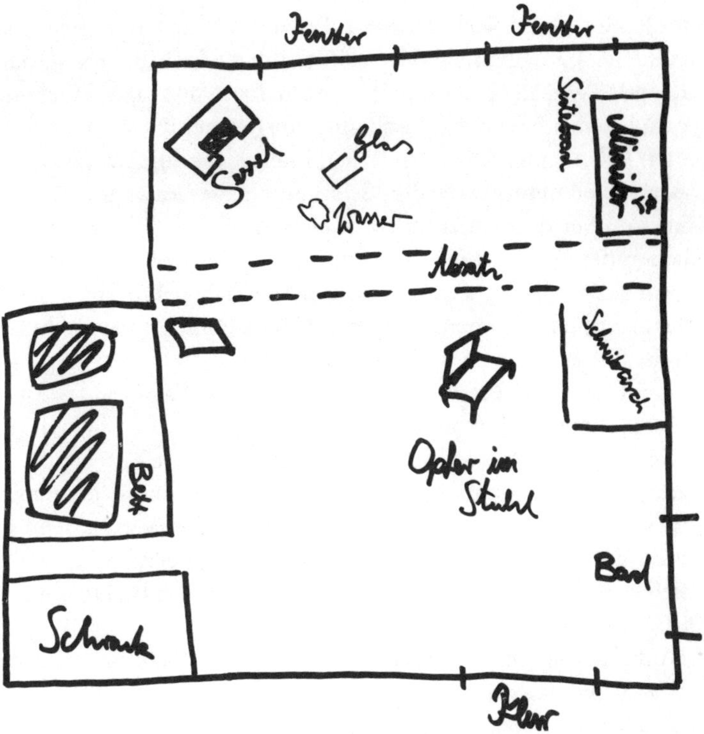

Zwar war sein fotografisches Gedächtnis legendär, er selbst wollte sich in diesem Fall allerdings nicht ausschließlich darauf verlassen. Immerhin gab es keine Tatortfotos wie sonst – jedenfalls keine professionellen. Als er fertig war, drehte er sich um und sah, wie Langhammer nach dem Glas griff, das am Boden lag. »Nicht anfassen!«, schrie er, und der Arzt zog wie von der Tarantel gestochen seine Hand zurück.

Mit großen Augen starrte er den Kommissar an. »Meinen Sie, es ist vergiftet?«, fragte er besorgt.

Kluftinger runzelte die Stirn. »Schmarrn, ich meine, Sie sollen alles so lassen, wie es ist«, erwiderte er.

»Natürlich. Verzeihung.«

Jetzt ging Kluftinger in die Knie und betrachtete das Glas und den kleinen Wasserfleck daneben. Er rieb seinen Finger über die feuchte Stelle im Teppichboden, führte ihn an die Nase, roch daran und sagte: »Wasser.« Dann blickte er zum Toten und sagte noch einmal: »Seltsam.« Er stand auf und ging zur Leiche. Die anderen verfolgten jeden seiner Schritte mit atemloser Spannung.

Kluftinger untersuchte den Schreibtisch, wobei er im Augenwinkel immer den Toten im Blick behielt. Es war ihm nicht ganz geheuer, der Leiche so nahe zu kommen, aber er wollte den Doktor das auf keinen Fall merken lassen. Schließlich nahm er all seine Selbstdisziplin zusammen, hob beide Hände des Mannes und besah sich die Finger.

»War Herr Weiß Rechts- oder Linkshänder?«, fragte er.

»Linkshänder«, antwortete Julia König.

Kluftinger nickte und sagte noch einmal: »Seltsam.«

Da platzte Langhammer der Kragen. »Also, wenn Sie jetzt noch einmal ›seltsam‹ sagen, dann geh ich an die Decke. Was ist denn so seltsam? Die Sache ist doch klar, oder?« Er blickte sich um, als wolle er sich bei Julia König Bestätigung holen. Die jedoch zuckte nur mit den Schultern.

Kluftinger sah ihn mürrisch an. »So? Na, dann schildern Sie uns doch mal den Tathergang, Watson.«

Langhammer überhörte den Spott in seiner Stimme. »Also, wenn ich das richtig sehe, hat er sich hier eine Überdosis Schlaftabletten verabreicht.« Er zeigte auf das Nachtkästchen. »Die hat er getrunken …«, sein Finger wanderte zu dem Glas. »Woraufhin er sich hier niedergelassen hat. Und dann …«

Der Doktor verstummte.

»Könnt schon so gewesen sein«, sagte Kluftinger, worauf Langhammer ein triumphierendes Lächeln aufsetzte. »Muss aber nicht«, fügte er an, und Langhammers Lächeln verschwand.

»Und wieso nicht?«, fragte der Doktor trotzig.

»Was mich stutzig macht, sind mehrere Dinge. Wenn er sich umbringen wollte, wieso ist er dann überhaupt hierher gekommen? Damit geht's doch schon mal los. Ich meine, er geht für ein Wochenende ins Hotel, um da eine Überdosis Schlaftabletten zu nehmen? Aber gut, noch unverständlicher ist sicher, dass man sich überhaupt umbringt. Aber warum macht er dann die ganze Sache mit dem Begrüßungscocktail mit? Und dieser Anzug … Ist das das Kostüm, das er bekommen hat?« Kluftinger hatte sich nicht umgedreht, aber es war klar, dass die Frage Julia König galt.

»Ja, das ist es«, sagte sie leise.

»Also: Er zieht sich sein Kostüm an und bringt sich dann um? Wobei er vorsorglich nicht die ganze Medikamentenpackung nimmt? Das passt doch nicht, oder?«

»Vielleicht hat er es sich anders überlegt«, mutmaßte die König.

»Kann schon sein«, murmelte Kluftinger. »Aber da ist noch mehr. Wenn er sich schlafen legen wollte, dann doch sicher nicht hier, oder? Dann doch wohl eher auf dem Bett. Aber er sitzt hier am Schreibtisch, und das Bett ist unberührt.«

»Dann wollte er sich eben dort umbringen«, beharrte Langhammer.

»Aber das Glas …«

»Was ist mit dem Glas?«

»Warum liegt das Glas da oben? Wenn es ihm aus der Hand gefallen ist, als er die Besinnung verloren hat, dann würde es ja nicht da oben liegen, oder? Dann hätte es ja den Absatz *hinauf*rollen müssen. Aber wenn er es oben getrunken hat und er es dort fallen gelassen hat, warum sitzt er dann hier am Schreibtisch?«

Als sich Kluftinger umdrehte und Langhammer fragend anblickte, fühlte sich dieser genötigt, eine Antwort zu geben, und öffnete den Mund. Doch offenbar fiel ihm nichts ein, und er schnappte ein paar Mal nach Luft, ehe er sagte: »Das ist schon ungewöhnlich, zugegeben, aber er kann doch das Glas getrunken, es fallen gelassen haben, und dann hat er sich an den Schreibtisch gesetzt.«

»Schon möglich, aber haben Sie sich den Fleck mal angesehen?« Kluftinger hockte sich auf den Absatz: »Hier ist das Wasser …« Er streckte den Arm aus und zeigte auf die Pfütze. »Und hier ist das Glas. Wenn es ihm runtergefallen wäre, müssten doch Spritzer zu sehen sein. Außerdem ist die Pfütze hinter dem Glas. Sie müsste sich doch an der Vorderseite befinden. Und das Glas selbst scheint trocken zu sein.«

Langhammer kniff die Augen zusammen. »Das klingt ja alles

recht geheimnisvoll, aber Tatsache ist doch, dass er hier allein im Zimmer war. Was immer er hier getrieben hat: Er hat sich von innen eingeschlossen.«

Kluftinger wandte sich noch einmal an die Hotelchefin. »Gibt es noch irgendwelche anderen Zugänge zu dem Zimmer? Türen? Oder … geheime Gänge?« Es war dem Kommissar selbst ein bisschen peinlich, die letzten Worte auszusprechen, denn es hörte sich wirklich an wie in einem alten Detektivroman, aber er wollte eben sichergehen.

»Nein, nichts Derartiges«, antwortete Julia König.

»Da sehen Sie's«, sagte Langhammer.

»Ja, aber noch etwas ist seltsam.«

»Mannomann, was denn noch, bitte?« Der Doktor verdrehte die Augen.

Kluftinger erhob sich und ging auf den Leichnam zu. Noch einmal wollte er ihn nicht berühren, deswegen zeigte er lediglich auf die herunterhängende linke Hand. »Sehen Sie das?«, fragte er.

Julia König und Langhammer schüttelten den Kopf. Kluftinger seufzte und hob noch einmal die Hand des Toten, wobei es ihm so vorkam, als sei diese nun schon merklich kälter als zuvor, was ihm einen Schauer über den Rücken jagte. »Hier«, sagte er und hielt ihnen Carlo Weiß' Finger hin. »Er hat wohl noch was geschrieben, seine Finger sind schwarz. Aber ich sehe hier kein Papier oder so etwas. Und der Papierkorb ist auch leer.«

»Und wenn er es schon vorher geschrieben hatte?«, wandte Julia König ein.

»Aber er war doch gerade im Bad, anzunehmen, dass er sich da auch die Hände gewaschen hat nach … na, Sie wissen schon.«

Ein paar Sekunden blieb es still, dann sagte Langhammer: »So oder so, was wirklich passiert ist, werden wir wohl erst herausfinden, wenn wir ihn genau untersucht haben.«

Kluftinger nickte. »Ja, da haben Sie recht. Können Sie sich darum kümmern?«

»Sicher. Soll ich es gleich hier machen?«

Nach kurzem Nachdenken schüttelte der Kommissar den Kopf. »Nein, das ist, glaube ich, nicht so gut. Bis wir wissen, was passiert ist, sollten wir in dem Zimmer alles so lassen, wie es ist. Frau König, wo ginge das denn am besten? Vielleicht unten, im Wellnessbereich?«

Die Hotelchefin dachte kurz nach und sagte dann: »Natürlich! Da haben wir auch medizinische Liegen. Ich sage gleich mal dem Masseur Bescheid. Der kann auch helfen, Carlo dorthin zu schaffen.«

»Ja, das wird wohl am besten sein«, pflichtete der Kommissar ihr bei. »Einstweilen gehen wir wieder runter und unterrichten die anderen Gäste darüber, was passiert ist. Ich möchte bitte aber noch schnell einen kleinen Rundgang machen und schauen, ob man draußen im Schnee irgendwelche Spuren sieht.«

Als ihn die König mit zusammengezogenen Brauen anschaute, winkte er ab: »Nur zur Sicherheit, man weiß ja nie. Zeigen Sie mir die entsprechenden Fenster, von denen aus man einen guten Blick nach unten hat?«

Auf ihrer kleinen Runde drängte sich Julia König ganz nah an den Kommissar und flüsterte ihm zu: »Herr Kluftinger, können Sie die Ermittlungen hier gleich selbst in die Hand nehmen? Vielleicht können wir ja vieles schon klären, bis wir Ihre Kollegen erreichen. Mir wäre sehr daran gelegen, wenn wir damit wenig Aufsehen erregen würden, das verstehen Sie sicher.«

Der Kommissar nickte. »Ja. Machen Sie sich mal keine Sorgen.«

»Oh, Sie sind wirklich ein Geschenk des Himmels«, seufzte sie erleichtert, worauf er errötend abwinkte.

Der unheimliche Weg

Im Salon wurden sie bereits mit Spannung erwartet. Alle Gespräche verstummten, als die drei eintraten. Erika und Annegret liefen auf ihre Männer zu und sahen sie mit großen, fragenden Augen an.

»Wird schon wieder«, sagte Kluftinger, dem nichts Besseres eingefallen war als diese Floskel. Auch Langhammer schien nicht genau zu wissen, was er sagen sollte, Kluftinger hörte nur irgendetwas mit »Taube« und »bei mir kann dir nichts passieren«.

Dann trat Julia König vor den Kamin und räusperte sich. Im Gegensatz zu ihrer vorherigen Rede wirkte sie nun blass und fahrig. »Meine lieben Gäste«, sagte sie mit belegter Stimme, »wie Sie ja schon mitbekommen haben, gibt es einen bedauerlichen … Zwischenfall. Frau Weiß, es tut uns allen unsagbar leid, dass Ihr Mann … verstorben ist.« Die Frau mit dem entstellten Gesicht saß völlig apathisch an einem Tisch. Sie schien gar nicht zu hören, was die Hotelchefin sagte. »Ich bedaure sehr, dass unser Wochenende eine so furchtbare Wendung genommen hat. Zudem sind wir im Moment völlig von der Außenwelt abgeschnitten. Der Schneesturm hat alles lahmgelegt. Wir sitzen hier fest.«

»Was heißt das, wir sitzen hier fest?« Der junge Mann mit dem Pferdeschwanz war aufgesprungen. »Nur, weil wir keinen Kontakt nach draußen haben, müssen wir doch nicht hierbleiben in diesem … Leichenhaus.« Die schmallippige Holländerin neben ihm fasste ihn am Arm und zog ihn wieder auf seinen Stuhl.

»Ich kann Sie sehr gut verstehen«, fuhr Julia König fort und hob beschwichtigend die Hände, »aber tatsächlich können wir hier nicht weg. Alle Wege sind zugeschneit, und bevor es nicht aufhört, derart zu stürmen, wird sich auch kein Schneepflug hierher verirren. Dazu kommt, dass wir Lawinenwarnungen bekommen haben, als unser

Fax noch ging. Wir sind von steilen Hängen umgeben, das haben Sie ja bei Ihrer Ankunft gesehen. Es wäre also lebensgefährlich, sich jetzt nach draußen zu wagen.«

Ungläubiges Gemurmel machte sich unter den Gästen breit.

»Ich kann Ihnen versichern, dass es Ihnen hier an nichts fehlen wird. Wir werden Ihnen den Aufenthalt trotz der widrigen Umstände so angenehm wie möglich gestalten.«

»Da bin ich ja gespannt«, sagte der Weißhaarige.

Die Hotelchefin ließ sich nicht beirren. »Herr Eckstein, wir werden uns bemühen. Ich habe einstweilen Herrn Polizeikommissar Kluftinger gebeten, sich der Sache anzunehmen. Sie können sich also sicher sein, dass alles in besten Händen ist.«

»Das haben wir gemerkt«, fügte Eckstein sarkastisch an.

»Bitte, meine Damen und Herren, machen Sie uns allen die Situation nicht schwerer, als sie sowieso schon ist.« Dann kündigte sie an, dass das restliche Essen nun serviert werde. Auf die schockierten Blicke einiger Gäste antwortete sie, es sei wichtig, bei Kräften zu bleiben; selbstverständlich werde es ohne das ganze Krimibrimborium ablaufen.

In diesem Moment kam der Masseur herein.

Kluftinger löste sich von seiner Frau, die ihn nur widerwillig gehen ließ. »Ich muss das noch schnell klären, dann bin ich gleich wieder da. Kümmert ihr euch doch um die Frau Weiß«, flüsterte er Erika zu. Dann ging er zum Masseur und erklärte ihm die Situation. Auch Langhammer gesellte sich zu ihnen. Arndt Vogel hörte ihnen aufmerksam zu, nickte dann ernst und sagte: »Ja, das geht in Ordnung. Dann bringen wir ihn mal runter. Ich helfe Ihnen.«

Dankbar dafür, dass der Mann sich so schnell so hilfsbereit zeigte, lächelte Kluftinger ihn freudlos an, und sie gingen noch einmal nach oben. Diesmal nahmen sie allerdings den Fahrstuhl. Auch wenn es makaber war: Eile war jetzt nicht mehr geboten.

Oben angekommen, packte Kluftinger das Paketband aus, das er sich noch schnell vom Portier hatte geben lassen, kritzelte auf einen Zettel die Worte »Betreten verboten. Polizei« und klebte ihn ans Türblatt. Er betrachtete den Zettel und fügte noch ein paar Ausrufezeichen hinzu. Willi Renn wäre stolz auf ihn gewesen, da war er sicher. Schließlich wurde der Chef des Erkennungsdienstes bei der Kripo nicht müde, seine Kollegen darauf hinzuweisen, dass es von größter Wichtigkeit sei, an dem Schauplatz eines Verbrechens, eines Selbstmordes oder eines Unfalls die Spuren nicht durch unsachgemäßes Vorgehen zu verwischen. Er hörte Renn geradezu in sein Ohr flüstern, er solle das Zimmer versiegeln. Und vermisste schmerzlich den Polizeiapparat, der sonst an Tatorten anwesend war.

»Könnten Sie vielleicht mal mit anpacken?«, fragte Langhammer mit leicht vorwurfsvollem Ton, als er und der Masseur sich daranmachten, die Leiche, die sie mittlerweile auf den Boden gelegt hatten, anzuheben.

»Ich … äh … muss hier noch das Zimmer versiegeln, das ist jetzt erst mal wichtiger«, gab der Kommissar zurück. Er wich unwillkürlich zurück, als der Masseur und der Doktor, die das dank ihrer anatomischen Ausbildung ja auch sicher viel besser konnten als er, die Leiche an ihm vorbeitrugen. Als sie die Tür passiert hatten, brachte Kluftinger mit dem Klebeband noch ein großes X über dem gesamten Türstock an.

»Das nennen Sie versiegeln?«, fragte Langhammer mit skeptischem Blick auf Kluftingers Behelfskonstruktion.

Der Kommissar musste sich selbst eingestehen, dass das nun wirklich kaum jemanden davon abhalten würde, in das Zimmer zu gelangen. »Haben Sie einen besseren Vorschlag?«

Arndt Vogel schaltete sich ein. »Und wenn Sie eine der anderen Türen statt dieser nehmen?«

»Eben«, pflichtete ihm der Doktor bei.

Nachdenklich sah Kluftinger die beiden an. Sie waren stehen geblieben, trugen aber immer noch den Toten. »Ja, das ist eine gute Idee. So machen wir's.«

Weiß wurde also noch einmal abgelegt und die Tür des Nebenzimmers an die Stelle der kaputten Tür gewuchtet. Kluftinger übernahm dabei zum Missfallen des Doktors die Tätigkeit des Einweisers. Schließlich bog er noch das Schließblech einigermaßen in Position. Da in den Türen der nicht benutzten Zimmer die Schlüssel steckten, verschloss Kluftinger den Raum, ließ den Schlüssel in seine Jackentasche gleiten und blickte nun weitaus zufriedener auf das Zimmer.

»Jetzt könnten Sie uns aber wirklich mal ein wenig zur Hand gehen«, schimpfte Langhammer, als sie sich mit dem leblosen Körper wieder auf den Weg zum Aufzug machten.

»Ja, das wär gut«, pflichtete Vogel ihm bei. »Ist ganz schön schwer, der Bursche.«

Kluftinger dachte kurz nach, fand aber keine plausible Erklärung, die er hätte anführen können, um nicht mit anpacken zu müssen.

»Ja, ich … komm schon.« Zögerlich trat er neben die beiden und blickte auf die Leiche. In dem Moment, als er genau neben sie trat, fiel Weiß' rechter Arm nach unten und baumelte in der Luft. Der Kommissar machte vor Schreck einen Satz zur Seite, was Vogel, der die Leiche an der Schulter gepackt hatte, während Langhammer sie an den Sprunggelenken hielt, mit einem kehligen Lachen quittierte. »Keine Angst, der tut Ihnen nichts mehr«, sagte er. Es war Kluftinger ein Rätsel, wie manche Menschen im Angesicht eines Toten fähig waren, Witze zu reißen.

»Jaja, ich meine, nein, nein. Ich dachte nur, er fällt Ihnen runter.«

»Das tut er auch, wenn Sie uns jetzt nicht gleich helfen«, schimpfte Langhammer.

»M-hm«, presste Kluftinger hervor, schluckte und näherte sich der Leiche. Er ging leicht in die Knie, streckte seinen Arm aus und schob ihn ungelenk unter das Gesäß des Toten. In dieser gebeugten Haltung, den Kopf leicht abgewandt, ging er mit den anderen beiden mit. Keiner der Teilnehmer dieser bizarren Prozession sagte etwas. Als sie den Aufzug erreicht hatten, drückte Langhammer mit dem Ellenbogen auf den Knopf, und die Türen fuhren auf. Da es in der Kabine zu eng war, um Weiß weiter in der Horizontalen zu befördern, richteten sie ihn ein wenig auf, zogen ihn in die Ecke und lehnten seinen Oberkörper an die Wand, worauf sein Kopf nach vorn auf seine Brust sackte. Es war ein gespenstisches Bild, da der Tote nun in sich zusammengesunken dasaß und irgendwie wieder lebendig wirkte. Er hätte ein Betrunkener sein können, der von seinen Freunden nach einer Zechtour nach Hause gebracht wird.

Kluftinger war froh, als sich die Aufzugstüren wieder öffneten und sie die gleiche Formation wie auf dem Gang einnahmen.

Gerade als sie ihn wieder packten, ertönte ein sattes Rülpsen.

Vogel war schon halb aus der Tür, deswegen ruckte Kluftinger zu Langhammer herum.

»Schönen Dank auch, Mahlzeit«, blaffte er. Ihm war klar, dass Ärzte aufgrund ihres Berufes abgebrühter waren als andere. Aber das ging doch entschieden zu weit.

»Das war ich nicht«, entgegnete der Doktor pikiert.

»So, dann war's wahrscheinlich der Tote«, versetzte Kluftinger sarkastisch.

»Richtig.«

»Hm?«

»Sie haben recht«, sagte Langhammer mit ernster Miene und erklärte ihm mit einigen medizinischen Fachbegriffen, dass die noch im Körper eines Toten befindliche Luft durchaus geräuschvoll entweichen könne, wenn man den Leichnam heftig bewegt.

Kluftinger sah ihn erst ungläubig, dann entsetzt an. Offensichtlich scherzte der Doktor nicht, doch in diesem Fall wäre ihm ein geschmackloser Witz entscheidend lieber gewesen. Der Kommissar verzog das Gesicht in nie gekanntem Ekel und hielt die Hand nun noch widerwilliger als zuvor unter den Leichnam.

Die anderen Gäste hatten gehört, dass sich draußen etwas tat, und traten nun aus dem Salon. Lautlos, mit versteinerten Gesichtern. In der Halle blieben sie wie angewurzelt stehen, als sie die unheimliche Prozession bemerkten. Sie sahen mit geweiteten Augen schweigend dabei zu, wie die drei Männer mit dem toten Carlo Weiß an ihnen vorbeigingen, vorsichtig einen Schritt vor den anderen setzten und sich wortlos schnaufend in Richtung der Treppe bewegten, die in den Wellnessbereich führte. In diesem Moment lief Julia König mit Langhammers Arzttasche, um die er sie vorher gebeten hatte, zu ihnen. Kluftinger erklärte sich eilig bereit, sie zu tragen, was die angenehme Folge hatte, dass er nur noch mit einer Hand beim Transport der Leiche helfen musste.

Der Gang, der zur »Königstherme« führte, wirkte auf Kluftinger nun ganz anders als zuvor, eher wie eine Gruft: Die Mauern aus den grob behauenen Natursteinen sahen im fahlen Licht der Notlampen wie die Katakomben aus, die er einst im Rahmen einer Wallfahrt in Rom besucht hatte. Er machte im Stillen drei Kreuze, als sie den Massageraum mit der Liege erreicht hatten, auf die sie den Toten betteten. Ein paar Sekunden standen sie einfach nur da, blasse Gesichter um einen aufgebahrten Leichnam, dann ergriff Langhammer, der recht gefasst wirkte, das Wort: »Sie gehen dann wohl besser raus«, schlug er vor und deutete auf die Tür.

Der Masseur nickte und verließ wortlos den Raum – er schien erleichtert zu sein, dass er gehen durfte. Nicht minder froh war der Kommissar, dessen Selbstbeherrschung nur noch unter Aufbietung all seiner Kräfte funktionierte. Er wollte die Tür gerade hinter sich schließen, da ließ ihn ein »Halt!« des Doktors zusammenfahren. Langsam drehte er sich um. Was wollte er denn noch?

»Herr Langhammer, können wir das Weitere nicht später besprechen?«, fragte er, auch wenn er keine Ahnung hatte, was »das Weitere« eigentlich sein sollte.

Der Arzt blickte ihn verständnislos an.

»Ich meine, später. Danach. Allein.«

Langhammer blickte sich um. »Also, ich sehe außer uns niemanden hier.«

Kluftinger schluckte. »Jaja, schon klar, ich mein … ohne Leiche.«

»Ach so, ja, Sie werden sich noch etwas gedulden müssen, schließlich müssen Sie mir ja assistieren.«

»Klar, also, ich geh –« Mit der Hand auf der Klinke erstarrte der Kommissar. Hatte er wirklich gehört, was er glaubte gehört zu haben? Die Worte hatten ein paar Sekunden gebraucht, um in sein Bewusstsein zu dringen, aber jetzt waren sie angekommen und hatten ihm sofort kalten Schweiß auf die Stirn getrieben. Ehe er dazu kam, sich irgendwelche Ausreden zu überlegen, war der Doktor bereits bei ihm, drückte die Tür zu und sagte: »Handschuhe.«

Zu spät! Immer wieder hallten die Worte in Kluftingers Gedanken wie das Echo eines Hilferufs. *Zu spät!* Er war gefangen.

Mit der Leiche.

Und Doktor Frankenstein.

»Die Handschuhe bitte«, wiederholte Langhammer, diesmal etwas drängender.

Kluftinger nickte roboterhaft und zog sich die Gummihandschuhe über, die der Doktor vor seinem Gesicht schwenkte.

»Vorsicht, die reißen leicht«, erklärte er, dann schaltete er die Deckenbeleuchtung ein, und Kluftinger zuckte wegen der plötzlichen Helligkeit zusammen. Mechanisch streifte er sich die Handschuhe über. Dann drehte er sich suchend um.

»Brauchen Sie noch etwas?«, fragte der Doktor.

»Ja, aber ich find's hier einfach … da!« Der Kommissar zog einen kleinen weißen Stofffetzen aus Langhammers Ledertasche, der an zwei Schnüren zwischen seinen Fingern baumelte.

»Und was soll das sein?«

»Na, ein Mundschutz.«

Langhammer hob eine Augenbraue, eine Mimik, die Kluftinger noch nie an ihm gesehen hatte. »Wir brauchen keinen Mundschutz.«

»Nicht?«

»Nein.«

»Sicher?«

»Sicher! Wir werden ihn wohl nicht infizieren.«

»Aber … wegen des … Geruchs.«

»Der Tote riecht nicht. Noch nicht.«

Wohl oder übel legte der Kommissar den Mundschutz zurück. Er hätte sich wohler gefühlt mit dem Stoff über der Nase. Er schlurfte auf den Doktor zu, da fiel ihm ein Fläschchen neben der Liege ins Auge. Schnell ging er darauf zu, schraubte es auf, roch daran und verzog das erste Mal seit mindestens einer Stunde seine Lippen zu einem Lächeln.

»Was ist das?«, wollte der Doktor wissen.

»Massageöl. Menthol.«

Wieder hob der Doktor nur eine Augenbraue, was der Kommissar jetzt schon hasste, obwohl er es erst zweimal bewusst wahrgenommen hatte.

»Wissen Sie, ich glaube nicht, dass Verspannungen im Moment sein größtes Problem sind«, sagte der Doktor mit Blick auf die Leiche.

»Wie? Nein, ich nehm das selber.« Mit diesen Worten riss er sich den falschen Schnurrbart ab, träufelte sich etwas Öl auf den Finger und rieb es sich unter die Nase. Er hatte das einmal in einem Film gesehen, da hatten sie eine ziemlich verweste Leiche obduziert und den Geruch mit ätherischen Ölen übertönt. Und ein Musikkollege hatte ihm erzählt, dass sie es genauso gemacht hatten, als sie eine neue Klimaanlage in der Tierkörperbeseitigungsanlage in Kraftisried eingebaut hatten. Also eine erprobte Methode, fand der Kommissar.

»Das machen wir so, bei der Polizei«, beantwortete er den skeptischen Blick des Doktors.

»Wirklich?«, fragte der mit ehrlichem Interesse.

»Jaja, das ist … Vorschrift. Sollten Sie auch …«

»Ich weiß nicht, ich habe mit meiner Haut Probleme, ich bekomme schnell Ausschlag, wenn ich …«

Kluftinger hatte wirklich keine Lust, über Langhammers Pusteln zu diskutieren. »Ist ja Massageöl, da wird schon nichts passieren«, beruhigte er ihn.

»Na, wenn Sie meinen. Und wenn Sie es bei der Polizei so machen«, sagte der Doktor, träufelte sich etwas auf den Finger und verteilte es auf seiner Oberlippe. Sofort schimmerten Tränen in seinen Augen. »Puh, ganz schön scharf das Zeug.«

»Ich merk's kaum.«

»Ja, geht auch schon wieder. War nur der erste Schreck. Das räumt die Atemwege frei.« Damit wandte sich der Doktor nun dem Leichnam zu. Nachdem er ihn eine Weile betrachtet hatte, sagte er über die Schulter: »Bitte ausziehen.«

Kluftinger zuckte mit den Achseln und streifte sein Sakko ab.

»Nicht Sie, die Leiche.«

Der Kommissar schluckte. In diesem Raum zu sein und dem Doktor zu assistieren war eines. Aber eine Leiche ausziehen?

»Ach woher denn. Wir krempeln ihm einfach die Ärmel hoch, das reicht schon.«

Er erntete nur Kopfschütteln für seinen Vorschlag.

»Kluftinger, mein Lieber, man könnte gerade meinen, Sie hätten Angst vor Toten.«

»Ich? Also, ich weiß gar nicht, wie Sie darauf kommen. Tod ist sozusagen mein zweiter Vorname«, tönte der Kommissar, zog demonstrativ die Augenbrauen hoch und fand selbst, dass seine Stimme ein bisschen zu theatralisch klang. Außerdem fand er seinen Satz im Nachhinein ziemlich verunglückt.

»Na, dann ist ja gut. Helfen Sie mir doch bitte mal.«

Der Doktor beugte sich über den Leichnam, richtete dessen Oberkörper auf und bat Kluftinger, ihn zu halten, während er ihm das Hemd aufknöpfte. Dabei wurde der Kommissar regelrecht vom Toten umarmt, und er drehte angewidert seinen Kopf zur Seite.

»Sie sind mir ja einer, Sie haben ihn ja schon richtig lieb gewonnen, was? Ja, gehen Sie ruhig ran«, höhnte der Doktor, dann hörte Kluftinger das metallische Klicken der Handykamera.

Entsetzt drehte sich der Kommissar um.

»Haben Sie grad ein Bild gemacht?«

»Ich?«

»Ja, Sie. Haben Sie grad ein Bild gemacht von uns … mir?«

»Jetzt haben Sie sich doch nicht so. Ziehen Sie den Mann lieber weiter aus.«

Diese Aufforderung ließ die Gedanken des Kommissars schnell wieder zu seiner Aufgabe zurückkehren. Um Zeit zu gewinnen, nahm er ihm erst einmal die Uhr ab, eine teure, wie er vermutete, denn sie war schwer. Dann wandte er sich den Füßen des Mannes zu, zog die Schnürsenkel auf und streifte die Schuhe ab. Langhammer machte keine Anstalten, ihm zu helfen, er stand weiter über irgendwelche Instrumente gebeugt mit dem Rücken zum Kommissar. Der seufzte und zog dem Toten schließlich angewidert die Hose aus. Um die Unterhose müsste sich dann aber der Doktor kümmern, so viel stand fest.

»Ja, pfui Teufel, wo gibt's denn sowas?« entfuhr es Kluftinger plötzlich.

»Was ist los?« Langhammer hatte sich neugierig umgedreht.

Mit großen Augen starrte der Kommissar den Toten an. »Er hat keine Unterhosen an.«

»Und?«

»Mei, ziemlich pervers, oder?«

»Finden Sie? Ich trage auch nie welche.«

Erschrocken wandte der Kommissar den Blick nun zum Doktor. Hatte er das nur gesagt, um ihn zu ärgern, oder stimmte es wirklich? Doch er fand keine Anzeichen für eine Finte. Die Tatsache, dass ihn und den »kleinen Doktor«, wie er ihn gedanklich betitelte, bei all ihren Zusammentreffen immer nur eine dünne Lage Stoff getrennt hatte, würde er wohl nie wieder aus seinem Bewusstsein streichen können. Somit hatte er effektiv immer ohne Unterhosen auf seiner Couch gesessen. Kluftinger war gespannt, was Erika zu den seltsamen Vorlieben des Doktors sagen würde.

»Sie können ja einstweilen die Fotos machen«, riss der Kluftinger aus seinen Gedanken und hielt ihm sein Handy unter die Nase. »Einfach hier drücken.« Dann machte sich der Arzt daran, die entblößte Leiche zu inspizieren.

Unschlüssig betrachtete der Kommissar das Telefon in seiner Hand. Eigentlich war das eine ganz akzeptable Aufgabe, bei der er wenigstens einen gewissen Abstand halten konnte. Dennoch: Die Leiche mit dem Doktor, der sich in allen möglichen und unmöglichen Stellungen über sie hermachte, war kein besonders angenehmer Anblick. Also wandte sich der Kommissar immer angeekelt ab, wenn er auf den Auslöser drückte, und versuchte dabei, abwechselnd an eine Blumenwiese oder diverse Berggipfel zu denken.

Schließlich beendete der Arzt seine Inspektion, die er mit – aus Kluftingers Sicht völlig belanglosen – diagnostischen Erkenntnissen garniert hatte, etwa »eingewachsener Zehennagel links« oder »leichte Thorax-Asymmetrie«. Er streckte die Hand nach der Kamera aus. »So, dann lassen Sie mal seh–« Langhammer verstummte. Die Lampe über ihnen hatte zu flackern begonnen und ging schließlich ganz aus. Schlagartig war es stockdunkel. Nicht einmal die Notbeleuchtung brannte mehr. »Sind Sie an den Lichtschalter gekommen?«

»Ich bin gar nix«, antwortete Kluftinger in die Dunkelheit hinein. Tiefe Schwärze umgab ihn. In Kombination mit dem Toten auf der Liege reichte das, um ihm eine Gänsehaut über den gesamten Körper zu jagen. Wie angewurzelt stand er da. »Stromausfall?«, fragte er in die Richtung, in der er den Doktor vermutete.

»Hm. Mal sehen«, antwortete der von ganz woanders, tastete sich zum Fenster, zog die Vorhänge zurück und blickte nach draußen. »Also hier brennt nirgendwo ein Licht.«

Priml, dachte der Kommissar. Eine Leiche, ein Schneechaos und jetzt auch noch ein Stromausfall. Er tastete sich ebenfalls zum Fenster vor, immer an der Kante des Schranks entlang, möglichst weit weg von der Liege. Ein paar Schritte fehlten noch, dann … »Uaaaahhhh!« Mit einem Satz sprang Kluftinger zurück, bis er gegen die Beine des Toten stieß. Er hatte in irgendetwas Glitschiges gefasst. Sofort zog sich sein Magen zusammen, und es würgte ihn derart, dass er Angst hatte, sich auf der Stelle übergeben zu müssen.

»Was passiert?«

»Nein, alles klar«, presste er hervor. Kluftinger beruhigte sich selbst damit, dass es sich bei dem Glibber um nichts handeln konnte, was mit dem Toten zusammenhing, schließlich lag der weit genug entfernt. Also führte er die Finger an seine Nase, jederzeit darauf gefasst, Übles zu riechen. Er atmete auf, als ihm ein medizinischer Geruch in die Nase stieg. *Eine Salbe*, dachte er und verrieb das Ganze erleichtert zwischen seinen Fingern. In diesem Moment ging zuckend das Licht wieder an, und Kluftingers Herz setzte einen Schlag aus. »Ha!«, schrie er und taumelte wieder zurück, bis er mit dem Rücken gegen den Schrank stieß. Ihm gegenüber saß der Tote mit aufgerichtetem Oberkörper und hängendem Kopf. Kluftingers Gesicht wurde kalkweiß.

»Hier ist auch nichts«, drang Langhammers Stimme hinter dem Rücken der Leiche hervor, dann packte er sie unter den Armen und ließ sie wieder auf die Liege gleiten.

»Sie sind ja ganz blass«, stellte er besorgt fest, als sein Blick wieder auf den Kommissar fiel.

»Ach, das ist bloß das … fahle Licht«, sagte der kleinlaut und drehte sich weg. Da fiel sein Blick auf das Töpfchen mit der Creme, in die er eben gefasst haben musste. »Pedisan. Sanfte Pflege für die Krampfadern«, stand darauf. Priml.

»Na, wenn Sie meinen. Jetzt geben Sie mal her, wollen doch mal sehen, was wir alles haben.« Mit diesen Worten deutete Langhammer auf sein Handy. Der Kommissar reichte es ihm, und der Arzt besah sich die Fotos. Dabei legte sich seine Stirn immer mehr in Falten. Schließlich sagte er: »Tod durch Ertränken. Und hier: Tod durch Erhängen.«

»Hä?« Kluftinger verlangte die Kamera zurück und kontrollierte die Fotos: Auf einem war das Waschbecken zu sehen, auf dem anderen der Kleiderständer, es folgten weitere Einrichtungsgegenstände. Die Leiche war auf den meisten Abbildungen lediglich eine Randfigur.

»Haben Sie sich schon mal die Augen untersuchen lassen? Möglicherweise brauchen Sie eine Brille«, mutmaßte der Doktor.

»Eine Brille? Ich? Niemals!«, protestierte der Kommissar sehr laut, wohl wissend, dass er nicht mehr allzu lange um eine Sehhilfe herumkommen würde.

»Geben Sie mal wieder her, vielleicht ist ja wenigstens irgendetwas Brauchbares drauf.«

Schuldbewusst gab der Kommissar das Handy zurück. Noch einmal ging Langhammer die Aufnahmen durch.

»Und?«

»Nichts. Das heißt: Moment mal.« Der Doktor schob sich die Brille auf die Stirn und betrachtete das Display ganz genau. »Ich bin mir nicht sicher, aber ich glaube …« Er streckte Kluftinger das Handy hin und begab sich noch einmal zur Leiche. Der Kommissar sah sich das Foto an: Immerhin, der Körper des Toten nahm den größten Teil des Bildes ein, das war, im Gegensatz zu den Aufnahmen vorhin, ein gewaltiger Fortschritt. Allerdings war der nun schon wieder so groß, dass er …

»Hier scheint tatsächlich etwas zu sein. Sie haben ja Adleraugen, mein Lieber.«

Kluftinger sah auf – und erneut jagte ihm eine Gänsehaut über den Nacken. Das Bild, das sich ihm gerade bot, war so bizarr, dass er nicht wusste, ob er angewidert weg- oder belustigt hinsehen sollte: Langhammer hatte seinen Kopf tief über den Schritt des Toten gebeugt. Ohne nachzudenken hob der Kommissar die Kamera und drückte auf den Auslöser. Bevor er ein zweites Foto schießen konnte, winkte ihn der Arzt zu sich, ohne seine Stellung zu verändern.

»Schauen Sie mal. Da!«

Er deutete auf eine Stelle an der Leiste. Kluftinger biss die Zähne zusammen. Er konnte keinesfalls noch näher herankommen. »Ja, jetzt seh ich's auch«, log er.

»Hm, sieht aus wie ein Einstich. Frisch.«

»Mit einem Messer?«, erkundigte sich Kluftinger.

Langhammer drehte sich mit gerunzelter Stirn um. »Einem Messer? Also bitte! Wohl kaum. Ist doch viel zu klein. Sieht eher nach einer Injektionsnadel aus. Haben Sie irgendwelche Spritzen im Zimmer gesehen?«

»Nein.«

Sie blickten sich an. Langsam sickerte die Erkenntnis in ihr Bewusstsein. Sie setzten sich auf die drehbaren Hocker, die in dem Zimmer standen, und schwiegen.

»Kann es nicht doch auch ein alter Einstich sein?«, fragte Kluftinger.

»Wie gesagt: Wenn Sie mich fragen, ist der frisch. Unwahrscheinlich, dass das schon länger als zwei Stunden her ist.«

»Kann er sich die Spritze selbst gesetzt haben?«

»Anatomisch selbstverständlich. Aber kaum anzunehmen, wenn Sie mich fragen. Keine Stelle, an der man das tun würde. Und er hat ja keine anderen Einstiche. Aber bitte: Ich kann mich hier nicht festlegen. Es könnte auch etwas anderes sein, vielleicht ein … eine …« Langhammer überlegte, aber ihm fiel nichts ein.

»Ist schon gut, Sie führen hier ja keine gerichtliche Obduktion durch«, beruhigte ihn Kluftinger. »Aber nur mal angenommen, jemand hätte ihm was gespritzt, also jemand von …« Die Augen des Kommissars weiteten sich. Erst jetzt schien er zu begreifen, dass sich, sollte ihre Ahnung sich bestätigen, ein Mörder unter den Anwesenden befand. »… also, jemand vom Hotel. Was könnte das denn sein? Irgendein Gift?«

»Hm, schwer zu sagen. Und selbst wenn ich an der Einstichstelle Reste finden würde – ich hab ja kein Labor hier. Kann ja alles sein. Ich habe seine Krankenakte nicht, und die Anamnese ist jetzt schwierig.«

»Sie meinen, er litt an Gedächtnisschwund?«

Verständnislos musterte Langhammer den Kommissar. Dann begriff er: »Nein, nicht Amnesie.«

Die kleinen Äderchen auf Nase und Wangen des Kommissars begannen sich pulsierend mit Blut zu füllen: Ausgerechnet vor Doktor Besserwisser musste ihm ein solcher Lapsus unterlaufen. Der hingegen schien sich sehr darüber zu freuen, mit seinem Wissen glänzen zu können: »Ich meine Anamnese: die medizinische Krankheitsgeschichte eines Menschen, wenn Sie so wollen. Zumindest können wir eines ausschließen: Er hat keine weiteren Stiche, war also kein Diabetiker.« Prüfend blickte der Arzt seinen Nebenmann an. Dann fügte er hinzu: »Das ist ...«

»Ich weiß schon, Zucker. Hat er denn irgendwelche Anzeichen einer Vergiftung?«

»Also, im leblosen Zustand lässt sich das wirklich kaum mehr sagen. Anzeichen einer Vergiftung wären zum Beispiel Schwindel, Atemnot, Schweißausbrüche ... Sie sehen selbst, dass man das bei einer Leiche wohl kaum mehr finden wird. Allerdings ... Übelkeit und Erbrechen würde auch dazu gehören.«

Kluftinger sog pfeifend die Luft ein.

»Und jetzt?«, fragte Langhammer.

»Wie: und jetzt? Jetzt simmer fertig.« Kluftinger war sehr erleichtert, die Prozedur einigermaßen unfallfrei hinter sich gebracht zu haben.

»Schon, aber was machen wir mit ihm?« Langhammer neigte den Kopf in Richtung der Leiche.

»Ja, nix halt. Dalassen tun wir ihn.«

»Das geht aber nicht.«

»Wieso?«

»Na, wir wissen ja nicht, wie lange wir hier noch festsitzen. Es hat hier beinahe dreißig Grad. Lassen Sie mal ein Schnitzel einen Tag bei Zimmertemperatur liegen. Nicht so fein. Und wenn Ihre Kollegen noch verwertbare Spuren finden sollen, dann müssen wir den Leichnam konservieren.«

Kluftinger zog die Brauen zusammen. Wollte ihn der Doktor wieder bloßstellen? »Aha. Und wie? Sollen wir ihn in Essig einlegen?«

»Nein, natürlich nicht.«

»Was dann? Wickeln wir ihn in Frischhaltefolie? Die haben in der Küche sicher eine ganze Menge.«

»Hören Sie mit Ihren Albernheiten auf! Wir müssen ihn kaltstellen.«

»Das hat doch schon jemand anderes besorgt.«

»Ja, aber hier ist es viel zu warm, wie gesagt. Wir müssen ihn irgendwie ...« Der Doktor hob den Kopf und blickte grübelnd zur Decke. »Ich weiß: der Kühlraum. Wir bringen ihn in den Kühlraum.«

»Niemals!« Der Protest des Kommissars kam so heftig und so schnell, dass Langhammer zusammenzuckte.

»Wieso denn nicht?«

»Na, zum einen gibt es hier sicher gar keinen. Die haben bestimmt nur Kühlschränke. Außerdem aus ... Pietätsgründen.« Das war eine glatte Lüge, aber die Wahrheit wollte Kluftinger dem Doktor nach so viel Eingeständnis von Schwäche nicht auch noch offenbaren. Tatsächlich wusste er, dass er keinen einzigen Bissen einer Speise hinunterbekommen würde, die aus einem Raum mit einer gekühlten Leiche kam.

»Was schlagen Sie also vor?«

Kluftinger ließ seinen Blick schweifen. Langhammer folgte ihm. Als sie am Fenster angekommen waren, sahen sie einander an.

»Natürlich«, sagte Langhammer nickend.

»Klar«, pflichtete ihm Kluftinger bei. »Das einzig Gute an diesem Wetter ist, dass das da draußen«, er hob die Hand und deutete mit dem Finger auf das Schneechaos, »eine einzige riesige Kühlkammer ist.«

Das weiße Grab

Während sie auf die Hotelchefin warteten, um mit ihr zu besprechen, wohin man Weiß am besten bringen könnte, versuchte Kluftinger zu begreifen, was sie da gerade herausgefunden hatten.

»Und es gibt wirklich keinen Zweifel?«, fragte er den Doktor noch einmal.

»Nein. Sehen Sie, jede Injektion in eine Vene führt bei nicht ausreichender Kompression zu einer kleinen Nachblutung, also einem Bluttropfen und dadurch auch einem kleinen Blutfleck. Hätte er einen Slip an, hätten wir ihn sicher gleich entdeckt.«

Kluftinger fand es immer seltsam, wenn jemand »Slip« zu dem sagte, was für ihn, handelte es sich um ein Männerkleidungsstück, schlicht eine Unterhose war. Slips trugen allenfalls Frauen, aber bei denen hieß es Schlüpfer. Die kurze Unterwäschereflexion war allerdings nicht mehr als ein winziges Aufblitzen in seinem Gehirn, das sich ansonsten mit ganz anderen Dingen beschäftigte: Wie konnte jemand ermordet worden sein, der sich in einem von innen geschlossenen Raum befand?

»Das herauszufinden ist Ihr Job.«

Kluftinger blickte Langhammer erstaunt an, dann wurde ihm klar, dass er die letzte Frage laut ausgesprochen hatte.

»Ich habe meine Arbeit getan, schätze ich«, schloss Langhammer und warf die Gummihandschuhe in den Abfalleimer.

»Mhm«, gab Kluftinger nachdenklich zur Antwort.

»Ich meine, ich habe meine *medizinische* Arbeit getan. Aber ich bin Ihnen natürlich behilflich bei der Aufklärung. Zwei Gehirne denken besser als eins. Und … nun ja, ich habe Ihnen das nie gesagt: Die Kriminalistik ist seit jeher ein Hobby von mir.«

Das auch noch, dachte Kluftinger, sagte aber: »Das ist aber kein

Spiel, Herr Langhammer. Wir haben es hier mit einem Kapitalverbrechen zu tun. Und der Mörder – falls es denn ein Mord war – kann ja nur jemand sein, der sich hier in diesem Haus aufhält. Unter einem Dach mit uns. Und solange wir nicht wissen, warum er tötet, kann es jederzeit wieder passieren.«

Das Grinsen des Doktors erstarb. Erst jetzt schien er in voller Konsequenz begriffen zu haben, womit sie es hier zu tun hatten. »Oh Gott, dann schweben wir ja möglicherweise in Lebensgefahr. Wir … wir müssen sofort weg.«

»Und wohin würden Sie vorschlagen?« Bei diesen Worten deutete Kluftinger mit der Hand zum Fenster.

»Ich weiß es nicht.« Der Doktor wirkte auf einmal aufgeregt. »Ich weiß nur: Wir müssen weg hier. Vielleicht mit einem Schlitten, einem Bob, dem Schneepflug, dem …«

In diesem Moment wurde die Tür aufgerissen, und Langhammer fuhr erschrocken herum.

»Entschuldigung, ich wollte Sie nicht erschrecken«, sagte Julia König. Sie sah gehetzt aus. Kluftinger beneidete sie nicht um ihre Aufgabe: Einerseits sollte sie ihm helfen und andererseits die Gäste beruhigen.

»Ich bin nicht erschrocken«, entgegnete Langhammer.

»Frau König, wir brauchen unbedingt einen Ort, an dem wir den Toten verwahren können, bis es aufhört zu schneien«, sagte Kluftinger ruhig. Die Tatsache, dass Langhammer den Kopf verlor, machte ihm deutlich, wie wichtig es nun war, die Übersicht zu behalten.

»Vielleicht im Kühl–«

»Nein«, wandte Kluftinger sofort ein, »das ist … völlig ungeeignet. Haben Sie nichts außerhalb des Hauses? Ich meine, kalt genug ist es ja.«

Nach kurzem Nachdenken erwiderte die Frau: »Wir könnten ihn in die Garage bringen. Da muss im Moment keiner rein.«

»Die Garage wäre perfekt. Wo ist sie denn?«

Die Hotelchefin ging zum Fenster und zeigte mit dem Finger auf einen flachen Betonbau auf der linken Seite des Parkplatzes. Im vom starken Schneefall getrübten Schein der Außenbeleuchtung war er nur schemenhaft zu erkennen.

»Wir werden ein paar Männer mit Schaufeln brauchen, um uns dahin durchzukämpfen«, sagte Kluftinger. Dann drehte er sich zu Langhammer um, der immer noch schwer atmete. »Einen hab ich ja schon.«

Nachdem sie alle Türen zum Massageraum sorgfältig verschlossen hatten, nahm Kluftinger die Schlüssel an sich und ging mit den anderen nach oben. Als sie das Kaminzimmer betraten, in dem sich die anderen Gäste aufhielten, verstummten mit einem Mal sämtliche Gespräche. Alle Blicke waren auf die beiden gerichtet. Der Kommissar blickte in die fragenden Gesichter, und allmählich wurde ihm klar, in welche Rolle er hier gedrängt worden war: Das war mehr als bloße Ermittlungsarbeit. Für die Gäste hier oben war er der Hoffnungsträger, der Licht ins Dunkel bringen musste. Der Kommissar schluckte. Seine Stimme versagte zunächst, als er zu reden begann. Nach einem heftigen Räuspern führte er aus: »Meine Damen und Herren, wir haben den Leichnam untersucht und sind zu überraschenden Ergebnissen gekommen, über die ich Sie bald informieren werde. Bitte aber noch etwas Geduld.« Er bat außerdem um Hilfe beim Schaufeln, doch nur der junge Mann mit dem Pferdeschwanz erklärte sich dazu bereit. Ohne weitere Worte zu verlieren, verließen sie den Raum wieder.

In der Halle warteten bereits Klaus Anwander, Ferdinand Sacher und Arndt Vogel auf sie. Julia König hatte sie zum Schneeschippen abkommandiert. Anwander hatte eine blaue Plane unter den Arm geklemmt. Kluftinger ahnte, was er damit vorhatte.

Sie traten im grellen Licht eines großen Strahlers vor das Haus. So konnten die Männer mit ihren Schaufeln wenigstens ein bisschen sehen – soweit es das Schneetreiben eben zuließ. Es stürmte so heftig, dass es Kluftinger den Atem raubte. Ruckartig drehte er sein Gesicht aus dem Wind. Für einen kurzen Moment sah er am großen Panoramafenster die Reihe der Gäste, die die Szene stumm beobachteten.

Die ersten Meter empfand Kluftinger als die schlimmsten. Das, was er sonst als weiße Pracht bezeichnete, lag wie Blei auf ihren

Schaufeln. Mehr als ein halber Meter Schnee bedeckte den Boden; ohne zu schippen konnten sie keinen Schritt tun. Nach den ersten fünf Metern war der Kommissar bereits völlig erschöpft.

»Na, Sie werden doch nicht schon schlappmachen?« Kluftinger drehte sich um und hätte beinahe lachen müssen: Der Doktor trug eine Fellmütze mit Ohrenschützern, was ihm ein ziemlich dümmliches Aussehen verlieh. Doch das Lachen blieb Kluftinger im Halse stecken, als er sah, dass der Doktor in der von ihm gezogenen Spur folgte und nur noch die Schneereste, die er übrig ließ, beseitigte. Die anderen verbreiterten den Weg, sodass man bequem darin würde gehen können.

Kluftinger hatte Mühe, ruhig zu bleiben, denn zu seinem pochenden Herzen kam nun auch noch das Adrenalin hinzu. Er atmete ein paar Mal tief durch und sagte dann: »Ich bin halt nicht mehr der Jüngste. Aber bitte, ich lasse Ihnen gerne den Vortritt.«

Langhammers Grinsen verschwand, und der Doktor schob sich mit zusammengebissenen Zähnen an ihm vorbei. Als er ächzend zu schaufeln begann, drehte sich Kluftinger noch einmal um. Es war ein Bild, wie es sich ein Filmregisseur nicht gespenstischer hätte ausdenken können: der scharfe Strahl des Scheinwerfers, in dem unzählige Flocken einen wirren Tanz aufführten, die Männer teilweise noch mit ihren falschen Bärten, die sich tapfer gegen die Naturgewalt stemmten, und die fahlen Gesichter der kostümierten Gäste, die sich vor dem Panoramafenster versammelt hatten und ihnen bei ihrem Tun zusahen. Kluftinger schüttelte sich, als könne er diese beklemmende Mischung aus Nostalgie und Klaustrophobie, aus Winterzauber und Bedrohlichkeit von sich abschütteln.

Unwillkürlich musste er an seine Kindheit denken, an seinen Großvater, ein Respekt einflößender Mann, dessen größtes Hobby im Alter es gewesen war, Kinder mit Gespenstergeschichten zu erschrecken. Seine Mutter hatte ihren Schwiegervater deswegen immer gescholten, diese Neigung aber gleichzeitig mit seinen schlimmen Kriegserlebnissen entschuldigt. Oft hatte Kluftinger bei ihm auf der Ofenbank gesessen und mit geröteten Wangen gruseligen Berichten über – darauf bestand der alte Mann – wahre Begebenheiten gelauscht. Gerne erzählte der Opa dabei von den Rauhnächten, den zwölf sagenumwobenen Nächten zwischen Weihnachten und Dreikönig. Kluftinger hatte nie vergessen, wie er ihn davor gewarnt hatte, an diesen Tagen nach dem Abendläuten noch vor die Tür zu gehen. Denn dann ziehe Frau Holda, die im Winter als wilde Frau Percht erscheint, mit ihrem unheimlichen Gefolge umher. Neun Kinderseelen, Elben, Zwerge und Hexen habe sie da im Schlepptau. Und nur mit Opfergaben konnte man sich vor diesen Dämonen schützen. So fütterte man beispielsweise den Wind mit einem Büschel Zweige, an denen er rupfen konnte, und sprach: »Wind, i gib dir des deine, lass du mir des meine.«

»Bitte?«

Irritiert blickte Kluftinger zum Doktor. »Was?«

»Sie haben doch gerade etwas gesagt …«

Kluftinger stutzte. Hatte er gerade laut vor sich hin gesprochen, ohne es zu merken? Mit einer Gänsehaut im Nacken schüttelte er den Kopf und schaufelte weiter.

Etwa eine halbe Stunde später hatten sie es geschafft. Obwohl ihnen ein schneidender Wind die Schneeflocken ins Gesicht peitschte, war Kluftinger schweißnass. Er musste zusehen, dass er wieder ins Trockene kam, sonst würde er sich hier noch den Tod holen. Wobei er jetzt erst einmal den Toten holen würde – ein Wortspiel, das ihm ein bitteres Lächeln aufs Gesicht zauberte.

»Freut mich ja, wenn Ihnen das hier Spaß macht, aber könnten wir das vielleicht schnell hinter uns bringen?« Der Mann mit dem Pferdeschwanz sah ihn mürrisch an.

»Wie? Oh sicher, Entschuldigung, Herr …«

»Witt.«

»Entschuldigung, Herr Witt.« Kluftinger formte mit seinen behandschuhten Händen einen Trichter und rief gegen den Sturm: »Wir gehen rein und holen ihn jetzt. Ich brauche nur zwei, drei, die uns helfen!«

Die Männer nickten. Sie gingen zu viert um das Hotel herum, eng an der Wand, um sich vor dem Schneefall zu schützen, zu einem Nebeneingang, durch den sie direkt in den Wellnessbereich gelangten. Der Kommissar schloss die Tür zum Massageraum auf und ließ

Doktor Langhammer, den Masseur und Anwander an sich vorbeigehen. Er hatte nicht vor, sich noch einmal an der Trageaktion zu beteiligen, sah aber vom Türrahmen aus zu, wie der Leichnam in die Plane eingewickelt und das Paket auf eine Schneehexe gelegt wurde.

Auf dem Weg zur Garage nahm Kluftinger mit Erstaunen zur Kenntnis, dass sich schon wieder ein paar Zentimeter Schnee auf dem Weg angesammelt hatten. Er konnte sich nicht erinnern, jemals einen solchen Winter erlebt zu haben. Mit vereinten Kräften schoben die Männer in ihren dicken Anoraks die Leiche in Richtung der Garage.

»Wir sind da.« Anwander schloss ihnen das Garagentor auf und schob es zur Seite. Als er das Licht darin anschaltete, bekam Kluftinger große Augen. Er blickte auf eine riesige orangefarbene Pistenraupe.

»Sie … Sie haben eine …«

»Die ist kaputt«, beeilte sich Anwander zu sagen. »Wir wollten sie reparieren lassen. Aber das Geld … Wobei: Die hätte uns eh nix genutzt. Das Problem ist die Lawinengefahr, sobald Sie die geschützte Anhöhe verlassen, auf der das Hotel liegt.«

Kluftinger nickte. Für einen kurzen Moment hatte er sich schon in der Raupe sitzend ins Tal fahren sehen. Aber das wäre auch zu schön gewesen.

»Wohin jetzt mit ihm?«, fragte der Masseur.

Unschlüssig sah sich der Kommissar in dem Raum um. Außer der Raupe, die wie ein gefräßiges Raubtier im Winterschlaf wirkte, standen darin noch einige Gerätschaften herum, darunter Leitern und eine Schubkarre, dazu allerlei Gartengeräte. Kaum standesgemäße Aufbewahrungsorte für einen Leichnam. Dennoch, es half nichts. Gerade wollte er schon vorschlagen, die sterblichen Überreste von Carlo Weiß in der Schubkarre zu deponieren, da sagte Arndt Vogel, der Masseur: »Am besten in die Raupe. Ins Führerhaus. Das kann man abschließen. Und vor den Mäusen ist er auch sicher da drin. Die sind gefräßig im Winter.«

»Ja, das habe ich mir auch gerade gedacht«, sagte Kluftinger.

»Nein! Da bin ich dagegen. Ich muss die schließlich irgendwann wieder fahren, wenn sie repariert ist.« Der Protest war heftig und kam vom Portier.

Kluftinger legte ihm eine Hand auf die Schulter. »Bitte, Herr …« Er erinnerte sich nicht mehr an den Namen des Mannes, obwohl die Wirtin ihn bei der Vorstellung erwähnt hatte. Er wusste nur, dass es ein Name war, der irgendetwas mit seiner Arbeit zu tun hatte.

»… Sacher!«, erwiderte der Mann kurz und offenbar ein bisschen beleidigt darüber, dass Kluftinger ihn vergessen hatte.

Kluftinger zog die Augenbrauen nach oben. Natürlich, Sacher, das war es. Ein kurzes Grinsen huschte über sein Gesicht. Es hatte da ja mal diese Fernsehserie gegeben: »Hotel Sacher, Portier«. Jetzt würde er den Namen nicht mehr vergessen. »Sicher, Herr Sacher, ich weiß schon. Also, es ist wichtig, dass wir die Leiche an einem sicheren Ort …«

»Jetzt mach dir mal nicht ins Hemd, Ferdl«, rief ihm der Masseur zu. »Der Tote ist der Einzige, der dir jetzt garantiert nix mehr tun kann.«

Der Portier verzog das Gesicht und willigte schließlich ein. Die Männer hievten das Paket ins Führerhaus der Raupe, wobei die Plastikfolie verrutschte und den Kopf des Opfers freigab. Kluftinger sträubten sich die Haare, als er die bleiche Gestalt in der Plastikfolie im Führerhaus liegen sah.

Er wandte sich ab. Immerhin, die schrecklichste Arbeit hatte er hinter sich gebracht, atmete Kluftinger innerlich auf und ließ sich die Schlüssel geben. »Sonst hat niemand mehr einen?«, versicherte er sich.

»Nein, niemand. Sie sind jetzt der Schlüsselmeister.«

Dann stapften sie durch das dichte Schneetreiben wieder zurück zum Hotel. Eine wichtige Aufgabe stand Kluftinger heute noch bevor, und im Geiste formulierte er bereits die Sätze, die er in wenigen Minuten zu den Gästen sprechen würde.

Als sie in der Halle ankamen, klopften sie sich den Schnee von Mänteln und Stiefeln, sodass sich auf dem Steinboden große Pfützen bildeten.

»Passt bloß auf«, warnte Julia König, »es ist verdammt rutschig mit dem Wasser auf den Fliesen. Nicht, dass jemand umkommt ...« Sie verstummte.

Kluftinger sagte in die peinliche Stille hinein: »Bitte benachrichtigen Sie doch alle, damit sie sich im Salon versammeln. Ich muss ihnen etwas ... mitteilen.«

Ein schlimmer Verdacht

Hätte Kluftinger Zeit gehabt, länger über die Situation nachzudenken, in die er hineingeschlittert war, es wäre ihm alles unwirklich und vielleicht auch ein wenig albern vorgekommen. Aber das war nur ein unterschwelliges Gefühl; nun war seine Professionalität gefragt.

Er stand vor dem großen Kamin, dessen Gasfeuer zuckende Lichter auf die Gesichter der Menschen warf. Seine Nerven waren aufs Äußerste gespannt. Was er nun sagte, und vor allem wie, würde den weiteren Fortgang der Ereignisse hier oben ganz entscheidend mitbestimmen. Sie waren hier zu einer Zweckgemeinschaft zusammengeschweißt, aus der es so schnell kein Entrinnen geben würde. Und unter ihnen, so schien es jedenfalls, befand sich ein Mörder. Alle Anzeichen sprachen dafür, und auch seine Intuition bestätigte das. Schließlich war niemand aus dem Hotel verschwunden, und niemand konnte hineingelangt sein, sonst hätten sie Spuren gefunden. Dennoch wollte er den anderen nicht unnötig Angst machen und gleichzeitig den Mörder nicht aufscheuchen – und am Ende noch eine weitere Bluttat provozieren.

Wenn er recht hatte, war es für mindestens einen unter ihnen keine Überraschung, was er nun zu sagen hatte. Er hatte sich vorgenommen, alle möglichst gut im Blick zu behalten, um ihre Reaktionen auf seine Worte genau beobachten zu können, aber eigentlich war er sich sicher, dass das nichts bringen würde: Wer in der Lage war, jemanden in einem von innen verschlossenen Raum umzubringen und dann zu verschwinden, ohne auch nur eine einzige Spur zu hinterlassen, was im Prinzip unmöglich war, der würde sich nicht hier, während Kluftingers Ansprache, durch eine unbedachte Reaktion verraten.

Oder war es tatsächlich unmöglich und hatte sich alles ganz anders zugetragen? Hatte es gar keinen Mord gegeben? Der Doktor war sich doch so sicher gewesen, was den Einstich betraf. Kluftinger rieb sich die Augen, als könnte er damit seinen Blick auf die Dinge schärfen. Und er dachte an das, was Rieger beim Theaterstück noch über die Rauhnächte gesagt hatte und was er von seinem Opa darüber wusste. Tote Nächte! Allein bei dem Gedanken daran zog sich sein Magen zusammen. Die Gesetze der Natur, sagte man, seien aufgehoben, die Grenzen zwischen den Welten fallen, magische Rituale werden abgehalten. Waren sie nun Teil eines solchen mystischen Ereignisses?

Inzwischen hatten sich alle Personen, die sich im Hotel befanden, auch das Personal, um ihn versammelt. Achtzehn Personen, die darauf warteten, dass er etwas zu ihrer Beruhigung sagen würde, ihnen offenbaren würde, dass alles ein tragischer Unfall gewesen war und es bald zu schneien aufhören würde. Siebzehn Personen, korrigierte sich Kluftinger im Stillen. Einer wusste, dass er nichts dergleichen zu sagen hatte. Es herrschte eine geradezu gespenstische Ruhe.

Er blickte in die Gesichter vor ihm: Einige wirkten fahl und müde, manche auch nervös und angespannt. Die Gäste trugen noch das ihnen zugewiesene Kostüm, die Angestellten ihre Dienstkleidung, was eine bizarre Mischung ergab – als hätte man das Personal eines Agatha-Christie-Films mit dem einer Dokumentation über die Hotellerie in den Alpen gekreuzt. Er fragte sich, warum man den Angestellten nicht auch historische Kleidung gegeben hatte. Und als er darüber nachdachte, fragte er sich, ob er im Moment keine anderen Sorgen hatte, als sich über derartige Nebensächlichkeiten den Kopf zu zerbrechen.

Daran, dass einige von den Gästen nun doch langsam unruhig wurden, merkte er, dass er schon viel zu lange schweigend dastand. Er musste etwas sagen. Er versuchte sich vorzustellen, wie Hercule Poirot eine solche Rede wohl gehalten hätte. Seine eigene Ausbildung hatte ihn jedenfalls auf eine derartige Situation nicht adäquat vorbereitet.

»Meine Damen und Herren«, begann er schließlich, und es klang weniger heiter, als er sich eingedenk des großen literarischen Vorbilds vorgenommen hatte. »Sie alle haben ja mitbekommen, dass uns einer der Gäste leider viel zu früh verlassen musste.« Kluftinger hörte seinen eigenen Worten nach und fand, dass sie unfreiwillig komisch klangen, nach überstürzter Abreise oder Ähnlichem, jedenfalls nicht nach dem, was tatsächlich passiert war. Also fügte er schnell an: »Carlo Weiß ist tot. Der Mann, der noch vor ein paar Stunden hier mit uns am Tisch saß, ist gestorben.«

Kluftinger machte eine kurze Pause und blickte einen nach dem anderen an. Langsam kehrte seine eben noch so schmerzlich vermisste Sicherheit zurück. Franziska Weiß erwiderte seinen Blick ausdruckslos, beide Hände auf den hölzernen Knauf ihres Stocks gelegt. Der Masseur kaute auf seiner Unterlippe herum, während die Hotelchefin, die neben ihm saß, ihr Gesicht in den Händen verborgen hatte. Ihr Mann hatte einen Arm um sie gelegt und flüsterte ihr etwas ins Ohr. Alexandra Gertler beobachtete die Situation mit der unverhohlenen Neugier einer Journalistin, die eine Sensation wittert. Die Gesichter der anderen zeigten eine Mischung aus gespannter Erwartung und ausdruckslosem Schock. Vor allem die seiner Frau und Annegret Langhammers. In Erikas Augen meinte er sogar Tränen schimmern zu sehen. Dagegen war Doktor Langhammers Miene die eines Mitwissers. Er nickte ihm kumpelhaft zu.

Kluftinger wollte die Spannung nicht weiter auf die Spitze treiben. Noch einmal setzte er an: »Der Doktor und ich haben den Toten untersucht. Wir wissen nicht, was die genaue Todesursache ist …« Er überlegte, wie er fortfahren sollte, doch die Entscheidung wurde ihm abgenommen.

»Aber wir müssen davon ausgehen, dass sich Herr Weiß nicht selbst das Leben genommen hat, sondern ermordet wurde. Durch eine Injektion mit einer unbekannten Flüssigkeit.« Doktor Langhammer hatte sich neben den Kommissar gestellt, mit ernster Miene seinen Befund mitgeteilt, dann die Arme verschränkt und ein zufriedenes und wichtiges Gesicht gemacht.

Priml. Hatte das wirklich sein müssen? Er hatte doch vorher mit der Ehefrau des Toten allein über seine Vermutung sprechen wollen. Kluftinger verfluchte sich dafür, dass er ihn so ins Vertrauen gezogen hatte. Andererseits: Was war ihm denn anderes übrig geblieben? Aber das war jetzt nebensächlich. Jetzt galt es, die Aufmerksamkeit wieder den Gästen zuzuwenden: Er versuchte erneut, in ihren Gesichtern zu lesen. Zunächst änderte sich ihr Ausdruck nicht. Ihre Blicke wirkten versteinert, und wie sie so reglos in ihren Kostümen dasaßen, wirkten sie wie ein Gemälde aus dem vorvergangenen Jahrhundert. Doch nach ein paar Sekunden änderte sich ihr Blick, die Augen einiger weiteten sich, andere zogen die Brauen zusammen, schienen gleichermaßen schockiert und verwirrt.

Nur der Blick von Franziska Weiß war nach wie vor leer. Ein gehauchtes »Nein«, von dem Kluftinger glaubte, dass es von Julia König gekommen war, löste schließlich die Erstarrung. Erst erhob sich nur ein Murmeln, das aber schnell an Lautstärke und Dynamik gewann und schließlich in ein wirres Durcheinander mündete.

Kluftinger hob die Arme wie ein Pfarrer bei der Predigt und rief: »Bitte, bitte beruhigen Sie sich. Das bringt doch nix. Wir müssen den Tatsachen ins Auge sehen.« Doch er kam nicht gegen die aufgeregten Stimmen an.

Erst die Frage von Alexandra Gertler, der Radiomoderatorin, ließ die anderen verstummen. Sie hatte sich am schnellsten wieder gefangen.

Alle starrten nun zuerst die Gertler, dann den Kommissar an und warteten auf seine Antwort. Und die ganze Zeit lag ihre Frage noch in der Luft: »Wie ist denn der Mörder herein- und wieder herausgekommen bei dem Wetter?«

»Er konnte nicht weg«, antwortete Kluftinger. Und merkte sofort, dass das nicht reichte. Niemand schien ihn zu verstehen. Was er dann sagte, schlug ein wie eine Bombe: »Er konnte nicht weg. Niemand hätte das Haus verlassen können. Jedenfalls nicht, ohne dass er dabei Spuren im Schnee hinterlässt. Wenn Herr Weiß ermordet wurde«, bei diesen Worten warf er dem Doktor einen finsteren Blick zu, »was noch gar nicht endgültig feststeht, dann ist der Mörder noch hier unter uns.«

War es vorher Entsetzen oder auch Ratlosigkeit, die aus den Blicken sprach, war daraus nun Angst geworden. Und die machte sich lauthals Luft. Die Anwesenden brüllten durcheinander, gestikulierten wild, schüttelten die Köpfe.

»Hören Sie«, versuchte Kluftinger, sie zu beschwichtigen, »hören Sie doch! Morgen kommen meine Kollegen hier rauf. Bis dahin ist es wichtig, dass wir alle einen kühlen Kopf bewahren.«

»Sie sind gut«, schrie der Portier, der alle Zurückhaltung abgelegt hatte. »Irgendwo hier im Haus versteckt sich ein Mörder, und wir sollen ruhig bleiben?«

Kluftinger setzte zu einer Antwort an, hielt dann aber inne. Eigentlich hatte er sagen wollen, dass der Mörder sich allem Anschein nach nicht irgendwo versteckte, sondern hier, mitten unter ihnen, saß. Dann besann er sich eines Besseren. Er wollte die Panik der Menschen nicht noch weiter schüren.

»Nein, was Herr Kluftinger sagen will, ist: Der Mörder befindet sich hier unter uns«, verschaffte sich Langhammer noch einmal lautstark Gehör und nickte dann dem Kommissar aufmunternd zu, als wolle er sagen: Hab das mal eben für Sie erledigt.

Kluftinger schloss die Augen und seufzte in sich hinein. Langhammer als Hilfssheriff, das war wirklich die Höchststrafe.

»Stimmt das?«, rief der Portier.

»Wirklich?«, kreischte Julia König, und nach und nach schlossen sich immer mehr dieser Frage an.

Kluftinger musste eingestehen: »Ja, es stimmt. Das heißt: Ich weiß es nicht. Möglich ist es zumindest. Alles, was ich Ihnen sagen will, ist: Bewahren Sie Ruhe, bis morgen früh meine Kollegen kommen. Das ist keine erfreuliche Aussicht und nicht die beste Voraussetzung für eine erholsame Nachtruhe, das ist mir klar. Aber es ist wichtig, dass Sie Ruhe bewahren und aufpassen. Es sollte heute Nacht niemand allein im Hotel unterwegs sein, verstehen Sie das?« Wieder musste der Kommissar an die alten Geschichten denken. Die Rauhnächte waren traditionell die Zeit der Geisterbeschwörungen. Denn in dieser Zeit hatten die Dämonen Ausgang. Streiften durch die Welt und richteten Unheil an. Auch wenn das alles Unsinn war: Einen Dämon in Menschengestalt schien es unter ihnen tatsächlich zu geben. Den Kommissar schauderte.

Es dauerte fast eine halbe Stunde, bis sich alle auf den Weg in ihre

Zimmer machten. Nur Kluftingers, Langhammers und die Hotelbesitzer blieben im Salon zurück. Kluftinger fühlte sich plötzlich völlig leer und erschöpft. Er musste jetzt ins Bett. Er ging zu Erika und nickte ihr zu, als der Doktor ihm von hinten zuflüsterte: »Und jetzt? Wie gehen wir vor?«

Der Kommissar drehte sich um. Er versuchte, aus dem Gesicht des Doktors herauszulesen, ob ihm das Ganze tatsächlich Spaß machte, denn diesen Eindruck vermittelte er. Sicher war, dass er mit seiner wichtigtuerischen Art zu einer Gefahr für die Ermittlungen werden konnte, vielleicht schon geworden war.

»Na, was tun wir, Kollege? Wie erlegen wir das Wild? Wie legen wir dem Mörder das Handwerk?«, bohrte der Doktor nach.

Kluftinger suchte nach einer passenden Antwort und sagte schließlich lapidar: »Ganz einfach: Wir finden ihn.« Dann nahm er seine Frau am Arm und führte sie aus dem Zimmer.

Er war noch keine zehn Meter gekommen, da hatte ihn die Wirtin schon eingeholt. »Herr Kluftinger, bitte, warten Sie.«

Erika und ihr Mann blieben stehen und sahen die Frau fragend an, deren Gesicht noch immer von hektischen roten Flecken bedeckt war.

»Ich glaube nicht, dass morgen Ihre Kollegen kommen«, sagte sie.

Der Kommissar legte die Stirn in Falten: »Warum denn nicht? Meinen Sie, dass das mit dem Telefon morgen immer noch nicht klappt? Dann …«, er dachte kurz nach, »… schicken wir halt ein Fax.« Zwei verständnislos dreinblickende Frauen starrten ihn an. »Ach so, ja, nein, dann fährt halt jemand ins Tal, mein ich.«

»Das wird nicht möglich sein«, erwiderte die Wirtin ernst. »Wir haben Katastrophenwarnung. Das Wetter wird erst mal nicht besser. Ganz im Gegenteil.«

»Woher wissen Sie denn das?«, fragte der Kommissar.

»Aus dem Radio.«

»Das geht?«

»Ja, sicher.«

»Na, dann können wir doch …« Kluftinger dachte nach, wie er den Satz beenden wollte, machte dann eine wegwerfende Handbewegung und sagte: »Na gut, was schlagen Sie vor?«

»Sie müssen die Ermittlungen übernehmen.«

»Ich?«

»Ja, wer sonst?«

Kluftingers Brauen zogen sich zusammen. Wer sonst, hatte sie gefragt – und sie hatte recht. Wenn man es genau nahm, fiel das hier alles sogar in seinen Zuständigkeitsbereich. Immerhin befanden sie sich im tiefsten Oberallgäu. Aber selbst, wenn sie auf Norderney gewesen wären: Er war Kriminalhauptkommissar, und genau so einen brauchten sie hier.

»Gut. Ab morgen beginne ich mit der Arbeit«, sagte er, obwohl er, wenn er genau darüber nachdachte, ja bereits mitten drin war.

»Danke, das ist wenigstens eine kleine Erleichterung. Diese Drecks-Rauhnächt …«

Kluftinger hielt inne. Die harte Ausdrucksweise passte so gar nicht zu der ansonsten eher zarten Erscheinung der Frau.

»Ach, ist doch wahr«, sagte sie, als hätte sie seine Gedanken erraten. »Ich kann ein Lied davon singen, glauben Sie mir. Hab vor zwei Tagen Geburtstag gehabt und …«

»Oh, dann natürlich herzlichen …«

Sie winkte ab. »Lassen Sie's gut sein. Die Lust zum Feiern ist mir gründlich vergangen. Eigentlich hatte ich die noch nie. Wissen Sie, in den Bergen, wo ich aufgewachsen bin, da haben die Leute noch sehr viel auf diesen abergläubischen Hokuspokus gegeben.« Bei diesen Worten verdrehte sie verächtlich die Augen.

»Ja, das kenn ich«, erwiderte Kluftinger aufmunternd.

»Dann wissen Sie ja, wovon ich spreche. Mein Vater war da ganz schlimm. Ich red jetzt gar nicht davon, dass man keine Wäsche aufhängen durfte.«

Erika beantwortete den fragenden Blick ihres Mannes: »Ja, das hab ich auch schon gehört. Weil die dann von den Dämonen gestohlen wird, die sie im Laufe des Jahres als Leichentuch für den Besitzer verwenden.«

»Woher hast du denn den Schmarrn?«, fragte der Kommissar ärgerlich.

»Von deiner Mutter!«

»Aber wie gesagt«, fuhr die König fort, »wenn's nur das gewesen wäre. Wir mussten immer auch viel beten in diesen Tagen. Dazu wurden das ganze Haus und die Ställe mit Weihrauch ausgeräuchert. Und Bauholz musste ebenfalls in dieser Zeit geschlagen werden. Aber wenn Sie das Pech hatten, an einem Rauhnacht-Samstag geboren worden zu sein …« Sie machte eine Pause, und Erika biss sich auf die Unterlippe. Sie konnte sich schon denken, was nun kam. »Ja, so wie ich. Also, da hatten Sie nicht nur das Problem, dass Sie geschenkmäßig viel schlechter wegkamen wegen der Nähe zu Weihnachten. Nein, mein Vater hat gesagt, solche Samstagskinder hätten magische Kräfte. Sie könnten Geister sehen und müssten die Verstorbenen auf den Friedhof schleppen und ihnen ihr Grab zeigen. Sie können sich vorstellen, was ich deswegen für Albträume hatte.«

»Ja, das kann ich nur zu gut«, antwortete Kluftinger eingedenk der gruseligen Stunden, die er mit seinem Großvater verbracht hatte. Dann wechselte er schnell das Thema: »Hätten Sie mir vielleicht noch eine Liste der Gäste und der Angestellten?«

»Schon dabei.« Mit diesen Worten zog Julia König aus ihrer Schürze ein handbeschriebenes Blatt Papier.

Der Kommissar nahm es an sich und machte sich mit einem »Gute Nacht« mit seiner Frau endgültig auf den Weg in sein Zimmer.

Ein ungebetener Besuch

Kluftinger spritzte sich eiskaltes Wasser ins Gesicht, nachdem er sich ausgiebig die Finger gewaschen hatte – mit so heißem Wasser, dass seine Hände ganz rot waren. Damit versuchte er, die Ereignisse dieses furchtbaren Tages wenigstens äußerlich loszuwerden. Heute hatte er Dinge getan, die er sich im Leben nicht zugetraut hätte. Der Leichentransport, die Untersuchung des Körpers … Jetzt, da er Zeit hatte, darüber nachzudenken, schnürte es ihm die Kehle zu.

Da hörte er Stimmen aus ihrem Zimmer. Er griff sich das schmale weiße Handtuch, das auf dem marmornen Waschtisch bereitlag, und schmierte sich etwas von der Salbe, die ihm Erika gegeben hatte, auf die wunde Stelle, die sich unter seinem künstlichen Schnurrbart gebildet hatte.

»Geht uns doch auch nicht anders. Kommt's doch rein!«, hörte er Erika gerade sagen. Er konnte sich schon denken, wer diese nächtlichen Besucher waren, und erwog ernsthaft, sich gleich den bereitgelegten Frotteeschlafanzug anzuziehen und sich in der Badewanne zur Nachtruhe zu legen. Doch er verwarf den Gedanken und öffnete die Tür mit dem festen Vorsatz, binnen zehn Minuten bei ausgeschaltetem Licht und nach dem Erhalt eines Gute-Nacht-Bussis im Bett zu liegen.

»Heu, ungebetener Besuch«, brummte er, nachdem er polternd die Tür zugezogen hatte.

Keiner der drei reagierte. In den Augen der beiden Frauen schimmerte es feucht, Annegret schnäuzte sich laut in ein Taschentuch. Und auch der Doktor starrte mit leerem Blick vor sich hin. Das Ganze schien sie mehr mitzunehmen als ihn, der in solchen Fällen eben eine gewisse Routine hatte. Was Kluftinger noch sah, als er den Raum betrat, machte ihm klar, dass sein Zehn-Minuten-Ziel in weite Ferne gerückt war: Zwischen ihnen stand eine geöffnete Flasche Rotwein nebst vier kleinen Gläsern.

»Ich habe extra unsere Notration mitgebracht«, sagte der Doktor mit Blick auf den Tisch. »Wir müssen einfach über alles noch einmal sprechen. Annegret und ich, wir können nicht schlafen. Für Sie haben wir sogar unsere Minibar geplündert.« Dabei zog er zwei Flaschen Pils hervor.

Immerhin, dachte Kluftinger, ausnahmsweise wusste er mal, was sich gehörte – wenn man die Tatsache vernachlässigte, dass er mitten in der Nacht ein Hotelzimmer belagerte. Also erkannte der Kommissar mit einem gemurmelten »Dankschön« die Geste an und wollte seinerseits auch nicht hintanstehen, was Gastfreundschaft anlangte. Daher machte er sich an seinem Nachtkästchen zu schaffen und spendierte eine Dose geröstete Erdnüsse, eine Packung Salzletten und eine angebrochene Tüte Gummibärchen.

Schon am nächsten Tag würde Kluftinger nicht mehr sagen können, was genau in dieser Nacht alles gesprochen wurde. Die anderen begannen, sich rege über das Geschehen auszutauschen, stellten Mutmaßungen an, versuchten, die Zukunft vorherzusagen, analysierten das Wetter, taxierten die Gäste und entwarfen ein Charakterbild des Toten. Kluftinger hörte zwar zu und mischte sich auch manchmal ein, bestätigte oder dementierte etwas. Aber das geschah völlig mechanisch, ohne dass er wirklich darüber nachdachte. Mit der Zeit war er den Langhammers auch gar nicht mehr böse, dass sie gekommen waren. Ihr Gespräch lenkte ihn ab, gab ihm Zeit, die Dinge noch einmal Revue passieren zu lassen.

Erika griff immer wieder nach seiner Hand. Sie dachte sicher, er sei todmüde, weil er sich so wenig am Gespräch beteiligte. Hatte vielleicht sogar ein schlechtes Gewissen, dass sie die Langhammers so spät noch eingelassen hatte. Aber der Kommissar merkte, wie gut ihr das Gespräch tat – und den anderen auch, auch wenn sich das Bedürfnis, sich in die Psyche des Doktors hineinzuversetzen, in Grenzen hielt.

Nachdem er sich die letzten Stückchen aus der Nussdose unter Stirnrunzeln seiner Frau in den Mund geschüttet hatte, richtete sich der Kommissar unvermittelt auf, erhob sich und verkündete mitten in das Gespräch der anderen hinein, er werde sich jetzt noch etwas Vernünftiges zu essen suchen, so könne er niemals schlafen. Als er daraufhin in drei völlig konsternierte Gesichter schaute, fügte er an: »Ich hab schließlich das Abendessen ausfallen lassen. Und von diesem Knabberzeug kriegt man nur einen schlechten Magen. Unten im Speisesaal findet sich sicher noch was Essbares. Soll ich euch was mitbringen?«

»Also, wenn Sie noch etwas auftreiben können, gern. Nur bitte keine Kohlehydrate, mein lieber Kluftinger. Nicht um diese Uhrzeit!«

»Aha, vertragen Sie das nicht mehr in Ihrem Alter?«, raunte er dem Doktor zu und wollte sich in seinen Filzschlappen gerade auf den Weg machen, als Erika ihn zurückhielt.

»Um Gottes willen, Butzele! Du gehst nicht allein da runter! Niemals! Hinter jedem Eck kann doch einer lauern und nur darauf warten, dich niederzuschlagen! Oder Schlimmeres. Bitte, bleib da!«

»Erika, ich hab Hunger, Kruzifix. Ich krieg so kein Auge zu!«, beharrte er, worauf seine Frau aufschluchzte und ihm die Finger in den Oberarm krallte.

»Mir passiert doch nix, ich bin ja bei der Polizei!«

»Nein, ich lass dich nicht gehen!«, protestierte Erika mit flehendem Unterton, und Kluftinger kam es so vor, als habe er angekündigt, in den Krieg zu ziehen.

»Der Martin muss mitgehen!«, schlug Annegret vor.

»Ich?« Überrumpelt blickte der Doktor seine Frau an. »Also … ich hab eigentlich doch keinen Hunger mehr. Vielleicht sollten wir einfach alle hierbleiben.«

»Martin, du kannst den Herrn Kluftinger unmöglich allein gehen lassen«, insistierte Annegret. »Vielleicht schleicht da unten gerade der Mörder herum.«

Kluftinger vermutete, dass der Doktor genau das auch gedacht hatte.

»Ach was«, sagte der, »um die Zeit schlafen doch bestimmt alle.«

»Eben.« Kluftinger war zufrieden und setzte sich wieder in Bewegung.

Annegret versetzte ihrem Mann einen Schubs, und auch Langhammer stand nun zögernd auf. »Na, dann will ich Sie mal begleiten«, hob er unsicher an. »Nicht, dass Sie noch Angst bekommen im Dunkeln.«

Kluftinger sagte nichts, sondern nickte lediglich. Auch wenn er es um keinen Preis zugegeben hätte: Eigentlich war er ganz froh, dass er nicht allein gehen musste.

Galgenstricke

Nachdem ihm Erika einen Kuss auf die Wange gedrückt und das Zimmer zweimal hinter ihnen abgeschlossen hatte, machten sich die beiden Männer auf den Weg. Langhammer blieb allerdings vor seiner Zimmertür stehen und zog seinen Schlüssel aus der Tasche. »Ich hole nur gerade noch meine LED-Survival-Stirnlampe. Die kann uns gute Dienste leisten.«

»Im Haus?«, fragte Kluftinger nach, erhielt aber keine Antwort.

Eine Minute später hatte der Mediziner ein lila-grün gemustertes Stirnband auf dem Kopf und leuchtete mit einer grellen Lampe in Kluftingers Augen.

»Herr Langhammer, das Licht ist *an*.«

»Schon. Noch. Wer weiß, was bei dem Unwetter passiert! Lieber lassen wir die Lampe gleich eingeschaltet.«

Kluftinger schüttelte müde den Kopf, und die beiden gingen die Treppe hinunter, als seien sie zwei Forscher bei einer Höhlenexpedition. Tatsächlich erwies sich Langhammers Einfall im Speisesaal als hilfreich, denn dort war nirgends ein Lichtschalter zu finden. Auf Kluftingers Geheiß leuchtete der Arzt die Tische nach Brotkörben ab. Dabei vollführte er seltsame, nickende Kopfbewegungen, die Kluftinger an einen Hirsch erinnerten, der sein Geweih am Baum schabt. Kluftinger grinste in sich hinein. Den Vergleich zwischen Langhammer und einem Hirsch fand er überhaupt recht treffend. Sein Hungergefühl milderte das jedoch auch nicht.

»Probieren wir's in der Küche?«, fragte er deshalb den Doktor, und allmählich stellte sich tatsächlich eine Art Solidarität mit Langhammer ein.

»Wird gemacht!«, tönte der Arzt und leuchtete mit seiner Lampe in Richtung der großen Schwingtür.

Als sie diese geöffnet hatten, tastete Kluftinger auf der rechten Seite wieder instinktiv nach dem Lichtschalter. Und tatsächlich flackerten nun die Deckenleuchten auf. Grelles Licht blendete die Männer. Kluftinger erschrak sogar ein wenig, wie fahl Langhammer im kalten Schein der Neonröhren wirkte. Er kam doch allmählich in die Jahre, der Doktor.

Zunächst machten sie sich an ein paar Schubladen unter den Arbeitstischen, Spülen und Herden zu schaffen. Als sie jedoch nur Geschirr und Kochutensilien fanden, sah Langhammer in den Backöfen nach. Aber auch dort fand er nichts Essbares. Kluftinger suchte in dem steril wirkenden Raum vergeblich nach einem Kühlschrank.

»Na, das war wohl nichts, mein lieber Kluftinger, da müssen wir wohl wieder zu Ihren Nüsschen greifen!«

»Kruzifix, es muss doch einen …« Kluftinger hielt abrupt inne und setzte sich in Richtung der hinteren Ecke der Großküche in Bewegung. Schließlich blieb er vor einer massiven Metalltür mit einem riesigen Griff stehen, die wie ein überdimensionaler Retrokühlschrank wirkte. Mit einem Siegeslächeln sagte er: »Der Kühlraum!« Dann öffnete er die Tür mit einem Strahlen, als habe er eine Schatzkammer entdeckt.

»Na, wenn wir das gewusst hätten, dann hätten wir Weiß auch hier aufbewahren können. Da besteht zumindest nicht die Gefahr, dass er uns gefriert!«, sagte der Doktor und besah sich den Inhalt der Regale. Kluftinger rang nach Luft. Die abgebrühte Art, wie der Arzt mit diesem Thema umging, verschlug ihm den Atem. Und sein Hungergefühl hatte sich von einem Moment auf den anderen verflüchtigt.

»Hm, mal sehen, was uns da heute Abend alles entgangen ist«, murmelte Langhammer und schürzte die Lippen. »Oho, sehr schön. Judasohren, na, was das wohl sein mag. Und hier: Medaillons vom jungen Mordopfer in Verräterblutsoße. Toll. Ah, sehen Sie da, Tollkirschenmousse mit Giftspritzen. Na, das interessiert mich aber!«

Kluftinger sah, wie Langhammer die Schüssel herauszog, den Deckel öffnete und ihr tatsächlich eine mit grüner Flüssigkeit gefüllte Arztspritze entnahm. Er schluckte, als der Doktor sich die Substanz in den Rachen spritzte. Langhammer schien den Kommissar gar nicht mehr wahrzunehmen. Er schwelgte in den in dieser Situation doch reichlich unpassenden Bezeichnungen für die Speisen.

»Wirklich originell! Leichenfingernudeln. Herrlich. Und hier: Meuchlersülze mit fein aufgeschlagener Hirnmasse. Oder sollten wir lieber die hausgemachten Galgenstricke und ein wenig Ragout von der gewürgten Henne nehmen?«

Kluftinger schüttelte nur noch den Kopf.

»Aha, die Galgenstricke sind Nudeln!«

»Hergeben!«, raunzte der Kommissar.

»Bitte?«

»Hergeben. Die Nudeln!« Kluftinger nahm den Behälter entgegen und machte sich auf den Weg zurück in die Küche, um sich eine Gabel zu suchen. Da er nirgendwo Brot entdecken konnte, schienen ihm »nackerte Nudeln«, wie er solche Teigwaren ohne Soße nannte, das Einzige, was er noch hinunterbekommen würde. Nachdem er eine Gabel gefunden hatte, setzte er sich auf einen der Edelstahltische und begann, aus der Schüssel zu essen. Aus der Ferne beobachtete er, wie sich der Doktor eine Servierplatte aus Edelstahl nebst Vorlegegabel und Löffel nahm und in den Kühlraum zurückkehrte. Dann gesellte er sich zu Kluftinger, in der Hand die Platte, auf die er kleine Häufchen der verschiedenen Speisen drapiert hatte.

Den kritischen Seitenblick des Kommissars konterte er mit der Erklärung, er liebe ein solches Potpourri aus Geschmäckern, denn gerade die Gegensätze verbänden sich beim Genießen zu einem runden, harmonischen Ganzen.

Wortlos und ohne seine Mahlzeit zu unterbrechen oder aufzusehen, nickte der Kommissar dem Arzt zu, dessen Stirnlampe noch immer leuchtete. Er wollte jetzt keine Auseinandersetzung mehr. Er wollte nur noch seinen Topf Nudeln zu Ende essen und dann ins Bett.

Auf doppelter Spur

Eine gute Stunde später lag Kluftinger ermattet auf seinem Kissen und wälzte sich von einer Seite auf die andere. Er konnte nicht schlafen. Und das noch nicht einmal, weil er so aufgewühlt war, nein, es lag daran, dass er ein gewisses Maß an Müdigkeit überschritten hatte. Streng genommen hatten ja Langhammers dieses Maß überschritten, überlegte er bitter. Wenn er zu müde war, war an Schlaf erst einmal nicht zu denken.

Außerdem lagen die hastig verschlungenen Nudeln wie ein steinerner Klumpen in seinem Magen. Nachdem sich der Kommissar einige Minuten ächzend hin und her gedreht hatte, gab er auf. Er erhob sich so leise wie möglich und ging zum Fenster. Er wollte ein wenig frische Luft ins Zimmer lassen, vielleicht würde ihn das schläfrig machen. Als er die Scheibe kippte, blickte er für einen Moment nach draußen. Was er sah, ließ das Blut in seinen Adern gefrieren: Es hatte fast aufgehört zu schneien, und die Nacht wurde vom bleichen Licht des Mondes erhellt, der zwischen den mächtigen Wolken hervorlugte. Deswegen war die Garage, in die sie den Toten gebracht hatten, gut zu erkennen. Und genau in dieser Garage sah Kluftinger fahle Lichtblitze aufscheinen. Er schluckte. Es war gespenstisch, wirkte fast so, als spiele jemand mit dem Lichtschalter.

War dort unten jemand bei der Leiche?, schoss es Kluftinger durch den Kopf. Und wenn ja, was wollte er dort? *Die toten Seelen haben in den Rauhnächten Ausgang*, hatte der Großvater immer gewarnt. Sogar in Werwölfe sollten sich Menschen in diesen besonderen Nächten verwandeln. Und noch etwas war dann möglich: Jeweils um Mitternacht konnte man mit den Tieren sprechen, die einem dann die Geheimnisse der Zukunft preisgaben. Was sie ihm wohl über den Fortgang dieses rätselhaften Falles sagen würden? Doch Kluftinger verwarf den Gedanken gleich wieder, denn sein Großvater hatte ihm noch etwas verraten: Wer die Tiere sprechen höre, müsse sofort danach sterben.

Ihn fror plötzlich. Noch einmal sah er nach unten. Sollte ihm die Einbildung einen Streich gespielt haben?

Reiß dich zusammen, beschwor sich Kluftinger, *du glaubst doch nicht an einen solchen Schmarrn!* Aber tat er das wirklich nicht? Er wollte sich schon abwenden und sich zu Erika unter die Decke kuscheln, da hielt er noch einmal inne. Ein letzter Blick aus dem Fenster war an etwas haften geblieben. Er kniff die Augen zusammen und fixierte die Stelle. Im Schein des Flackerlichts sah er Schatten im Schnee. Schatten wie von kleinen Tieren oder … Fußspuren. Natürlich: Unten im ansonsten unberührten Schnee befanden sich Fußabdrücke. Die waren eindeutig frisch, nicht von vorhin, als sie Weiß hinübergeschafft hatten. Auf einmal erwachte der Ermittler in Kluftinger wieder, und der ängstliche Mann von eben verschwand. Der Kommissar öffnete das Fenster und lehnte sich in die schneidend kalte Luft hinaus, um besser sehen zu können.

»Herrgott, da isch doch was!«, murmelte er.

»Genau das dachte ich mir auch gerade!«

»Gell …«, versetzte der Kommissar und zuckte im selben Augenblick zusammen.

»Auch von Schlaflosigkeit geplagt, mein Lieber?«

Kluftinger drehte seinen Kopf nach rechts – und blickte in die Augen des Doktors. Der hatte sich ebenfalls weit aus dem Fenster gelehnt.

»Eine Spur im Schnee, nicht wahr? Ob wir uns das genauer ansehen sollten? Bevor es wieder anfängt, heftiger zu schneien.«

»Ja, find ich auch«, stimmte Kluftinger flüsternd zu, um seine Frau nicht zu wecken. »Dann bis gleich im Gang.« Bevor Langhammer das Fenster schließen konnte, schob er noch nach: »Aber mit Stirnlampe, wenn's geht!«

Beim Öffnen der Zimmertür fiel Kluftingers Blick in den Spiegel. Nicht gerade der Mode letzter Schrei, wie er da im lediglich vom Flurlicht erhellten Zimmer stand: Er hatte seine ledernen Winterstiefel ohne Socken über die Füße gezogen. In den Schuhen steckte seine blau gestreifte Schlafanzughose, darüber trug er den Lodenmantel, und seinen Kopf zierte Erikas pelzbesetzte Mütze. Seine Skimütze hatte er im Dunkel nicht finden können. Hoffentlich sparte sich Langhammer blöde Kommentare. Doch als der in den Gang trat, war klar, dass Kluftinger sich keine Gedanken über seinen Aufzug machen musste. Wie so oft setzte der Arzt dem Ganzen die Krone auf. Unter seinem Daunenmantel lugte eine wollweiße Kombination aus Angora hervor: eine lange Unterhose nebst eng anliegendem Oberteil. Dazu hatte er seine riesigen Zottelmoonboots an. Und unter der Kapuze leuchtete bereits die Grubenlampe.

Als sie an der Eingangstür angekommen waren, hatte es wieder heftiger zu schneien begonnen.

»Jetzt müssen wir uns schicken, sonst sind die Spuren beim Teufel!«, raunte der Kommissar und schob Langhammer vor sich aus der Tür ins Schneetreiben. Langhammers Lampe machte genügend Licht, sodass sie den Spuren ohne Probleme folgen konnten. Nach etwa dreißig Metern parallel zum Haus hörten sie jedoch plötzlich auf. Vor ihnen lag eine Fläche völlig unberührten Schnees.

»Was soll denn das?«, tönte die dumpfe Stimme des Doktors aus seiner Kapuze.

»Hier ist Ende«, gab Kluftinger zurück.

»Hat sich die Person in Luft aufgelöst?«

Kluftinger ging in die Hocke und winkte den Doktor zu sich. »Nicht in Luft aufgelöst. Wieder zurückgegangen.«

»Zurückgegangen? Aber wieso? Hier hat ja wohl kaum jemand einen nächtlichen Verdauungsspaziergang gemacht.«

»Wohl kaum«, pflichtete ihm Kluftinger bei. Er blickte nach oben. »Sind das nicht unsere Zimmer?«

Auch Langhammer hob den Kopf. »Ja, da wohnen wir. Direkt hier drüber.«

»Hm, interessant«, murmelte Kluftinger. »Lassen Sie uns wieder zurückgehen.«

Sie hatten sich gerade umgedreht, da begann Langhammers Stirnlampe zu flackern, um wenige Sekunden später zu erlöschen.

»Kreizkruzifix«, schimpfte der Kommissar, der in der Dunkelheit gegen den Doktor gerempelt war.

»Die Batterie scheint alle zu sein«, sagte der, nachdem er sich die Lampe vom Kopf gezogen und mehrmals mit der Hand dagegen geschlagen hatte.

»Und jetzt?«

»Ist guter Rat teuer.«

»Ja, Kruzinesn! Weil ja auch unbedingt die Lampe schon im Haus die ganze Zeit hat brennen müssen.«

»Jetzt machen Sie mal nicht so ein Fass auf, mein Lieber. Ohne mich wären Sie ja gar nicht hier draußen!«

»Wieso jetzt das?«, wollte der Kommissar wissen.

»Na ja, ohne Licht …«

»Hätt ich halt … ein Streichholz mitgenommen. Oder ein Feuerzeug.«

Im Gänsemarsch gingen die beiden zum Hotel zurück, vorsichtig einen Fuß vor den anderen setzend. Einmal fasste Kluftinger seinen Vordermann sogar erschrocken am Arm. Er war ein wenig weggerutscht. Das anzügliche »Oho« des Doktors ließ er unkommentiert, hielt es aber tatsächlich für sicherer, die Arme auf die Schultern seines Vordermannes zu legen. Nachdem sie eine Weile schweigend gegangen waren, hörte Kluftinger den Doktor etwas sagen.

»Was?«, rief er gegen den jetzt wieder aufbrausenden Sturm.

»Ich hab nichts gesagt.«

»Ich hab aber was gehört.«

»Ja, ich habe gesungen.«

»Gesungen?«

»Ja.« Zur Bestätigung stimmte er das Lied noch einmal an, diesmal so laut, dass es auch der Kommissar hören konnte: »Hier fliegen gleich die Löcher aus dem Käse, denn nun geht sie los, unsre Po-lonaise …«

Sofort zog Kluftinger die Hände von den Schultern des Doktors. »Ihre Nerven möchte ich haben.«

»Was?«

»Gehen sollen Sie!«

Als sie das Hotel erreicht hatten, blieb Langhammer mitten in der Tür stehen, sodass er im Trockenen stand, der Kommissar jedoch nach wie vor im Schneegestöber.

»Machen wir noch schnell das Licht aus, drüben beim Toten?«, fragte der Doktor, seinen Zeigefinger in Richtung der Garage ausgestreckt.

Reflexartig langte Kluftinger in seine Tasche. Obwohl er den Schlüssel zu dem Raum in seiner Hand spürte, sagte er bestimmt: »Ich hab den Schlüssel oben, das reicht morgen.«

»Nun gut, wird ihm schon nicht die ewige Ruhe rauben, wie?«, erwiderte Langhammer mit trockenem Lachen, und sie machten sich auf den Weg nach oben.

»Na, das war wohl mal eine völlig sinnlose Aktion, wie, mein lieber Poirot?«, gab Langhammer vor seinem Zimmer zu bedenken.

»Werter Watson«, hob der Kommissar mit französischem Akzent an, »keine Spur führt ins Nischts, und sinnlos ist nur, was wirklisch unsinnig ist. Denken Sie darüber nach!«

Dann zog er die Tür hinter sich zu.

Das Memmel-Prinzip

Vom matten Licht eines tief verschneiten Morgens wurde Kluftinger wach gekitzelt. Zu Hause mochte er das sehr, besonders, wenn ein Skitag auf dem Programm stand. Es hätte ein solch schöner Moment werden können, als Kluftinger in seinem Zimmer im ersten Stock des »Königreichs« erwachte – doch dann setzte sein Bewusstsein mit voller Wucht ein, und ihm wurde schlagartig klar, was er hinter sich – und was er heute noch vor sich hatte.

Die dicken Schneeflocken, die vor dem Fenster zu Boden sanken, sahen alles andere als anheimelnd und weihnachtlich-gemütlich aus. Sie wirkten bedrohlich, isolierend, gefährlich.

Kluftinger atmete tief ein und rieb sich mit der Hand über die müden Augen. Er blickte zu Erika. Sie schlief noch. Gut für sie. Würde sie erwachen, stand ihr das gleiche Wechselbad der Gefühle bevor, das er gerade erlebt hatte. Er starrte etwa fünf Minuten lang an die Decke, bevor er sich endlich entschließen konnte, aufzustehen. Als er sich aus dem Bett wälzte, hörte er hinter sich ein gehauchtes »Morgen«. Er drehte sich um, und in den Augen seiner Frau sah er, dass sie ihren Moment wohligen Erwachens bereits hinter sich hatte.

»Guten Morgen«, versuchte er so freundlich wie irgend möglich zurückzuhauchen, doch selbst in diesem einen Wort schwang die Sorge über das mit, was ihnen bevorstand, was vor allem seiner Frau bevorstand. Er hatte immer versucht, die schrecklichen Geschichten, die er in seinem Beruf erlebte, so gut wie möglich von ihr fernzuhalten – was bei ihrer Neugier gar nicht so einfach war. Dass sie nun Teil einer dieser Geschichten wurde, behagte ihm gar nicht. Aber das war nun einmal nicht zu ändern. Auch heute würden sie nicht von hier wegkommen, das zeigte ihm schnell ein erneuter Blick aus dem Fenster.

»Ich geh mal ins Bad«, sagte er, auch wenn er sich im selben Moment albern vorkam wegen dieser Ankündigung: Wo hätte er auch sonst hingehen sollen?

Er erfrischte sich mit etwas kaltem Wasser. Dann sah er sich um. Er schlief nicht gerne auswärts, und jetzt wurde ihm wieder einmal vor Augen geführt, warum: Er hatte hier keinen Rhythmus, keinen standardisierten Ablauf, der ihm den Start in den Tag erleichterte. Hier musste er alles mit Bedacht machen, kein Handgriff lief automatisiert ab. Das kostete Kraft, und die brauchte er jetzt für etwas anderes.

Er klappte den Klodeckel hoch und setzte sich. Als er so dasaß und in den geräuschlosen Morgen lauschte, hörte er, wie sich Erika noch einmal im Bett umdrehte. Der Kommissar erstarrte. Er hörte, wie sie sich umdrehte! Diese Erkenntnis trieb ihm den Schweiß auf die Stirn. Wenn er hier drin derart leise Geräusche hören konnte, galt das auch in die umgekehrte Richtung. Nun war er zwar mit seiner Frau schon seit bald dreißig Jahren recht glücklich verheiratet, aber diesen Umstand schrieb er zum Teil der Tatsache zu, dass sie sich immer noch einen gewissen Respekt voreinander erhalten hatten. Dazu gehörte auch, dass man sich mit Geräuschen, die im weitesten Sinne mit der Peristaltik zu tun hatten, verschonte. Man redete höchstens einmal über kleinere Verdauungsbeschwerden, die normalen täglichen Verrichtungen waren jedoch tabu. Er kannte das von manchen Bekannten auch anders, und wenn er Zeuge einer derartigen Unterhaltung eines Ehepaars wurde, war ihm das abschreckendes Beispiel und Warnung zugleich.

Aber nun? Was sollte er tun, zusammengepfercht mit seiner Frau auf zwanzig derart hellhörigen Quadratmetern? Allenfalls eine Rigipswand von ein paar Zentimetern trennte ihn vom Kopfende des Bettes. Bei ihnen zu Hause war das stille Örtchen genau das: still. Aber aus anderen Gründen. Es war sein Rückzugsort, sein Refugium, auf dem er seine »Sitzungen« abhielt, wie seine Frau sagte. Halbstündige Marathonkonferenzen mit sich und seiner innersten Befindlichkeit – und manchmal auch einem guten Magazin oder der Tageszeitung. Zu Hause waren, egal wo Erika sich aufhielt, bei Eröffnung der Sitzung zwischen ihm und seiner Frau mindestens drei Meter Luftlinie und einige dicke Ziegelwände.

Kluftinger hatte mittlerweile Mühe, sich noch zurückzuhalten. Er überlegte, was er tun konnte, um von seinem meist recht geräuschvollen Innenleben abzulenken. Aus Verzweiflung fing er an zu pfeifen. Da fiel sein Blick auf den Wasserhahn. Er beugte sich vor, erreichte ihn fast mit den Fingerspitzen, streckte sich noch weiter, drehte seinen Kopf vor Anstrengung zur Seite, wobei sein Blick in den großen Spiegel fiel. Das Bild des verkrampften Mannes mit dem hochroten Kopf, der mit heruntergelassenen Hosen auf dem Topf saß und ein Liedchen pfiff, ließ ihn für einen kurzen Moment erstarren.

Danach ging nichts mehr. Was er auch versuchte, seine sonst wie ein Schweizer Uhrwerk funktionierende Darmtätigkeit war erlahmt. Etwa zehn Minuten später gab er auf, auch wenn er wusste, dass ihm das Völlegefühl den ganzen Tag erschweren würde.

Eine weitere halbe Stunde später hatte er trotzdem bereits großen Hunger – was ihm ein anatomisches Rätsel war, schließlich hatte er ja noch gar keinen Platz für neues Essen geschaffen. Trotzdem knurrte sein Magen, und er saß ungeduldig auf dem Hocker der kleinen Couch in ihrem Zimmer.

»Können wir nicht einfach schon runtergehen?«, fragte er ungeduldig.

»Nein, wir haben doch mit Annegret und Martin ausgemacht, dass wir zusammen gehen«, gab Erika zur Antwort.

»Aber die werden uns ja wohl gerade noch finden. Ich mein, wo werden wir schon sein: beim Frühstück halt. Und so viele Gäste, dass sie uns in dem Trubel übersehen, sind hier ja nicht.« Kluftingers Stimme klang bitter. Bitter und hungrig.

Doch Erika blieb hart: »Nein, das haben wir so ausgemacht, und dabei bleibt's.«

»Mhm.«

»Was?«

»M-hm«, brummte Kluftinger noch einmal langsam und laut.

»Dann ist ja gut«, sagte seine Frau.

»Jaja«, antwortete der Kommissar, der ihr in dieser Sache nicht auch noch das letzte Wort überlassen wollte.

Nach ein paar schweigend verbrachten weiteren Minuten, die Kluftinger sich mit Gedanken an ofenfrische Semmeln und deftigen Bauernschinken vertrieb, klopfte es endlich. Bevor Erika reagieren konnte, schoss der Kommissar von seinem Hocker hoch und sprang zur Tür. »So, guten …« Er verstummte.

Annegret lächelte ihn freundlich mit rosigen Wangen an. Der Doktor hingegen sah irgendwie anders aus als sonst. Kluftinger kam nicht sofort darauf. Er trug seine »Homewear«, wie er es zu nennen pflegte, diese seltsame Mischung aus Jogging- und Ausgehanzug. Aber das war es nicht. Es war …

»Gehen wir?«, sagte Langhammer, dem Kluftingers musternder Blick unangenehm war.

Dann wusste es der Kommissar.

»Jawoll, mein Füh…«, erwiderte er, und Langhammer, der sich bereits halb umgedreht hatte, erstarrte mitten in der Bewegung.

»Was soll denn das?«, zischte Erika und begleitete die Frage mit einem Ellenbogenstoß in Kluftingers Rippen.

»Schau ihn dir doch mal an«, zischte der zurück, »der sieht doch aus wie …«

»Hitler!«, vollendete Annegret seinen Satz und mühte sich erkennbar damit, ihr Lachen zu unterdrücken.

Langhammer hatte sich wieder umgedreht und nun sah es auch Erika. Auf seiner Oberlippe, direkt unter der Nase, prangte eine tiefrote Entzündung, die aussah wie das Bärtchen von …

»Hitler, genau, genau!«, prustete Kluftinger mit unverhohlener Freude.

»Sie brauchen gar nicht so zu lachen, mein Lieber«, bellte Langhammer. »Das alles hab ich nur Ihnen zu verdanken!«

»Bitte um Erlaubnis, fragen zu dürfen, weshalb«, gab Kluftinger mit kindlichem Spaß an der Situation zurück, wobei er eine militärische Haltung annahm.

»Weil Sie mir gestern dieses Zeugs unter die Nase geschmiert haben, bei der Untersuchung.« Der Doktor funkelte den Kommissar kampfeslustig an. Und obwohl Kluftinger spürte, dass es besser gewesen wäre, die Sache auf sich beruhen zu lassen, schloss er die Tür mit einem: »Jawoll, ja, bitte um Entschuldigung, Herr Stabsarzt! Aber streng genommen haben Sie höchstselbst geschmiert!«

Langhammers eisige Blicke spürte Kluftinger noch, als sie den Salon bereits betreten hatten. Sofort hatte er den gestrigen Abend wieder vor Augen. Seine Laune sank in den Keller. Dabei hatte der Raum nichts mehr von der gespenstischen Atmosphäre: Er war lichtdurchflutet, es herrschte eine angenehme, gedämpfte Stimmung. Von irgendwoher erklang leise Klaviermusik, und Kluftinger war der Hotelchefin dankbar dafür, dass sie das Ihre dazu tat, die Situation erträglich zu gestalten.

Kaum hatte er den Frühstücksraum betreten, hefteten sich die Blicke der Menschen auf ihn. Er wusste nicht, wie er reagieren sollte, und setzte sich deswegen an einen Tisch in der Ecke. Als er sich unsicher umblickte, sah Kluftinger die Wirtin im Türrahmen stehen und nickte ihr zu.

Dann war auch schon einer der beiden Kellner vom Vorabend an ihrem Tisch und fragte freundlich: »Was darf ich Ihnen bringen?«

Kluftinger preschte mit seiner Antwort vor: »Also, zwei Semmeln, ein bissle Schinken, Marmelade und …«

Er stockte. So, wie ihn die anderen ansahen, war ihm klar, dass er etwas falsch gemacht hatte. Er überlegte, was es war, da bemerkte er, dass Langhammer einen zufriedenen Blick in Richtung Kamin warf. Kluftinger folgte dem Blick und erspähte das Büfett. Natürlich, das hätte er sich auch denken können, aber er hatte es eben nicht gesehen, das konnte ja schon mal …

»Nur Kaffee für mich«, beeilte er sich zu sagen.

Als sie alle ihre heißen Getränke geordert hatten, was bei dem Doktor eine etwas längere Prozedur gewesen war – er bestellte naturbelassenen Rooibostee, zweieinhalb Minuten gezogen, mit einer Spalte Zitrone und etwas Milch, keinesfalls Sahne – erhoben sie sich alle, um das Büfett abzuschreiten. Der Doktor verschränkte dabei die Hände hinter seinem Rücken und wirkte auf den Kommissar erneut wie ein Truppenführer beim Abnehmen einer Parade. Kluftinger verkniff sich aber eine diesbezügliche Bemerkung, denn er befürchtete, Langhammer würde dann seinen Fauxpas mit der Bestellung noch einmal zur Sprache bringen.

Während sie das appetitliche und reichhaltige Frühstücksbüfett in Augenschein nahmen, überlegte Kluftinger, ob er jemals in einem Hotel genächtigt hatte, das am Morgen eine solche Vielfalt an Speisen bot. Er musste nicht lange nachdenken: nein. Mit seinen Eltern war er nie verreist, außer zu Verwandten, und auch mit Erika hatte er, wenn sie überhaupt wegfuhren – wegfahren mussten –, meist in Ferienwohnungen oder kleinen Pensionen gewohnt. Das war auch seiner Frau lieber, denn so konnten sie sich nach Lust und Laune ausbreiten und mussten sich nicht an irgendwelche Essenszeiten halten. Auch wenn es bei ihnen eigentlich immer um sechs Uhr Abendessen gab. Und einen Imbiss um vier. Und Kaffee um drei. Und Mittag um … Aber es ging eben darum, sich nicht an eine Zeit halten zu *müssen*, das machte einen bedeutenden Unterschied, fand der Kommissar. Bis in die Neunzigerjahre hatte es solch üppige Büfetts noch gar nicht gegeben, selbst in den größeren Hotels wurde da zu allen Mahlzeiten noch am Tisch serviert.

So gelangweilt, wie Langhammer die Auslage zur Kenntnis nahm, ging Kluftinger davon aus, dass er schon oft eine solche Reichhaltigkeit genossen hatte. Aber ob es einen wirklich zum Mann von Welt machte, nur weil man mit irgendwelchen tollen Speisen auf Du und Du stand, bezweifelte er.

Seine Gedanken nahmen eine geradezu trotzige Schärfe an, wenn er daran dachte, wie ihn seine Tischgenossen angesehen hatten, als er gerade eben das Essen bestellt hatte. Selbst Erika hatte da keine Ausnahme gemacht, obwohl er sich nicht sicher war, ob sie Bescheid gewusst hätte.

Nachdem er gedanklich derart aufgerüstet hatte, ging Kluftinger selbstbewusst ans andere Ende des Büfetts, nahm sich einen Teller und Besteck und begab sich auf die Suche nach den Leckereien, die dieser reichhaltig gedeckte Tisch zu bieten hatte. Als Grundlage drapierte er ein Potpourri verschiedenster Wurstscheiben auf dem Teller. Dann erregten drei große Behältnisse aus Edelstahl, unter denen kleine Flammen züngelten, seine Aufmerksamkeit. Darin vermutete der Kommissar den heiß geliebten Frühstücksspeck, den ihm Erika manchmal an Festtagen briet. Da er keine Hand mehr frei hatte, steckte er sein Besteck in die Hosentasche und schob dann mit einer Hand den schweren Deckel des mittleren Behälters zur Seite. Was er darin erspähte, ließ seinen empfindlichen Morgenmagen aber sofort zusammenzucken: Es waren kleine, fetttriefende Bratwürstchen. Die konnten doch unmöglich fürs Frühstück gedacht sein, dachte der Kommissar und vermutete, dass dies eines dieser Frühstückundmittagessenzusammenbüfette war, die es zurzeit überall gab. Ihm fiel der Name nicht mehr ein … Lansch oder so ähnlich. Und da stand doch tatsächlich eine Schüssel mit Ketchup daneben. *Pfui Teufel!*

»Keinen Appetit, Herr Kommissar?« Die Stimme der Holländerin riss Kluftinger aus seinen Gedanken.

»Ich … oh, doch, doch …«

»Bitte, nach Ihnen«, sagte sie und machte eine auffordernde Handbewegung.

Weil er schon zu lange vor den Würstchen stand, um jetzt noch einen eleganten Rückzieher machen zu können, schaufelte er sich ein paar auf den Teller – mit dem festen Vorsatz, sie, sobald die Holländerin gegangen war, wieder loszuwerden. Und es bot sich auch gleich eine Gelegenheit: Der Weißhaarige war gerade neben ihn getreten und hatte eines der anderen Behältnisse geöffnet. Kluftinger sah, dass sich darin nur heißes Wasser befand. Er wartete also einen Augenblick, bis er wieder allein war, sah sich verstohlen um, und kippte dann die Würstchen in das Wasser. Anschließend verschloss er den Deckel wieder und machte sich davon.

Er folgte dem Knick, den das Büfett machte, und entdeckte weitere Wärmebehälter. Er überlegte kurz, ob er es wirklich noch einmal riskieren sollte, aber seine Gier nach dem darin vermuteten Speck siegte. Als er den Deckel geöffnet hatte, blickte er auf drei einsam in dem riesigen Behälter liegende Speckstreifen. Besser als nix, dachte er, packte sie auf seinen Teller und wollte sich schon der nächsten Leckerei zuwenden, da sah er, dass der Boden der Warmhalteform mit Toastbroten ausgelegt war. Kluftinger nickte zustimmend. Er hielt es für eine ausgezeichnete Idee, die Brote mit dem

Speckaroma zu tränken, und legte sich zwei davon ebenfalls auf seinen Teller. Schließlich kippte er sich auch noch den »Speckbruch« dazu, wie er das in Gedanken nannte, kleine krosse Teilchen, die im Laufe des Frühstücks in einem Extraschüsselchen daneben gesammelt worden waren. »Nix verkommen lassen«, sagte er halblaut zu sich selbst und grinste.

Dann schnappte er sich mehrere der kleinen Nutella-Portionspackungen, die in einem Körbchen standen, und setzte seinen Weg fort. Da er auf dem Teller nun keinen Platz mehr hatte, nahm er sich einen zweiten, drückte mit dem Ellenbogen den Metalldeckel der nächsten Warmhaltewanne weg, worauf dieser krachend auf den Tisch fiel, und schob nach einem verstohlenen Seitenblick den neuen Teller wie eine große Schaufel in die gelbe Leckerei. Er nickte dem Kellner dankend zu, als der den Deckel wieder auf den Behälter legte. Waren aber auch wirklich unpraktisch, diese Dinger. Da müsste mal einer einen Klappmechanismus erfinden, sinnierte der Kommissar.

Zufrieden mit seiner Auswahl, trat er den Weg zu seinem Platz an. Dabei kam er allerdings noch einmal an einem der Wärmebehälter vorbei und konnte nicht widerstehen hineinzublicken: Er war voll mit gekochten Eiern auf einem Bett aus dunklem Reis. Eier hatte er schon, aber der Reis sah gut aus, wie geröstet, und er streute zwei Löffel davon über sein Rührei.

Wieder wollte er den Weg zu seinem Platz einschlagen, da fiel ihm ein, dass er ja noch gar keine Semmeln hatte. Also ging er am Büfett entlang zu dem Tisch, auf dem das Gebäck angerichtet war. Dort stand gerade die Radiomoderatorin und nahm sich ungeniert ein Brötchen nach dem anderen heraus, hielt es sich ans Ohr, drückte es prüfend zusammen, um es dann wieder zurückzulegen. Kluftinger schüttelte den Kopf über so viel Unverfrorenheit – und fischte sich schließlich die einzige Semmel heraus, von der er sicher sein konnte, dass sie nicht bereits durch diesen Krustentest gemusst hatte.

Allmählich war es fast unmöglich, die Speisen auf seinen Tellern zu balancieren, doch ständig lachten den Kommissar neue, unwiderstehliche Gustostückchen an. Etwa die – laut einem kleinen

Schildchen – hausgemachte Marmelade, die in den unterschiedlichsten Rotschattierungen schimmerte. An selbstgemachter Marmelade kam Kluftinger einfach nicht vorbei, auch wenn sie selten die Qualität des Brotaufstrichs seiner Mutter erreichte. Allerdings gab es ein Problem: Wie sollte er sie unfallfrei zu seinem Platz bringen? Behältnisse dafür sah er nicht, und einfach so wollte er sie auch nicht auf seinen Teller kippen, weil er befürchtete, dass sie dort eine unheilvolle Allianz mit dem Reis, den Rühreiern oder dem Speck eingehen würde. Er wollte schon wieder abdrehen, da hatte er eine Idee. Er stellte seine Teller vorsichtig ab, sah sich nach beiden Seiten um und begann dann, eine seiner beiden Semmeln auszuhöhlen. Aus dem Teiginneren formte er kleine Kügelchen. Anschließend befüllte er das Brötchen mit der Marmelade – und war mächtig stolz auf sich. Nicht nur, dass er eine elegante Methode gefunden hatte, die Marmelade zu transportieren. Er hatte en passant eine neue Gebäckspezialität kreiert: die gefüllte Marmeladensemmel – vom Prinzip her einem Faschingskrapfen nicht unähnlich.

Er malte sich schon aus, was sein Bäcker zu Hause in Altusried wohl dazu sagen würde und wie sie die Erfindung nennen würden – Memmel, kam ihm spontan in den Sinn, schließlich war es genau das: eine Mischung aus Marmelade und Semmel. Da fiel sein Blick auf die Teigkügelchen, die er als Ausschuss produziert hatte. Er verweilte kurz bei dem Gedanken, ob man für seine Kreation wohl immer ganze Semmeln würde backen müssen, um diese auszuhöhlen, oder ob es möglich war, sie gleich hohl zu backen, wandte sich dann aber der drängenden Frage zu, wie er seine Reste loswerden könnte. Er ließ seinen Blick noch einmal über das Büfett schweifen, bis ... Er grinste, machte noch einmal eine Stippvisite bei den Wärmebehältern vom Anfang, hob von einem den Deckel, erblickte seine Würstchen im Wasser und warf die Teigknödel platschend dazu.

Als er schließlich das Büfett verließ – mit dem festen Vorsatz, in Kürze wiederzukommen –, fiel sein Blick auf die kleinen Glasschälchen, die neben den Tellern standen. Sicher für die Marmelade, dachte er und schüttelte über die schlechte Platzierung dieser Hilfsmittel den Kopf – und ein bisschen wohl auch über sich selbst.

Als er seine Teller, die wegen des Beladungszustands kaum noch als solche zu erkennen waren, abstellte, schaute er – trotz der indignierten Seitenblicke der Langhammers und eines angedeuteten Kopfschüttelns seiner Frau – voller Vorfreude auf den Frühstücksberg, den er da vor sich hatte. So etwas gab es eben nur auswärts. Vielleicht sollten sie doch öfter mal verreisen, dachte er.

Erst nachdem er sich den ersten Bissen Speck in den Mund geschoben hatte, sah er, wie ihre Reisebegleitungen sich den Tisch gedeckt hatten: Überall hatten sie kleine Tellerchen mit Häppchen verteilt – zusammengenommen sicher auch nicht weniger als Kluftingers Gemisch, jedoch wesentlich übersichtlicher angeordnet. Was bei Kluftinger in die Höhe ragte, ging bei ihnen in die Breite – das mutete zugegebenermaßen etwas eleganter und weniger gierig an. Der Doktor kaute gerade genüsslich, nahm einen Schluck Tee, tupfte sich mit der Serviette den Mund ab und sagte dann: »Die haben eine raffinierte Art, die Frühstückswürstchen zuzubereiten.«

Erstaunt hob Kluftinger die Augenbrauen: Der Doktor aß Würstchen zum Frühstück? Langhammer bemerkte Kluftingers Irritation und schob nach, indem er seiner Frau in die Seite kniff: »Wir haben in letzter Zeit ein bisschen zu viel abgenommen, da können wir uns ruhig mal ein üppiges Frühstück gönnen. Ich weiß ja gar nicht mehr, wo ich mich festhalten soll, wenn wir …«

Langhammer rollte vielsagend die Augen, und Kluftinger tat es ihm gleich, wenn auch aus anderem Grund. Annegret kicherte, und Erika stocherte in ihrem Frühstücksteller – Rührei mit ein bisschen rohem Schinken – herum. Die Situation war ihr unangenehm, auch wenn sie das ihrem Mann gegenüber nicht eingestehen würde. Aber allein die Tatsache, dass der Doktor ihr peinlich war, freute den Kommissar so sehr, dass er die Sache auf sich beruhen ließ. Umso mehr, als Langhammer nachschob: »Die braten die Würstchen zuerst und legen sie dann in heißes Wasser. Ich nehme an, um sie besonders saftig zu machen.«

Kluftinger grinste in sich hinein. Beim folgenden Satz des Doktors hatte er allerdings Mühe, ein angewidertes Würgen zu unterdrücken: »Und die kleinen Semmelknödelchen, die sie dazu kochen, sind ganz delikat. Die solltet ihr auch mal probieren.« Mit diesen Worten schob er sich eine der kleinen Teigkugeln, die Kluftinger nur allzu bekannt vorkamen, in den Mund.

»Nein, danke, ich weiß nämlich, wie die gemacht werden«, nuschelte Kluftinger, nachdem er seinen spontanen Brechreiz niedergekämpft hatte.

Die nächsten zehn Minuten widmeten sie sich vornehmlich dem Vertilgen ihrer enormen Essensvorräte auf dem Tisch. Kluftinger hatte jedoch das Problem, dass sich der Reis, den er sich vorher aus dem Eierbehälter geholt hatte, als ungenießbar erwies. Die Körner waren derart hart, dass es unmöglich war, sie irgendwie kleinzukriegen. Im Kommissar keimte schließlich der Verdacht auf, dass sie gar nicht für den Verzehr gedacht waren, und er separierte sie mühsam vom Rührei, mit dem er sie vorher noch so gewissenhaft vermischt hatte. Die anderen bemerkten das jedoch nicht, denn sie hatten alle großen Hunger, schließlich war das Essen gestern …

Kluftinger schüttelte den Gedanken ab, er würde noch genug Zeit haben, sich der Sache zu widmen, ob er wollte oder nicht. Und dafür musste er sich ordentlich stärken. Sein Teller war inzwischen jedoch fast wieder leer, an einigen Stellen schien schon das Porzellan durch. Also erhob er sich und trat erneut ans Büfett.

»Wenn Sie mir bitte einen O-Saft mitbringen könnten«, rief Annegret ihm noch hinterher, was er mit einem Kopfnicken quittierte und sich dabei fragte, warum heutzutage niemand mehr Orangensaft sagte. Alles wurde abgekürzt. Selbst das Wort »A-Schorle« hatte er einmal auf einer Karte gelesen. Als er in derselben Gaststätte dann aber einen G-Saft bestellte, womit er ein Bier, also Gerstensaft, gemeint hatte, hatte er nur verständnisloses Kopfschütteln geerntet.

Kluftinger war wieder bei der reichhaltigen Auslage angelangt. Ihm war nach einer ordentlichen Portion Toast, und er entdeckte auch das Brot dazu. Allerdings keinen Toaster. Nur einen riesigen metallenen Kasten, auf dem ein Fließband nach innen lief. Aus dem Inneren strömte heiße Luft. Offensichtlich war das eine Art Hightechtoaster, dachte Kluftinger, zuckte die Achseln und schob das erste Brot hinein, das auf dem Fließband liegend langsam in den dunklen Tiefen des Gerätes verschwand. Der Kommissar wartete. Zunächst geduldig. Dann runzelte er die Stirn: Hatte er etwas falsch gemacht? Es kam kein Brot mehr heraus. Er stellte sich auf die Zehenspitzen und schaute auf die Rückseite des Gerätes, ob sich da eine Öffnung befand, entdeckte aber keine. Ratlos blickte er in den Kasten, dessen Öffnung wie ein gefräßiges metallenes Maul wirkte. Er kratzte sich am Kopf und legte ein weiteres Brot auf, das das Gerät ebenfalls verschlang und nicht mehr ausspuckte. Kluftinger wiederholte das Spiel ein paarmal, dann gab er auf. Eigentlich wollte er auch viel lieber eine Waffel essen, beschloss er. Man konnte sich hier frische backen, das hatte er gesehen.

Eine Minute später, aus dem Waffeleisen quollen bereits bedrohliche Rauchwolken, trat Langhammer an die Toasttheke, an der Kluftinger gerade noch gestanden hatte, und rief dem Kommissar zu: »Schauen Sie mal, ich habe den Toastjackpot geknackt!« Kluftinger drehte den Kopf in seine Richtung und sah gerade noch, wie ein Toastbrot nach dem anderen am unteren Ende der Maschine herauspurzelte und auf dem Boden landete.

»Kruzifix«, fluchte Kluftinger. Hätte er nur etwas mehr Geduld gehabt … Ein bedrohliches Fiepen des Waffeleisens vor ihm lenkte seine Aufmerksamkeit auf eine hektisch blinkende rote Lampe. Kleine Schweißtröpfchen sammelten sich auf der Stirn des Kommissars. Bevor noch jemand aufmerksam werden würde, zog der Kommissar einfach den Stecker der Maschine. Seine Kehle fühlte sich trocken an, und er schnappte sich ein Glas, tauchte es in das Eiswasser auf dem Büfett und nahm einen kräftigen Schluck. Sekunden später trat einer der Kellner mit einem »Pardon« neben ihn und kippte etwas in das Eiswasser. Kluftinger erkannte nicht sofort, worum es sich handelte. Als er die gelben, blütenförmigen Gebilde jedoch als Butterstückchen identifizierte, begann er heftig zu husten.

»Na, Sie werden uns doch jetzt nicht krank werden«, tönte eine Stimme in gespielt vorwurfsvollem Ton hinter ihm. Dem Satz folgten ein kehliges Lachen, dann ein heftiger Schlag auf die Schulter und schließlich das Flüstern des Doktors an seinem Ohr: »Wir müssen doch hier noch einen Mörder zur Strecke bringen. So ganz ohne Sie schaff ich das nicht.«

Kluftinger seufzte. Langhammer schien das Ganze immer noch als großes Spiel zu betrachten. Vielleicht wäre es wirklich für alle Beteiligten das Beste, wenn er die nächsten Tage krank im Bett verbringen würde. Für ihn selbst allemal.

Während Langhammer zurück zu seinem Platz marschierte – eigentlich mehr stolzierte, fand Kluftinger –, nahm er sich noch einmal die Toastmaschine vor. Da er jetzt wusste, wie sie funktionierte, freute er sich auf ein Schinken-Käse-Toast, wie es seine Mutter früher immer gemacht hatte. Er belegte eine Brotscheibe, platzierte sie auf dem »Förderband«, wie er die Vorrichtung für sich getauft hatte, und lächelte voller Vorfreude. Dann ging er schnell zu den frischen Orangen hinüber, schnitt ein paar davon auf und presste sie von Hand in ein Glas. Als er nach etwa sechs Orangenhälften das kleine Glas noch nicht einmal zur Hälfte gefüllt hatte, spielte er bereits mit dem Gedanken, den Saft mit etwas Wasser zu strecken, da trat der junge Mann mit dem Pferdeschwanz neben ihn, nahm sich eine Orange, steckte sie in eine futuristisch aussehende Maschine, stellte sein Glas darunter und sah zu, wie sich kurz darauf frischer Saft daraus ergoss.

Kluftinger spannte die Kiefermuskeln an. Dass die Leute nach ihrem Urlaub immer so von den Büfetts schwärmten, konnte er im Augenblick nicht nachvollziehen. Er wollte jetzt nur noch sein Toastbrot, das inzwischen die Passage durch die Maschine beendet haben sollte. Doch da war nichts. Hatte sich jemand anderes seine liebevoll belegte Scheibe geschnappt? Kluftinger stützte sich mit den Händen auf den Schenkeln ab, beugte sich nach vorn und schaute angestrengt in die Maschine hinein. Erst konnte er nichts erkennen, doch als er die Augen zusammenkniff, sah er, was er angerichtet hatte: Das Laufband beschrieb eine Schleife, und während das Brot am Umkehrpunkt heruntergefallen war, klebte der inzwischen flüssig gewordene Käse nun an der Rückseite der Maschine fest, wo er langsam vor sich hin schmorte.

»Ist etwas kaputt?«, hörte er die Stimme des Kellners hinter sich.

Kluftinger wirbelte erschrocken herum. Sein Gesicht war von der Hitze, die aus dem Gerät strömte, gerötet. »Ich … äh … weiß nicht«, stammelte er. »Scheint … verstopft zu sein.«

Kluftinger hatte einige Mühe damit, sich all die aufgehäuften Lebensmittel auch wirklich einzuverleiben. Die Blöße, etwas liegen zu lassen, wollte er sich vor dem Doktor aber nicht geben. Wobei auch der zu kämpfen hatte, das erkannte Kluftinger. Allerdings wandten die beiden völlig unterschiedliche Taktiken an: Während Langhammer versuchte, möglichst langsam und mit Pausen zu essen, offenbar um die einsetzende Verdauung auszunutzen, schlang der Kommissar umso mehr, je weniger Essen auf seinem Teller war. Schweiß trat ihm dabei auf die Stirn. Als er auch den letzten Bissen lustlos geschluckt hatte, wischte er sich mit der Serviette den Mund ab und sah mit einem überlegenen Lächeln zum Doktor. So musste sich ein Marathonläufer fühlen, der den Konkurrenten zusieht, die eine halbe Stunde nach ihm allmählich auf der Zielgeraden erscheinen.

Doch sein Triumphgefühl verflog schnell, als er daran dachte, dass mit dem Frühstück nun der angenehmste Teil des Tages bereits vorbei war. Er stand kommentarlos auf und richtete sich dann mit den Worten, die ihm seit einer Stunde durch den Kopf gingen, an die übrigen Gäste: »Meine Damen und Herren, ich kann Ihnen, wie Sie sich denken können, noch keine anderen Informationen geben als gestern Abend. Ich bin froh, dass die Nacht ruhig verlaufen ist und Sie sich alle wohlbehalten hier beim Frühstück eingefunden haben. Ich bitte Sie, sich entweder hier oder auf Ihren Zimmern zur Verfügung zu halten. Ich möchte im Lauf des Vormittags kurz einzeln mit Ihnen allen sprechen.«

Als sich der Kommissar wieder setzte, strahlte ihn seine Frau stolz an. In ihren Augen konnte er lesen, dass seine Ansprache sie beeindruckt haben musste. Sie drückte seine Hand.

»So, und ihr drei macht euch einen schönen Vormittag, oder?«, sagte Kluftinger.

Langhammer runzelte die Stirn.

»Wie, einen schönen Vormittag? Ich stehe Ihnen natürlich zur Seite, mein lieber Kluftinger.«

Der verzog das Gesicht, besann sich aber schnell und erwiderte: »Nein, das muss wirklich nicht sein. Erholen Sie sich erst mal, und …« Kluftinger machte eine kurze Pause und fügte dann in verschwörerischem Ton hinzu: »… kümmern Sie sich ein bissle um die Damen.«

Erika und Annegret sahen sich an. »Also um uns muss sich niemand kümmern«, sagte Erika, »aber wir freuen uns natürlich über Martins Gesellschaft.«

»Ja, das ist nett von dir, Erika, aber ihr müsst heute auf mich verzichten. Ich kann deinen Mann nicht allein lassen bei den Ermittlungen. Ich hoffe, das verstehst du.«

»Also von mir aus«, brummte Kluftinger. Er sah ein, dass es keinen Sinn hatte, Langhammer von seiner Idee, den Assistenten zu spielen, abbringen zu wollen. »Wir müssen uns erst einmal das Zimmer von Weiß vornehmen.«

»Na, bestens, und wir zwei gehen ein bisschen ins Bad und warten auf unsere Vernehmung, oder, Erika?«, schlug Annegret vor.

»Also, pack mer's!«, forderte Kluftinger den Doktor auf und setzte sich in Bewegung.

»Ich muss nur noch kurz auf mein Zimmer, um etwas zu holen, ich komme dann zur Crimescene nach!«

»Zur was?«

»Zur Crimescene. Fachausdruck für…«

Für Deppen, dachte sich Kluftinger.

»… den Tatort. Bis gleich, mein Lieber!«, tönte der Doktor und zog ab.

Crimescene, priml. Offenbar bezog Langhammer sein Wissen über Kriminalistik aus amerikanischen Krimiserien.

Das mysteriöse Glas

Mit gemischten Gefühlen betrat Kluftinger das Zimmer des toten Weiß. Er war zumindest froh, dass er im Moment noch allein war. Um einen Tatort zu inspizieren, brauchte er absolute Ruhe, das wussten seine Mitarbeiter, die er jetzt so schmerzlich vermisste.

Gewissenhaft sah sich der Kommissar um. Sein Blick wanderte über die gesamte Einrichtung, das frisch gemachte Bett, die Kleidungsstücke auf dem Sessel, den Stuhl, auf dem Weiß gestorben war, das am Boden liegende Glas. Kluftinger sah zum Fenster, zur Badtür, nahm alle Eindrücke in sich auf. Immer wieder blieb sein Blick an dem Glas hängen, das am Boden lag. Als er sich einen Überblick verschafft hatte, ging er ins Detail. Sah in die großen Einbauschränke im Eingangsbereich, durchsuchte mechanisch den Koffer. Er entdeckte jedoch nichts, was seine Aufmerksamkeit besonders erregt hätte. Außer Kleidung, Badeschuhen, einem Bademantel mit der Stickerei »Roma Hilton«, von dem er nicht wusste, ob es sich dabei eher um ein Andenken aus einem Hotel oder den Namen irgendeiner Hotelerbin handelte, zwei Magazinen, einem Aktendeckel der Allgäuer Darlehensbank und einem Roman fand sich nichts Auffälliges darin.

Der Kommissar zog die Schubladen des Nachtkästchens auf und untersuchte die Kommode. Stirnrunzelnd stand er da. Wo war das Handy des Toten? Das goldglänzende Ding, auf dem er gestern bei ihrer Ankunft ständig herumgetippt hatte. Auch beim Begrüßungscocktail hatte er es in Händen gehalten. Es war eines dieser modernen Dinger ohne Tasten gewesen. Kluftinger wusste von ihnen nur, dass sie sündteuer waren und dass man mit ihnen ins Internet gehen konnte. Wie auch immer, das Mobiltelefon fehlte. Er schüttelte den Kopf. Eigentlich gab es nur zwei plausible Erklärungen dafür: Entweder, und das hielt er für die wahrscheinlichere Alternative, jemand hatte es an sich genommen. Oder sie hatten es übersehen, und es steckte noch in der Kleidung des Opfers, die sie ihm wieder übergezogen hatten. Ihm wurde mulmig bei dem Gedanken, dass er das nachher noch überprüfen musste.

Seufzend setzte sich der Kommissar auf das Bett. Gedankenverloren starrte er auf den Inhalt des Reisekoffers. Sein Blick blieb an dem Titel des Romans hängen: *Der Doppelmord in der Rue Morgue. Von Edgar Allan Poe.* Kluftinger nahm ihn heraus, und ein bitteres Lächeln umspielte seine Lippen. Das gefror jedoch, als er den Klappentext las. Es ging um zwei Frauen, die auf bestialische Weise ermordet aufgefunden werden – in einem von innen verschlossenen Raum. Der Kommissar schluckte und warf das Buch zurück. Dabei klappte es auf, und ein Zettel fiel heraus. Vorsichtig hob ihn der Kommissar hoch und faltete ihn auf. Jemand hatte ein paar Worte mit Kugelschreiber darauf gekritzelt: »Heute, 18.30h, G.« stand darauf. Kluftinger runzelte die Stirn. Er betrachtete das Papier genauer und sah auf der Rückseite einen Aufdruck: In geschwungenen Lettern stand dort: Hotel Königreich, Wellness und Spa.

Der Kommissar wagte kaum zu atmen. Aufgeregt kramte er noch einmal in der Tasche und zog den Aktendeckel hervor. Auch er war mit einer handschriftlichen Notiz versehen. Und es war zweifellos die gleiche Schrift wie auf dem Zettel. Kluftingers Mund wurde trocken: Das konnte nur bedeuten, dass irgendjemand mit Weiß einen Termin vereinbart hatte, den er sich auf diesem Hotelzettel vermerkt hatte. Aber wer?

»Kreizkruzifix, wenn ich doch nur den Erkennungsdienst hier hätte«, fluchte er.

»Wie, mein Lieber? Es fehlt Ihnen an der richtigen Erkenntnis? Ich biete Ihnen meine Dienste gern an!« Langhammer stand auf einmal im Zimmer. Kluftinger hatte ihn gar nicht kommen hören.

»Wie? Nein, Erkennungsdienst, das hat mit Ihnen rein gar nichts zu tun. Das ist das, was Laien, Stümper und gemeine Fernsehschaffende als Spurensicherung bezeichnen. Vielleicht können Sie mit diesem Begriff also mehr anfangen. Ich nehme an, Sie können ihn auch noch ins Englische übersetzen, oder?«

»Die Spusi meinen Sie also, sagen Sie es doch gleich!«, tönte Langhammer. »Tatsächlich, wenn ich mich nicht irre, handelt es sich dabei um das ›Police Records Department‹. Nun, spusimäßig kann ich aushelfen!«

Spusi! Kluftinger verfluchte sich dafür, dass er nicht hart geblieben war und den Doktor mitsamt den Frauen ins Bad geschickt hatte. Langhammer zog unterdessen einen kleinen Koffer hinter seinem Rücken hervor. Kluftinger musste zweimal hinsehen: Wenn ihn nicht alles täuschte, war es einer jener Koffer aus Karton, wie sein Sohn einen gehabt hatte. Später hatte er darin seine gesammelten Pumuckl-Kassetten aufbewahrt, die sie stets im Auto hatten anhören müssen. Langhammers Koffer war allerdings noch in eine schützende Plastikfolie eingeschweißt. Der Doktor legte ihn auf den Schreibtisch und packte ihn aus. Nun konnte Kluftinger goldene Buchstaben darauf erkennen. Er kam etwas näher – und traute seinen Augen nicht, als er las, was darauf stand: »Detektivkoffer für Geheimagenten«.

Kluftinger schüttelte den Kopf und starrte ungläubig den Doktor und den Spielzeugkoffer an. Wollte er ihn zum Narren halten?

»Hab ich zu Weihnachten bekommen, von meiner Mutter! Als sie gehört hat, dass wir hier Kommissar spielen sollen …«

Kluftinger fehlten die Worte.

»Der Koffer ist gut ausgestattet, und alles ist voll funktionsfähig.« Langhammer machte sich eilfertig daran, den Inhalt zu inspizieren, und kommentierte sein Tun halblaut. Kluftinger hörte ihm kopfschüttelnd zu. »So, mal sehen, ah, die Detektivlupe, das Handbuch für den Detektiv, Pinsel und Puder für die Fingerabdrücke, na, wo ist denn … ah, das Trägerpapier und die Klebestreifen sind auch dabei. Und hier: Asservatenbeutel. Sehr schön. Oh, sogar eine Pfeife aus Kunststoff! Wie nett! Handschuhe und schließlich das Prachtstück!« Langhammer hielt inne und sagte in feierlichem Tonfall: »Die Sherlock-Holmes-Mütze!« Dann setzte er sich eine alberne Tweedmütze mit nach oben gebundenen Ohrenklappen auf, die ihm viel zu klein war – schließlich handelte es sich um eine Kindergröße! Als Nächstes öffnete er ein kleines Töpfchen, nahm eine Art Rasierpinsel mit Plastikgriff zur Hand und fing an, Möbelstücke und Gegenstände im Zimmer damit zu bestäuben. Die Mütze setzte er immerhin gleich wieder ab.

Willi Renn, der Leiter des Kemptener Erkennungsdienstes, hätte ihm sicher längst den Hals umgedreht, Kluftinger aber war zu perplex, um zu intervenieren. Langhammer bewegte sich stäubend durch das ganze Zimmer, nahm mit Klebestreifen Fingerabdrücke und legte sie nebeneinander auf den Schreibtisch. Dann setzte er sich hin und beschriftete die Streifen mit einem Folienstift, der sich ebenfalls im Köfferchen befand.

»Wenn Sie bitte kurz kommen könnten, Herr Kluftinger?«

Die Frage löste Kluftingers Erstarrung. »Was gibt's denn?«

»Lassen Sie bitte kurz Ihre Hände sehen!«, forderte ihn der Doktor auf, griff sich forsch Kluftingers linke Hand und besah sich die Fingerkuppen mit der Lupe. Als der Kommissar seinen Arm zurückzog, packte Langhammer ihn so fest am Handgelenk, dass es wehtat.

»Ja, geht's noch?«, fuhr er den Mediziner an und riss sich vehement los.

»Na, ich muss doch Ihre Fingerabdrücke von den anderen unterscheiden können!«, insistierte der Arzt. »Wenn Sie sich weigern, machen Sie sich nur verdächtig.«

»Sie … müssen … ich …« Kluftinger hatte Mühe, Luft zu bekommen. »Tun Sie lieber etwas Nützliches, und schauen Sie sich das Tablettenröhrchen auf Abdrücke an!« Der Kommissar realisierte erst, nachdem er den Satz bereits ausgesprochen hatte, dass er mit dieser Aufforderung Langhammers Hilfe offiziell in Anspruch nahm und ihm somit gewisse Kompetenzen zusprach.

Dienstbeflissen erhob sich der prompt, holte mit spitzen Fingern, die in Handschuhen steckten, das Arzneimittelröhrchen, stäubte es mit dem schwarzen Puder ein und kam zu dem Schluss, dass sich keinerlei Abdrücke darauf befänden.

»Sicher?«

»Absolut. Wahrscheinlich abgewischt, wenn Sie mich fragen!«

»Was Sie nicht sagen. Wäre schön, wenn *ich* hier die Schlüsse ziehen dürfte. Wenn Sie jetzt bitte noch das Glas vom Boden in einen Ihrer Gefrierbeutel packen würden …«

»Asservatenbeutel. Warum?«

»Wie, warum?«

»Warum soll ich das Glas verpacken? Ich würde es gern noch wegen taktiler …«

»Nix taktile. Mit dem Glas stimmt irgendwas nicht, ich weiß nur noch nicht, was. Auf jeden Fall packen Sie es jetzt bitte ein, ohne es irgendwie zu manipulieren!«, beharrte Kluftinger in harschem Ton.

»Jaja, ist ja schon gut! Jetzt lassen Sie mal nicht den großen Zampano raushängen!«, nörgelte der Doktor, tat aber, wie ihm geheißen.

»Das Einzige, was wir noch machen könnten, wären die Fingerabdrücke auf dem Glas.«

Langhammer sah ihn fragend an. »Fingerabdrücke aufs Glas machen?«

»Himmelherrgott, muss ich Ihnen denn alles erklären? Wir könnten das Glas auf Fingerabdrücke untersuchen.«

»Aber ich wollte es doch gerade auf taktile …«

»Ach so, schon … taktil, was weiß ich!«, murmelte Kluftinger.

Als er Langhammer dabei beobachtete, musste er sich eingestehen, dass der sich gar nicht so dumm anstellte. Er würde sich aber lieber die Zunge abbeißen, als das jemals auch nur ansatzweise zuzugeben. Tatsächlich wurden Fingerspuren sichtbar, als der Doktor das Pulver aufpinselte. Aber irgendetwas war komisch daran. Der Kommissar wusste nicht, was, aber etwas stimmte nicht. Gerade als Langhammer sein Klebeband ansetzen wollte, rief er »stopp«.

Langhammer hielt inne.

»Ich weiß nicht, was da ist, aber bitte ziehen Sie die Abdrücke nicht ab. Wir lassen das Glas genau so, wie es im Moment ist. Die Fingerabdrücke sind komisch. Können Sie es vorsichtig einpacken?«

Langhammer nickte und reichte dem Kommissar daraufhin die Tüte, die oben mit einer Art Plastikreißverschluss versehen war.

»Legen wir das Glas einfach ins Nachtkästchen, bis wir es brauchen«, schlug der Kommissar vor.

»Nein, es ist besser, wenn ich es bei mir im Safe verwahre.«

Der Kommissar reichte es ihm und war verwundert darüber, dass die Zusammenarbeit mit dem Doktor gar nicht so schlecht klappte.

Rendezvous mit einer Leiche

»Wir brauchen noch die Fingerabdrücke des Toten«, sagte Kluftinger, nachdem sie das Hotelzimmer zu seiner Erleichterung wieder verlassen hatten. Er hielt sich nicht gerne in Räumen auf, in denen ein Mord geschehen war. Lieber bemühte er sein Gedächtnis, um in dem Zimmer auf Spurensuche zu gehen. Meist sogar mit größerem Erfolg, denn die Beklemmung, die ein Tatort bei ihm auslöste, war in den seltensten Fällen hilfreich.

»Aber wieso denn das, er wird's ja wohl kaum selbst gewesen sein«, protestierte Langhammer.

»Wie Sie vorher bei mir richtig bemerkt haben, brauchen wir die zum Vergleich.«

Langhammer machte eine säuerliche Miene. »Das ... ach so, jaja, das wäre auch mein nächster Vorschlag gewesen. Kleines Späßchen in Ehren kann niemand verwehren, was, Kollege?«

Das Wort »Kollege« verursachte Kluftinger körperliche Pein.

»Also, pack mer's.« Der Kommissar wollte die Sache so schnell wie möglich hinter sich bringen. Ihm war nicht wohl bei dem Gedanken, sich noch einmal mit der inzwischen vielleicht schon gefrorenen Leiche beschäftigen zu müssen. Normalerweise hatte er dafür die Pathologen, vor allem Georg Böhm, der sich zwar ab und zu an seiner Totenunverträglichkeit weidete, ansonsten aber ein verlässlicher Leichenfledderer war.

Langhammer und Kluftinger zogen sich also wieder ihre Winterkleidung an, wobei beide versuchten, möglichst viel von ihren Gesichtern vor der Kälte zu schützen: Der Doktor mit seiner ausladenden Daunenkapuze, Kluftinger band sich seinen Wollschal und dazu noch ein seidenes Halstuch um, das er sich von Erika geliehen hatte. Dann zog er sich seine mit Fell gefütterten Lederhandschuhe über.

Draußen tobte noch immer der Schneesturm, auch wenn es nun, bei Tag, etwas weniger unheimlich wirkte. Weil der Weg, den sie gestern so mühsam gegraben hatten, schon wieder zugeschneit war, schnappten sie sich zwei Schaufeln. Kluftingers Rücken schmerzte immer noch von der gestrigen Schipperei, und ihm hatten heute früh Muskeln wehgetan, an die er sein Leben lang noch keinen Gedanken verschwendet hatte. Also ließ er dem Doktor den Vortritt und schaufelte nur mit halber Kraft – außer der Arzt drehte sich zu ihm um. Dann lud er seine Schaufel besonders voll und streckte ihm seine Hand mit dem nach oben gereckten Daumen entgegen, was so viel bedeuten sollte wie »Geht schon, danke der Nachfrage«.

Schließlich hatten sie die Garage erreicht. Kluftinger musste seine dicken Handschuhe ausziehen, um das Schloss aufzuschließen. Sofort spürte er die Kälte wie Nadelstiche auf seiner blanken Haut. Was für ein brutaler Winter, dachte er sich, und wie zur Bestätigung hörte er in der Ferne das durch den Sturm gedämpfte Grollen einer niedergehenden Lawine – ein Geräusch, das sie die letzten Stunden begleitet hatte wie eine unheilvolle Hintergrundmusik.

Dann traten sie ein und schlossen die Tür hinter sich.

Etwa zehn Minuten später kamen sie wieder heraus – und hätte jemand von den Gästen, die immer wieder neugierig durch die riesigen Panoramascheiben blickten, durch den Schneesturm etwas erkennen können, ihnen wäre sogar auf die Entfernung Kluftingers kalkweiße Haut aufgefallen, die sich kaum noch von der Schneewüste abhob. Er verschloss die Tür mit zitternden Fingern, dann wandte er sich zum Doktor. Er musste fast schreien, um sich gegen die Naturgewalten Gehör zu verschaffen. »Wir werden nie ein Wort darüber verlieren, was da gerade passiert ist, in Ordnung?«

Fragen über Fragen

Als sie ihre Verwandlung vom Schneemenschen zurück zum zivilisierten Hotelgast hinter sich gebracht hatten, ließ Kluftinger sich von den Angestellten ein Zimmer zuweisen, um dort seine Vernehmungen durchzuführen. Es war ein kleiner Nebenraum des Salons, der dem Kommissar als sehr geeignet erschien, und das nicht nur wegen der Lage: Das Zimmer war ehemals als Büro genutzt worden, inzwischen aber Stauraum für diverse ausgemusterte PCs und Fernseher, Putz- und Reinigungsmittel, Farbentferner und eine Bohnermaschine. Der Elektronikschrott war auf Bitten Kluftingers bereits in einer Ecke verstaut worden, sodass er nun an dem kleinen Schreibtisch Platz nehmen konnte. Außerdem befanden sich noch ein Tischchen mit einem Stuhl sowie eine verdorrte Yuccapalme in dem Zimmer. Elektroschrott und vertrocknete Pflanzen – das erinnerte ihn sehr an sein tatsächliches Büro.

»Täten Sie bitte die Tür zumachen, Herr Langhammer?«, sagte Kluftinger, der sich auf seine erste Befragung vorbereiten wollte.

»Natürlich«, sagte der Doktor und schloss die Tür – von innen. Dann blickte er erwartungsvoll zum Kommissar.

Der blickte zurück, allerdings nicht erwartungs-, sondern eher sorgenvoll. Ihm war völlig klar, was Langhammer von ihm erwartete. Er wollte weiterhin bei den Ermittlungen dabei sein. Aber das war völlig … Kluftinger hielt einen Augenblick inne. War es wirklich so verkehrt, wenn der Doktor bei den Befragungen anwesend war? So hätte er einen Zeugen, schließlich operierte er hier auf rechtlich unsicherem Terrain. Und vielleicht war es sogar besser, wenn er den selbst ernannten Meisterdetektiv unter Beobachtung behielt; wer konnte schon sagen, was der mit seinem Detektivköfferchen, und seinem unerschütterlichen Selbstbewusstsein sonst alles anstellen würde.

Als sich Langhammer aber seinen Stuhl nahm und ihn unmittelbar neben Kluftinger platzieren wollte, verwies ihn der Kommissar doch in seine Schranken – wenn auch wesentlich zaghafter, als er seiner Frau Erika und den Kollegen später erzählen würde: »Wenn Sie vielleicht lieber an dem Tisch da drüben ... dann können Sie alles ...«, er überlegte angestrengt, »... aus einer anderen Perspektive sehen.« Als er den zweifelnden Blick des Doktors sah, schob er nach: »So machen wir das im Präsidium auch immer.« Das stimmte zwar nicht, aber der Satz zeigte Wirkung: Langhammers Miene hellte sich auf, und er setzte sich dienstbeflissen an den ihm zugewiesenen Platz.

»Wen wollen wir uns denn zuerst vorknöpfen?«, fragte der Doktor und rieb sich dabei die Hände. Kluftinger schmerzte das »Wir« in der Frage mindestens genauso wie Langhammers Krimiserienjargon. Aber er wusste, dass er dieses Unbehagen ignorieren musste, sonst würde es zulasten seiner Aufmerksamkeit gehen. Und die brauchte er hier mehr als alles andere.

»Mal überlegen ...«, antwortete Kluftinger und rieb sich mit den Fingern die Augen. Plötzlich hielt er inne. Wenn er hier schon ermitteln musste wie in einem Detektivroman, warum sich dann nicht die großen Vorbilder zu Verbündeten machen? Ihm fiel ein Satz ein, den die Schauspieler gestern in ihrem Einführungsstück zitiert hatten. Sie hatten Agatha Christies Hercule Poirot mit den Worten zitiert: »Mein Tipp lautet: Immerzu beginne ich mit der Frage, wer von dem Mord am meisten profitiert. Dann vernehme ich als Nächstes den Ehemann oder die Ehefrau.«

Wer vom Tod dieses Mannes profitieren würde, konnte er beim besten Willen noch nicht sagen. Wie denn auch, er hatte ja nicht den geringsten Anhaltspunkt. Aber er konnte zumindest mit der Befragung der Ehefrau beginnen.

»Wir sollten mit Frau Weiß anfangen«, sagte er schließlich.

»Richtig, richtig, das hätte ich auch vorgeschlagen«, jubilierte der Doktor und rieb sich wieder die Hände. Wenn er damit nicht bald aufhören würde, müsste er ihm die an den Tisch nageln, dachte sich der Kommissar, seufzte und antwortete: »So ein Glück!«

Doch das hatte der Doktor vermutlich schon gar nicht mehr gehört, denn er war bereits aus dem Zimmer geeilt, um die Auserkorene zu holen. Kluftinger blieb konsterniert sitzen. Es war nicht die Tatsache, dass dem Doktor diese Aufgabe so viel Spaß zu bereiten schien. Spaß an dem, was man tat, war ja keine schlechte Sache, in raren Momenten verspürte er den sogar selbst. Aber er hatte nicht den Eindruck, dass Langhammer auch nur eine Sekunde an den Gedanken verschwendete, dass sie hier vermutlich in einem echten Mordfall ermittelten, gegen einen echten Mörder – oder sogar mehrere, wer konnte das schon sagen?

Er hörte, dass Langhammer draußen bereits mit einer Frau sprach, konnte aber nicht verstehen, worum es ging. Vorsichtshalber stand er auf, öffnete die Tür und blieb für einen kurzen Moment wie angewurzelt stehen. Der Doktor stand Frau Weiß mit einigen Schritten Abstand gegenüber und fotografierte sie mit seinem Handy. Allein das wäre Grund genug gewesen, ihn auf sein Zimmer zu schicken und ihn darum zu bitten, sich lieber ein wenig mit dem Ordnen seines Detektivköfferchens zu beschäftigen. Aber was er dann sah, ließ ihm für einen kurzen Moment den Atem stocken: Der Doktor wollte offenbar ihre Fingerabdrücke nehmen. Er hatte schon sein kleines Stempelkissen ausgepackt, als Kluftinger sich bereit machte einzugreifen. Doch er kam nicht dazu, denn Frau Weiß sagte nüchtern: »Das geht nicht.«

Kluftinger war hin und her gerissen zwischen der Freude über Langhammers ratlosen Gesichtsausdruck und der Neugierde, was denn für Frau Weiß dagegen sprach, ihre Fingerabdrücke nehmen zu lassen. Vielleicht war es doch keine so schlechte Idee gewesen, räumte er ein.

»Ah, Sie meinen sicher wegen des Stocks«, vermutete der Doktor. Sie solle sich doch einfach setzen, er nehme die Gehhilfe gerne.

»Nein, das wird nichts bringen.« Das Gesicht von Franziska Weiß war ausdruckslos. Sie wirkte sogar ein bisschen gelangweilt. Das schien auch der Doktor so zu empfinden, denn er sagte ärgerlich: »Also, auch wenn Sie das hier nicht interessiert, Ihnen ist schon bewusst, dass wir hier eine wichtige polizeiliche Untersuchung durchführen? Und ich würde Ihnen raten, lieber zu kooperieren, sonst …«

Nach einer Pause, die für Kluftingers Geschmack ein bisschen zu lange war, um natürlich zu wirken, hob sie die Augen und sah den Doktor an. »Ich werde kooperieren.«

»Also, dann lassen Sie mich jetzt Ihre Fingerabdrücke nehmen.«

»Wie gesagt: Das geht nicht.«

Auch Kluftinger wurde nun ungeduldig, und er tat einen weiteren Schritt ins Zimmer, wobei der Dielenboden knarzte, sodass der Doktor seine Anwesenheit bemerkte. Offensichtlich durch die Gegenwart eines echten Polizeibeamten bestärkt, ging er mit rotem Kopf auf die Frau zu und packte eine ihrer Hände. »Das wollen wir doch mal …«

Er verstummte. Ungläubig starrte er zunächst die Hand an, dann die Frau. Sie hatte nur ein müdes Lächeln für ihn übrig. Ratlos blickte sich der Doktor zum Kommissar um, noch immer die Hand der Frau haltend. Kluftinger sog scharf die Luft ein. So etwas hatte auch er noch nie gesehen: Die Fingerkuppen der Frau waren spiegelglatt.

»Und Entschuldigung noch mal für das Verhalten meines …«, Kluftinger überlegte kurz. Er hatte »Assistent« sagen wollen, aber das schien ihm nun wirklich zu absurd. Der Doktor war nicht sein Assistent, bestenfalls sein Praktikant, aber die waren in aller Regel nicht so aufsässig. Nur, was war er dann? Ihm wollte auf die Schnelle kein passender Begriff einfallen. »… Doktors«, vollendete er den schon viel zu lange im Raum stehenden Satz.

Wie sich herausgestellt hatte, hatten die Flammen des Unfalls, der Frau Weiß' Gesicht so entstellt hatte, ihre Hände geradezu glattgeschmurgelt. Durch eine einfache Nachfrage wäre das zwar auch zu erfahren gewesen, aber Langhammer hatte ja gleich patzig werden müssen.

»Wie geht es Ihnen?«, fragte der Kommissar jetzt ausgesucht höflich, wie um die Scharte des Doktors wieder auszuwetzen.

»Danke, es geht mir gut«, antwortete sie, und als sie die überraschten Gesichter der Männer sah, fuhr sie fort: »Sehen Sie, ich werde Ihnen hier nicht die trauernde Witwe vorspielen. Der Tod meines Mannes hat mich schockiert, das dürfen Sie mir glauben. Aber es ist nicht so, dass wir uns noch wahnsinnig gut verstanden hätten. Ich meine, haben Sie sich denn gar nicht gefragt, warum wir verschiedene Zimmer bewohnen?«

Kluftinger hatte sich diese Frage tatsächlich bereits gestellt und genau eine solche Antwort erwartet. Doch das machte sie noch nicht zur Mörderin.

»Verstehe«, sagte Kluftinger kurz. Er musterte die Frau, die ihm gegenüber saß, und es fiel ihm einigermaßen schwer, dabei nicht dauernd auf die entstellte Seite ihres Gesichts zu starren. In den Augenwinkeln behielt er auch den Doktor im Blick, der nun aber ganz brav an seinem Tischchen saß, die Hände gefaltet, und ihnen aufmerksam zuhörte. Offensichtlich machte ihm die peinliche Situation von eben noch zu schaffen. Die Tatsache, dass der Doktor tatsächlich eine Schamgrenze hatte, überraschte ihn.

»Haben Sie Kinder?«, fragte der Kommissar, und das erste Mal, seit sie hier oben waren, sah er so etwas wie ein Lächeln über ihr Gesicht huschen.

»Ja, zwei. Juliane studiert in Yale.« Frau Weiß blickte dem Kommissar tief in die Augen. Dann fügte sie hinzu: »Das ist in Amerika.«

»Soso«, brummte Kluftinger ein wenig beleidigt. Auch wenn er tatsächlich nicht gewusst hatte, wo Yale war – es spielte für ihren Fall überhaupt keine Rolle.

»Und Thomas ist noch in Salem.« Wieder musterte sie den Kommissar und wirkte dabei fast ein bisschen amüsiert. »Das ist …«

»… am Bodensee, ich weiß«, beendete der Kommissar ihren Satz. Natürlich kannte er Salem, das war schließlich gleich um die Ecke.

»Sehen Sie sich oft?«

Das Lächeln der Frau verschwand. »Nicht oft. Amerika ist weit, und Thomas hat viel zu tun mit der Schule. Für die Kinder wird das alles am schlimmsten sein, wenn sie es erfahren. Sie lieben ihren Vater.«

»Was hat Ihr Mann beruflich gemacht?«

»Er war Chef der Kreditabteilung und Vorstandsmitglied der Daba.«

Jetzt war es Langhammer, der sich einmischte: »Daba?«

»Die Allgäuer Darlehensbank, Sitz in Sonthofen«, antwortete Kluftinger, ohne ihn dabei anzusehen.

»Man kann also davon ausgehen, dass Ihr Mann und Sie, also, dass Sie …«

»Ja, wir hatten unser Auskommen. Ich war früher Anwältin, praktiziere aber schon lange nicht mehr. Herr Klumpfinger, nur dass Sie es gleich …«

»Kluftinger!«, bellte Langhammer durch den Raum.

»Wie bitte?«

»Sie haben Klumpfinger gesagt. Der Herr Kommissar heißt aber Kluftinger.«

So viel Fürsorge vonseiten des Doktors war dem Kommissar fast unheimlich. Er war es gewohnt, dass sein Name falsch ausgesprochen oder geschrieben wurde. Er hatte schon die abwegigsten Entstellungen erlebt – Klunzinger, Luftiger, Klüpfinger – und sich inzwischen damit abgefunden. Meist half es schon, den Namen des Gegenübers ebenso zu verhunzen, um eine Besserung zu erreichen.

»Sicher, verzeihen Sie, Herr Kluftinger, natürlich. Also, ich will hier gleich sagen, dass ich zusammen mit den Kindern Alleinerbin bin und wir nach unserem Unfall auch eine hohe Risikolebensversicherung abgeschlossen haben, die den jeweils anderen begünstigt. Das ist es doch, was in Filmen die Kommissare immer wissen wollen.«

»Nicht nur in Filmen.«

»Sehen Sie? Nun sind Sie also im Bilde.«

Der Kommissar nickte. Ein Motiv hatte sie also. Sogar ein absolut klassisches. Dazu die Art und Weise, wie sie über ihren Mann sprach …

»Wie hoch ist denn die Summe der Versicherung?«

»Hoch.«

Eine Nachfrage hielt Kluftinger nicht für nötig. Etwas andees lag ihm schon seit Beginn ihres Gesprächs auf der Zunge. Er wusste nur nicht, wie er danach fragen sollte, ohne die Frau zu verletzen.

»Ich hätte da noch eine Frage wegen des …«, verlegen blickte er auf seine Fingernägel.

»Wegen des Unfalls?«, fragte Franziska Weiß geradeheraus. »Sie können mich ruhig dabei anschauen, Herr Kommissar. Ich bin es gewohnt, dass man mich anstarrt. Ich kann es niemandem verdenken. Ich saß damals in dem Wagen, den mein Mann frontal gegen ein entgegenkommendes Auto gefahren hat. Carlo hatte an einer unübersichtlichen Stelle überholt. Der Wagen hat Feuer gefangen, wie Sie wissen.« Sie blickte auf ihre Hände. »Außerdem wurde mein Bein eingeklemmt. Mein Mann hingegen …« Sie seufzte und wirkte zum ersten Mal betroffen. Allerdings hätte Kluftinger nicht sagen können, ob der Tod ihres Mannes oder die Erinnerung an ihren Unfall diese Reaktion hervorrief. »Mein Mann blieb damals nahezu unverletzt. Tja, so ist das eben manchmal im Leben«, sagte sie mit wenig überzeugender Fröhlichkeit.

Da dem Kommissar im Augenblick keine weiteren Fragen einfielen, stand er auf. »Schlimm, ja. Gut, das wär's dann fürs Erste.«

Er ärgerte sich wieder einmal über seine hölzerne Art, wenn es darum ging, Betroffenheit zu äußern, öffnete der Frau die Tür und sah ihr zu, wie sie an ihm vorbeihumpelte. Plötzlich sagte er: »Ach, Frau Weiß, haben Sie zufällig gesehen, wer die Vase auf Ihrem Stockwerk umgeworfen hat?«

»Welche Vase? Ich weiß nichts von einer Vase.«

Der Kommissar winkte ab: »Nicht so wichtig. Nur eines noch: Aus welchem Grund sind Sie denn hier? Ich meine, warum haben Sie sich zu diesem gemeinsamen Wochenende entschlossen?«

Ohne Zögern antwortete Frau Weiß: »Carlo hat die Finanzierung dieses ganzen Hotels betreut. Und die Gastgeberin hat ihn ausdrücklich mit Ehefrau zur Eröffnung eingeladen. Sonst hätte Carlo mich wohl nicht mitgenommen.«

»Verstehe. Ich würde Sie bitten, sich zu unserer Verfügung zu halten.« Erst als Franziska Weiß die noch unversehrte Augenbraue fragend hob, erkannte Kluftinger, wie unsinnig der Satz, der ihm so routiniert über die Lippen gekommen war, in ihrer Situation war. Natürlich würde sie sich zu seiner Verfügung halten – wo sollte sie denn auch hin?

»Die war's.«

Der Kommissar hatte die Tür hinter der humpelnden Frau noch nicht richtig geschlossen, da platzten die beiden Wörter förmlich aus dem Doktor heraus.

»Die war's«, wiederholte er. »Völlig ohne Zweifel.« Dann begann er, seine Sachen zusammenzupacken, als wolle er Feierabend machen.

»Schon gut, Watson, schon gut«, seufzte Kluftinger, »was genau veranlasst Sie denn zu dieser Schlussfolgerung?«

»Na, ist doch ganz klar: Wir haben keine Fingerabdrücke auf dem Medikamentenröhrchen gefunden.« Er hob erwartungsvoll die Augenbrauen. »Na, klingelt's?«

Ja, in deinem Hirn, dachte Kluftinger, sagte aber: »Noch nicht.« Ihm war ziemlich klar, worauf Langhammer hinauswollte, aber er würde ohnehin nicht darum herumkommen, es sich anzuhören.

»Und wer hat keine Fingerabdrücke? Na?«

Eine Weile standen sie sich still gegenüber. Da Kluftinger aus der langen Pause schloss, dass Langhammer mit seiner Beweisführung geendet hatte, erwiderte er: »Interessant.«

»Ja, nicht? Das hätten Sie jetzt nicht gedacht. Und es kommt noch besser: Ein Motiv hat sie ja schließlich auch: die Lebensversicherung. Sprich: Habgier. Und sie hat sicher Rachegefühle wegen des Unfalls. Na, und traurig ist sie auch nicht, das hat sie selbst zugegeben. Voilà!«

Zufrieden setzte sich Langhammer an seinen Tisch und packte weiter sein Detektivköfferchen. Kluftinger sah ihm eine Weile dabei zu, dann sagte er: »Wissen Sie, Watson, wenn etwas fehlt, kann das zwar ein Anhaltspunkt sein, aber etwas Fehlendes kann jeder produzieren, während bestimmte Hinweise eben nur von bestimmten Tätern kommen können.«

Stirnrunzelnd blickte ihn der Doktor an. Als Kluftinger über seine Worte nachdachte, musste er selbst eingestehen, dass sie etwas unverständlich klangen. »Na gut, sagen wir's so: Auf dem Röhrchen waren keine Fingerabdrücke. Jemand könnte sie also abgewischt haben. Jeder kann das Ergebnis *Keine Abdrücke* produzieren, dazu braucht man keine verstümmelten Hände. Und wenn sie das Röhrchen mit ihren Fingern angefasst hätte – ich betone ausdrücklich *hätte* –, dann wären doch die von Weiß auch noch drauf. Und schließlich: Sie haben ja auch keine Abdrücke aufs Röhrchen gemacht, oder? Eben weil Sie es mit Handschuhen angelangt haben.«

Langhammer sah ihn lange an. Der Kommissar meinte zu hören, wie es in seinem Kopf arbeitete. Dann seufzte der Doktor und packte seinen Koffer wieder aus. »Sie haben recht. Na, Sie sind halt doch Profi.«

»Aber es könnte natürlich auch sein«, warf Kluftinger ein, und Langhammer erstarrte in der Bewegung, »dass sie es war.«

Ratlos musterte ihn der Doktor. »Na, was denn nun? Glauben Sie, dass sie es war oder dass sie es nicht war? Eins von beiden wird ja wohl zutreffen.«

»Richtig. Was ich damit sagen will, ist: Ich weiß es nicht. Und wenn ich etwas nicht weiß, dann will ich mich auch nicht mit dem Glauben an etwas zufriedengeben. Da stimme ich ganz dem zu, was Maigret immer gesagt hat. Sie erinnern sich an gestern?«

»Ich glaube nichts?«, sagte Langhammer.

»Genau. Vielleicht hilft es uns, wenn wir noch jemand anderes befragen. Nur, um Ihre Theorie abzusichern, versteht sich.«

Zähneknirschend gab der Doktor nach. »Ja, vielleicht sollten wir das.«

Kluftinger grinste. Und konnte es sich nicht verkneifen, auffordernd auf die Tür zu deuten und zu sagen: »Der Nächste, bitte.«

»Wen darf ich denn jetzt einbestellen?«, wollte Langhammer wissen, und aus seinem Ton konnte Kluftinger nicht entnehmen, ob er nur ironisch oder sogar tatsächlich ein wenig devot klang.

»Holen Sie doch den jungen Mann mit dem Pferdeschwanz. Diesen Lars Witt, den Freund von der Holländerin.«

»Gern, nur vorab bereite ich noch die Identifikationskarte fürs

Foto vor, die habe ich bei Frau Weiß glatt vergessen, tut mir leid. Das müssen wir noch nachholen.«

Verständnislos sah ihn der Kommissar an.

»Ich meine diese Schilder, die die Delinquenten halten müssen. Mit Datum, Namen und so weiter. In meinem Handbuch ist extra eine Vorlage dafür. Und ich habe jetzt …«

»In welchem Handbuch?«

Der Doktor kramte in seinem Koffer und hielt ein Heftchen mit der Aufschrift »Handbuch für den Detektiv« hoch.

Kluftinger raufte sich die Haare. »Nehmen Sie bitte einfach nur von allen, die wir vernehmen, die Fingerabdrücke, das ist ja immerhin ganz sinnvoll.«

Der Doktor knallte das Handbuch vor sich auf den Tisch und verließ den Raum. Kurze Zeit später kam er mit dem jungen Mann wieder herein und unterzog ihn seiner »erkennungsdienstlichen Behandlung« beziehungsweise dem, was er dafür zu halten schien. Kluftinger beobachtete ihn still. Wehmütig dachte er erneut an seinen Kollegen Willi Renn. Der war eigentlich in beinahe allen Belangen das exakte Gegenteil vom Doktor: sympathisch, professionell, kompetent, gründlich und besonnen.

Als Kluftinger endlich Lars Witt, dem jungen, athletisch aussehenden Mann mit schwarzem Pferdeschwanz, gesundem Teint und von Langhammers Stempelkissen dunkelblauen Fingerkuppen, gegenübersaß, hatte er seine Melancholie überwunden. Der Doktor war noch damit beschäftigt, seine Fingerabdruckkarte mit irgendwelchen Angaben zu beschriften.

Witt, erfuhr Kluftinger, war Holländer, sprach jedoch ohne Akzent. Auf Kluftingers Nachfrage erklärte der Mann lachend, dass das vielleicht daran liege, dass sein Vater Deutscher sei.

»Ach, sind Sie denn in Deutschland aufgewachsen?«

»Nein«, antwortete er, »das war nur Spaß eben, ich hatte nie viel Kontakt zu meinem Vater. Aber ich habe mein Studium in Deutschland absolviert, in Freiburg.«

»Welches Fach denn?«

»Pharmazie.«

Kluftinger entging nicht, dass Langhammer kurz aufmerkte. Witt fuhr fort: »Ich werde meine Ausbildung in wenigen Monaten abgeschlossen haben.«

»Und dann?«, wollte Kluftinger wissen. »Zurück nach Holland?«

»Nun, mal sehen. Ich möchte auf jeden Fall innerhalb von fünf Jahren eine eigene Apotheke eröffnen. Und dafür stehen in Deutschland die Chancen im Moment besser. Hier schützt man wenigstens noch die Interessen der Apotheker.«

»Na, das sind ja ehrgeizige Pläne, in jungen Jahren gleich eine eigene Apotheke. Wie alt sind Sie denn?«

»Sechsundzwanzig Jahre. Es ist nie zu früh, seinen Traum zu verfolgen. Ich denke, ich werde gut sein in meinem Beruf, und ich möchte selbstständig arbeiten.«

»Ja, das ist durchaus nachvollziehbar.« Wenn Kluftinger an seinen Chef, Polizeipräsident Lodenbacher, dachte, hatte der Gedanke, selbstständig zu sein, durchaus etwas Verlockendes.

Was Kluftinger von Lars Witt erfuhr, war nicht spektakulärer als die bisherigen Erkenntnisse. Dem Kommissar saß offenbar ein ganz normaler, recht sympathischer und zielstrebiger Student gegenüber. Er gehörte derselben Generation an wie sein Sohn Markus. Und Kluftinger entdeckte Eigenschaften an Witt, die er auch von Markus kannte: Die jungen Leute, fand er, hatten eine angenehm pragmatische Art, mit den Herausforderungen, die das Leben an sie stellte, umzugehen. Er hatte schon Generationen gesehen, die entweder »null Bock« hatten, sich für Revoluzzer hielten, mit Lacoste-Pullis um die Schulter Cabrio fuhren, ihre Haare bunt färbten, zu seltsamer Technomusik tanzten oder den Slang von Ausländern nachahmten, obwohl sie ihr gesamtes Leben in Dietmannsried verbracht hatten. Er war froh, dass Markus dieser neuen, ganz normalen Generation angehörte, deren Protestpotenzial den Eltern gegenüber sich in angenehm engen Grenzen hielt.

»Sagen Sie, Herr Witt, wie kommt es denn, dass Sie hier sind?«, stellte Kluftinger seine letzte Frage.

»Wir haben das Wochenende gewonnen. Frederike hat irgendwann diese Benachrichtigung bekommen. Sie macht bei allen möglichen Preisausschreiben mit. Beinahe hätte sie die Nachricht weggeworfen, aber dann hat sie doch angerufen – und es stellte sich als wahr heraus. Ich hatte vor, zwei Tage hier oben Ski zu fahren. Und jetzt dieser Schlamassel!« Er deutete mit dem Kopf zum Fenster.

»Tja, damit konnte niemand rechnen. Das ist höhere Gewalt, im wahrsten Sinne des Wortes. Eine letzte Frage noch: Kannten Sie den Toten?« Bei der Frage beobachtete er Lars Witt aufmerksam. Doch ohne mit der Wimper zu zucken, verneinte er.

»Herr Witt, wenn Sie nun bitte Ihre Lebensgefährtin hereinschicken würden«, bat der Kommissar.

Lars Witt runzelte die Stirn. »Meine … was?«

»Ihre Freundin.«

»Meine …« Witt lachte kurz laut auf. »Sie meinen meine Mutter.«

»Ach, die Dame ist …« Kluftinger wurde rot. »Entschuldigen Sie, ich wusste ja nicht. Schließlich haben Sie ja auch zusammen ein Zimmer, und da …«

»Lassen Sie ruhig, das macht mir nichts. Und Frederike – ich nenne sie schon immer beim Vornamen – wird kaum böse sein darüber, dass Sie sie für meine Partnerin gehalten haben.«

»Ach«, schob Kluftinger noch nach, »haben Sie bemerkt, dass auf dem Gang etwas zu Bruch gegangen ist?«

»Zu Bruch? Was denn?«

»Eine Vase.«

Lars Witt überlegte kurz. »Nein, ich habe nichts gehört.«

Als der junge Mann den Raum verlassen hatte, stand Langhammer auf, ging in die Mitte des Zimmers, schlug die Hacken zusammen, begann wieder mit seinem nervösen Händereiben und setzte an: »Nun, mein lieber Kluftinger, es fällt mir nicht ganz leicht, das zuzugeben, aber ich war wohl mit meiner Einschätzung vorhin etwas voreilig: Nicht Frau Weiß hat ihren Mann Carlo umgebracht, obzwar sie auch mehrere hinreichende Motive hätte. Nein, es muss sich anders verhalten haben. Wir werden sicher noch herausfinden, wie genau Lars Witt die Tat begangen hat. Dass er es aber getan hat, steht ja wohl eindeutig fest.«

Kluftinger tat dem Arzt nicht den Gefallen, eine Pause entstehen zu lassen, sondern brummte sogleich: »Was Sie nicht sagen! Und was genau gibt Ihnen auch nur den geringsten Grund für diese Annahme?«

»Nun«, hob der Doktor wieder an, »lassen Sie mich ganz am Anfang beginnen. Die Natur des Menschen …«

»Herrgott«, brach es aus Kluftinger heraus.

»Jetzt lassen Sie mich doch mal einen Gedanken ausführen. Lars Witt ist jung und sehr ehrgeizig.« Langhammer machte eine Pause.

»… und weiter?«

»Und er ist Pharmazeut! Na, macht es klick?«

»Nein, bei mir tut sich nix.«

»Schon gut, ich sage es Ihnen: die Tabletten. Lars Witt hat als Pharmazeut Zugang zu allen erdenklichen Medikamenten.«

»Das haben Sie auch. Und bis jetzt haben wir noch keinerlei Verbindung zwischen Witt und dem Opfer.«

»Ha! Sie sagen es also selbst! Ist das nicht ein subtiler Plan? Er will sich nicht verdächtig machen, also bringt er jemanden um, den er gar nicht kennt. Aber nicht geschickt genug für uns, der junge Herr!«

»Herr Langhammer, entschuldigen Sie die bescheidene Nachfrage, aber: Welchen Nutzen hat er schnell wieder von seiner Tat?«

»Nutzen?« Langhammer zögerte und fuhr dann wenig selbstsicher fort: »Nun, ich würde sagen, nicht alle Taten sind nutzenorientiert, das müssen Sie als Ermittler am besten wissen!«

Kluftinger gab auf. Egal, was er einwenden würde, der Doktor würde eine Antwort parat haben. »Na gut, dann ist es eben Witt. Aber da es draußen ja schneit und wir sowieso nichts Besseres zu tun haben, können wir, nur so zum Zeitvertreib, bis die Polizei kommt, ja noch die anderen befragen. Seine Mutter müsste jetzt ja jeden Moment kommen.«

Nachdem Langhammer wieder mit wortreichen Anweisungen die Fingerabdrücke genommen hatte, setzte sich Frederike Zougtran Kluftinger gegenüber an den Schreibtisch.

»So, Frau … Zuk-Tran«, begann der Kommissar. Ihr Name wirkte auf ihn irgendwie asiatisch, vor allem das Tran, das seinem Wissen nach aus Vietnam kam. Deswegen fragte er: »Sind Sie mit einem Vietnamesen verheiratet?«

Entgeistert sah ihn die Holländerin an. »Ich weiß jetzt nicht, worauf Sie anspielen …«

»Es ist nur … wegen des Namens«, entgegnete der Kommissar ein wenig verlegen.

Noch immer machte die Frau einen irritierten Eindruck.

»Ich weiß nicht … Zougtran ist ein holländischer Name.«

Kluftinger nickte und lächelte. Da hatte er sich offenbar doch geirrt. Wie sie den Namen betont hatte, klang er fast deutsch: *Sougdran*.

»Gut, wir müssen Ihnen einige Fragen zu gestern stellen, Frau Saugdran.«

Auf einmal fing Langhammer an seinem Tisch an zu glucksen. Kluftinger bedachte ihn mit einem tadelnden Blick und wandte sich wieder seiner Befragung zu.

»Frau Saugdran …«, begann der Kommissar erneut, und wie auf Stichwort kicherte Langhammer wieder los. Als Kluftinger zu ihm hinübersah, vollführte er anzügliche Grimassen mit seinem Mund. Erst nach ein paar Sekunden wurde ihm klar, worauf er damit anspielte. Erst jetzt hörte auch er, was im Klang des Namens mitschwang und woran sich der Doktor offenbar so erfreute. Immerhin brachte ihn dieses pennälerhafte Verhalten gleich auf seine erste Frage: »Wie kommt es denn, dass Sie anders heißen als Ihr Sohn?«

»Lars? Nun, Zougtran ist mein Mädchenname, aber er heißt wie sein Vater. Das war damals möglich, obwohl wir nicht verheiratet waren.«

Kluftinger wunderte sich nicht. Neulich erst hatte er in Bayern 2 eine Sendung über Namensrecht gehört. Wie man sich heutzutage nicht nur die abstrusesten Vornamen für seine Kinder aussuchen, sondern auch noch mit den Nachnamen jonglieren konnte, das wäre zu seiner Zeit undenkbar gewesen. Zum Glück hatte er sich so die Diskussion über einen Doppelnamen gespart. Es wäre nie zu einer Hochzeit gekommen, hätte Erika darauf bestanden, ihre Namen zu kombinieren. Kluftinger-Nowotny war einfach keine Alternative gewesen.

»Ich verstehe«, sagte Kluftinger kurz und fuhr fort: »Wie kommt es denn, dass Sie aus Holland hierher angereist sind?«

Die Frau, die auf Kluftinger sehr attraktiv wirkte, was nicht zuletzt an ihrem Akzent lag, zögerte ein wenig: »Wir haben in einem Preisausschreiben gewonnen. Das hat man uns mitgeteilt auf einem dieser Briefe. Ich wusste gar nicht mehr, dass ich daran teilgenommen hatte. Aber ich mache eines nach dem anderen, das ist eine Art Sucht. Und so kommt es doch zum einen oder anderen Gewinn.«

»Wie kommt es, dass Sie Ihren Sohn mitgenommen haben?«

»Ich bin alleinstehend. Und Lars ist ein begeisterter Skifahrer.«

»Kannten Sie Carlo Weiß?«

»Ich habe ihn gestern kennengelernt, wie Sie ja auch. Ein unangenehmer Kerl, finden Sie nicht?«

Kluftinger enthielt sich einer Antwort. Es wäre doch fehl am Platz gewesen, wenn er sich jetzt über ein Mordopfer ausgelassen hätte, das er vor seinem Tod vielleicht eine halbe Stunde gesehen hatte. Und er fand, das galt auch für Frederike Zougtran. Auf diesen Punkt würde er sicher noch zurückkommen. Aber jetzt nicht: Obwohl dieser Vormittag deutlich ruhiger ablief als ein normaler Arbeitstag im Büro, war er müde und schlapp. »Ich danke Ihnen für Ihre Zeit«, beendete er also das Gespräch. »Wir werden uns bestimmt noch einmal unterhalten, einstweilen war es das.«

Auf seine Nachfrage nach der Vase gab auch Frederike Zougtran an, zwar gehört zu haben, wie sie zerbrach, jedoch nichts gesehen zu haben. *Immerhin etwas*, dachte Kluftinger.

Als sie den kleinen Raum verlassen hatte, ging der erste Blick des Kommissars zum Doktor. Der schien geradezu auf diesen Startschuss gewartet zu haben, um sogleich seine Einschätzung abgeben zu können. Kluftinger ließ ihn gewähren. Und erfuhr, dass es aus Sicht Langhammers eine ganz klare Angelegenheit war: Frederike Zougtran, die so abschätzig über den Toten gesprochen hatte, gab nur vor, das Opfer nicht zu kennen. Zwar konnte der Doktor auf Kluftingers Nachhaken keinen triftigen Grund dafür angeben, betonte aber, dass sie natürlich aus reiner Berechnung ihren Sohn mitgenommen hatte, der ja Pharmazeut war. Er sei also Mittäter. Ihr Motiv gelte es noch herauszufinden, seines sei völlig klar: Habgier.

»Habgier?«, hakte Kluftinger kopfschüttelnd nach. »Er hätte doch keinerlei finanziellen Vorteil durch die Tat!«

»Nun, mein lieber Kluftinger, was ist, wenn es sich doch um einen Raubmord …«

»Herr Langhammer, jetzt bittschön …«, setzte der Kommissar an, wurde aber von einem Klopfen an der Tür unterbrochen.

Nach einem »Herein«, das die Männer wie abgesprochen im Chor erschallen ließen, betrat die Hotelchefin das improvisierte Vernehmungszimmer.

»Kaffee?«, fragte sie lächelnd.

Kluftinger nickte. Diese König war wirklich eine sehr aufmerksame Gastgeberin. Gerade zum richtigen Zeitpunkt kam dieses Angebot. Frauen hatten einfach ein Gespür dafür, was Männer in schwierigen Situationen brauchten. Auch Erika und sogar mehr noch seine Sekretärin Sandy Henske hatten diese Gabe.

»Bitte nur mit Milch, vielen Dank, Frau König!«, rief Kluftinger erfreut.

»Für mich eine schöne Vormittagslatte, wenn ich bitten dürfte. Und ein stilles Wasser. Ach, und wenn Sie noch eine Kleinigkeit an Gebäck hätten?«

Gebäck? Abgesehen davon, dass er nicht nachvollziehen konnte, wie der Arzt seine drahtige Figur halten konnte bei dem, was er sich den ganzen Tag über reinstopfte – glaubte Langhammer eigentlich, dass er hier im Urlaub war?

»Ich lasse Ihnen einfach ein paar Teilchen zusammenstellen, kein Problem«, sagte Frau König und wandte sich zum Gehen.

»Ach, Frau König, nur schnell eine kurze Frage an Sie«, hielt Kluftinger sie zurück. »Wie viele Leute sind denn wegen dieses Gewinnspiels hier?«

Einen Moment überlegte die König, dann erwiderte sie: »Sie meinen als Gewinner des Preisausschreibens? Nur die Dame aus Holland mit ihrem Sohn. Das Wochenende war der absolute Hauptpreis.«

»Was war denn das für eine Tombola?«, wollte Kluftinger wissen.

»Keine Tombola. Das lief alles über eine Agentur. Solche Dinge lässt man am besten die Profis machen. Die machen irgendwelche Rätsel oder Anzeigen, die fast aussehen wie Artikel, in einer Zeitschrift oder Tageszeitung. Und Sie haben Ihre Werbung da platziert.

Dafür zahlen Sie oder stellen ein Kontingent von Übernachtungsgutscheinen zur Verfügung.«

Kluftinger nickte. Auch Erika hatte schon einmal einen solchen Gutschein gewonnen, bei einer Veranstaltung der Lokalzeitung. Allerdings war es nie zum Kurztrip gekommen, weil der Gutschein nur ein halbes Jahr gültig, auf Dienstag bis Donnerstag begrenzt und das Hotel zu allen möglichen Terminen keine Zimmer mehr frei hatte.

»Hab ich mir jetzt fast gedacht. Eine Bitte noch, Frau König: Könnten Sie mir die Dame vom Radio reinschicken? Sie wissen schon, diese …«

»Das Morgenquietscherl?«

Kluftinger sah auf. »Das … was?«

»Ach, nichts weiter. Die Leute vom Radio nennen so die Mädchen, die in der Früh ein wenig ins Mikrofon fiepen und sich dann für die neuen Sterne am Medienhimmel halten, obwohl sie das Geschäft gar nicht gelernt haben. Ich hab einen Freund beim Rundfunk, da hören Sie Dinge, sag ich Ihnen! Aber nicht, dass Sie mich falsch verstehen, ich habe nichts gegen Frau Gertler an sich, ich habe mich gefreut, als sie zugesagt hat. Sie hat durchaus einen Namen, und ein Bericht über uns ist Gold wert.«

»Kennen Sie sie denn näher?«

»Nein, wirklich nur aus Erzählungen von meinem Bekannten. Frau Gertler hat immer nur das Wetter angesagt, und dann ist sie durch eine Krankheitsvertretung in die Moderation reingerutscht. Und man hört, sie würde nicht nur im Radio herumquietschen, sondern auch … Na, wie gesagt: Das sind auch nur Gerüchte. Also, ich sage ihr Bescheid, dass sie reinkommen soll.«

Eben erst war ihnen der Kaffee gebracht worden, da trat auch schon Alexandra Gertler in den Raum. Langhammer kam gar nicht dazu, sein kleines Fingerabdruckritual auszuführen, so forsch ging sie mit für eine Frau ein wenig zu großen Schritten direkt auf den Schreibtisch zu, an dem Kluftinger saß, streckte ihm die Hand hin und setzte sich.

»So, das freut mich, dass Sie sich Zeit für mich nehmen!«, tönte sie selbstbewusst. Der Kommissar war ein wenig überrumpelt und nahm erst einmal einen kräftigen Schluck aus seiner Kaffeetasse.

»Darf ich einfach gleich in medias res gehen? Ich dachte, Sie informieren mich zuerst über die genauen Umstände des Verbrechens, und dann bringen Sie mich auf den neuesten Ermittlungsstand. Wissen Sie, neben meiner Tätigkeit beim Radio arbeite ich als freie Journalistin, auch für führende Nachrichtenmagazine im Printbereich.«

»Ach ja? Für welche denn?«, fragte der Doktor interessiert. »Ich habe mehrere abonniert und lese regelmäßig die beiden, die am Montag erscheinen. Vielleicht habe ich ja schon den einen oder anderen Artikel von Ihnen gelesen.«

Kluftinger stutzte. Er hätte nicht zu sagen vermocht, ob Langhammer dies aus Respekt vor der Prominenz der Dame – schließlich hatte er sich ja schon als Fan geoutet – oder mit einem misstrauischen Unterton gesagt hatte. Zumindest war er sehr auf die Antwort der jungen Frau gespannt, die sich ein paarmal hektisch durch die blonde Mähne fuhr, bevor sie mit einer wegwischenden Handbewegung sagte: »Nun, ich fange gerade erst an, wieder im Journalbereich Fuß zu fassen, ich habe eher hinter den Kulissen, quasi investigativ …«

Kluftinger wartete eine Weile, ob die Moderatorin ihren Satz noch beenden würde, ließ das Thema dann aber auf sich beruhen. Immerhin hatte Langhammer ihr mit seiner Frage schon ein wenig den Schneid abgekauft. Ob bewusst oder zufällig, das war für das Ergebnis nicht relevant.

»Frau Gertler, Sie haben da ein bissle was missverstanden. Nicht wir werden von Ihnen vernommen, sondern Sie von uns.«

Langhammer setzte sich auf einmal kerzengerade hin. Er hatte durchaus mitbekommen, dass der Kommissar im Plural gesprochen hatte, und wirkte ein wenig stolz.

»Wie jetzt – vernommen? Sie sind gut! Ich bin als Journalistin hier. Ich habe einen Informationsauftrag.«

»Das ist ja schön und gut und sicher immens wichtig. Ich habe hier einen Aufklärungsauftrag, und der sticht in dem Fall den Informationsauftrag wie der Eichel-Ober den Herz-Neuner.«

Kluftinger blickte in zwei bedröppelte Gesichter. Zum einen war der Doktor wohl von der Verwendung des Singulars enttäuscht; die Gertler wiederum schien keine Ahnung vom Schafkopfen zu haben.

Woher auch, dachte sich der Kommissar und stellte seine erste Frage. »Kannten Sie Carlo Weiß?«

»Natürlich kannte ich ihn.«

Die beiden Männer horchten auf.

»Ich habe einmal – für ein Nachrichtenmagazin übrigens – eine größere Geschichte über ihn geschrieben. Ich als Allgäuer Mädle hab oft für meine Artikel hier in der Gegend Leute interviewt. Und warum hätte ich einen Münchner Banker nehmen sollen? Also kam ich auf ihn.«

»Wie lang ist das her mit dem Artikel?«

»Gut zwei Jahre, würde ich sagen. Es war noch bevor ich die Morningshow übernommen hab, und wir hatten neulich Zweijähriges.«

»Haben Sie Weiß seitdem öfter gesehen? Regelmäßig vielleicht?«

»Wie bitte soll ich diese Frage verstehen?« Alexandra Gertler hatte nichts mehr von der toughen Journalistin, die vor wenigen Minuten sein Behelfsbüro gestürmt hatte. Sie wirkte nervös und fühlte sich offensichtlich in die Ecke gedrängt.

»Na ja, ich mein, der Herr Weiß war ja schon ein interessanter Mann, oder? Und durchaus attraktiv. Da kann man ja schon einmal schwach werden. Gerade, wenn man da nicht abgeneigt ist, gell?«, setzte der Kommissar einen weiteren Nadelstich gegen die anfängliche Arroganz der Frau. Und die Reaktion ließ nicht lange auf sich warten.

»Das ist doch die Höhe! Was fällt Ihnen eigentlich ein? Ich lasse mich von Ihnen nicht in irgendeine Ecke stellen, ja? Nur weil Sie offenbar Ihre besten Jahre hinter sich haben, brauchen Sie nicht uns jungen Leuten weiß ich was unterstellen! Ich lass mir das nicht bieten!«

Kluftinger brachte ihr Protest nicht im Geringsten aus der Ruhe, alles lief nach Plan. »Ich habe Ihnen gar nix unterstellt. Aber anscheinend fühlen Sie sich durchaus angesprochen, sonst würden Sie nicht so heftig reagieren.«

Der Kommissar sah ihr ins Gesicht und wusste sofort, was folgen würde. Ihre geschlossenen Lippen begannen zu beben. Erst kaum merklich, dann so heftig, dass sie den Mund öffnete und zu schluchzen begann. Die erste Träne rann über ihre Wange, und ihre Gesichtszüge verzerrten sich auf geradezu entstellende Art und Weise.

»Überhaupt nichts haben Sie verstanden, Sie Idiot! Carlo ist … war … wir hatten eine Beziehung, ja. Aber nicht wie Sie meinen.«

»Waren Sie noch immer seine Geliebte?«

Die Gertler hatte sich schon wieder ein wenig gefangen. Langhammer brachte ihr ein Taschentuch, mit dem sie sich die Tränen abwischte und die Nase putzte.

»Wie bitte?« Sie sah den Kommissar mit geröteten Augen an.

»Haben Sie bis zu seinem Tod eine Affäre mit ihm gehabt?«

»Affäre! Wie das schon klingt!«

»Immerhin war er ein verheirateter Mann, oder?«

»Pah, das war doch keine Ehe! Aber ich bin nicht gewillt, hier Details über mein Liebesleben vor Ihnen auszubreiten. Was, bitte, tut das hier zur Sache?«

Aha, dachte Kluftinger, ein letztes Aufbäumen der emanzipierten »investigativen Journalistin«, die sich nichts bieten ließ. In zwei Minuten würde auch dies Geschichte sein, das wusste er.

»Jetzt hören Sie mir mal gut zu, Frau Gertler. An Ihrer Stelle würde ich alles erzählen, was auch nur annähernd mit Carlo Weiß zu tun hat. Ihnen ist hoffentlich klar, dass Sie durch Ihre Beziehung zum Opfer die Verdächtige Nummer eins in diesem Mordfall sind! Verschlechtern können Sie Ihre Position kaum noch, also würde ich Ihnen empfehlen, die Chance wahrzunehmen, sie zu verbessern! Haben Sie das verstanden?«

Ein weiterer Heulanfall brach sich Bahn. Während Langhammer gespannt hinter der jungen Frau stand, einen eindeutigen Ausdruck von Mitleid im Gesicht und bereit, tröstend einzugreifen, sah Kluftinger weg. Er kannte solche Szenen von Frauen ihres Schlags zur Genüge. Er schaute aus dem Fenster in die weiße Hölle, die sie umgab. Noch immer hatte der Schneefall nicht nachgelassen.

»Schon gut, ich sage Ihnen alles«, schluchzte Alexandra Gertler einige Zeit später.

Kluftinger blickte sie ausdruckslos an und ließ sie erzählen.

»Das Ganze ging bis vor etwa anderthalb Jahren. Ich war fasziniert von diesem Mann. Ich liebte ihn. Zumindest glaubte ich das am Anfang.«

»Und wie stand Weiß zu Ihnen?«, hakte Kluftinger nach.

»Zuerst versprach er mir, er würde sich für mich von seiner Frau trennen. Aber mir war schnell klar, dass das nur eine Floskel war. Er versuchte ja noch nicht einmal, die Sache vor seiner Frau zu verheimlichen. Sie schien sich auch nicht allzu viel daraus zu machen. Eine schreckliche Situation. Furchtbar, wirklich. Im Nachhinein weiß ich, dass jemand, der sich so benimmt, kein guter Mensch sein kann.«

Kluftinger registrierte, dass nun bereits die zweite Frau so über Weiß redete. Nur, dass die Gertler ihn bedeutend besser zu kennen schien als Frau Zougtran.

»Für ihn war ich nur eine von vielen. Frischfleisch, wenn Sie so wollen. Er war skrupellos, hat mich nur benutzt. Ich habe an ihn so viele Gefühle verschwendet. Und außer Sex nie etwas zurückbekommen.«

»Hat er Sie finanziell unterstützt?«

»Wofür halten Sie mich? Nein. Er hat mir mal den einen oder anderen Schein zugesteckt. Aber nicht, dass Sie das falsch verstehen.«

»Keine Sorge, ich kann mir durchaus ein Bild von Ihrer … Beziehung machen. Erzählen Sie weiter, bitte.«

»Ich bin ein sehr emotionaler Mensch. Das liegt daran, dass ich Wärme suche, Zuneigung und eine starke Schulter. Und ich gerate immer an Männer, die das nur für ihre Zwecke missbrauchen. Wie früher. Ich habe viel Schlimmes erlebt, glauben Sie mir. Die Männerwelt war nicht sonderlich nett zu mir.«

Kluftinger seufzte. Er konnte sich gut vorstellen, wie diese Geschichte weiterging.

»Also wurde auch ich kalt und hart. Ich nahm mir, was ich zu brauchen glaubte. Kam mir stark vor dabei. Und war doch nur ein Mädchen, das wollte, dass man es liebt.«

Der Kommissar stutzte. Irgendwo hatte er diesen Satz schon einmal gehört. War das nicht aus einem Film?

»Carlo stellte sich auch nicht als der heraus, der er vorgab zu sein. Aber ich bin ihm nicht mehr böse.«

»Na ja, er ist jetzt auch tot, so gesehen«, merkte Langhammer an.

Verstört sah ihn die Gertler an, dann forderte Kluftinger sie auf, fortzufahren.

»Was soll ich noch groß erzählen? Er hat mich irgendwann fallenlassen. Aber dieser Schock war für mich der Anlass, erst einmal nach mir selbst zu suchen. Und dafür bin ich ihm fast dankbar. Ich habe mir eine Auszeit genommen, Ayurveda in Südindien, um all das zu verarbeiten, all die Beziehungen, den Stress im Job.«

Stress im Job, schon klar, die Arme musste ja mindestens drei Stunden am Tag arbeiten, dachte Kluftinger.

»Das frühe Aufstehen hat mich ausgezehrt, aber nun habe ich meine Akkus wieder aufgeladen. Und kann alles frisch und unbeschwerter angehen. Ich bin in meinem Leben wieder die, die den Ton angibt, nicht irgendwelche Komplexe.«

Alexandra Gertler hatte die letzten Sätze wie ein Mantra vorgetragen und dabei ein steriles Lächeln aufgesetzt. Sie wirkte, als hätte es ihren kleinen Zusammenbruch von vorhin nie gegeben.

»Lassen Sie mich kurz nachfragen. Sie sind also im Streit auseinandergegangen?«

»Wie gesagt: Damals ja, jetzt bin ich ihm fast dankbar, dass er mir die Augen geöffnet hat. Auch wenn es eine schmerzliche Erfahrung für mich gewesen ist.«

»Aha, na dann. Sie werden verstehen, dass wir Sie sicher noch häufiger zu Gesprächen bitten werden, Frau Gertler.«

Die junge Frau zuckte gleichgültig mit den Schultern. Tatsächlich wirkte sie jetzt wieder ähnlich forsch wie zu Beginn ihres Gesprächs.

»Ich werde mich trotzdem in meiner journalistischen Arbeit nicht einschränken lassen.«

»Jaja. Informationsauftrag, verstehe«, sagte Kluftinger und machte dabei ein übertrieben wichtiges Gesicht. »Tun Sie sich keinen Zwang an. Wenn Sie jetzt bitte noch bei Herrn Dr. Langhammer

Ihre Fingerabdrücke nehmen lassen. Ach, noch eins: Haben Sie zufällig mitbekommen, wie die Vase zu Bruch gegangen ist?«

Sie blickte ihn mit leeren Augen an, und er winkte ab. »Egal, bis später, Frau Gertler.«

Kluftinger nickte dem Doktor zu, erhob sich und verließ den Raum. Dabei folgte er nicht nur einem natürlichen Drang, sondern auch der Strategie, der jungen Moderatorin klar zu verstehen zu geben, wer in diesem Fall Herr im Hause war.

Ein Fund im Schnee

Als der Kommissar auf dem Rückweg von der Toilette die Hotelhalle durchschritt, kam ihm Julia König entgegen. »Danke für den Kaffee und die Kekse, Frau König. Ein toller Service, wirklich!«

»Ach, gehen Sie, das ist doch das Mindeste, was ich tun kann. Aber sagen Sie, kann ich Sie für einen kurzen Moment unter vier Augen sprechen?«

Kluftinger war gespannt, was ihm die Frau zu erzählen hatte, und ging unverzüglich mit in ihr Büro hinter der Rezeption. Frau König bot Kluftinger einen Platz auf dem kleinen, mit rot-weißem Karostoff gemusterten Zweisitzer an. Sie selbst setzte sich auf die Ecke ihres massiven Schreibtisches, besann sich einen Augenblick und fing dann zu reden an: »Herr Kluftinger, ich muss Ihnen etwas erzählen, bevor Sie es anderweitig erfahren. Ich sehe auch keinen Grund, es Ihnen vorzuenthalten: Ich hatte über längere Zeit eine Affäre mit Carlo Weiß.«

Kluftinger stutzte. Das hatte er nicht erwartet. Er hätte die ehemalige Leistungssportlerin völlig anders eingeschätzt, und zudem taten sich auf einmal immer mehr Verbindungen zwischen den einzelnen Gästen auf.

»Im Endeffekt war das dann auch der Grund, dass Carlo die Finanzierung des gesamten Projekts übernommen hat. Nennen Sie es den zweiten Frühling, die Sache zwischen uns beiden. Ich schäme mich im Nachhinein für diesen Ausrutscher, aber wir hatten uns recht gut eingerichtet. Eine richtige Affäre eben. Irgendwann war es allerdings zu viel für mich. Ich hab das Ganze nervlich nicht durchgestanden. Und das hat auch mit meinem Mann zu tun.«

Als die König innehielt, warf Kluftinger ihr einen fragenden

Blick zu. Sie verstand die Aufforderung und fuhr fort: »Sie haben sicher längst gesehen, dass wir keine besonders glückliche Ehe führen.«

Scheint hier nicht gerade üblich zu sein, dachte Kluftinger.

»Wir leben nur nebeneinander her. Und das begann schon ein halbes Jahr nach unserer Hochzeit.«

»Ist es der Altersunterschied?«

»Ich glaube nicht, das war nicht das große Problem. Nein, zum einen sind unsere Temperamente wohl doch ziemlich unterschiedlich, zum anderen gibt es da etwas in seinem Leben, das alles beherrscht, eine Übermacht, die ihn am Wickel hat: Natürlich hat er es zunächst vor mir verborgen, dass er spielsüchtig ist. Aber schließlich hat er sein gesamtes Geld verzockt.«

Kluftinger schüttelte den Kopf. »Heißt das, er hat sich auch an Ihrem Vermögen …?«

»Nein. Das hat er nie gewagt. Es wäre auch schwierig geworden, wir haben Gütertrennung. Aber ich glaube, er hat auch respektiert, dass das mir gehört.«

»Hm«, versetzte Kluftinger, »haben Sie denn nie an eine Scheidung gedacht?«

Julia König überlegte kurz, bevor sie antwortete: »Wissen Sie, Herr Kluftinger, vielleicht habe ich meine Ehe jetzt auch zu negativ dargestellt. Wir sind Partner, Freunde, und wir sind eine Art Schicksalsgemeinschaft. Ich fühle mich auch verpflichtet, für ihn da zu sein. Er ist ein gebrochener Mann. Er hatte mehrere Hotels zu seiner guten Zeit. Wenn man das alles verloren hat, dann kann man es nicht auch noch verkraften, seine Frau zu verlieren. Er liebt mich, denke ich. Und er verlässt sich auf mich.«

»Hat er irgendwann etwas davon mitbekommen, dass Sie ihn … dass sie ihm nicht treu waren?«

»Oh nein, ich denke nicht. Unter uns gesagt: Es war immer meine große Angst, dass er etwas erfahren würde. Ich weiß nicht, wie er reagiert hätte oder reagieren würde. Er wäre zu allem fähig, fürchte ich. Bitte, Herr Kommissar, das alles muss unter uns bleiben. Meinem Mann dürfen Sie wirklich unter keinen Umständen davon erzählen.«

»Keine Sorge. Was war der Grund, dass Sie Ihre Affäre mit Weiß beendet haben?«

»Wie gesagt, ich habe ständig meinen Mann hintergangen und betrogen. Ich bin aber nicht der Mensch, der so etwas einfach wegsteckt, das habe ich an dieser Sache gelernt, glauben Sie mir.«

»Und wie hat Weiß reagiert?«

»Es war nicht so, dass eine Welt für ihn zusammengebrochen wäre. Schließlich hatte er sich für mich ja auch nicht von seiner Frau getrennt. Er hätte es nicht übers Herz gebracht. Kurios, wie sich die Situationen glichen, in denen wir gefangen waren. Carlo war schnell darüber hinweg. Ich glaube, es hat nicht lange gebraucht, bis er wieder eine andere hatte. Und ich war einfach erleichtert, dass ich wieder ein ganz normales und unspektakuläres Leben führen konnte.«

»Wissen Sie, wer Ihre, ähm, Nachfolgerin war?« Jetzt war Kluftinger gespannt.

Die König setzte an, schien sich aber plötzlich anders zu entscheiden und hielt inne.

»Alexandra Gertler?«

Julia König sah Kluftinger in die Augen.

»Zuerst wusste ich es nicht. Aber, na ja, man erfährt so einiges… Vielleicht hab ich ihr Unrecht getan.«

»Warum haben Sie denn weiterhin mit Weiß Geschäfte gemacht?«, wollte der Kommissar wissen.

»Er hat von Anfang an das Projekt betreut. Ich hatte Chefbehandlung sozusagen.« Sie errötete leicht. »Und es gab keinen Grund, das aufzugeben, schließlich kamen wir weiterhin miteinander aus. Nach ein, zwei Monaten hatten sich die Wogen gänzlich geglättet. Und er verstand es immer, Geschäft und Privates voneinander zu trennen.« Julia König klang deutlich gelöster als am Anfang. Ihr schien ein Stein vom Herzen gefallen zu sein, weil sie ihre Geschichte endlich losgeworden war.

»Aber ihn hierher einzuladen, war das denn nicht sehr gewagt? Ich meine, allein wegen Ihres Mannes? Das hätte doch brenzlige Situationen geben können, oder? Was hat Sie bewogen, ihn einzuladen?«

Kluftingers Gegenüber lachte kurz auf.

»Das war ja das Bizarre an der ganzen Sache: Mein Mann hat ihn eingeladen, nicht ich. Er war, wie gesagt, einer unserer Hauptgeschäftspartner beim Umbau. Ich fand es auch pikant, als ich ihn auf der Gästeliste entdeckte«, erklärte Frau König. »Wenn Klaus gewusst hätte, dass er seinen ehemaligen Nebenbuhler eingeladen hatte – nicht auszudenken!«

»Wo ist Ihr Mann jetzt?«

»Ach, vor lauter Aufregung hätte ich das Wichtigste beinahe vergessen!« Sie fasste sich an die Stirn. »Klaus hat das vermisste Handy gefunden. Er war gerade draußen in einem der Geräteschuppen, um irgendetwas zu reparieren. Und auf einmal hat er ein Geräusch auf dem Blechdach gehört und schließlich das Telefon im Schnee liegen sehen.«

»Ist Ihr Mann noch dort draußen?«, fragte der Kommissar schnell.

»Ich glaube, er ist wieder hinausgegangen. Er hat das Handy bei Herrn Sacher an der Rezeption hinterlegt. Der kann Ihnen sagen, wo Sie Klaus finden.«

Kluftinger nickte.

»Herr Kommissar, ich danke Ihnen für Ihre Diskretion. Und für die Arbeit, die Sie hier leisten.«

Lächelnd sah er Frau König an und machte sich auf den Weg in sein kleines Behelfsbüro.

Dort empfing ihn der Doktor gleich mit einem Redeschwall. »Mein lieber Kluftinger, allen Respekt! Wie Sie diese Gertler geknackt haben, das war große Klasse. Sie hat ja am Ende quasi gestanden, kann man sagen. Und ich war doch überzeugt, dass die Holländerin und ihr Sohn ihn umgebracht haben. Da hätte ich mich doch ganz schön getäuscht. Nun suchen wir also, wo in dem Zimmer überall die Fingerabdrücke von Frau Gertler sind, oder?«

Kluftinger seufzte. Wenn es nach Langhammer ging, hatten sie bald so viele Mörder wie Hotelgäste. Er hatte keine Lust mehr, ihn bei den Befragungen dabei zu haben. Und davon, was ihm die Hotelchefin gerade anvertraut hatte, würde der Doktor sowieso nichts erfahren. Fürs Erste jedenfalls.

Um ihn anderweitig zu beschäftigen, musste Kluftinger ihm eine Aufgabe geben, die ihn für eine Weile hier festhalten würde. Die war schnell gefunden: »Gehen Sie doch bitte mal zur Rezeption. Da liegt das verschollene Handy.« Kluftinger erzählte ihm die Geschichte, und der Doktor bekam große Augen.

»Stecken Sie es in eine Ihrer … Plastiktüten, und schauen Sie, ob sie irgendwelche Abdrücke finden, ja?« Um seinen Worten noch mehr Nachdruck zu verleihen, fügte Kluftinger an: »Das ist eine sehr wichtige Mission, da müssen Sie besonders vorsichtig sein.«

Langhammer schnappte sofort nach dem ausgelegten Köder und dachte laut über die Schwierigkeit nach, auf dem Telefon noch Spuren zu finden. Noch während der Ausführungen des Doktors zog der Kommissar leise die Tür hinter sich zu, holte sich schnell seinen Lodenmantel nebst Mütze und ließ sich von Ferdinand Sacher den Weg zu Klaus Anwander beschreiben.

Der Weg zu dem kleinen Wellblechverschlag hinter dem Hotel war weit weniger anstrengend, als Kluftinger ihn sich vorgestellt hatte: Irgendjemand hatte hier erst kürzlich Schnee geschippt, und das ziemlich gründlich. Kluftinger konnte sogar das Pflaster durchschimmern sehen. Da die Tür zu dem kleinen Nebengebäude nur angelehnt war, trat der Kommissar ein, ohne sich vorher bemerkbar zu machen.

Es dauerte eine Weile, bis sich seine Augen an das Dunkel gewöhnt hatten. Nur zwei kleine, verstaubte Fenster, die obendrein mit allerlei Gerümpel zugestellt waren, dienten als Lichtquelle. Zunächst nahmen die eckigen und zackigen Formen Gestalt an, entpuppten sich als Rechen, Besen, Schaufeln und Werkzeuge aller Art. Dann bekam auch das Dunkel in der Mitte des Raumes Gestalt: Ein Hörnerschlitten stand dort, groß wie ein Kleinwagen, dazu ein Skibob, daneben ein … Kluftinger sah zweimal hin, um sicher zu sein. Tatsächlich: Dort stand ein Motorschlitten. Plötzlich geriet das Dunkel um das Gefährt in Bewegung, und ein Mensch erhob sich vor ihm.

»Herr Anwander?«

»Ja, was gibt's?«, ächzte der Mann. Dann hustete er mehrmals, räusperte sich und spuckte schließlich aus.

Priml, dachte Kluftinger. Das waren genau die Geräusche, die er am allerwenigsten vertrug. Schnell kam er zur Sache: »Sie haben einen Motorschlitten?«

»Sicher. Ein uraltes Vehikel.«

»Ich mein: Hätten wir den nicht …«

»Hätten wir. Wenn er gehen tät. Aber tut er nicht. Und Sie wissen ja: die Lawinen! Trotzdem bin ich für alle Fälle mal hier und frier mir die Finger und den Arsch ab, um das Ding zum Laufen zu kriegen. Und hol mir eine ausgewachsene Bronchitis oder Schlimmeres.« Wie um seine Aussage zu bekräftigen, ließ er ein dreißigsekündiges Hustenrasseln folgen.

»Dass Sie sich als Chef selber darum kümmern, find ich aber beachtlich.«

Anwander sah ihn kurz an und schnaufte verächtlich. Dann zog er lautstark die Nase hoch und ging wieder in die Knie, wobei diese derart heftig knackten, dass Kluftinger meinte, es in seinen eigenen Gelenken zu spüren.

»Das Handy hab ich im Schnee auf dem Dach gefunden. Gleich in die vordere Rinne ist es reingerutscht«, sagte Anwander, ohne dass Kluftinger ihn gefragt hätte. »Ich lieg hier unterm Schlitten, es tut einen dumpfen Schlag, und ich schau raus. Hat sicher einer aus dem Fenster geworfen, weil zu sehen war niemand. Und Spuren auch keine.«

Der Kommissar nickte. Dann öffnete er die Tür und sah nach draußen. Der Verschlag war etwa zehn Meter von der Rückseite des Hotels entfernt. Jeder hätte aus einem der Fenster das Mobiltelefon auf das Dach werfen können. Oder aber Anwander hatte die Geschichte nur erfunden. Jedenfalls half ihm das erst einmal nicht weiter. Er ging wieder zurück und sah dem Mann dabei zu, wie er an dem Motorschlitten herumschraubte. Er wartete eine Weile, doch Anwander begann nicht mehr von sich aus zu sprechen.

»Warum heißen Sie eigentlich Anwander?«, fragte Kluftinger, der sich die ganze Zeit schon darüber wunderte, dass der Mann einen anderen Nachnamen trug als seine Frau.

»Wegen meiner Eltern.«

»Wegen Ihrer Eltern?«.

»Meine Eltern hießen auch so. Da hat es sich so ergeben. Wenn sie jetzt ›Anlehner‹ geheißen hätten, wär *das* eben mein Name.«

»Jaja, schon klar. Ich mein: Warum heißt Ihre Frau König … also ich mein, warum nicht Anwander?«

Das Klappern der Werkzeuge verstummte, Anwander lehnte sich zur Seite und sah den Kommissar an. »Ist Ihre Frau berühmt?«

»Meine … Erika? Nein, die ist ganz … normal.«

»Sehen Sie? Meine ist berühmt. War es. ›Mein Name ist mein Kapital‹, hat sie immer gesagt. Sagt sie immer. Ich red ja schon, als hätt *sie* das Zeitliche gesegnet.« Ein kurzes, rachitisches Lachen folgte. »Und sie wollte auch nicht, dass ich ihren Namen annehme. Ich glaub, ich hätt's sogar getan. Aber jetzt bin ich froh.«

»Warum?«

»Ach … nur so«, brummte der Mann, und Kluftinger merkte, dass es keinen Sinn hatte nachzuhaken.

»Apropos Kapital«, fuhr Kluftinger fort und ohrfeigte sich innerlich für seine plumpe Überleitung, »haben Sie denn auch was eingebracht in das Hotel? Ich mein: Sind Sie Teilhaber oder so?«

»Eher ›oder so‹. Teil hab ich an vielem, aber nicht am Geld. Mein Kapital ist beim Teufel. Mir gehört grad das, was ich im Hosensack hab. Ich war wohl etwas zu … sagen wir mal: risikofreudig.«

Kluftinger fragte nicht nach. Das mit den Spielschulden hatte Frau König ihm bereits erzählt, und ihr Mann hatte es nun indirekt bestätigt. Das genügte.

Jetzt kam der heikle Teil des Gesprächs, und Kluftinger zögerte etwas, bevor er damit begann. »Den Toten, also … kannten Sie den?«

Husten. Ausspucken.

»Herr Anwander? Ich mein, er hat ja schließlich hier gewohnt, und es waren ja doch alle irgendwie besondere Gäste. Deswegen frag ich.«

Noch einmal blieb es still in dem Raum, aber Kluftinger wartete geduldig. Er war gespannt, ob Anwander dieser Stille standhalten würde.

»Sicher kenn ich ihn. Er war unser Finanzfritze. Der, der die Kredite bewilligt und bearbeitet hat. Weiter hab ich mit ihm nie was zu schaffen gehabt. Und jetzt, jetzt brauch ich keine Bank mehr.«

»Gut, das wär's dann auch erst mal«, sagte Kluftinger und wandte sich zum Gehen. Bevor er ganz draußen war, steckte er noch einmal seinen Kopf hinein: »Haben Sie mitgekriegt, dass eine Vase zu Bruch gegangen ist? Gestern?«

Der Hotelier blinzelte. »Vase? Meinen Sie, ich kümmere mich um jeden Scheiß, nur weil ich hier den Schlitten repariere?«

Das reichte Kluftinger als Antwort.

Kluftinger war noch nicht bis zur Eingangstür des Hotels gekommen, als er hörte, wie sein Name in den Wind gebrüllt wurde. Er lüpfte auf einer Seite seine Mütze, um die Richtung besser ausmachen zu können. Dann sah er, dass der Doktor aufgeregt winkend am Fenster seines Zimmers stand.

»Was gibt's?«, schrie der Kommissar, doch gegen den Sturm war eine Verständigung unmöglich, und so blieb ihm nichts anderes übrig, als sich in den ersten Stock zu bemühen. Als er dort ankam, schwitzte er stark – das ständige Hin und Her zwischen eisiger Kälte und überheizten Räumen würde ihm noch eine dicke Erkältung einbringen, befürchtete er. Weiß der Teufel, warum Langhammer nicht im Vernehmungsraum geblieben war.

»Was gibt's denn so Wichtiges?«, fragte Kluftinger, als er das Zimmer der Langhammers ohne anzuklopfen betrat, und rechnete insgeheim damit, dass es sich um etwas in der Art von »Ich habe die Lösung des Falles: Es war der Yeti!« handelte.

»Setzen Sie sich doch erst einmal«, sagte der Doktor.

Kluftinger nahm wortlos Platz und bemerkte zufrieden, dass das Zimmer doch etwas kleiner war als sein eigenes. Der Doktor ging zur Kommode, öffnete sie und entnahm ihr das Mobiltelefon von Carlo Weiß. »Ich habe das Handy untersucht«, begann er, machte eine kleine Kunstpause, der Kluftinger eine gewisse dramatische Wirkung nicht absprechen konnte, und fuhr fort: »Es sind keine

Abdrücke drauf.« Dann nahm er ein Glas aus dem Schrank, das er dem Kommissar hinstellte. Augenblicklich fuhr der Kommissar zusammen und starrte den Doktor wie vom Donner gerührt an.

»Mein Gott, natürlich«, brachte er schließlich mit kratziger Stimme hervor. »Natürlich, freilich, kruzifix!« Er schlug sich an die Stirn.

Langhammer war auf eine derart heftige Reaktion wohl nicht gefasst gewesen, freute sich aber darüber und machte ein zufriedenes Doppelkinn. Von einer wegwerfenden Handbewegung begleitet sagte er: »Ach, ich bitte Sie, Herr Kommissar, das war doch gar nichts. Also, ich meine jetzt nicht *nichts-nichts*, aber jeder hätte doch ...«

»Das Glas ...«, flüsterte Kluftinger geistesabwesend, und der Doktor runzelte die Stirn.

»Wie meinen?«

Kluftingers trüber Blick wurde wieder klarer, und er sah den Doktor mit zusammengekniffenen Augen an: »Würden Sie noch einmal genau das machen, was Sie eben gemacht haben?«

Verständnislos sah ihn der Doktor an. Er schien sich nicht sicher zu sein, ob Kluftinger ihn womöglich auf den Arm nehmen wollte. Doch schließlich fügte er sich: »Ich sagte gerade, dass das doch jeder ...«

»Nein, nicht, was Sie *gesagt* haben. Was Sie *gemacht* haben!«

»Also wissen Sie, Herr Kluftinger, nur weil Sie hier der einzige echte Polizist sind und diese Ermittlungen leiten, müssen Sie nicht gleich ...«

»Bitte!« Das Wort kam so scharf aus dem Mund des Kommissars, dass er beinahe selbst darüber zusammengezuckt wäre. Langhammer zog den Kopf ein wenig ein und ging noch einmal zum Schrank. Als er ihn erneut öffnete, stand Kluftinger auf und bewegte sich auf ihn zu. Der Doktor schluckte, er schien sich nicht sicher zu sein, ob er auf die Gewaltlosigkeit seines Gegenübers vertrauen konnte.

»Die Gläser stehen verkehrt rum drin«, murmelte Kluftinger.

»Ja, genau, das ist wegen ... der Hygiene. Also, dem Staub und so«, erklärte Langhammer. »Aber was tut denn das zur Sache?«

»Haben Sie noch das Glas aus dem Zimmer des Toten?«

»Natürlich, das habe ich bereits asserviert.« Langhammer eilte zu seinem Safe, vergewisserte sich mit einem Blick über die Schulter, dass der Kommissar ihm beim Eintippen der Kombination nicht beobachten konnte, und holte die Tüte mit dem Glas heraus, das sie heute Vormittag aus dem Zimmer des Toten mitgenommen hatten. Kluftinger fand die Gewissenhaftigkeit des Doktors beachtlich und musste zugeben, dass sie ihnen nun zugutekam. Langhammer streifte sich Plastikhandschuhe über und holte das Glas heraus. Er hielt es zwischen ihnen hoch.

»Seltsam«, sagte Kluftinger.

»Ja … äh … seltsam«, befand auch Langhammer.

»Was denn?«

»Ach … na ja, dass …«, Langhammer schien angestrengt zu überlegen. Dann hellte sich seine Miene auf: »Also, dass da Fingerabdrücke drauf sind und auf den Medikamentenröhrchen nicht.«

»Ja, das auch«, stimmte Kluftinger zu, und Langhammer wirkte erleichtert.

»Aber die Fingerabdrücke …«

»Ja?«

»… sind verkehrt rum.«

»Hm?«

»Warten Sie, ich zeig's Ihnen.« Kluftinger nahm Langhammer das Glas ab, worauf er darauf achtete, es nur mit der Tüte anzufassen, so wie Willi Renn es ihn gelehrt hatte. Für einen kurzen Moment dachte er sogar, dass der bestimmt stolz auf ihn gewesen wäre, hätte er ihn jetzt sehen können. Dann stellte er es im Schrank ab. »Nehmen Sie noch mal ein Glas raus«, forderte er den Arzt auf.

Der streckte seine Hand aus und griff sich eins.

»Stopp!«, rief Kluftinger, und Langhammer zuckte erschrocken zusammen.

»Sehen Sie?«

»Was?«

»Na, Ihre Fingerhaltung.«

Langhammer starrte auf das Glas. Sein Gesicht war ein einziges großes Fragezeichen.

»Versuchen Sie doch mal, aus dem Glas zu trinken.«

Langhammer drehte es um, stellte es ab und griff dann erneut zu. Schließlich führte er das Glas zum Mund.

»Dass mir das nicht gleich klar geworden ist.« Kluftinger schüttelte den Kopf. Nachdem ihn der Doktor immer noch mit großen Augen anstarrte, erbarmte er sich seiner und erklärte: »Sie haben umgegriffen, weil Sie so, wie Sie es zuerst in der Hand hatten, unmöglich daraus hätten trinken können. Jedenfalls nicht, ohne sich dabei den Arm zu brechen.«

Gebannt folgte der Doktor seinen Ausführungen.

»Und jetzt vergleichen Sie einmal Ihre Fingerhaltung von vorhin mit den Abdrücken auf dem Glas.«

Langhammer öffnete erstaunt den Mund. »Mein Gott, Sie haben recht. Er kann das Glas nicht so in der Hand gehabt haben. Niemand hätte es so in der Hand gehalten. Außer …«

»… jemand hat es ihm so in die Hand gedrückt. Genau. Jemand wollte, dass es so aussieht, als habe er das Glas benutzt. Sollten noch irgendwelche Zweifel geherrscht haben, ob er ermordet wurde oder nicht, dürfte das nun endgültig geklärt sein. Damit ist klar, warum sich auf den Röhrchen keine Abdrücke befunden haben. Jemand hat sie abgewischt.« Kluftinger sah sich das Ganze noch einmal an: »Damit stellt sich aber eine neue Frage.«

Langhammer nickte. Als Kluftinger ihn jedoch ansah, zog er gleichzeitig Augenbrauen und Schultern hoch. »Und zwar?«

»Die Frage nach dem *Warum*. Ich meine, warum die Sache mit dem Glas?«

»Wenn uns jemand glauben machen wollte, dass der Weiß die Pillen geschluckt hat, hätte es die Sache mit dem Glas und den Fingerabdrücken darauf nicht gebraucht, oder? Man hätte ja ganz einfach die Röhrchen für sich sprechen lassen können. Und es ist ja auch nicht so, dass man ein paar Pillen schluckt und sofort tot umfällt, das Glas Wasser noch in der Hand. Oder?«

»Nein, nein, das ist natürlich Quatsch. Warum also die Sache mit dem Glas?«, wiederholte Langhammer Kluftingers Frage.

Genervt verdrehte Kluftinger die Augen: »Tja, Watson, darauf habe ich leider keine Antwort. Noch nicht.«

In diesem Moment ging die Tür auf, und die Ehefrauen der beiden kamen herein.

»Da bist du ja, ich hab mir schon Sorgen gemacht«, begann Annegret, und in den Augen seiner Frau konnte Kluftinger erkennen, dass sie genau dasselbe dachte. »Wo warst du denn so lange? Ich hab gedacht, dass du ins Bad nachkommst!«

»Ich musste doch mit Herrn Kluftinger die Leute verhören.«

»*Du* musstest jemanden verhören?« Prüfend sah Annegret erst ihren Mann, dann den Kommissar an, der nur mit den Schultern zuckte. »Wieso musst *du* denn da mitverhören?«

»Also wirklich, Täubchen, ich kann Herrn Kluftinger doch nicht im Stich lassen. Und wo ich doch das ganze Equipment dabei habe … Ich helfe eben immer da, wo ich gerade gebraucht werde, nicht wahr, mein Lieber?«

»Wie? Sie … ja, vielen Dank.« Kluftingers Stimme hatte einen resignierten Unterton.

»Müsst ihr das denn unbedingt hier machen?«, erkundigte sich Erika besorgt. »Ich meine, könnt ihr nicht warten, bis die Polizei kommt?«

Kluftinger seufzte. »Erstens: Ich *bin* die Polizei, das hab ich dir schon tausendmal gesagt.«

»Ja, ich weiß ja, ich mein … na, richtige Polizei. Halt außer dir.«

Langhammer grunzte vergnügt.

Unbeirrt fuhr Kluftinger fort: »Zweitens: Wie sollen denn meine Kollegen kommen? Genauso wenig, wie wir wegkommen, können die herkommen. Mir tut's ja auch leid, aber daran ist nun mal nichts zu ändern. Es ist meine Pflicht …«

»Jaja, deine Pflicht. Sonst nimmst du's mit der doch auch nicht so genau.«

»Also, liebste Erika, da muss ich jetzt deinem Göttergatten aber beispringen. Wer soll das denn sonst machen? Gerade eben sind wir auf eine Sache gestoßen, die den Fortgang unserer Ermittlungen ganz erheblich beeinflussen könnte.«

In der kleinen Ansprache des Doktors waren nach Kluftingers Geschmack eindeutig zu oft die Worte »uns« und »wir« enthalten.

»Und wann verhört ihr *uns*?«, fragte Annegret plötzlich.

»Ja, genau, wann ist eigentlich unsere Vernehmung?«, pflichtete Erika ihr bei.

Kluftinger und der Doktor sahen sich verständnislos an.

»Wie jetzt: euch vernehmen?«, wollte der Kommissar wissen. »Wieso sollten wir euch denn vernehmen?«

Annegret schürzte pikiert die Lippen: »Ach, kommen wir vielleicht nicht als Täter infrage? Sind wir es denn nicht wert, wenigstens zu der Sache befragt zu werden? Traut es uns denn niemand zu, einen perfekten Mord zu begehen?«

»So ist es, meine Herren.« Erika nickte heftig. »Wir haben es faustdick hinter den Ohren. Und wir bestehen darauf, dass wir nun auch in die Ermittlungsmangel genommen werden. Wir könnten auf jeden Fall unschätzbar wichtige Zeuginnen sein.«

Die Männer waren offenbar nicht sicher, ob ihre Frauen nur scherzten oder sie ein bisschen aufziehen wollten, weil sie sich vernachlässigt fühlten. Also verzogen sie die Lippen vorsorglich zu einem linkischen Grinsen.

»Da gibt's nichts zu lachen, gell, Annegret? Wir wollen jetzt verhört werden.« Mit diesen Worten setzten sich die beiden Frauen nebeneinander auf die kleine Couch und verschränkten erwartungsvoll die Arme. Kluftinger seufzte und zog sich einen Stuhl heran. Er wusste, dass die beiden keine Ruhe geben würden, ehe er ihr »Verhör« durchgeführt hätte.

»Also, mit wem soll ich denn anfangen?«, fragte er gelangweilt. »Oder tretet ihr nur als gemeingefährliches Duo auf?«

Die beiden Frauen schienen Spaß an der Situation zu haben. Ganz im Gegensatz zu Kluftinger. »Mit mir«, rief Annegret freudig und streckte wie ein Schulmädchen ihre Hand in die Höhe.

»Herr Kluftinger, lassen Sie keine Gnade oder falsche Rücksichtnahme walten«, warf der Doktor ein, der sich händereibend auf der Lehne der Couch neben seiner Frau niederließ. »Wir haben es hier immerhin mit einem Kapitalverbrechen zu tun. Da darf es nicht wegen Befangenheit falsche Scheu geben.«

»Also gut. Haben Sie den Toten umgebracht?«, fragte Kluftinger lustlos.

»Also, mein Lieber, so geht das aber nicht«, protestierte der Doktor. »Ich finde, meine Frau hat das Recht, wie jede andere Verdächtige behandelt zu werden! Wenn schon, denn schon!«

»Ja, da stimme ich dem Martin zu«, warf Erika nickend ein.

Kluftingers Kiefermuskeln begannen schwer zu arbeiten. Schließlich rieb er sich mit seinen Händen über die Augen, holte tief Luft und fragte dann scharf: »Haben Sie den Toten gekannt, Frau Langhammer?«

»Nein«, antwortete die postwendend mit einem nur mühsam unterdrückten Lächeln. »Nein, ich habe Herrn Weiß erst hier kennengelernt.«

»Aha, woher wissen Sie dann seinen Namen?«

»Seinen Namen? Na, ich denke, den wird irgendjemand hier in meiner Gegenwart gesagt haben.«

»So. Denken Sie. Wird wohl jemand. Ich kann mich nicht erinnern, dass er sich Ihnen vorgestellt hat.«

»Na, also, beschwören könnte ich das jetzt nicht …«

»Interessant. Und wann haben Sie den Mann, den Sie angeblich nicht kannten, zum letzten Mal gesehen?« Kluftinger hatte sich mittlerweile erhoben und ging vor Annegret und Erika auf und ab.

»Das muss beim Umtrunk gewesen sein. Wo wir ihn alle gesehen haben.«

»Etwas präziser bräuchte ich es schon!« So langsam kam der Kommissar in Fahrt. Sie wollten ein richtiges Verhör? Sie sollten eines bekommen. Und zwar nach allen Regeln der Kunst.

»Na, beim Raufgehen.«

»Aha, da haben *wir* ihn zum Beispiel schon nicht mehr gesehen. Finde ich bemerkenswert, dass *Sie* sich noch daran erinnern.«

»Ja, weil er doch vor mir lief und ich mir noch dachte …«

»Was dachten Sie denn?«, unterbrach sie der Kommissar in schneidendem Tonfall.

»Ich … also … ich dachte … gar nichts.«

Langhammer runzelte die Stirn und betrachtete seine Gattin. Erikas Gesicht hatte ebenfalls einen besorgten Ausdruck angenommen. Die Stimmung drohte zu kippen, doch Kluftinger war nicht mehr zu bremsen. »Frau Doktor Langhammer! Mit diesem Herumgestopsel belasten Sie sich nur. Entweder, Sie wissen etwas, oder Sie erfinden etwas. Aber ich rate Ihnen, bei der Wahrheit zu bleiben.«

»Nein, nein, aus welchem Grund sollte ich denn …«

»Da würde mir durchaus einer einfallen. Also, sind Sie sofort auf Ihr Zimmer gegangen?«

»Ja.«

»Gibt es dafür Zeugen?«

»Ja, meinen Mann.«

»Wirklich?« Kluftinger blickte ernst zwischen den beiden hin und her.

»Ach, Sie meinen, weil er noch mal hinuntergegangen ist …«

»Das habe ich gemeint.«

»Ja, nein, aber dann kam er ja gleich.«

»Für die Zeit, in der Ihr Mann unterwegs war, kann also niemand bezeugen, dass Sie in Ihrem Zimmer waren?«

»Ich … äh …« Unsicher blickte Annegret ihren Mann an. »Nein«, sagte sie schließlich kleinlaut.

»Dann hätten Sie also genügend Zeit gehabt, sich in das Zimmer von Weiß zu schleichen, ihm eine Spritze zu setzen – was für Sie als Arztgattin sicher kein Problem darstellt, auch was das Beschaffen der medizinischen Utensilien oder der Medikamente angeht – und sich heimlich wieder nach unten zu begeben, um dort seelenruhig Ihren Mann zu empfangen.«

»Ich … aber … nein«, stammelte Annegret.

»Geben Sie es doch zu! Sie hatten die Zeit, Zugang zu den entsprechenden Hilfsmitteln, und ein Motiv wird sich sicher auch noch finden. Mir ist nicht der Blick entgangen, den Sie Herrn Weiß am Empfang zugeworfen haben. Kennen Sie ihn vielleicht doch, hm? Glauben Sie, so etwas lässt sich verheimlichen?«

Annegret war kalkweiß, nicht minder blass wirkte mittlerweile auch der Doktor. »Annegret, ich meine, du … kanntest …«

Das reichte. Bei Annegret Langhammer öffneten sich alle Schleusen, und sie vergrub ihr Gesicht schluchzend in ihren Händen. Ihre dunkelbraunen Locken wippten im Takt zu ihrem Weinkrampf. Kluftinger schluckte: War er zu weit gegangen? Er war doch gerade erst richtig in Fahrt gekommen! Schließlich war all das nur Spaß. Und sie hatten doch vehement darauf bestanden …

»Na, da kannst du ja jetzt ganz stolz auf dich sein, du Superdetektiv«, schimpfte Erika.

»Aber, ich hab doch nur …«

»Herrgott, wir wollen hier nur ein bisschen Spaß haben, und du kommst der Annegret gleich so! Du bist vielleicht ein Muhackl!«

»Ja, aber ihr habt's doch selber…«

»Wirklich, Herr Kluftinger, meine Frau ist ja völlig mit den Nerven runter. Musste das denn wirklich sein? Sie haben sie regelrecht verstört!«

Kluftinger ließ betroffen die Schultern hängen. Was hatte er denn schon getan? Nichts anderes als das, wozu ihn alle aufgefordert hatten: Sie wollten Theater, und das hatten sie bekommen. Dass es realistisch wirkte, sah er als Qualitätsmerkmal an. Und nun wurde er dafür verurteilt. Das würde er so nicht auf sich sitzen lassen. »Ich …«

»Du, du, immer nur du!«, ließ ihn seine Frau erst gar nicht zu Wort kommen. »Hat nichts anderes im Kopf als immer nur sich selbst, der Herr! Wie es den anderen dabei geht, ist ihm ja völlig wurscht.«

»Ich geh dann mal«, murmelte Kluftinger und erhob sich mit einem kaum verständlichen »Entschuldigung« von seinem Stuhl. Diesen hysterischen Ausbruch wollte er sowieso nicht länger mit ansehen. Wie ein geprügelter Hund schlich er zur Tür und zog sie von außen zu.

»Na, geht's wieder?« Es kostete Kluftinger einige Überwindung, die Frage ohne ironischen Unterton zu stellen, als Langhammer das Verhörzimmer betrat. Aber er wusste andererseits auch um die Probleme, die er sich einhandeln würde, wenn er zu wenig Anteilnahme erkennen ließe. Mit ernstem Gesicht antwortete der Doktor: »Es geht ihr den Umständen entsprechend gut.«

Den Umständen entsprechend! Kluftinger hätte am liebsten laut losgelacht. Herrgott, die taten alle, als hätte er Annegret mittels

Folter ein Geständnis abgepresst. Dennoch hielt er sich zurück und heuchelte Verständnis: »Das ist halt eine extrem belastende Situation für unsere Frauen. Die haben mit so was ja normal nix zu tun.«

»Das stimmt. Dementsprechend sollten wir uns natürlich auch verhalten.« Der Tonfall des Doktors ließ keinen Zweifel daran aufkommen, an wen sich diese Rüge richtete.

Kluftinger beschloss, einfach das Thema zu wechseln: »Ich habe in der Zwischenzeit übrigens eine ganze Menge geschafft«, sagte er und setzte gedanklich hinzu: Nachdem mich niemand mehr mit irgendwelchen Detektivspielchen aufgehalten hat.

»Ach ja?«

»Ja, ich habe fünf der Angestellten verhört.«

»Und?«

»Und was?«

»Na: War's einer von ihnen? Kann man das schon sagen?«

»Geht ja nicht.«

»Wieso geht es nicht?«

»Weil's schon so viele andere waren.« Kluftinger grinste, doch der Doktor fand es offenbar nicht komisch. Aber Langhammer stellte sich das wirklich sehr einfach vor: In seinen Augen musste man nur die richtige Frage stellen, etwa: »Haben Sie den Mann ermordet?«, und der Täter brach weinend zusammen und gestand.

»Ich weiß es nicht.«

»Hm.«

»Wie: hm?«

»Nichts, nichts. Aber vielleicht schildern Sie mir kurz die Verhöre, möglicherweise haben Sie ja etwas übersehen, das uns weiterhelfen kann.«

Kluftinger spürte geradezu, wie sein Körper Adrenalin in rauen Mengen ausstieß. Doch er dachte an die weinende Annegret, an Erikas tadelnden Blick und an den Doktor, der jedes weitere zwischenmenschliche Fehlverhalten brühwarm den beiden Frauen petzen würde. Und vielleicht war es ja gar nicht schlecht, die Vernehmungen von eben noch einmal Revue passieren zu lassen.

»Na gut«, begann er zähneknirschend zu erzählen, während sich

Langhammer wieder an das Tischchen mit seinen Utensilien setzte und die Beine darauf legte. »Da war erst mal das Zimmermädchen, das uns auf die verschlossene Tür hingewiesen hat.«

»Hm … hm.«

»Bitte?«

»Nein, nein, fahren Sie fort. Ich hab nur laut gedacht.«

Die Situation war grotesk: Der Doktor hatte inzwischen seine Brille abgenommen, was seinem Gesicht einen dümmlichen Ausdruck verlieh, und massierte mit den Fingerspitzen seine Schläfen. Mit geschlossenen Augen lauschte er dem Kommissar.

»Jedenfalls hat das Zimmermädchen mir auch nix anderes erzählen können, als ich eh schon gewusst habe. Beim Begrüßungscocktail hat sie ihm sein Kostüm reingelegt, da war wohl noch alles in Ordnung. Frau König hat sie dann gebeten, nach Weiß zu schauen, als der nicht gekommen ist. Das wussten wir ja schon. Der hat aber nicht aufgemacht. Auf dem Rückweg hat sie dann noch die Vase verräumt.«

»Sie immer mit Ihrer Vase.«

»Immerhin ist sie kaputt, aber niemand will es gewesen sein.«

»Wahrscheinlich ist sie teuer.«

»Na und?«

»Würden Sie, wenn Sie eine teure Vase zerdeppern, das freiwillig zugeben?«

Die Überlegung erschien Kluftinger durchaus plausibel. »Na ja, wie auch immer: Das Zimmermädchen hat mir nicht wirklich weiterhelfen können.« Kluftinger kramte den Bedienungsblock heraus, den er für seine Notizen zweckentfremdet hatte.

»Weiter bitte.«

Wieder ein Stoß Adrenalin! *Tief durchatmen …* »Als Nächstes habe ich mir die Kellner vorgenommen. Herrn … Moment …« Kluftinger blätterte in seinem Block. »Herrn Kreisler und Herrn Herbert.«

»Und die andere?«

»Welche andere? Es gibt nur die zwei Kellner.«

»Nein, ich meine den Namen der anderen.«

Verdutzt blickte Kluftinger den Doktor an. »Müller. Das Mädchen.«

Langhammer nickte zufrieden. *Wenn er jetzt nicht bald die Augen aufmacht, tackere ich ihm seine Lider an die Stirn*, dachte der Kommissar wütend.

»Die Kellner haben jedenfalls nichts mitgekriegt von der ganzen Sache. Sie waren in der Küche und im Speisesaal, um das Essen vorzubereiten, genauso wie die anderen Leute vom Servicepersonal. Das hat auch der Koch bestätigt, der …«

»… der Herr?«

Kluftinger spannte die Kiefermuskeln an. »Der Herr Steiger. Der war natürlich auch in der Küche. Allerdings, das muss man einschränkend sagen: Keiner von ihnen war die ganze Zeit über in Gesellschaft. Mal ging der eine in den Keller, um was zu holen, mal musste der andere irgendwas vorbereiten. Da hätte theoretisch jeder mal kurz wegkönnen. Aber andererseits haben wir ja schon Leute mit handfesten Motiven vernommen.« Noch einmal blätterte Kluftinger in seinem Block. »Dann wären da noch die Waschfrau, eine Frau Gärtner, und …«

»Ha! Da haben wir's«, entfuhr es Langhammer, und Kluftinger zuckte erschrocken zusammen.

»Was denn?«

»Na, es heißt doch: Der Mörder ist immer der Gärtner. Oder in diesem Fall eben *die* Gärtner!« Dann brach der Doktor in schallendes Gelächter aus.

»Also, wie gesagt, ist da noch die wegen ihres Namens dringend tatverdächtige Frau Gärtner, die angeblich während der ganzen Chose geschlafen hat. Ein wenig seltsam um die Uhrzeit, finden Sie nicht?«

»Ja, meinen Sie … könnte sie …?«

Kluftinger winkte ab. »Unwahrscheinlich. Aber nicht ausgeschlossen.«

»Weiter?«

»Nichts weiter. Ich finde, das ist eine ganze Menge für das bisschen Zeit, die ich hatte. So schnell war ich vorher nicht.«

»Was ist nun eigentlich mit dem Handy des Toten?«, wollte Langhammer wissen.

»Was soll damit sein?«

»Weil wir doch noch immer nicht wissen, wer es an sich genommen hat. Meinen Sie nicht, dass es ziemlich wichtig wäre, das zu erfahren? Wahrscheinlich war das ja der Mörder, oder?«

»Möglich.« Kluftinger dachte nach. »Ich lass mir was einfallen.«

»Und wie fahren wir fort?«

»Ich würde sagen, wir nehmen den nächsten vom Personal dran.«

»Ja, sicher. Aber wen denn?«

»Wie wär's mit dem Masseur?«

»Sehr gut, sehr gut. Dem Masseur ist nichts zu schwör«, flötete Langhammer, worauf Kluftinger schmerzlich sein Gesicht verzog.

Seit sie den Leichnam gemeinsam weggeschafft hatten, hatten sie den Masseur nicht mehr gesehen. Arndt Vogel wirkte fahrig und nervös. Nachdem Langhammer mit ihm fertig war, begann Kluftinger ihn über sein Arbeitsverhältnis zu befragen. Er erfuhr, dass Vogel ganz neu nach der Renovierung in den Laden gekommen war. »Die König zahlt nicht besonders gut, aber immer noch besser als die anderen«, bemerkte er.

Wie die anderen Angestellten verneinte auch er die Frage, ob er den Toten gekannt habe. Das Gespräch plätscherte dahin, bis Langhammer hinter dem Rücken des Masseurs begann, dem Kommissar seltsame Zeichen zu geben. Erst formte er die Lippen überdeutlich zu einem Wort, jedoch ohne dabei einen Laut von sich zu geben. Irritiert blickte Kluftinger immer wieder auf und konnte den Ausführungen des Masseurs nur noch mit Mühe folgen. Darauf machte der Doktor eine Faust, hielt sie sich an die Wange, Daumen und kleinen Finger abgespreizt.

Einmal drehte sich auch Vogel um, der offenbar bemerkt hatte, dass die Aufmerksamkeit seines Gegenübers nicht mehr ungeteilt ihm galt. Sofort stoppte Langhammer seine pantomimische Einlage und kramte geschäftig in seinen Unterlagen herum. Kaum hatte sich der Masseur aber wieder dem Kommissar zugewandt, fuhr er mit seinen Gebärden fort. Erst als der Doktor ein Blatt mit der Aufschrift »Handy« hochhielt, wusste Kluftinger, was er meinte.

Natürlich würde er noch auf das Handy zu sprechen kommen. Wann, das würde er schon selbst entscheiden.

»Wir haben das Handy gefunden«, warf Langhammer plötzlich ein.

Augenblicklich begann Kluftingers Gesicht rot zu leuchten. Die feinen Äderchen auf Nase und Wange traten deutlich hervor. Er hatte sich eine Strategie zurechtgelegt, und nun fuhr ihm der Doktor dermaßen in die Parade. Um Schlimmeres zu verhindern, erklärte Kluftinger dem verdutzt dreinblickenden Vogel: »Allerdings. Und es waren Ihre Fingerabdrücke darauf. Können Sie uns das erklären?«

»Das kann nicht sein«, kam es wie aus der Pistole geschossen zurück. Etwas zu schnell, fand der Kommissar. Ein Seitenblick auf den Doktor zeigte ihm, dass der nicht verstand, was gerade vor sich ging.

»Wie meinen Sie: Das kann nicht sein?«, legte der Kommissar sofort nach. »Es ist aber so.«

Jetzt ließ sich Vogel mit seiner Antwort etwas mehr Zeit. Wie im Schulbuch mehrten sich die Anzeichen, dass Kluftinger hier auf etwas gestoßen war: Vogel knetete seine Hände, leckte immer wieder über seine Lippen und fuhr sich durch die Haare. Dann bildeten sich sogar klitzekleine Schweißtröpfchen auf seiner Oberlippe.

»Das … also, das kann nicht sein, weil …« Arndt Vogel schien angestrengt nachzudenken und noch angestrengter bemüht, das nicht so aussehen zu lassen. »Weil durch den Schnee doch alles verwischt wurde. Da kann gar nichts mehr dran gewesen sein.«

Kluftinger grinste. Treffer. Langhammer dagegen machte ein Gesicht, als sei ihnen gerade ein dicker Fisch wieder von der Angel gegangen.

»Woher wissen Sie denn, dass es im Schnee gelegen hat?«

Vogel bekam große Augen. »Das … na, das haben Sie doch gesagt.«

Ein echter Klassiker, dachte der Kommissar. »Nein, das habe ich nicht«, sagte er ruhig.

»Dann war's vielleicht … jemand anderes.«

»Niemand weiß bislang davon.« Kluftinger lehnte sich vor, stützte seine Unterarme auf den Tisch und sagte in kumpelhaftem Ton: »Warum haben Sie's genommen? Kommen Sie schon, besser, Sie sagen es.«

Jetzt hatte auch Langhammer begriffen, und er beugte sich ebenfalls vor.

»Ich hab's nicht gestohlen!«

»Sondern?«

»Er hat's bei mir liegen lassen. Nach der Massage.«

»Er war doch gar nicht bei Ihnen.«

»Doch.«

Kluftinger kniff die Augen leicht zusammen. Er musterte den Mann genau. Dann sagte er: »Sollen wir im Terminbuch nachsehen?«

Vogel sackte regelrecht in sich zusammen. Mit hängenden Schultern, den Kopf gebeugt, flüsterte er: »Also gut, ja, ich hab's genommen. Aber erst, *nachdem* er tot war. Als wir ihn getragen haben, ich hab's gesehen. In seiner Hosentasche. Da hab ich …« Er verstummte.

Kluftinger lehnte sich zurück. Also doch.

Eine Weile betrachtete Kluftinger den Mann vor sich, der den Blick auf den Boden gerichtet hatte. Hatten sie den Mörder tatsächlich gefunden? Er überlegte sich seine nächste Frage genau: »War irgendwas Bestimmtes auf dem Handy?«

Langsam hob Vogel den Kopf. »Wie … irgendwas?«

»Na, wollten Sie irgendwas löschen? Eine SMS, einen Anruf, ein Bild oder …« Der Kommissar überlegte kurz, was er eigentlich sagen wollte, dann fuhr er fort: »…was eben sonst noch auf diesen Dingern gespeichert wird.« Der Doktor hatte ihm bereits gesagt, dass sich nichts auf dem Handy befand. Keine Nachrichten, keine Anrufliste, nicht einmal ein Kontaktverzeichnis. Jedenfalls nicht mehr.

Noch immer schien Vogel nicht zu verstehen. Doch dann verfinsterte sich seine Miene. Panisch riss er den Kopf herum und starrte zu Langhammer, dann wieder zu Kluftinger. »Sie glauben jetzt aber nicht wirklich … nur weil ich das Handy genommen hab, dass ich …«

»Wer klaut denn sonst schon das Handy eines Toten!«

»Nein, um Gottes willen, nein. Das müssen Sie mir einfach glauben. Ich wollte doch nur das Handy, ich meine, nachdem er es doch … nicht mehr … nicht mehr gebraucht hat.« Vogel biss sich auf die Unterlippe. Ihm schien selbst klar zu werden, wie dieser Satz geklungen hat. Doch die Angst überwog offenbar jegliche Skrupel, und schnell fuhr er fort: »Aber das war wirklich erst nachher. Wirklich, bitte, bitte, glauben Sie mir das doch.«

Der Kommissar sah Tränen in den Augen des Masseurs. Und weil er generell ein Problem mit weinenden Menschen hatte, vor allem mit weinenden Männern, beendete er rasch das Gespräch. »Nun, wir werden noch sehen, wie sich alles zugetragen hat«, schloss er, als er Vogel zur Tür geleitete.

Dann setzte er sich und wandte sich Langhammer zu. Doch der sagte nichts. »Was ist denn jetzt los?«, fragte er.

»Was soll denn los sein?«, wunderte sich Langhammer.

»Na, Sie haben mir noch gar nicht gesagt, warum er der Mörder ist.«

Langhammer hielt seinem amüsierten Blick stand. »Ich glaube ja auch gar nicht, dass er es ist.«

Jetzt war Kluftinger ehrlich erstaunt. »Sie glauben nicht, dass er es ist?«

»Nein, Vogel war's nicht«, legte der Doktor sich fest.

»Na, dann werde *ich* Ihnen jetzt mal erzählen, warum er es doch ohne Weiteres gewesen sein könnte.«

Nachdem Kluftinger mit wild zusammenfabulierten Gründen ein flammendes Plädoyer für die Täterschaft des Masseurs gehalten hatte, war es einige Minuten still. Der Doktor kramte in seinen Unterlagen herum und machte sich irgendwelche Notizen, von denen Kluftinger sicher war, dass sie nicht einmal im Ansatz Sinn ergaben. Er selbst nutzte die Ruhe, um nachzudenken. Als er seine Gedanken geordnet hatte, bat er den Doktor, Georg Eckstein, den grauhaarigen älteren Herrn, zum Gespräch zu bitten, was Langhammer mit einem überlegenen Lächeln quittierte.

»Das ist nicht mehr nötig, mein Lieber, ich habe ihn bereits einvernommen.«

»Wie, einvernommen?« Entgeistert blickte Kluftinger sein Gegenüber an.

»Na, verhört eben. Ich war auch nicht ganz faul, während Sie sich des Personals angenommen haben.«

»Sie haben allein jemanden verhört?«

»Gut, was?«

Kluftinger war fassungslos. »Nein, nicht gut! Ganz und gar nicht gut«, fuhr er den Doktor an. »Ich geh auch nicht in Ihr Wartezimmer und hör die Leute ab oder geb ihnen Spritzen, nur weil ich einen Spielzeugarztkoffer hab.«

»Ach, haben Sie?«

»Schmarrn. Sie wissen genau, was ich meine!«

Kluftinger entging nicht, dass Langhammer genervt die Augen verdrehte. Er hatte sich aber so weit im Griff, dass er keine körperliche Gewalt würde anwenden müssen. Jedenfalls nicht sofort.

»Ich habe da aber eine Überraschung für Sie.« Der Arzt grinste ihn triumphierend an.

»Bitte nicht«, sagte Kluftinger flehend.

»Auch wenn es Ihnen nicht passen wird, ich habe das Verhör auf Video dokumentiert.«

»Video? Haben Sie eine Kamera dabei?«

»Nein, nur mein Handy. Aber für diese Zwecke reicht das längst. Wollen Sie es jetzt sehen?« Langhammer klang wie ein ungeduldiger Junge, der seinem Vater die neue Spielzeugeisenbahn präsentieren will.

»Von mir aus, zeigen Sie her!« Mit zusammengebissenen Zähnen stellte der Kommissar sich neben Langhammer – der ihm wegen des kleinen Displays deutlich näher kam, als ihm lieb war.

Der Doktor drückte auf ein paar Tasten herum und schließlich begann mit schepperndem Ton und ruckelndem Bild der selbst gedrehte Film.

»Verhör des Georg Eckstein durch Dr. med. Martin Langhammer am 31. Dezember«, quäkte es aus dem winzigen Lautsprecher. Der Kommissar konnte es kaum glauben: Der Doktor hatte sich dabei selbst frontal gefilmt! Auch bei jeder folgenden Frage drehte sich das Bild, und ein riesiger sprechender Langhammer wurde sichtbar.

»Wo waren Sie am 30. Dezember um 18 Uhr?«

»Wann war denn das?«

»Aha, Sie wissen das also nicht mehr! Sehr interessant. Nun, ich will Ihrem Gedächtnis auf die Sprünge helfen: Es war gestern.«

»Herr Lang …«

»Doktor Langhammer, bitte.«

»Herr Langhammer, was glauben Sie denn, wo ich war, hm?«

»Ich möchte nicht glauben, sondern wissen. Und ich möchte es aus Ihrem Munde hören. Also?«

»Hier, kruzinesn!«

Langhammer unterbrach die Wiedergabe und merkte an: »Sehen Sie, wie der Mann gleich hochgeht? Sehr verdächtig, nicht?«

Noch bevor Kluftinger beteuern konnte, dass er selbst Langhammer in dieser Situation wohl schon verhauen hätte, ließ der das Filmchen weiterlaufen.

»Nicht aggressiv werden, ja? Sonst ziehen wir gleich andere Saiten auf! Wo genau?«

»Auf meinem Zimmer vielleicht?«

»Ach ja. Haben Sie dafür Zeugen?«

»Nein.«

»Warum?«

»Was, warum?«

»Warum haben Sie keine Zeugen dafür?«

»Weil ich allein war.«

»Aha. Das ist nicht gerade das, was man ein wasserdichtes Alibi nennt, nicht wahr? Finden Sie es nicht komisch, dass niemand das bezeugen kann?«

»Eigentlich nicht. Weil ich ein Einzelzimmer habe. Herrschaftszeiten, natürlich war ich allein dort. Geht das jetzt in Ihren Schädel?«

Wieder eine Unterbrechung durch den Arzt mit der Anmerkung, der Verdächtige habe sich hier eindeutig in die Ecke gedrängt gefühlt, daher sein aggressives Verhalten. Kluftinger wusste nichts zu dieser Einschätzung zu sagen und sah betreten weiter zu.

»Ein wenig komisch, wenn ich das einmal anmerken darf. Sie haben ein Einzelzimmer?«

»Schon.«

»Ich stelle fest, Herr Eckstein, dass Sie also die Möglichkeit hatten, unbemerkt aus Ihrem Zimmer zu schleichen und in den Nachbarraum zu gehen, um den Mann, der sich dort aufhielt, kaltblütig zu ermorden?«

»Den jungen Herrn Witt?«

Langhammer machte eine weitere Anmerkung: »Hier dachte ich, er redet wirr und will womöglich auf verminderte Schuldfähigkeit machen. Aber dann hat sich alles aufgeklärt, sehen Sie selbst!«

»Warum denn Herrn Witt?«

»Weil der neben mir wohnt.«

»Seit wann?«

»Seit wir hier sind. Mit seiner Mutter.«

»Frederike Zougtran?«

»Ja, Himmelarsch, was weiß ich denn, wie die heißt?«

»Vorsichtig, ja? Keine Beleidigungen.«

Mit jeder Frage des Arztes wurde Ecksteins Stimme lauter und Kluftingers Augen größer. Ganz offensichtlich bezog der Allgemeinarzt seine Verhörtaktik aus zweitklassigen Krimiserien. Eckstein musste Auskunft geben über seinen Gesundheitszustand, seinen Wohnort, seine Familie, wobei es sich da nur um eine Schwester und zwei Neffen handelte. Als Langhammer ihn nach Vorstrafen befragte, schrie er regelrecht: *»Das ist ja das reinste Kasperletheater, was Sie hier veranstalten! Sagen Sie, haben Sie überhaupt die …«*

Hektisch drückte Langhammer plötzlich auf seinem Handy herum, und der Ton verstummte.

»Hier kann ich ein wenig spulen, das ist jetzt nicht so wichtig, einen Moment bitte«, erklärte er mit einem verlegenen Lächeln. »Ich denke, er war es ohnehin nicht.«

»Nix da, ich will das schon sehen«, insistierte der Kommissar.

»Aber es ist wirklich nicht…«

»Sehen lassen«, befahl Kluftinger, und schmollend drückte Langhammer auf Wiedergabe.

»… Berechtigung, mich hier zu verhören? Wer sind Sie denn?«

»Wie gesagt, mein Name ist Doktor Martin Langhammer. Ich wurde

von Herrn Oberhauptkommissar Kluftinger zum Ermittler ernannt. Das ist quasi ein hoheitlicher Akt. Insofern stehen Sie einer Amtsperson gegenüber.«

»Hören Sie, ich bin ein guter Freund von Herrn Lodenbacher. Der wird sich sicher sehr für das interessieren, was Sie hier tun. Sie und sein Kommissar. Das ist doch impertinent!«

Kluftinger wurde flau im Magen.

»Bodenlos, Herr Eckstein, ist, wie uneinsichtig und brüsk Sie sich gebärden. Ich kenne keinen Herrn Lodenmacher. Und jetzt rate ich Ihnen zu kooperieren, Sie sind hier nichts als ein Verdächtiger. Herr Kluftinger hat mich angewiesen, Sie schonungslos zu verhören.«

Kluftinger sah Langhammer mit weit aufgerissenen Augen an. Der versuchte sich sogleich zu rechtfertigen: »Nur eine kleine Notlüge. Aber im Grunde war es ja in Ihrem Sinne. Und machen Sie sich keine Sorgen. Hunde, die bellen, beißen nicht. Sehen Sie, jetzt fängt er wieder mit diesem Lodenmacher an!«

»Lodenbacher. Wissen Sie überhaupt, wer das ist?«

Der Doktor schüttelte den Kopf und drückte wieder auf sein Telefon.

»Richten Sie Ihrem Kluftinger aus, dass Herr Lodenbacher ihm mindestens ein Disziplinarverfahren dafür aufbrummen wird!«

»Lächerlich, oder?«, sagte Langhammer jovial. »Ihnen hat doch kaum jemand zu befehlen, nicht wahr?«

»Kaum«, zischte Kluftinger, »höchstens der Polizeipräsident vielleicht. Polizeipräsident Lodenbacher, um genau zu sein.«

Langhammers betroffenes »Oh« war so entwaffnend, dass der Kommissar nur noch die Zähne zusammenbiss und resigniert die Schultern hängen ließ. »Haben Sie ihn wenigstens gefragt, ob er das Opfer kannte?«, fragte er erstaunlich ruhig.

»Eckstein?«

»Eckstein.«

»Nein.«

Der Kommissar wurde wieder lauter: »Was jetzt: Haben Sie ihn nicht gefragt, oder hat er ihn nicht gekannt, zefix?« Langhammer schaffte es immer wieder nach kürzester Zeit, alles verfügbare Adrenalin in Kluftingers Körper freizusetzen.

»Ich habe ihn nicht gefragt. Ist schließlich auch nicht so wichtig, wie gesagt, meiner Einschätzung nach ist er nicht der Täter.«

»Wie gesagt: Meiner Einschätzung nach sollten Sie die Schlüsse mir überlassen«, sagte der Kommissar und ging ohne weiteren Kommentar zur Tür. Er musste jetzt einfach raus hier. Und er musste kurz selbst mit Eckstein reden. Nicht so sehr, um die wirklich wichtigen Fragen zu klären, sondern vor allem, um die Wogen zu glätten und um die Lage zu sondieren. Auf Ärger mit Lodenbacher hatte er wirklich keine Lust.

An der Rezeption erfuhr der Kommissar, dass Eckstein nach seinem Verhör auf sein Zimmer gegangen sei und ausdrücklich darum gebeten habe, nicht gestört zu werden. Kluftinger beschloss, sein Vorhaben aufzuschieben, um den Mann nicht noch mehr aufzubringen, und ging zurück zum Vernehmungsraum.

Als er zehn Minuten später dem Schauspielerehepaar Constanze und Frank Rieger gegenübersaß, hatte er mit Langhammer noch immer kein Wort gesprochen. Er hatte einfach genug von ihm. Schnell wollte er das letzte Gespräch hinter sich bringen, um der Nähe zum Doktor fürs Erste entgehen zu können. Deshalb hatte er auch entschieden, dass die Fingerabdruckzeremonie erst nach dem Gespräch stattzufinden habe.

Bislang hatte er kaum mehr erfahren als bei seinem ersten Gespräch mit den Riegers. Das war vor der Tat gewesen, als alles noch auf ein unbeschwertes Wochenende hingedeutet hatte. Kluftinger erinnerte sich, dass die Schauspieler gestern von ihren vielversprechenden Karrieren erzählt hatten, die schließlich von einem Schicksalsschlag zunichte gemacht worden waren. Näher hatten sie sich dazu nicht geäußert. Auf Kluftingers Nachfrage sahen sich die beiden Mittfünfziger zunächst eine Weile an. Während sie den Kopf senkte, begann er schließlich zu erzählen.

Der Tod des gemeinsamen Sohnes habe sie völlig aus der Bahn geworfen. Das Kind sei damals zwölf Jahre alt gewesen. Für Monate hätten sie sich vergraben, nicht mehr gearbeitet, bis schließlich das Geld ausgegangen sei. »Wir hatten nur eine Wahl: unserem Kleinen in den Tod zu folgen oder das Ruder herumzureißen und unser Leben wieder in die Hand zu nehmen. Wir haben uns für die zweite

Alternative entschieden. Auch wenn es uns schwerfiel und noch immer schwerfällt: Wir mussten das schreckliche Ereignis verdrängen. Das Leben musste weitergehen.« Rieger sagte das alles ruhig, aber bitter.

Seine Frau seufzte dabei immer wieder auf. Kluftinger beschloss, es dabei bewenden zu lassen. Sollte er aus irgendwelchen Gründen noch einmal auf dieses Thema zurückkommen müssen, würde er nur mit Herrn Rieger darüber sprechen, der gefasster schien.

Wieder stellte Kluftinger am Ende der Vernehmung die zwei Fragen, die er allen anderen auch gestellt hatte: Auch die Riegers hatten keine Ahnung, wie die Vase zu Bruch gegangen sein könnte. Und Carlo Weiß kannten sie nur vom Hörensagen. »Aus der Zeitung«, gab Frau Rieger an. »Persönlich sind wir uns nie begegnet.«

»Gut, das wär's erst mal«, sagte Kluftinger, als sie sich erhoben. Er war froh, dass er den Vernehmungsmarathon hinter sich gebracht hatte.

Als er sich von Frank Rieger verabschiedete, bemerkte der: »Ach, Herr Kluftinger, was ich Ihnen noch sagen wollte: Sie haben großes Talent.«

Der Kommissar runzelte die Stirn.

»Als Schauspieler. Sie waren ein toller Poirot, wirklich. Ganz große Klasse. Wenn ich könnte, ich würde Sie glatt engagieren für unsere Performance. An Ihnen ist wirklich ein Schauspieler verloren gegangen.«

Kluftinger winkte ab.

»Nein, lassen Sie sich ein wenig Lob ruhig gefallen! Sie haben nicht gespielt, Sie *waren* Poirot.«

Langhammer war ebenfalls aufgestanden und hörte mit großen Augen zu. »Sagen Sie«, mischte er sich ein, »finden Sie, ich hätte meinen Watson noch ein wenig britischer anlegen sollen?«

Rieger stutzte. »Ach«, sagte er schließlich trocken, »ich denke, das hätte auch nicht viel gebracht.«

Mit offenem Mund stand Langhammer da. Kluftinger legte dem Schauspieler unwillkürlich die Hand auf die Schulter. Der Mann wurde ihm immer sympathischer.

In der Halle kam Kluftinger Ferdinand Sacher schnellen Schrittes entgegen.

»Ich weiß nicht, ob es wichtig ist«, sagte er ein wenig außer Atem, »aber das Internet funktioniert im Moment wieder. Wenn Sie etwas brauchen …«

Kluftinger überlegte kurz. Zwar war er kein Freund der modernen Kommunikation, aber mittlerweile gestand er sich durchaus ein, dass beispielsweise das Schicken von E-Mails Vorteile gegenüber der herkömmlichen Briefpost hatte. Auch wenn er Internetrecherchen lieber seinen Mitarbeitern überließ: Praktisch war das Ganze schon. Und er beherrschte das Medium nach einigen peinlichen Fehlversuchen mittlerweile leidlich.

Der Kommissar bat den Portier, ihm den Computer zu zeigen. Er würde eine Nachricht an den Diensthabenden seiner Abteilung schreiben und ihn mit der Klärung einiger Fragen beauftragen. Er hatte den Dienstplan nicht im Kopf und war gespannt, wer sich melden würde. Hoffentlich Strobl, dachte er. Mit ihm arbeitete Kluftinger am engsten zusammen, auf ihn konnte er sich blind verlassen. Ganz im Gegensatz etwa zu seinem übereifrigen Kollegen Maier. Hier würde der Kommissar besonnene Unterstützung brauchen. Auch Hefele wäre ihm eigentlich nicht unrecht gewesen, auch wenn Kluftinger zu ihm keinen ganz so guten Draht wie zu Strobl hatte.

»Noch einen Kaffee?«, fragte die Hotelchefin vom Tresen der Rezeption aus, als er und der Portier die Halle in Richtung des antiken Holztischchens in der hinteren Ecke der Hotelhalle durchmaßen. Darauf stand das Terminal nebst Drucker.

»Da sag ich mal nicht nein!«, antwortete Kluftinger. Julia König gab Sacher ein Zeichen, sich darum zu kümmern, ging um den Tresen herum und führte Kluftinger weiter zum Computer.

»Ich dachte mir, dass es Ihnen helfen würde, wenn Sie Zugang zum Netz haben«, erklärte die König.

Kluftinger nahm an dem kleinen Tisch Platz und drückte auf die Tastatur. Auf dem Bildschirm erschien eine Maske, die dazu aufforderte, ein Passwort einzugeben. Fragend sah Kluftinger zur Wirtin auf, die noch hinter ihm stand.

»Au weh, mal sehen, ob es dasselbe ist wie … Moment«, sagte sie, beugte sich hinunter, tippte eine Tastenfolge ein, was den Zugang allerdings nicht freigab. »Access denied« stand stattdessen auf dem Schirm. Kluftinger freute sich, dass er nicht der Einzige war, der Probleme mit den Kästen hatte. Und Frau König war noch dazu viel jünger als er.

Sie lächelte. »Mist. Ich bin zu selten an diesem Rechner, um mir das Passwort zu merken. Ich bin sowieso ganz schlecht darin. Ich nehm immer mein Geburtsdatum, das vergess ich wenigstens nicht!«

»Ja, aber Vorsicht«, mahnte der Kommissar, »das kann gefährlich sein. Da kommt man zu leicht drauf.«

»Ich weiß, ich weiß. Aber ich bin da ziemlich unbedarft.«

»Ich hätte einen Tipp«, sagte Kluftinger leise und drehte sich kurz um, wie um sicherzugehen, dass sie niemand belauschen konnte. »Ich nehm immer ein Wort und lass die Vokale raus.«

Fragend sah ihn die König an.

»Vokale, Selbstlaute. Erst habe ich versucht, es mit ›Erika‹ zu machen, aber da bleibt nur ›rk‹ übrig, und das ist zu kurz. Aber ansonsten eine wirklich sichere Methode, glauben Sie mir!« Kluftinger war nach wie vor mächtig stolz auf seinen Einfall, seinen Rechner im Büro mit dem Passwort »PLZ« für Polizei zu schützen. Um dies nicht zu vergessen, hatte er sich einen Zettel am Bildschirm befestigt, auf dem stand »KNNWRT:PLZ«.

Ferdinand Sacher beendete durch sein Eintreffen Kluftingers Diskurs über Computersicherheit. Er stellte eine große Tasse Kaffee auf den Tisch und entsperrte auf Geheiß seiner Chefin, die sich entschuldigte und wieder in ihr Büro zurückging, den Computer. Kluftinger fiel auf, dass er Sacher noch gar nicht befragt hatte, und beschloss, das gleich noch zu erledigen, auf diese Weise blieb er dabei auch vom Doktor unbehelligt.

»Sagen Sie mal, Herr Sacher, ist das jetzt eigentlich ein Künstlername, den Sie da haben? Sie wissen schon: Hotel Sacher … Portier?«

Das müde Lächeln des Mannes zeigte eindeutig, dass er diesen Witz schon zu oft gehört hatte. »Ich bin Concierge, streng genommen also kein Portier.«

Kluftinger nickte entschuldigend und wie zum Zeichen, dass er nun ein ernstes Gespräch führen würde. Auch wenn er keine Ahnung hatte, wo genau der Unterschied zwischen den beiden Tätigkeiten lag.

»Wie lange sind Sie schon hier?«

»Seit über zwanzig Jahren. Ich bin ja schon fast drei Jahrzehnte in Hotels unterwegs, habe nach meiner Lehre in Oberstdorf in einigen Häusern in Frankreich, der Schweiz und in Österreich gearbeitet – allerdings nicht im Sacher in Wien.« Er grinste. »Und dann hat es mich wieder in die Heimat gezogen.«

»Das heißt ja, Sie haben schon für die Vorgänger von Frau König und Herrn Anwander gearbeitet?«

»Richtig. Aber das war kein Vergleich zu dem, wie sich das Haus heute präsentiert. Es war ein Gewaltakt, klar, gerade auch finanziell, aber was Frau König mit der Renovierung geleistet hat, ist bemerkenswert.«

»Wie sind die beiden denn so als Arbeitgeber?«

»Meine Arbeitgeberin ist Julia König. Ihr Mann hat auch gar nicht den Anspruch, hier als Chef aufzutreten, das haben Sie ja vielleicht bereits bemerkt. Er hat zu viel hinter sich. Wenn Sie mich fragen: Der ist ausgebrannt. Aber an dem Umstand, dass seine Frau ihm bedingungslos die Stange hält, sehen Sie, was für ein wundervoller Mensch sie ist.« Sacher geriet regelrecht ins Schwärmen, als er über seine Chefin sprach.

»Haben Sie Familie?«

»Nein. In unserer Branche bleibt man oft allein. Es fehlt einfach an Gelegenheiten, Partner außerhalb der Arbeit kennenzulernen. Wir haben keine allzu sozialverträglichen Arbeitszeiten im Hotel. Und wenn unter den Kolleginnen niemand dabei ist…«

Kluftinger unterbrach ihn: »Wohnen Sie denn hier im Hotel?«

»Ja. Aber ich hab schon auch ein Zuhause. Ich stamme von einem Hof in der Nähe von Sonthofen, und da gibt es immer noch mein Zimmer. Dort verbringe ich auch meinen Urlaub, bin dort, wenn ich meine freien Tage nehme. Meine Mutter wohnt da noch und meine Schwester mit Familie. So kann man es schon aushalten.«

»Sagen Sie, kannten Sie Herrn Weiß?«, wollte Kluftinger wissen.

»Natürlich. Er war öfter hier, um sich den Baufortschritt anzuschauen und mit der Chefin Dinge zu besprechen. Das muss ein Mordskredit gewesen sein, den er dem Hotel bewilligt hat. Und das hat er auch raushängen lassen. Er ist während des Umbaus hier immer so rumgelaufen, als ob ihm die Hälfte gehören würde.«

»Somit hat es Sie nicht gerade gefreut, als Weiß hier auch zum Eröffnungswochenende erschienen ist, oder?«

Sacher fühlte sich dadurch ein wenig bedrängt, denn er relativierte sofort: »Nein, also das würde ich jetzt nicht sagen. Er ist ein Gast, den ich durchaus … wie alle Gäste … schätze … geschätzt habe.«

»Schon klar, Herr Sacher. Ich wollte Ihnen da auch nichts in die Schuhe schieben, keine Angst«, beruhigte ihn Kluftinger. Da auch Sacher nichts zur Vase sagen konnte, ließ der Kommissar ihn wieder an seine Arbeit zurückkehren und wandte sich selbst dem Computer zu.

Immerhin, das Mailprogramm hatte er bereits geöffnet. Er gab die Adresse der Kripobereitschaft in die dafür vorgesehene Zeile ein und sah nachdenklich zur Decke. Er trommelte mit den Fingern auf die hölzerne Tischplatte. Wie sollte er denn nur seine Mail beginnen? Er konnte ja niemanden direkt ansprechen, wollte aber auch nicht einfach ohne Anrede anfangen. Nach einer Weile tippte er mit seinen Zeigefingern die Wörter *»Liebes Büro«*. Das war sachlich und dennoch nicht allzu unpersönlich.

In seinem kurzen Text schilderte er den Kollegen in knappen Worten, was im Hotel seit dem Vorabend geschehen war, fragte nach, ob sich die Wetter- und Lawinenlage denn wirklich so dramatisch darstellte, ob jemand zur Verstärkung kommen könne, stellte eine Liste der Hotelgäste und -angestellten auf und bat die Kollegen, alles Wissenswerte über diese Leute herauszufinden.

»Ich hoffe, du kannst mir ein bissle helfen, egal, welcher Kollege du bist. Gruß …«

Wieder stockte Kluftinger. Wie sollte er die Mail beenden? Mit seinem Vornamen? Aber unter dem kannten ihn die wenigsten. Die meisten sagten einfach Kluftinger oder Klufti. Damit hatte er sich mittlerweile abgefunden. Aber selbst wollte er sich nicht Klufti nennen, er war ja keine sechzehn mehr. Nachdem er seine Initialen wieder gelöscht hatte, wurde er allmählich ungeduldig mit sich selbst. Immer wieder hielten ihn solche Kleinigkeiten auf, die doch eigentlich völlig unwichtig waren. Kurzerhand entschied er sich, das Wort »Chef« einzutippen, und schickte die Mail ab. Stolz über das problemlose Bedienen des Programms tastete er nach seiner Kaffeetasse, die Augen dabei auf den Balken geheftet, der über den Sendefortschritt Auskunft gab. Der hatte sich fast vollständig grün gefärbt, als seine tastende Hand an die Tasse stieß, diese umkippte und der restliche Kaffee sich in einem Schwall über das Tischlein ergoss.

»Himmelarschkreuzmalefizsakra!«, entfuhr es dem Kommissar. Hektisch blickte er sich um: Erika hätte ihm mit ihrem beruhigenden Vorrat an Papiertaschentüchern weiterhelfen können, aber sie war nicht da, ebenso wenig wie irgendwelche Servietten, Handtücher oder sonstige Hilfsmittel. Der Kommissar nahm die Tastatur in die Hand und sah verzweifelt zu, wie sich der kleine Kaffeesee immer weiter auf der Holzfläche ausbreitete. Das kleine Tischchen musste ein wenig schief stehen, anders war nicht zu erklären, dass das kleine Rinnsal sich am Drucker vorbei in den daneben liegenden Stapel Papier und weiter auf den Flachbildschirm und die dahinter liegenden Kabel zubewegte. Nun galt es, schnell zu handeln, um einen möglichen Kurzschluss zu vermeiden und nicht den einzigen Draht zur Außenwelt zu kappen.

Kluftinger schob seinen Stuhl zurück, um seine Hose aus der Gefahrenzone zu bringen, und fuhr mit der Handkante mehrmals durch die Flüssigkeit, sodass sie mit leisem Platschen auf dem Holzboden landete. Der war allerdings versiegelt, und so sammelte sich dort eine Pfütze. Fieberhaft überlegte der Kommissar. Nach einem prüfenden Rundumblick streifte er sich die Schuhe ab. Dann wischte er mit seinen Füßen, die in von Erika selbst gestrickten Wollsocken steckten, den verschütteten Kaffee auf, bis nur mehr ein feuchter Fleck auf dem Parkett auszumachen war. Schließlich wischte er sich noch seine rechte Hand am Schaft des Sockens ab und schlüpfte wieder in seine Haferlschuhe. Immerhin hatte der Kaffee angenehme Körpertemperatur – weder zu warm, noch zu kalt.

Mit hochrotem Kopf schaute er noch einmal auf den Schirm: Die E-Mail war mittlerweile versandt. Mit einem letzten prüfenden Blick auf und unter den Tisch erhob sich der Kommissar und stieß in diesem Moment mit Julia König zusammen. Er hatte sie gar nicht kommen hören.

Ein wenig erschrocken entschuldigte er sich für den Rempler.

»Kein Problem, Herr Kluftinger. Ich wollte Ihnen nur kurz sagen: Wenn ich mit Auskünften oder irgendetwas anderem behilflich sein kann, haben Sie keine Scheu, mich zu fragen. Ich werde versuchen, Sie nach Kräften zu unterstützen. Mir wird ganz anders, wenn ich an die negativen Schlagzeilen denke, die uns da blühen könnten, falls sich die Ermittlungen allzu lange hinziehen würden.«

»Danke für Ihr Angebot, Frau König. Ich kann gut nachvollziehen, dass Sie sich Sorgen um den Ruf Ihres Hauses machen. Andererseits heißt es oft, dass auch negative Schlagzeilen gute Werbung sein können, oder?«

Die König lachte bitter auf: »Aber sicher nicht, wenn es um Mord in einem Hotel geht. Ich glaube, das ist wirklich ein Sonderfall.«

»Das kann natürlich sein. Aber wie gesagt …«

Julia König, die sich noch nicht zufriedengeben wollte, unterbrach Kluftinger: »Haben Sie denn schon eine konkrete Spur?«

»Allzu konkret nicht, leider.«

»Sagen Sie mir Bescheid, wenn Sie etwas wissen?«

»Wenn ich gesicherte Erkenntnisse habe, natürlich.«

»Ich will nicht aufdringlich sein. Also wie gesagt: Wenn Sie etwas brauchen, dann melden Sie sich bitte!«

Kluftinger bedankte sich und schlug wenig motiviert den Weg zurück zum Vernehmungsraum ein.

Die Zeit ohne Langhammer hatte Kluftinger gutgetan. Und um dieses gute Gefühl noch eine Weile auszudehnen, beschloss er, sich an der Hotelbar noch einen Cappuccino im Stehen zu genehmigen. Schließlich hatte er das Getränk von eben nicht genießen können, und Kaffee an den Füßen war nun wirklich kein Ersatz. Er orderte beim Kellner und sah, dass Lars Witt auf einem Barhocker vor einem Glas Pils saß und ein Buch las.

»So«, versuchte Kluftinger auf sich aufmerksam zu machen, »Sie lesen?«

Der junge Mann sah auf und nickte. »Ja. Irgendwie muss man sich ja die Zeit vertreiben hier oben. Dieses verdammte Dreckswetter!«

Kluftinger konnte ihm nur zustimmen. Allmählich schlug auch ihm der nicht enden wollende Schneesturm aufs Gemüt.

»Ich halte das bald nicht mehr aus«, fuhr der Student fort, den Blick starr auf sein Glas gerichtet. »Wir hätten diese Reise nie antreten sollen. Das ist wirklich wie im Theater, nein, schlimmer, wie im Horrorfilm. Allein dieses Gefühl, hier oben zusammengepfercht zu sein. Gefangen zu sein, auch wenn die Türen nicht verschlossen sind. Wie in einem Panzerschrank!«

Kluftinger blickte auf.

»Was haben Sie gerade gesagt?«

»Wie in einem Panzerschrank«, wiederholte Witt.

»Wie in einem … natürlich! Vielen Dank, Sie haben mir wirklich weitergeholfen«, sagte Kluftinger, stand wortlos auf und ließ den erstaunten Witt und einen mürrisch dreinblickenden Kellner mit einem Cappuccino in der Hand zurück.

In Gedanken versunken machte sich Kluftinger auf den Weg ins Zimmer von Carlo Weiß. Hätte ihn jetzt jemand angesprochen, er hätte es wahrscheinlich kaum mitbekommen. Dort angekommen, zog er sofort die Schranktür auf. Er ging in die Knie und besah sich den geschlossenen Tresor. Dann fasste er den kleinen Griff – und zog ihn auf. Der Tresor war leer.

»Also doch«, sagte er zu sich selbst. Der Tresor war offen. Hatte immer offen gestanden, auch gestern, auch heute Morgen. Aber gerade eben, an der Bar, da war er sich auf einmal nicht mehr sicher gewesen. Ein wenig ärgerte er sich, dass er der Sache nicht mehr Beachtung geschenkt hatte. Ein offener Safe. Dabei hatte Weiß sich doch so lautstark an der Rezeption beschwert, dass er ihn nicht benutzen könne, weil er nicht funktioniere. Kluftinger ging zum Telefon, hob den Hörer ab und wählte die Nummer der Rezeption.

Er fragte Ferdinand Sacher, ob man den Tresor von Weiß noch repariert habe.

Nein, gab der Portier an, seines Wissens sei der kaputt und gehe nicht mehr auf.

Mit nachdenklichem Gesicht schloss Kluftinger die Schranktür und verließ das Zimmer. Bevor er in sein eigenes Zimmer zurückkehrte, suchte er noch die Toilette in der Lobby auf. Dort musste er keine Rücksicht auf eventuell entstehende Geräusche nehmen.

Das Geheimnis der verschlossenen Türen

»Und Sie wissen nicht, ob der Safe zu oder auf war, als wir gleich nach der Tat im Zimmer waren?« Kluftinger verlieh seiner Frage mit ernster Miene Nachdruck. Es war ein entscheidender Punkt, da durfte er nicht irren – auch wenn er sich sehr sicher war, dass er richtiglag.

Langhammer sah noch einmal die Fotos auf seinem Handy durch.

Erika und Annegret saßen im Zimmer der Kluftingers auf der Couchgarnitur und verfolgten gespannt das Gespräch ihrer Männer.

»Nein, leider kein Foto drauf, wo man was erkennen könnte«, seufzte Langhammer schließlich und legte das Mobiltelefon auf den Tisch, »aber ich würde sagen, dass der Safe geschlossen war.«

Priml, dachte der Kommissar. *Er würde sagen …*

»Was bedeutet das denn?«, wollte Annegret wissen. »Ich meine, was spielt das für eine Rolle, ob der Safe offen oder geschlossen war? Oder ist. Oder … ach herrje, das alles macht einen ganz wuschig im Kopf.« Sie schien Kluftinger die Sache von vorher nicht mehr übel zu nehmen.

Der Kommissar nickte verständnisvoll und begann zu erklären: »Der Safe hat nicht funktioniert, als Weiß sein Zimmer bezogen hat«, rekonstruierte er. »Weiß hat sich lautstark deswegen beschwert, das haben wir ja alle mitgekriegt.« Die Frauen nickten. »Der Safe ist außerdem noch nicht repariert worden. Als wir ihn jedoch gefunden haben, war der Tresor offen, aber man hat das nicht gesehen, weil die Tür sauber abschließt, auch wenn man das Schloss nicht dreht. Mir ist das nicht weiter aufgefallen, weil ich – zugegebenermaßen – voreilige Schlüsse gezogen habe. Das darf man nicht, das hat uns Holmes, also Rieger, in dem Stück gestern ja ganz deutlich gesagt. Ich bin nach Weiß' Beschwerde einfach ganz selbstverständlich davon ausgegangen, dass der Safe sich nicht schließen lässt. Doch es war genau umgekehrt. Das wirft zwei Fragen auf.«

Jetzt nickte auch der Doktor.

»Erstens«, fuhr Kluftinger fort, ohne auf ihn zu achten, »war er die ganze Zeit offen? Oder wurde er später geöffnet und dann wieder so drapiert, als sei er geschlossen? Und falls dem so war, was hat sich in dem Safe befunden?«

»Das sind aber gleich drei Fragen«, korrigierte ihn der Doktor.

Kluftinger schnaufte: »Nein, das gilt jetzt als eine. Außerdem: Wenn, dann wären es vier!« Herausfordernd blickte er zu Langhammer, doch der betrachtete höchst konzentriert seine Fingernägel.

»Eine zweite Frage gibt es aber auch noch. Wollen Sie die vielleicht den Damen vortragen, Herr Langhammer?«

Abrupt hob der Arzt den Kopf. Langhammer forderte ein solches Verhalten geradezu heraus, rechtfertigte Kluftinger sich in Gedanken.

»Nun ja«, begann Langhammer, »die Frage, also die, die es hier auch noch zu stellen gilt, ist …« Plötzlich hellte sich seine Miene auf: »Warum wurde der Safe nicht repariert?« Beifall heischend sah er in die Runde.

»Stimmt, das ist eine gute Frage«, pflichtete ihm Erika bei, was ihr einen verständnislosen Blick ihres Mannes eintrug.

»Nein, nein«, protestierte der, »das ist doch gerade nicht die Frage. Ich meine, es ging halt nicht früher, er ist vorher ermordet worden …«

»Also, wenn das Hotel so einen guten Service hat, wie es behauptet, dann hätte es doch schon längst …«, warf der Arzt ein, worauf Erika ihm beipflichtete: »Ja, da hat der Martin recht.«

Ungläubig sah Kluftinger zwischen dem Doktor und seiner Frau hin und her. Darum ging es doch gar nicht. »Das führt doch nicht weiter, das ist doch …«

»Hast du nicht vorher gesagt, dass uns alles weiterhelfen kann, wenn …«

»Ich geb's auf.« Kluftinger ließ sich resigniert in seinen Sessel zurückfallen.

»Was?«

»Na, alles. Ich muss darüber auch nicht diskutieren.«

»Jetzt lasst doch den Herrn Kluftinger mal sagen, was er denkt«, ergriff Annegret nun Partei für den Kommissar. Dankbar lächelte er ihr zu und fragte sich gleichzeitig, warum das immer so lief: Waren sie mit irgendwelchen Paaren zusammen, schlugen die Frauen sich immer auf die Seite des jeweils anderen Mannes. Kaum eine, die den Schulterschluss mit ihrem eigenen Gatten vorzog.

»Also?«, drängte Langhammer.

»Na gut: Was hätte Weiß gern in den Safe gelegt? Ich meine, er hat so einen Aufstand gemacht, weil er kaputt ist. Aber es ist doch bloß ein läppischer Safe. Und was wird er schon Wertvolles dabei gehabt haben? Es muss also etwas gewesen sein, von dem er nicht wollte, dass es irgendjemand sieht oder in die Hände bekommt.« Kluftinger hatte ohne Punkt und Komma geredet und musste zum Luftholen eine Pause machen. In die sagte Annegret: »Das klingt auf jeden Fall viel plausibler als das, was du eben gesagt hast …«

Erika hakte ein: »Also, wie ist das denn nun mit dem Safe? Was genau hat es zu bedeuten, dass er erst zu war und dann offen – oder umgekehrt?«

Betretenes Schweigen.

»Leider nicht viel mehr, als dass ihn jemand geöffnet hat, ehrlich gesagt«, gab Kluftinger nüchtern zu. »Wir können immerhin davon ausgehen, dass es nicht Weiß selbst war. Noch mehr: Dass es nach seinem Tod passiert ist.«

»Hm, vielleicht jemand von den Hotelangestellten?«, ließ Annegret sie an ihren Gedanken teilhaben.

»Vielleicht war es ja der Masseur«, setzte Langhammer die Spekulationen fort. »Ich meine: Möglicherweise hat er das Handy rausgeholt.«

»Ach was, wer schließt denn schon ein Handy in den Safe ein?«, winkte Annegret ab. Kluftinger lief rot an, sagte aber nicht, dass er genau das am Vortag getan hatte.

»Nein«, präzisierte der Kommissar, »ich mein, dass es wohl nach seinem Tod passiert ist, aber bevor wir ihn gefunden haben.«

»Sie meinen …« Langhammer blickte ihn fragend an, und Kluftinger nickte vielsagend.

Annegret stellte seufzend fest: »Dann hat sich das Rätsel nun auf zwei verschlossene Türen erweitert.«

Eine Weile hing jeder seinen Gedanken nach, dann sagte Kluftinger: »Wisst ihr was? Vielleicht hilft uns dieses zweite Rätsel aber auch dabei, das erste nicht mehr ganz so geheimnisvoll erscheinen zu lassen.«

Fragend blickten ihn die anderen an. Plötzlich bemerkte Erika: »Sagt mal, riecht es hier eigentlich nach Kaffee?«

Kluftinger, dem die feine Nase seiner Frau schon immer ein bisschen unheimlich gewesen war, schob verschämt seine Füße unter den Sessel, als ein Klopfen an der Tür sie erschrocken zusammenfahren ließ.

»Herr Kluftinger?«

Die Hotelchefin stand vor ihrem Zimmer. Kluftinger erhob sich und öffnete die Tür.

»Ja?«

»Ihr Kollege hat zurückgemailt. Ich dachte, das wollten Sie bestimmt gleich wissen.«

Kluftinger erhob sich. »Oh, vielen Dank, Frau König, ich komme schon.«

Er war froh, dass er das Zimmer verlassen konnte – und das nicht nur, weil er gespannt war, was die Kollegen aus Kempten für ihn herausfinden konnten.

»Na, sind Sie schon weitergekommen? Haben Ihnen Ihre Frau und die Langhammers helfen können?«, fragte die König, als sie zusammen die Treppe hinuntergingen.

»Nein. Eher im Gegenteil«, sagte Kluftinger kurz.

Die König stellte keine weiteren Fragen mehr, bis sie bei der kleinen Internetstation in der Halle ankamen. Kluftinger war froh darüber.

»Dankschön«, sagte er und setzte sich an den PC. Das E-Mail-Programm war bereits aufgerufen, und die oberste Mail zeigte als Absender die Adresse der Kripo Kempten. Kluftinger klickte darauf und schaute, bevor er zu lesen begann, auf die Grußformel unter der Nachricht. »Kreizhimmel …«, entfuhr es ihm.

»Stimmt etwas nicht?«, fragte die König und schaute hinter dem Rezeptionstresen hervor.

»Ach so, doch, doch, alles in Ordnung, ich hab … nur … gelesen.«

»Was Schlimmes?«

»Wie man's nimmt«, brummte der Kommissar und starrte dabei auf das Ende der Mail: »Gruß, R.«, stand dort. Kluftinger wusste, was das zu bedeuten hatte. Nur einer unterschrieb so seine Mitteilungen, und gerade den hatte er sich am allerwenigsten als Ansprechpartner gewünscht. Aber es war nicht zu ändern: Kluftingers einzige Verbindung zur Außenwelt war Richard Maier. Priml. Der Kommissar seufzte einmal tief und begann die Mail zu lesen. Half ja eh nichts.

hallo chef,
da haben wir jetzt diese tage ja irgendwie beide bereitschaft –
ich im büro, du im hotel

Die nächsten Zeilen schienen nicht angekommen zu sein, denn es waren nur unverständliche Zeichen zu lesen, erst rofl, dann die drei Satzzeichen ;-)

»Sagen Sie mal, Frau König, sind Sie sicher, dass die Mail ganz sauber durchgekommen ist?«, fragte der Kommissar in Richtung Rezeption.

»Wie meinen Sie das: sauber durchgekommen?«

»Na ja, dass halt nichts … irgendwo … also steckengeblieben ist.« Kluftinger blickte in ein ratloses Gesicht und sagte schließlich, da er nicht wusste, wie er sich besser ausdrücken könnte, ohne sie die Nachricht lesen zu lassen: »Ach, egal. Passt schon.«

leider wird sich das auch nicht ändern. ich muss nämlich das
ganze wochenende hierbleiben. und du dort oben, wie es
aussieht. die wettervorhersage verheißt nichts gutes: der starke
schneefall wird mindestens heute noch anhalten und die akute

lawinengefahr noch verstärken. warnstufe 5 ich rate also dringendst davon ab, irgendwelche ausflüge nach draußen zu unternehmen, das wäre glatter selbstmord. leider können wir dir deswegen auch keine unterstützung schicken. unmöglich. nicht mal mit dem heli. du musst da einstweilen allein am ball bleiben.

Es folgte wieder eine unleserliche Stelle

:-((((

dann ging es weiter:

die ergebnisse meiner recherche würde ich dir gern im chat übermitteln. ich habe gesehen, dass du von der hoteladresse aus schreibst. das ist für die daten, die ich dir senden will, ein bisschen zu öffentlich, finde ich. wenn du wieder da bist – falls das alles gut für dich ausgeht, was ich ja hoffen will –

»Falls das gut für dich ausgeht …«, wiederholte Kluftinger laut und schüttelte den Kopf, bevor er noch ein verächtliches »Maier!« nachschob.

zeige ich dir mal, wie man sich ein internet-postfach zulegt. jetzt müssen wir uns aber anders behelfen. also, es gibt da ein chatforum, in dem ich angemeldet bin. ich habe schon einen account für dich angelegt. logge dich einfach unter dem benutzernamen klufti ein, passwort ist dein vorname. groß- oder kleinschreibung spielt keine rolle, die eingabematrix ist case insensitiv.

»Maier, Herrgott!«

geh einfach auf die seite, die unten als link angegeben ist, logge dich ein, und klicke auf meinen nickname. im chat heiße ich »übermaier«.

Der linke Mundwinkel des Kommissars hob sich zu einem Grinsen. *Übermaier*, na, das passte ja. Und als er den Namen der Internetseite las, hob sich auch sein anderer Mundwinkel: *www.nackebutz.de*

Maier war bekennender FKK-Anhänger, das wusste Kluftinger. Oft schon hatte er ihn mit Episoden über die Vorzüge des unbekleideten Badens, Campens, Laufens und sogar Radfahrens genervt, und der Kommissar hatte jedes Mal große Mühe gehabt, sich seinen Kollegen nicht aus Versehen in all diesen Situationen vorzustellen. Er klickte auf die blau unterstrichene Schrift, worauf ein weiteres Programm startete und nach wenigen Sekunden eine Seite mit einem Foto erschien, auf dem die Hinteransicht zweier nackter junger Frauen zu sehen war. Mit einem Seitenblick versicherte sich Kluftinger, dass Frau König gerade nicht herschaute, scrollte schnell das Bild nach unten und klickte auf das Wort »Chat«.

Tatsächlich erschienen zwei Felder mit einer Eingabemaske. Nachdem er den Benutzernamen eingegeben hatte, tippte er die acht Buchstaben seines Vornamens als Passwort ein und fand sich kurz darauf auf einer weiteren Seite, die mit »Relaxraum« überschrieben war. Er war selbst überrascht, dass er das trotz Maiers kryptischer Anweisungen so schnell geschafft hatte, und klickte voller Stolz auf das Pseudonym mit dem Titel »allmayer_2«.

Sofort ging ein kleineres Fenster mit seinem Benutzernamen und einem blinkenden Cursor auf. Umständlich tippte der Kommissar seine erste Frage ein.

klufti Bist du schon da?

Die Antwort ließ nicht lange auf sich warten.

allmayer_2 na und wie. wer bist denn du?

Kluftinger zog die Brauen zusammen. Für Spielchen war er nun wirklich nicht in der Stimmung.

klufti Frag doch nicht so blöd, du weißt genau, wer ich bin.

allmayer_2 oh, na sowas. ein richtiger wildfang. gut, umso besser, dann eben auf die harte tour.

Noch einmal stieß der Kommissar einen tiefen Seufzer aus. Redete man so in diesen Chats? Dann war das noch weniger für ihn geeignet, als er sowieso schon vermutet hatte.

klufti Reiß dich zusammen.

Ein paar Sekunden tat sich nichts auf dem Bildschirm; nur der blinkende Cursor zeugte davon, dass der Computer nicht abgestürzt war. Dann tauchte die nächste Frage auf dem Display auf.

allmayer_2 was hast du an?
klufti Spinnst du? Herrgott, was soll denn die Frage? Mein normales Gwand halt. Wieso, was hast du denn an?
allmayer_2 nur meine unterwäsche …
klufti Im Büro???

Der Kommissar verstand die Welt nicht mehr. Er war erst einen Tag weg, und schon schien die Belegschaft verrücktzuspielen. Ob Maier heimlich trank? Sowas hätte er als Vorgesetzter doch eigentlich merken müssen.

allmayer_2 ach, wir sind im büro? sehr gut, das gefällt mir. und du bist der chef, oder was? soll ich zum diktat kommen?
klufti Kruzifix, wenn du jetzt nicht gleich mit dem Schmarrn aufhörst, gibt's disziplinarische Konsequenzen, kapiert?
allmayer_2 oho, du bist so ein ganz strenger gebieter, hm? und ich bin ein unartiger untergebener. willst du mich mal ordentlich dafür bestrafen?

In diesem Moment ging ein weiteres Fenster auf Kluftingers Bildschirm auf, der blinkende Cursor wich nach und nach einem Satz, und bei jedem Buchstaben wurde es dem Kommissar heißer: Hinter dem Wort **übermaier_21** stand:

wo bleibst du denn?

Jetzt wurde dem Kommissar die ganze Tragweite seines Irrtums bewusst. Fahrig fuhr er mit dem Mauszeiger zu dem anderen Fenster, um es zu schließen. Doch der Anflug eines schlechten Gewissens ließ ihn zögern. Durfte er sich in dieser Situation einfach so davonstehlen? Immerhin war es ja seine Schuld, dass dieses Missverständnis entstanden war. Er dachte kurz nach, nickte sich dann selbst zu und tippte, bevor er das Fenster endgültig schloss, die Worte ein:

klufti Zieh dir was an, es isch kalt!

Dann wandte er sich seinem eigentlichen Gesprächspartner zu.

klufti Bin ja schon da. Der PC ist abgestürzt, und ich musste ihn erst hinunterfahren. Aber jetzt geht es wieder.
übermaier_21 verstehe, hinunterfahren ;-) lol … also, ich habe die personen überprüft. zwei habe ich tatsächlich in unserer datenbank gefunden: sacher, ferdinand ist vorbestraft wegen schwerer körperverletzung. vogel, arndt hat ein diebstahldelikt in seiner akte stehen.

Dem Kommissar fiel nicht nur auf, dass Maier genauso geschwollen schrieb, wie er redete. Alle seine Wörter waren außerdem klein, genau wie bei Kluftingers Zufallsbekanntschaft von eben. Das schien in diesem Internet wohl so üblich zu sein. Er konzentrierte sich darauf, es dem Kollegen gleichzutun, geriet dabei aber irrtümlich auf die Feststelltaste.

klufti gibt eS SONST NOCH WAS ÜBER DIE ANDEREN?
übermaier_21 warum schreist du denn so?
klufti HÄ? WOHER WILLST DU WISSEN; OB ICH SCHREIE? KANNST DU MICH HÖREN?
übermaier_21 nein, wegen der großbuchstaben. im chat bedeutet das schreien.
klufti HERRRGOTT; JETZT LASS MICH DOCH ENDLICH MIT EUREM INTERNET_SCHMARRN ZUFRIEDEN UND SAG MIR

LIEBER; WAS DU WEI?T; BEVOR DIE VERBINDUNG WIEDER ZUSAMMENBRICHT KRUZIFIX!
übermaier_21 siehst du, jetzt schreist du doch ;-) aber hier die infos: der sohn dieses schauspielerpaars ist bei einem unfall ums leben gekommen
klufti WEISS ICH SCHON
übermaier_21 ja, aber was du nicht weißt, ist, was ich weiß, nämlich den unfallverursacher: weiß
klufti NEIN WEISS ICH NICHT
übermaier_21 ich weiß, deswegen schrieb ich ja: weiß
klufti WENN DU WAS WEISST; DANN SAG'S HALT
übermaier_21 TU ICH DOCH!!!
klufti ICH WEISS NICHT; WAS DU MEINST
übermaier_21 weiß!
klufti WAS WEISST DU DENN; HERRGOTT?
übermaier_21 weiß. carlo weiß war der unfallgegner, der, der den jungen mann, den sohn der riegers, totgefahren hat.

Kluftinger pfiff durch die Zähne. Das war nun wirklich eine sehr hilfreiche Information

klufti VERSTEHE: SCHWERE GEBURT; ABER DANKE: HILFT WEITER
übermaier_21 ok, ich würde sagen, wir treffen uns hier wieder so in einer stunde. ich melde mich wieder per mail, wenn ich was finde. wegen der anderen brauche ich noch etwas zeit
klufti HDE
übermaier_21 ?
klufti HABE DIE EHRE
übermaier_21 glg
klufti PRIML

Dass das Internet wieder funktionierte, hatte Kluftinger ein großes Stück vorangebracht. Und auch wenn es ihm nicht leichtfiel, das einzugestehen: Maier hatte ihm sehr weitergeholfen. Außerdem war die Sache mit diesem Chat keine dumme Idee gewesen. Kluftinger beschloss, sich sofort näher mit der brisantesten der drei neuen Informationen zu beschäftigen: Er wollte mit dem Ehepaar Rieger über den Unfall sprechen. Dass Vogel gern lange Finger machte, hatte er ja bereits mitbekommen. Und dass Sacher gewaltbereit war, war zwar an sich interessant und überraschend, brachte ihn im Moment aber nicht weiter. Eine hilfreiche Auskunft konnte der ihm aber doch geben: Das Schauspielerpaar sei vor einer guten halben Stunde in Bademänteln zum Wellnessbereich gegangen, erklärte der Portier, als sich Kluftinger nach ihnen erkundigte.

»Ausgerechnet«, seufzte der Kommissar und machte sich ebenfalls auf den Weg dorthin. Als er die Tür zum Schwimmbad öffnete, schlug ihm schwülheiße Luft entgegen, und auf der Stelle begann er zu schwitzen. Er zog den Janker aus und platzierte ihn auf einem der Liegestühle. Dann fiel sein Blick auf sein Schuhwerk. Mit seinen Haferlschuhen kam er sich hier in den »Königsthermen« reichlich deplatziert vor, und deshalb zog er sie ebenfalls aus. Die Wollsocken behielt er aus einem unbestimmten Bauchgefühl heraus lieber an.

Er ließ seinen Blick über das kleine Bassin schweifen: Alexandra Gertler zog einsam ihre Bahnen. Er ging zum Fenster und sah nach draußen, wo er die beiden Schauspieler durch das dichte Schneetreiben schemenhaft im dampfenden Whirlpool entdeckte. Er klopfte an die Scheibe, um auf sich aufmerksam zu machen, winkte, gestikulierte, rief, jedoch ohne Wirkung. Er blickte an sich herab: So konnte er unmöglich nach draußen gehen. Schon wegen der Socken. Und auch ins Wasser konnte er nicht, schließlich hatte er keine Badehose an. Nach kurzem Nachdenken steuerte er also das Schwimmbecken an. Als ihn Alexandra Gertler bemerkt hatte, kam sie zum Beckenrand geschwommen.

»Wollen Sie zu mir?«, fragte sie.

»Eigentlich nicht. Ich hätt eine Bitte: Könnten Sie mir Herrn und Frau Rieger kurz reinholen? Die sind draußen in diesem Blubberbecken. Und ich kann so ja nicht ins Wasser. Das wär wahnsinnig nett von Ihnen.«

Frau Gertler nickte und kraulte in Richtung der Schleuse, die nach draußen führte. Kluftinger bemühte sich, dabei nicht allzu offensichtlich auf ihren Badeanzug zu starren.

Zwei Minuten später schwammen die Riegers in gemächlichem Tempo herein. Aus dem Becken heraus sahen sie ihn fragend an.

»Wollen Sie nicht rauskommen und sich abtrocknen?«, fragte der Kommissar.

»Nein, wir bleiben noch ein wenig im Wasser. Brauchen wir denn länger?«, wollte Herr Rieger wissen.

»Das kommt ganz auf Sie an«, sagte Kluftinger in schärferem Ton, als er es eigentlich vorgehabt hatte. Dann kam er ohne Umschweife zum Thema: »Warum haben Sie mir bei unserem Gespräch verschwiegen, dass Sie Carlo Weiß nicht nur gekannt haben, sondern dass er für den Tod Ihres Sohnes verantwortlich war?«

Die Eheleute sahen sich mit weit aufgerissenen Augen an. »Wie … wir …«, war alles, was Frank Rieger herausbrachte.

Kluftinger musterte sie schweigend, sah zu, wie sie mit ihren Armen ruderten und peinlich berührt abwechselnd einander und dann wieder den Kommissar anblickten. Er wusste, dass es das Beste war, einfach abzuwarten.

Nach einigen Augenblicken hatte sich Frank Rieger wieder gefangen und begann zu erklären: »Herr Kommissar … können Sie sich nicht vorstellen, warum wir Ihnen das nicht auf die Nase gebunden haben? Wir wollten uns eben nicht von uns aus verdächtig machen. Mir ist schon klar, dass diese Geschichte aus Ihrer Sicht ein astreines Mordmotiv abgibt.«

Kluftinger nickte.

»Wissen Sie, ich hätte lange Zeit gute Lust gehabt, erst seinem und dann unserem Leben ein Ende zu setzen, glauben Sie mir. Noch dazu, weil er nie wirklich seine Schuld eingestanden hat. Nur über den Anwalt hat er mit uns verkehrt. Eine Drecksau, wie sie im Buche steht.«

»Und jetzt hatten Sie endlich dazu Gelegenheit, stimmt's?«, entfuhr es Kluftinger, und im selben Moment verfluchte er sich dafür.

Wie konnte er nur so ungeschickt vorgehen? Er machte den dauernden Umgang mit Langhammer dafür verantwortlich.

Rieger schüttelte den Kopf. Seine Frau, die bisher nur zugesehen hatte, hob mit zittriger Stimme an: »Warum hätten wir ihn denn ausgerechnet jetzt noch umbringen sollen? Nach all den Jahren? Nein, Herr Kluftinger, wir freuen uns, dass er nicht mehr lebt. Das sage ich Ihnen frei heraus. Aber wir haben uns nie an einem Menschen vergangen.«

Noch jemand, der alles andere als traurig über Weiß' Ableben war. Selten hatte Kluftinger es mit einem so unbeliebten Menschen zu tun gehabt, selten hatten nach einem Todesfall so viele Leute ihre Erleichterung darüber geäußert.

»War das der Unfall, bei dem auch Frau Weiß so schwer verletzt worden ist?«

»Genau der«, sagte Frank Rieger. »Der, bei dem ein besoffener Banker vier Leben auf einmal zerstört hat: das unseres Sohnes, das seiner Frau und unsere beiden. Er trägt die alleinige Schuld daran und ist mit einer Bagatellstrafe davongekommen, weil seine Frau für ihn ausgesagt hat.«

»Seit wann wussten Sie, dass Weiß an diesem Wochenende teilnimmt?«

»Wir wussten von gar nichts«, rief der Schauspieler. »Was meinen Sie, was in uns vorging, als er auf einmal in der Hotelhalle stand? Wir waren wie vom Donner gerührt!«

Kluftinger hob den Kopf. »Haben Sie mit ihm gesprochen?«

»Gott bewahre!«, sagte die Frau. »Vielleicht hätten wir uns dann wirklich nicht mehr zurückhalten können!«

Alexandra Gertler kam wieder herein und räkelte sich nun auf einer der Liegen. Kluftinger hatte sowieso genug gehört. Wieder zwei blitzsaubere Mordmotive. Er beendete die kurze Vernehmung ohne weiteren Kommentar. Er hatte gehofft, dass ihn Maiers Informationen weiterbringen würden. Nun hatte er noch ein paar Verdächtige mehr – und bei keinem ließ sich der Verdacht auf die Schnelle erhärten.

In düstere Gedanken versunken durchschritt er die Hotelhalle. Vor dem künstlichen Kaminfeuer saß in einem der Ledersessel mutterseelenallein der Doktor, vor sich auf dem kleinen Couchtischchen ein Schachbrett. Der Kommissar runzelte die Stirn. Der Doktor spielte offensichtlich gegen sich selbst, wobei er immer wieder das Spielbrett drehte und ab und zu lautlos die Lippen bewegte. Kluftinger beschloss, ihn kurz auf den neuesten Stand zu bringen – er würde es sonst mit unzähligen Fragen sowieso aus ihm herauskitzeln.

»So, spielen Sie gegen sich selber?«, eröffnete der Kommissar das Gespräch, als er zum Doktor an den Tisch trat. »Da können Sie wenigstens nicht verlieren, gell?«

»Sagen Sie das nicht, mein Lieber«, sagte Langhammer ohne aufzusehen. »Ich bin ein harter Gegner!«

»Bescheißen wird Sie jedenfalls keiner.«

»Nun, ich weiß nicht, ob Sie des Schachspiels kundig sind, aber Betrug ist dabei eigentlich ausgeschlossen. Ist es nicht ein wahrlich königliches Spiel? Wollen Sie einsteigen und die Weißen übernehmen?«

Kluftinger schüttelte vehement den Kopf.

»Schade, mein Guter. Ich hätte zu gern gesehen, ob sich Ihre so viel gelobte Kombinationsgabe auch im Spiel manifestiert! Wissen Sie, ich bin nach wie vor im Schachklub, auch wenn ich nicht mehr aktiv Turniere spiele. Mal sehen, vielleicht habe ich dazu irgendwann wieder Zeit. Vielleicht später, wenn ich älter bin!«

»So jung sind Sie doch auch nicht mehr …«

Langhammer ließ den Einwurf unkommentiert. »Man kann einfach so wunderbar sinnieren beim Schach. Ist es nicht geradezu ein Abbild der Gesellschaft, der Strukturen und Beziehungen, die unter den einzelnen Individuen herrschen? Und innerhalb der beiden Farben: Herrlich klare Hierarchien, eindeutige Aufgaben, aber wenn es darauf ankommt, muss jeder ran, und wenn Sie so wollen, dann ist …«

Kluftinger hörte gar nicht mehr zu. Seine Gedanken hatten sich längst verselbstständigt: Schach sei ein Abbild von Strukturen und Beziehungen, die unter Individuen herrschen, hatte der Doktor gesagt. Die Worte des Detektivs, Philip Marlowe, die der Schauspieler gestern gesagt hatte, fielen ihm wieder ein: Bevor die Partie zu Ende ist, werden Sie verstehen. Schwarz gegen Weiß. Alle Schwarzen gegen Weiß.

»Genau. Fast alle stehen in Beziehung zu Weiß«, sagte er auf einmal leise.

Langhammer schaute auf: »Ja, genau! Und zwar nicht nur die Weißen untereinander, sondern auch die Schwarzen. Die sind die Gegner. Die müssen parieren.«

»Ja«, sagte Kluftinger nickend, »und am Ende haben ihn die eigenen Leute schnell vergessen, weil er nie ein besonders guter Spieler war.«

Langhammer sah den Kommissar eine Weile mit offenem Mund an: »Geht es Ihnen gut?«

»Wie? Ach so, ja. Ich meine nur: Alle oder zumindest die meisten Figuren in unserem Rätsel hier stehen in irgendeiner Beziehung zu Weiß.«

»Zur Farbe?«

»Nein, zefix. Zum Opfer.«

Langhammer nickte eilfertig. »Ach so, jaja.«

»So, und wie finden Sie das jetzt?«, bohrte Kluftinger nach.

Der Doktor zögerte. »Gut?«

»Gut oder nicht, es ist doch seltsam, oder? Schauen Sie her…« Kluftinger setzte sich dem Doktor gegenüber und drehte das Schachspiel. »Darf ich die Figuren umstellen?«

»Natürlich, ich war ohnehin dabei, zu gewinnen.«

Stirnrunzelnd sah Kluftinger sein Gegenüber an, dann stellte er die Figuren wahllos auf den Tisch. Schließlich griff er sich den weißen König und stellte ihn auf das Brett. »Nehmen wir an, das ist unser Mordopfer, Carlo Weiß.« Kluftinger legte die Figur um. »So, und jetzt wollen wir einmal sehen: Hier, das schwarze Pferd …«

»Springer.«

»Genau, Springer, das ist die Gertler. Mögliches Motiv: Gekränkte Eitelkeit, Rache, enttäuschte Liebe. Zugegeben etwas dünn.«

»Wer? Frau Gertler?«

»Schmarrn, das Motiv. Die große schwarze …«

»Dame!«

»Jetzt lassen's mich doch ausreden. Die schwarze Dame ist die Ehefrau des Opfers. Durch sein Verschulden entstellt und stark gehandicapt. Zerrüttete Ehe, rüder Umgangston. Ihr Mann hat sie schonungslos und mit den verschiedensten Frauen betrogen. Ihre Motive wären schon ein wenig überzeugender.«

Langhammer saß mit offenem Mund da und sah Kluftinger an. Ab und zu steuerte er nickend ein »genau« bei. Kluftinger stellte die beiden Figuren neben den gefallenen König und fuhr fort: »Nun zur schwarzen Königsfigur, das ist ja, ganz klar, die Frau König. Das gleiche schwache Motiv wie bei Frau Gertler, sogar noch dürftiger eigentlich, denn die beiden standen nach wie vor in Kontakt, ohne miteinander zu streiten. Bei unseren schwarzen Kerlchen hier …«

»Türme. Das sind Türme.«

»Eh klar. Bei denen sieht das schon anders aus. Halten Sie sich fest, Herr Langhammer: Das sind nämlich unsere beiden Schauspieler, Herr und Frau Rieger.«

»Aber die kannten Weiß ja nicht. Also haben sie auch kein Motiv«, merkte der Doktor an.

Aber Kluftinger konterte: »Ja, das dachten wir, und das haben sie zunächst ja auch behauptet. Aber wie mir mein Kollege gerade im Chat mitgeteilt hat …«, Kluftinger machte eine kurze rhetorische Pause, um dem Fachwort den gebührenden Nachhall zu verleihen, was bei seinem Gegenüber aber keinerlei Wirkung zeigte, »… war Weiß in den Autounfall verwickelt, bei dem der Sohn der Riegers ums Leben gekommen ist.«

Langhammer war sichtlich beeindruckt. Kluftinger stellte auch die beiden Türme in den Kreis um die liegende weiße Figur.

»So, der Schwarze mit der Zipfelmütze …«

Langhammer holte bereits Luft, als Kluftinger ihm zuvorkam: »Bloß ein Späßle. Der *Läufer*, der steht für Herrn Anwander. Da hätten wir ein klassisches Eifersuchtsmotiv, vermischt möglicherweise mit Rache. Jetzt der zweite Reiter, Arndt Vogel.«

»War nicht schon Frau Gertler *Springer*?«, wandte Langhammer ein, wobei er das letzte Wort besonders betonte.

»Schon, aber … dann nehmen wir halt den anderen Läufer für Vogel …«

Langhammer stand unvermittelt auf. »Nein, das wird mir zu unübersichtlich so. Warten Sie.« Der Doktor stand auf.

Kluftinger sah ihm nicht einmal nach, er vertiefte sich weiter in die symbolische Darstellung der Beziehungen der Gäste untereinander. Er stellte weitere Figuren abseits des Kreises, der sich um den weißen König gebildet hatte: für Ferdinand Sacher, für Frederike Zougtran und ihren Sohn, für Georg Eckstein. Für die Hotelbediensteten nahm er sich die Bauern. Sie hatten eigentlich keine Verbindung zum Toten. Noch nicht, schränkte er ein.

»So, das wird jetzt gleich übersichtlicher werden.« Langhammer ließ sich wieder in seinen Sessel fallen und warf einen kleinen gelben Block neben das Schachbrett.

»Was sollen wir damit?«, fragte der Kommissar.

»Na, die Figuren beschriften.« Ohne auf eine Antwort zu warten, klebte der Arzt Zettel mit den Namen der Gäste und Angestellten auf die Spielfiguren, wobei er sich mehrmals durch Nachfragen versicherte, wer denn nur wer sei. Als er fertig war, lehnte er sich zurück, betrachtete sein Werk und sagte: »In der Tat, sehr seltsam. Wir haben, wenn man mal das Personal abzieht, mehr Leute, die Weiß bereits kannten, als solche, die ihn hier erst kennengelernt haben.«

Kluftinger blickte noch einmal missmutig auf das Brett, denn die vielen Zettelchen verwirrten ihn mehr, als dass sie zur Klarheit beitrugen, und so hatte das Gedankenspiel für ihn seinen Reiz verloren. »Nein, man kann davon ausgehen, dass ihn die Angestellten auch gekannt haben, er war ja wohl des Öfteren hier während der Umbauzeit. Und die sind fast alle aus der unmittelbaren Umgebung. Da kennt man sich eben.«

»Hm. Aber Sie wollten gerade noch etwas von diesem Sacher erzählen, bevor ich meine Etiketten geholt habe? Einen schönen Gruß von ihm übrigens, er lässt Ihnen ausrichten, dass eine neue E-Mail angekommen sei.«

Kluftinger sprang auf. »Das sagen Sie mir erst jetzt?«

»Na, seit wann sind Sie denn so scharf auf elektronische Post?«

Kluftinger sparte sich weitere Ausführungen und ging zum Terminal. Langhammer folgte ihm, nicht jedoch, ohne vorher den Kreis aus Figuren symmetrisch auszurichten und mit seinem Handy zu fotografieren.

Einige Minuten später standen Kluftinger und Langhammer vor dem Zimmer von Georg Eckstein. Maier hatte ihm im Chat, den Langhammer geradezu ehrfürchtig mit Blick über Kluftingers Schulter mitangesehen hatte, erklärt, dass tatsächlich auch bei dem älteren Herrn eine Verbindung zu Weiß bestand: Die beiden hatten bis zu Ecksteins Ausscheiden in derselben Bank gearbeitet – noch dazu beide in der Kreditabteilung. Wieder eine Schachfigur, die sich in den Kreis um Weiß gesellte.

Eckstein öffnete die Tür.

»Wir müssen mit Ihnen reden«, versetzte Kluftinger kurz.

Eckstein ließ sie herein und bot ihnen Plätze auf der Couch an, während er sich auf einen Sessel etwas abseits setzte. Schließlich sagte er, wobei er Kluftinger vorwurfsvoll anblickte: »Ich nehme an, Sie wollen sich bei mir für das Verhalten Ihres Hilfssheriffs hier entschuldigen, oder?«

Langhammer holte gerade Luft, Kluftinger kam ihm aber zuvor: »Ganz im Gegenteil, Herr Eckstein, ich würde Sie lieber fragen, warum Sie uns bislang verschwiegen haben, dass Sie ein enger Mitarbeiter von Carlo Weiß waren.«

Eckstein zog die Brauen zusammen und sagte ruhig: »Herr Kluftinger, um eines von vornherein klarzustellen: Ich habe ihnen überhaupt nichts verschwiegen. Es ist nur so, dass mich Ihr Aushilfspolizist nicht danach gefragt hat.«

Kluftinger schaute zu Langhammer. Der starrte schuldbewusst und ein wenig peinlich berührt zu Boden. Dem fragenden Blick des Kommissars hielt er zunächst noch eine Weile stand, dann stammelte er: »Gut, kann sein, dass ich nicht explizit, also nicht in diesem Wortlaut … nicht gefragt habe, ja.«

Mit einem Seufzen wandte sich der Kommissar wieder Georg

Eckstein zu: »Dann muss ich mich wohl wirklich entschuldigen. Tut mir leid, aber er will wirklich nur helfen, glauben Sie mir.«

»Also, das ist doch wohl –«, begann Langhammer, wurde aber von Kluftinger sofort unterbrochen: »Ist doch wohl klar, dass Herr Langhammer ohne meinen Auftrag gehandelt hat. Es war nicht in meinem Sinn, dass Sie irgendwie beleidigt oder vorschnell verdächtigt werden. Aber ich versichere Ihnen: Herr Langhammer ist ein ausgezeichneter Landarzt.«

»Schön, also Schwamm drüber, ich bin nicht nachtragend«, sagte Eckstein schließlich.

Im weiteren Gespräch, das Langhammer stumm mit gerötetem Gesicht verfolgte, erfuhr Kluftinger, dass Eckstein zwar von Weiß als Banker mit einer gewissen Hochachtung sprach, von dessen menschlichen Qualitäten aber schien er ebenso wenig überzeugt zu sein wie die anderen, die ihn gekannt hatten. Schließlich beendeten sie die Aussprache mit allseitigem Händeschütteln – für Kluftinger ein hoffnungsvolles Zeichen dafür, dass Eckstein sich vielleicht doch nicht beim Polizeipräsidenten beschweren würde.

Als sie die Treppe hinunterstiegen, tippte Langhammer dem Kommissar auf die Schulter. Aufgeregt machte er seinem Ärger Luft: »Was Sie da eben gesagt haben, Kluftinger, das war nicht in Ordnung und zudem schlichtweg falsch …«

»Ach kommen Sie, Sie sind doch wirklich ein guter Landarzt!«, grinste Kluftinger. »Einer der besten von den zweien, die wir in Altusried haben.«

»Sie wissen genau, was ich meine!«

Kluftinger blieb stehen und legte Langhammer die Hand auf die Schulter. »Wir wissen doch beide, dass Sie da einen Fehler gemacht haben. Und wenn ich mich vor Sie gestellt hätte, hätte das den Eckstein nur weiter gegen uns aufgebracht. Schauen Sie, manchmal muss man eben das Bauernopfer geben, um sich im großen Spiel eine bessere Ausgangsposition zu erkämpfen. Wir müssen unsere Schachfiguren neu ordnen: Eckstein bekommt einen anderen Platz!«

Damit schien sich der Doktor zufriedenzugeben. Während sie auf den Aufzug zuschritten, fuhr Kluftinger fort: »Mit jedem Detail, das wir herausfinden, wird die Lage unübersichtlicher. Ich kann mir noch immer kein Bild davon machen, was hier gestern Abend genau vor sich gegangen ist.«

»Ja, das geht mir auch so. Man bräuchte eine Zeitmaschine. Dann könnte man sich ansehen, wer was wann gemacht hat!«

Mit großen Augen sah der Kommissar den Arzt an: »Das ist es! Natürlich. Wir haben zwar keine Zeitmaschine aber … Kommen Sie, Watson, wir haben zu tun!«

Der Tod kommt zweimal

»Bitte sehr, Herr Kluftinger!« Julia König hatte Personal und Gäste in den Speisesaal gerufen und angekündigt, dass der Kommissar nun gleich zu ihnen sprechen wolle. Kluftinger spürte die angespannte Stille, als er sich erhob und sich mit einem Kopfnicken bei der Hotelchefin bedankte.

»Ja, also, guten Abend … Ich wollte Sie kurz über den Stand der Ermittlungen informieren. Im Moment, das ist kein Geheimnis, habe ich bei mehreren von Ihnen Anhaltspunkte und Motive, die auf einen Mord hindeuten könnten. Allerdings eben nicht bei einem oder einer einzelnen, sondern bei vielen von Ihnen. Der Fall liegt äußerst kompliziert. Deswegen ist es für mich von größter Wichtigkeit herauszubekommen, wer sich am gestrigen Abend zu welchem Zeitpunkt wo aufgehalten hat. Vor allem gilt das natürlich für Carlo Weiß. Leider kann er uns das nicht mehr selbst sagen, also bin ich da auf Ihre Mithilfe angewiesen.« Er machte eine kurze Pause, blickte in die Runde und suchte nach den richtigen Worten: »Folgendes habe ich vor: Ich möchte den gestrigen Abend noch einmal im Detail nachstellen, denn …«

Weiter kam er nicht. Sofort nachdem er das Wort »nachstellen« ausgesprochen hatte, erhob sich ein Gemurmel, das sich binnen Sekunden zu einer schwer durchdringbaren Geräuschkulisse steigerte. Die Bandbreite der Äußerungen reichte von einem entsetzten »Was?« bis zu einem wütenden »Sie sind wohl nicht bei Trost!«. Kluftinger wartete, bis sich die Aufregung etwas gelegt hatte, denn er hatte durchaus Verständnis für diese Reaktionen. Aber er war sich sicher, dass sein Vorhaben der bestmögliche Weg war, in diese Sache mehr Licht zu bringen. Auch wenn ihm die Vorstellung, den gestrigen Abend noch einmal nachzuerleben, selbst etwas gespenstisch anmutete. Alle schienen etwas vor ihm zu verbergen, und dann war da noch die Sache mit dem von innen verschlossenen Raum, die nach wie vor mysteriös war.

Beschwichtigend hob er die Hände: »Ich weiß, es ist viel verlangt. Aber wir sind hier nun einmal auf Gedeih und Verderb zusammengeschweißt. Mein vordringlichstes Ziel ist es, den Mord so schnell wie möglich aufzuklären. Und das müsste eigentlich auch in Ihrem Sinne sein, oder?«

Die Stimmen verebbten, und die Anwesenden sahen ihn schweigend an.

»Aber was soll das bringen?«, meldete sich plötzlich Alexandra Gertler zu Wort. Alle anderen drehten sich zuerst zu ihr und dann wieder zum Kommissar.

»Wie meinen Sie das?«, fragte der.

»Na, wie wollen Sie denn zweifelsfrei rausfinden, wo sich Weiß die ganze Zeit aufgehalten hat? Ich meine, mindestens einer von uns wird Sie doch anlügen.«

»Das ist mir klar.«

»Und?«

»Nichts und. Wie Sie schon sagten: Einer wird mich anlügen. Aber die anderen werden wohl aus eigenem Interesse die Wahrheit sagen.« Zumindest in dieser Frage, schob Kluftinger in Gedanken hinterher. »Ich bitte Sie also alle, gewissenhaft mitzumachen.«

Langsam nickten die Anwesenden. Einigen schien es sogar ganz recht zu sein, nun eine Beschäftigung zu haben.

»Gut. Wir fangen mit dem Nachstellen des Umtrunks an. Wenn Sie sich alle genau wieder dorthin stellen, wo Sie gestern Abend beim Begrüßungscocktail gestanden sind.«

Zunächst zögerten noch einige, doch als Erika, Annegret und auch der Doktor demonstrativ aufstanden, erhoben sich auch die anderen.

»Und wir?«, fragte der Koch.

Kluftinger hatte gar nicht mehr an die Angestellten gedacht: »Alle, die gestern beim Umtrunk dabei waren, sind das bitte auch jetzt. Der Rest geht dorthin, wo er auch gestern war. Alles muss noch mal genau so ablaufen.«

Da er sah, dass der Koch die Augen rollte, schob er nach: »Es ist wirklich sehr wichtig, dass Sie das ernst nehmen. Ich mach das auch nicht zum Spaß.« Als würde er laut nachdenken, fuhr er fort: »Wir brauchen natürlich auch jemanden, der die Rolle von Carlo Weiß übernimmt. Das übernehmen wohl am besten Sie, Herr Langhammer.«

Der Doktor drehte sich ruckartig um und starrte den Kommissar an. »Bitte?«

»Ich bräuchte Sie mal eben als Carlo Weiß«, flüsterte Kluftinger ihm zu. »Das muss ja jemand machen, der nicht als Täter infrage kommt.«

»Schon, aber ich … ich meine … der ist doch tot.«

»Jetzt doch noch nicht.«

»Nein. Aber später.«

Dem Arzt bereitete es offenbar Unbehagen, in die Rolle eines Mordopfers zu schlüpfen. Und vielleicht hatte er auch Angst, dass sich wirklich alles noch einmal wiederholen würde – inklusive des Mordes. Das kannte man ja von diversen Detektivgeschichten.

»Sie sollen ja nicht direkt seinen Tod spielen. Nur brauche ich jemanden, der seine Rolle so lange übernimmt, wie er noch rumlaufen konnte.«

»Hm. Na gut. Wenn es für die Ermittlungen wichtig ist.«

»Ist es. Sehr sogar.«

Sichtlich zufrieden mit dieser Einschätzung setzte sich Langhammer an den Tisch, an dem tags zuvor noch Carlo Weiß die Begrüßungszeremonie beobachtet hatte.

»Gut, meine Damen und Herren. Wir erinnern uns ja alle sicher noch sehr lebhaft an die …«

»Wir werden alle gemeinsam sterben!«

Der Schrei ließ alle zusammenfahren. Fassungslos starrte Kluftinger den Mann an, der ihn ausgestoßen hatte: Doktor Martin Langhammer. »Sind Sie noch zu retten?«

»Das haben Sie den Weiß gestern aber nicht gefragt«, protestierte der Doktor.

»Herrgottnochmal, was soll denn der Schmarrn?«

Wie bei einem Tennisspiel flogen die Blicke der Anwesenden zwischen Langhammer und dem Kommissar hin und her.

»Ich soll doch den Weiß spielen, genau das haben Sie mir gesagt.«

»Ja, aber doch nicht so.«

»Wie dann?«

»Na …«, Kluftinger rang nach Worten, »… normal … leise halt.«

»Verstehe. Sie hätten ja gleich sagen können, dass es eine stumme Rolle ist.« Langhammer klang beleidigt, und Kluftinger verstand ihn in diesem Moment weniger denn je. Nach ein paar Sekunden fuhr er fort: »Also, nach dem Cocktail, wer hat da direkt den Saal verlassen und wer nicht?«

Alle meldeten sich.

»Sie sind also alle auf Ihre Zimmer gegangen?«

Klaus Anwander schüttelte den Kopf. »Ich nicht.«

»Warum melden Sie sich dann?«

»Na ja, Sie haben doch gefragt, wer gegangen ist und wer nicht. Und ich bin nicht gegangen. Ich wollte jetzt nicht auch noch was falsch machen wie der Doktor grad.«

Einige der Umstehenden kicherten verstohlen.

»Ach so, ja dann: Wer ist nicht gegangen?«

Anwander blickte sich unsicher um und hob dann noch einmal zögernd die Hand. »Ich. Ich wollte noch schnell zu …«

»Jaja, schon gut, das klären wir gleich«, unterbrach ihn der Kommissar. »Wenn die anderen jetzt bitte ganz genau das tun, was sie gestern auch getan haben. Ich versuche, den Weg nachzuvollziehen, den Herr Weiß gegangen ist. Dazu müssten Sie also bitte auf Ihre Zimmer gehen und sich dort auch wie gestern umziehen. Ich geh jetzt einfach mal mit Ihnen mit.« Kluftinger blickte auf seine Armbanduhr. Er wollte sich auch Klarheit über den genauen zeitlichen Ablauf der Ereignisse verschaffen.

Anwander war inzwischen neben ihn getreten und flüsterte: »Ich war noch bei der Gertler.«

Kluftinger machte große Augen.

»Nein, nein, nicht wie Sie denken. Ich wollte zu ihr wegen des Artikels. Hab mehrfach geklopft, aber sie hat nicht aufgemacht.«

Sehr interessant, dachte Kluftinger. »Gut, vielen Dank. Sonst noch was?«

»Was?«

»Ob Sie mir sonst noch was zu sagen haben?«

»Ich … nein.«

Kluftinger drehte sich um. »Also, meine Damen und Herren, pack mer's. Herr Weiß?« Er blickte zu Langhammer hinüber.

Zunächst bewegten sich alle auf die Eingangshalle zu, doch am Fuß der Treppe trennten sich die Wege: Einige machten sich daran, die Stufen hinaufzusteigen, während die anderen den Aufzügen zustrebten. Langhammer blieb unentschlossen stehen. Als Kluftinger das bemerkte, fragte er schnell in die Runde: »Und wo ist Weiß hingegangen? Hat er die Treppe oder den Aufzug genommen?«

»Die Treppe«, antwortete Eckstein, der selbst allerdings in Richtung Aufzug ging.

Annegret Langhammer, die ebenfalls die Treppe nahm, nickte bestätigend. »Ich bin dann gleich ins Zimmer«, sagte sie, als sie allesamt den Absatz zum ersten Stock erreicht hatten. »Soll ich da jetzt auch hingehen? Ich meine: ohne Martin?«

»Ja, bitte, das wäre wichtig«, antwortete der Kommissar.

Frau Langhammer verabschiedete sich also mit einem Kuss auf die Wange des Doktors und konnte ihm gerade noch ein »Mach's gut« zuhauchen, als Kluftinger schon zur Eile drängte. »Bitte … wir sollten den zeitlichen Ablauf so wenig wie möglich verändern.« Mit ihm und dem Doktor waren noch Alexandra Gertler und die Holländerin nebst Sohn auf der Treppe.

»Ist Weiß vor oder hinter Ihnen gegangen?«, wollte Kluftinger wissen. Die Holländer drehten sich nun vielsagend zu Alexandra Gertler um.

»Er ist mit mir die Treppe hochgestiegen«, gab die Journalistin daraufhin an, und Frau Zougtran machte ein zufriedenes Gesicht. »Unsere Zimmer liegen beide im vierten Stock. Er ging erst mit mir zusammen hoch, aber kurz bevor wir oben waren, hat er noch einmal kehrtgemacht. Er wollte noch irgendwas holen.«

In diesem Moment bogen Frau Zougtran und ihr Sohn in den zweiten Stock ab, auf dem ihr Zimmer lag.

Wortlos stiegen die verbliebenen drei weiter nach oben. »War das … ungefähr … hier?«, japste Kluftinger schließlich, dem die vielen Treppen bereits wieder zu schaffen machten.

»Sie sollten auf Ihren Puls achten«, rief Langhammer hinter ihm.

»Sie sollten den Weiß spielen«, blaffte Kluftinger zurück.

»Ja, hier war das«, beantwortete die Gertler Kluftingers Frage. »Wir waren noch nicht ganz im vierten Stock, da ist er umgekehrt.«

»Aha.« Kluftinger blieb stehen und murmelte ein »Gott sei Dank« hinterher.

»Worüber haben Sie sich unterhalten?«

Alexandra Gertler dachte nach. »Nichts Bestimmtes. Dass wir eigentlich keine große Lust auf das Spiel hätten. Ja, darum ging es, glaube ich.«

»Verstehe. Und Sie sind dann auf Ihr Zimmer gegangen?«

»Ja.«

»Gut, dann tun Sie doch das bitte jetzt auch.«

Die Radiomoderatorin nickte und verschwand im Gang.

In die daraufhin einsetzende Stille fragte Langhammer plötzlich: »Und? Bin ich denn jetzt schon tot?«

Kluftinger verkniff sich ein *leider nicht* und antwortete stattdessen: »Nein, Sie müssen ja erst noch mal nach unten gehen. Können wir?« Dabei blickte er auf seine Armbanduhr.

»Nach Ihnen«, antwortete der Doktor und streckte die Hand aus.

Die Spur verliert sich

Unten angekommen, standen die beiden etwas verloren am Treppenabsatz herum.

»Und jetzt?«, fragte der Doktor ungeduldig.

»Kreuzhimml, ich weiß es doch auch nicht. Sie könnten sich auch mal überlegen, was Sie gemacht haben gestern, Herr Weiß. Ich bin ja kein Hellseher.«

»Herr Kluftinger?«

Der Kommissar drehte sich um und blickte in die Richtung, aus der sein Name gerufen worden war. Erst nach einer Weile entdeckte er am gegenüberliegenden Ende der Halle, hinter der Rezeption, eine halb geöffnete Tür, aus der der Kopf der Schauspielerin herausschaute.

»Wir können Ihnen vielleicht weiterhelfen«, rief sie, als sie bemerkte, dass der Kommissar sie gesehen hatte.

Zusammen mit dem Doktor eilte der zu der Tür, die neben dem Eingang zum Speisesaal abging. »Frau Rieger?«

»Bitte, kommen Sie doch rein.«

Sie betraten ein kleines Zimmer, in dem lediglich ein Resopaltisch, zwei Stahlrohrstühle und eine fahrbare Kleiderstange mit den Kostümen von gestern Abend sowie der kleine Wagen mit den Requisiten standen – offenbar die Garderobe des Schauspielerpärchens.

»Uns ist eingefallen, dass wir Herrn Weiß ja gestern noch mal gesehen haben, bevor er … umkam«, begann die Frau, und der Mann nickte.

»Ach ja? Warum haben Sie denn das bei unserer Befragung nicht gesagt?«, wollte der Kommissar wissen.

»Es war uns schlicht und einfach entfallen«, entgegnete Frank

Rieger. »Sie müssen entschuldigen, es war schon eine sehr belastende Situation, da hat man nicht immer alle Sinne zusammen.«

»Wo haben Sie Herrn Weiß denn gesehen?«

»Na, hier«, sagte die Frau und deutete auf die Tür.

»Draußen?«

»Nein, er hat uns wohl gehört und kam kurz herein.«

»Und was wollte er?« Kluftinger war sehr gespannt auf die Antwort. Ob Weiß die beiden erkannt hatte?

»Er wollte Sie sprechen«, antwortete Frank Rieger.

»Ihre Frau?«

»Nein. Sie. Er hat sich bei uns nach Ihnen erkundigt.«

Jetzt war der Kommissar baff. Er blickte erstaunt zu Langhammer, der mit den Achseln zuckte.

»Nach mir? Was wollte er denn wissen?«

»Das entzieht sich unserer Kenntnis. Er hat uns lediglich gefragt, ob wir Sie gesehen haben.«

»Und was haben Sie gesagt?«

»Dass Sie gerade eine kleine Hotelführung mit der Chefin machen. Mehr nicht.«

»Hm, seltsam. Wieso ist er denn dann nicht nachgekommen?«

»Er schien sich zu ärgern, dass Sie nicht da sind«, erinnerte sich Frau Rieger. »Jedenfalls hat er … ja, ich glaube, er hat gesagt: ›Verdammte Scheiße‹, und dann ist er abgerauscht.«

»Er war also wütend?«

»Schien mir schon so, ja.«

»Haben Sie gesehen, wo er hingegangen ist?«

»Nein, leider nicht.«

Seufzend verließen Kluftinger und Langhammer die Garderobe. Bevor er die Tür ins Schloss fallen ließ, steckte der Kommissar allerdings noch einmal seinen Kopf hinein. »Sagen Sie: Hat Weiß Sie erkannt, wegen der Sache mit Ihrem Sohn?«

Die Schauspieler blickten sich eine Weile lang an, dann antwortete Frank Rieger, ohne den Kommissar anzusehen: »Nein, vermutlich nicht. Dass er sich unsere Gesichter gemerkt hätte, dazu war der Unfall für ihn wohl doch zu unbedeutend. Noch dazu ist es Jahre her.«

»So … Und jetzt?«

Kluftinger sog scharf die Luft ein. Wenn der Doktor noch einmal »und jetzt« fragen würde, würde er für nichts mehr garantieren können. »Wissen Sie, es macht es uns nicht gerade leichter, wenn Sie …«

»Na, kommen Sie voran?« Julia König kam gerade aus dem Speisesaal. »Ich habe mich um das Essen heute Abend gekümmert. Ich wusste ja nicht, was ich tun soll, nachdem ich gestern mit Ihnen unterwegs war, Sie jetzt ja aber zum Nachspielen unseres Rundlaufs nicht verfügbar sind.« Sie zwinkerte ihm zu.

»Ja, Frau König, aber das brauche ich ja auch nicht nachspielen, da war ich ja selber dabei. Und ja, danke, wir kommen voran. Aber sagen Sie: Haben Sie Herrn Weiß denn noch einmal gesehen, nachdem wir mit unserer Privatführung fertig waren?«

»Ich? Nein, nicht mehr, nachdem er mit den anderen raufgegangen war und mich zuvor noch nach dem Drucker gefragt hat.«

»Nach dem was?«

»Dem Drucker. Also, nach dem PC, um genau zu sein. Er wollte irgendwas schreiben, keine Ahnung, ob er das dann noch gemacht hat.«

Ein Seufzer entfuhr der Kehle des Kommissars. Auf einmal erinnerten sich alle an neue Details, die er nun in einen Zusammenhang bringen musste. »Soso, na, danke schön für die Information«, erwiderte Kluftinger leicht verschnupft und sah der Hotelchefin nach, bis sie in irgendeiner Tür verschwand. Er wartete geradezu auf den Standardspruch des Doktors. Und wenn er ehrlich war, stellte er sich selbst auch diese Frage. *Und jetzt?* Wo war Weiß dann hingegangen? Seine Spur verlor sich hier unten.

»Wir müssen ihn suchen«, murmelte Kluftinger.

Der Doktor sah ihn zweifelnd an. »Wen denn?«

»Carlo Weiß. Wir müssen ihn suchen.«

»Ich verstehe nicht. Sie wissen doch, wo er ist.« Bei diesen Worten deutete der Arzt auf die große Panoramascheibe.

»Ja, schon. Herrgott, ich mein ja gestern.« Kluftinger fand selbst, dass seine Worte ein bisschen unverständlich klangen. »Wir müssen nach Anhaltspunkten suchen, damit wir nachvollziehen können, was er gemacht hat. Lassen Sie uns einfach raufgehen und in den Zimmern vorbeischauen. Fangen wir am besten mit dem zweiten Stock an.«

Wortlos stiegen sie die Treppe hinauf. Als sie den Gang erreichten, zog Kluftinger den Zettel mit dem Zimmerplan heraus, den er sich zusätzlich zu seiner Skizze des Tatorts angefertigt hatte. Das erste Zimmer gehörte Georg Eckstein. Die Tür war nur angelehnt; Kluftinger stieß sie vorsichtig auf, und die beiden traten ein, wobei der Kommissar dreimal an den Türrahmen klopfte.

»Herein … oh, Sie sind ja schon drin. Bitte, setzen Sie sich doch, meine Herren.«

»Nein danke, wir bleiben eh nicht lang«, lehnte Kluftinger das Angebot ab. »Herr Eckstein, wir wissen inzwischen, dass Weiß noch einmal unten war, bevor er wieder auf sein Zimmer gegangen ist. Haben Sie ihn vielleicht noch mal gesehen?«

»Nein, ich hab ihn nicht gesehen.«

Kluftinger nickte. Er hatte nichts anderes erwartet.

»Aber gehört hab ich ihn.«

»Ach so?«

»Ja. Nachdem ich auf dem Zimmer angekommen bin, hab ich ihn noch einmal gehört.«

Der Kommissar und der Doktor tauschten erstaunte Blicke aus. Dieser Nachmittag hielt tatsächlich viele Überraschungen bereit.

»Was genau haben Sie denn gehört?«, wollte Langhammer wissen, der seine Neugier kaum noch zügeln konnte. Durchaus mal eine vernünftige Frage, fand Kluftinger.

»Er hat nebenan geklopft.« Eckstein deutete mit dem Finger in Richtung Wand und hob vielsagend die Augenbrauen. Da Kluftinger nicht verstand, präzisierte er seine Aussage: »Da wohnt doch seine … Frau.« Der weißhaarige Mann verlieh dem Wort einen abschätzigen Klang, den Kluftinger nicht recht deuten konnte. »Jedenfalls habe ich gehört, wie er am Zimmer geklopft hat. Er hat immer wieder gesagt: *›Lass mich rein, ich bin's, ich muss mit dir reden.‹* Beinahe gelallt hat der. Es kam mir fast vor, als wär er betrunken gewesen. Na ja, das würde ja auch zu seinem Verhalten im Speisesaal passen. Jedenfalls haben sie sich kurz durch die Tür unterhalten, aber reingelassen hat sie ihn nicht.«

Sie sahen Eckstein gespannt an, doch der schien fertig zu sein.

»Haben Sie sonst noch etwas mitbekommen?«, fragte Kluftinger und war überrascht, als Eckstein antwortete: »Ja, habe ich. Die Vase. Also, das Klirren. Das war kurz nach dem Gespräch an der Tür. Da hat es diesen Mordsschepperer getan. Ich bin natürlich gleich zur Tür und hab nachgeschaut. Aber da war niemand. Nur die Vase. Beziehungsweise das, was von ihr übrig war. Übrigens hat die Holländerin auch ihren Kopf rausgestreckt. Aber gesagt hat sie nichts. Irgendwie ein bissle verstockt, wenn Sie mich fragen.«

Kluftinger fragte nicht. Als sie wieder auf dem Gang standen, wandte er sich an Langhammer: »Interesssant. Das Rätsel der Vase scheint gelöst zu sein.«

»Wieso gelöst?«

»Na ja, zumindest scheint doch klar, warum niemand zugegeben hat, die Vase zerbrochen zu haben.«

»Ich muss gestehen: Ich verstehe nicht, was Sie meinen, mein Lieber.«

»Na: Einen haben wir nicht gefragt.«

Langhammer dachte angestrengt nach. »Eckstein?«

Kluftinger schüttelte energisch den Kopf.

»Wen denn dann? Guter Mann, jetzt lassen Sie mich doch hier nicht raten.«

»Ja wen schon? Carlo Weiß!«

Kluftinger blickte in das ungläubige Gesicht seines Gegenübers.

»Aber den konnten wir ja nicht mehr ... ah, verstehe.« Der Doktor tippte sich an die Stirn. »Sie meinen, er hat die Vase umgestoßen?«

»Das wäre doch plausibel, oder?«, sagte Kluftinger. Er massierte sich die Nasenwurzel. »Und es würde auch noch manches andere erklären«, brummte er.

»Zum Beispiel?«

Der Kommissar sah auf. »Wie? Ach, nix, ich hab bloß laut gedacht.«

»Es wäre nett, wenn Sie mich an Ihren Gedanken teilhaben ließen. Schließlich sind wir ein Team.«

Ein Team? Innerlich rebellierte Kluftinger gegen diese Aussage, doch er ließ sich nichts anmerken. Stattdessen wechselte er das Thema: »Wie geht's denn Ihrem Ausschlag?«

Blitzartig griff sich der Doktor an die Oberlippe. Das war ein wunder Punkt für ihn, das hatte der Kommissar bereits bemerkt. »Ich finde, es ist schon viel besser, nicht?«

»Jaja, viel. Jetzt sollten wir aber mal in Holland anklopfen, was die so mitbekommen haben.«

Kluftinger ging zwei Zimmer weiter. Er stand kaum vor der Tür, da wurde diese auch schon geöffnet. Zwei Augenpaare starrten ihnen gespannt entgegen.

»Frau Zougtran«, nuschelte Kluftinger und sah im Augenwinkel, wie der Doktor sich grinsend abwandte, »haben Sie auch das Gespräch gehört, das Herr Weiß kurz vor seiner Ermordung mit seiner Gattin geführt hat?«

»Nein.«

Der Kommissar wartete ein paar Sekunden, doch die Holländerin schien ihre Aussage nicht weiter präzisieren zu wollen.

»Verstehe. Und Sie, Herr Witt?«

»Nein. Ich habe auch nichts gehört«, gab sich ihr Sohn nur wenig gesprächiger.

»Aber dass die Vase zu Bruch gegangen ist, haben Sie schon mitbekommen, oder?«, warf Langhammer über Kluftingers Schulter ein.

»Das ja. Ich habe die Tür geöffnet, allerdings nur noch die Scherben liegen sehen. Das habe ich Ihnen ja bereits gesagt, nicht wahr?« Frederike Zougtran hob die Augenbrauen, als wolle sie fragen: *Gibt's noch was*?

»Nein … ich meine, gut, das war's.«

Kommentarlos wurde ihnen die Tür vor der Nase zugeknallt.

»Sehr freundlich«, kommentierte Langhammer.

»Mei, Holländer halt«, fügte Kluftinger an. »So, dann bleibt noch die mittlere Tür.«

Langhammer hatte sich bereits davor postiert und geklopft, erhielt jedoch keine Antwort von drinnen. »Frau Weiß? Hallo? Hier ist die … hier sind Herr Kluftinger und Doktor Langhammer.«

Kluftinger war sich sicher, dass der Doktor eigentlich *Polizei* hatte sagen wollen.

Langhammer legte sein Ohr an die Tür. »Scheint nicht da zu sein.«

»Himmelherrgottsakrament, ich hab doch gesagt, dass alle mitmachen sollen. Wo sind wir denn hier eigentlich?« Der Kommissar war stinksauer. »Haben die denn immer noch nicht verstanden, dass das hier alles kein Spiel mehr ist? So, jetzt reicht's. Wir suchen jetzt diese Frau Weiß, das wär ja gelacht.«

Wenige Minuten später hatten sie sie gefunden – im Wellnessbereich bei Masseur Arndt Vogel. Kluftinger, dessen Wut sich mit jeder Sekunde, die sie nach ihr gesucht hatten, noch gesteigert hatte, war ohne anzuklopfen in den Behandlungsraum gestürmt. Dort blieb er abrupt stehen: Franziska Weiß lag an ein Elektrotherapiegerät angeschlossen auf dem Bauch auf einer Liege – der gleichen, auf der gestern der Leichnam ihres Mannes gelegen hatte. Ihren Kopf hatte sie in eine Öffnung in der Liege gelegt. Der Anblick brachte den Kommissar aus dem Konzept.

»Ich … wollte …« Er musste sich erst sammeln, dann fragte er die Frau, der es sichtlich Mühe bereitete, ihren Kopf in seine Richtung zu heben: »Warum sind Sie nicht auf Ihrem Zimmer?«

Sie ließ den Kopf wieder sinken und antwortete: »Weil ich hier bin.«

Kluftinger sog scharf die Luft ein. Er blickte zum Masseur, der abwehrend die Arme hob, als wolle er sagen: *Ich habe damit nichts zu tun.* Ganz offensichtlich war es ihm unangenehm, Teil einer Situation zu sein, die den Kommissar schon wieder in Rage brachte.

»Das seh ich«, sagte Kluftinger schließlich. »Aber ich hatte doch alle gebeten, genau dort zu sein, wo sie gestern auch waren, als alles … passiert ist.«

Ein paar Sekunden war es still. Nur das monotone Klicken des Stromgeräts durchbrach die Stille.

»Das bin ich ja«, tönte es von unten.

»Hm?«

»Ich war gestern ebenso hier wie jetzt. Ich habe mir eine Elektrotherapie geben lassen, wie jetzt. Kam mir grad gelegen, dass Sie das verlangt haben, denn ich habe seit Tagen starke Schmerzen. Wahrscheinlich das Wetter. Wenn Sie jetzt die Güte hätten, mich wieder allein zu lassen. Es ist eine etwas kompromittierende Situation für eine Frau.«

Fragend blickte der Kommissar zum Masseur. Der nickte lediglich.

»Oh, dann … natürlich. Entschuldigung, Frau Weiß, wir wussten ja nicht. Aber der Doktor …« Mit diesen gestammelten Entschuldigungen schob Kluftinger den Arzt aus dem Zimmer.

»Wir müssen sofort noch mal zu Eckstein«, sagte Kluftinger draußen.

»Zu … wieso denn das?«

»Na, weil der doch gesagt hat, sie hätte mit ihrem Mann gesprochen.« Dann zeigte er auf die geschlossene Tür des Behandlungsraumes. »Wie sich herausgestellt hat, war das wohl schwer möglich.«

Als sie Ecksteins Zimmer wieder verlassen hatten, grinste der Doktor selbstzufrieden.

»Darf ich den Grund Ihrer Fröhlichkeit erfahren, Watson?«, fragte Kluftinger.

»Ja, jetzt ist doch alles klar.«

»So?« Der Kommissar war es leid, und seine Frage klang nicht gereizt, sondern müde.

»Weiß kann nicht mit seiner Frau gesprochen haben. Aber Eckstein behauptet es dennoch. Also lügt er. Und das würde wohl nur der Mörder.«

»Ja, oder …«

»Oder was?«

Prüfend musterte der Kommissar sein Gegenüber. »Lassen Sie es gut sein. Sie würden es eh nicht verstehen.«

Kluftinger stieg vor Langhammer die Treppe hinunter.

»Und jetzt?«, fragte der Doktor noch auf der Treppe.

Kluftingers Kopf lief knallrot an. Mit funkelnden Augen fuhr er herum, doch noch in der Drehung hörte er, dass Julia König von der Rezeption aus nach ihm rief. Gut für Langhammer, dachte Kluftinger bei sich und wandte sich der Hotelbesitzerin mit einem freundlichen Lächeln zu.

»Herr Kluftinger, nur eine kurze Frage: Das Zimmermädchen fragt nach, was mit den Scherben der Vase aus dem Gang im zweiten Stock passieren soll. Sie hat sie vorsichtshalber noch aufbewahrt in einer Schachtel. Kann man sie wegwerfen?«

Kluftinger kniff die Augen zusammen. Eigentlich war es ja wertloses Zeug, diese Splitter, sie würden ihn nicht weiterbringen. Andererseits …

»Nein, sie soll uns die Scherben bitte aushändigen.« Dann drehte er sich zum Doktor. »Herr Langhammer, es wäre sehr wichtig, dass Sie die Vase wieder zusammensetzen. Aus … ähm … ermittlungstaktischen Gründen. Das könnte uns sehr nützlich sein. Bitte achten Sie darauf, dass Sie möglichst alle Scherben wieder in die richtige Position bringen.«

Langhammer sah ihn bedröppelt an. »Und Sie? Ich meine, kann das nicht jemand anderes machen? Ich möchte Ihnen lieber assistieren. Und ich muss ja weiter den Weiß spielen, nicht wahr?«

»Ja schon, aber der Weiß wäre ja jetzt auf sein Zimmer gegangen. Und bevor Sie da nur nutzlos rumliegen und sich tot stellen …« Kluftinger senkte verschwörerisch die Stimme: »Es ist eine heikle Aufgabe, die ein Maß an Fingerspitzengefühl erfordert, das ich Ihnen als Mediziner am ehesten zutraue.«

Das schien Langhammers Zweifel zu zerstreuen. Er nickte ernst, senkte ebenfalls die Stimme und sah sich nach beiden Seiten um. »Woher bekomme ich den Klebstoff?«

Kluftinger fragte bei der Hotelchefin nach.

»Hm, am besten gehen Sie in unser Kinderspielzimmer, da gibt es welchen, und da haben Sie auch Platz für Ihre Bastelarbeit.«

Langhammer zog die Brauen zusammen und sagte mit finsterer Miene: »Es geht hier nicht um eine Bastelarbeit, sondern um die

Rekonstruktion von Spuren. Aber das können Sie ja nicht wissen. So, und nun lassen Sie die Vase in dieses Spielzimmer bringen und zeigen mir den Weg dorthin!« An Kluftinger gewandt, fuhr er in jovialem Ton fort: »Wenn Sie mich brauchen, Partner, wissen Sie, wo Sie mich finden.«

»Schon recht, ja, bis nachher dann«, wiegelte der Kommissar ab.

Und jetzt? Kluftinger zuckte bei diesem Gedanken regelrecht zusammen. Er war schon viel zu lange mit dem Doktor unterwegs. Auf der Stelle machte er sich auf den Weg zu Alexandra Gertler.

Als er auf sein Klopfen nichts hörte, drückte er die Klinke, öffnete die Tür eine Hand breit und lugte vorsichtig hinein. Auf weiteres Rufen öffnete sich die Badtür, und die Moderatorin trat heraus.

»Auweh, mei, entschuldigen Sie, ich komm ... einfach ... nachher wieder!«, stammelte der Kommissar.

Die Gertler war nur mit Schlüpfer und BH bekleidet, beides in einem zarten Lila. Doch die Frau lächelte milde und winkte ab. »Ach was, warum denn?«

»Ich mein, weil Sie ja ... ziehen Sie sich ruhig erst was an!«

»Ja, natürlich, das hatte ich ja gerade vor. Kommen Sie ruhig so lange rein.«

Kluftinger zögerte zunächst, trat dann aber ein. Schließlich hatte er keine Zeit zu verlieren. Doch als er der knapp bekleideten Frau gegenübersaß, verlor er den Faden. »So, sagen Sie, was haben Sie denn so, ich meine, was haben Sie gemacht jetzt, gestern, halt während ... können Sie sich bitte etwas anziehen?« Waren die jungen Frauen heutzutage so offenherzig? Kluftinger machte innerlich drei Kreuze, dass sie einen Sohn hatten.

Alexandra Gertler nahm sich lächelnd einen glänzenden Bademantel, zog ihn über und nahm Platz. »Um Ihre Frage zu beantworten: Ich habe genau das gemacht, wobei Sie mich gerade überrascht haben: Ich habe mich geduscht und angezogen.«

»Waren Sie denn die ganze Zeit hier?« Kluftinger gelang es nur wenig besser, sich auf seine Befragung zu konzentrieren, da der

Morgenmantel nach wie vor fast freien Blick auf den BH der Frau gestattete.

»Wie gesagt: Ich habe mein Zimmer nicht verlassen.«

»Interessant.« Unschlüssig blickte er sich um, dabei darauf bedacht, die Frau nicht anzusehen.

»Sonst noch was?«, fragte Alexandra Gertler.

»Ich … hm … nein.« Mit diesen Worten erhob sich der Kommissar und machte sich wieder auf den Weg nach unten. Als er schon auf der Treppe stand, klatschte er sich mit der flachen Hand gegen die Stirn. Er war aber auch ein Hornochse. Die einfachsten Fragen hatte er nicht gestellt. Er machte kehrt und klopfte noch einmal an der Tür der Journalistin.

»Herein«, kam es von drinnen.

Sie fragt nicht einmal, wer da vor der Tür steht, dachte der Kommissar. »Ich bin's noch mal, ich wollt noch was wissen.«

»Ich sagte ja ›herein‹.«

»Ja, aber jetzt ziehen Sie sich doch lieber erst mal an.« Diesmal wollte er sich nicht ablenken lassen. Er wartete also fast zehn Minuten, bis ihm die Gertler, nun in ihrem Kostüm, öffnete. »Sie hätten wirklich nicht warten müssen, das hätte mir nichts ausgemacht.«

»Hm, ja. Wie dem auch sei, was ich wissen wollte: Warum haben Sie denn dem Anwander nicht aufgemacht, als er gestern bei Ihnen war? Er sagt, er hätt recht beherzt geklopft. Können Sie sich das erklären?«

»Na ja, ich habe geduscht, mich geföhnt. Ich hab Sie ja vorher auch nicht gleich bemerkt, als Sie an der Tür waren. Und ich war auch ein-, zweimal draußen auf der Loggia beim Rauchen, da kann es schon sein, dass ich ihn nicht gehört habe. Aber was wollte er denn von mir? Hat er Ihnen das auch gesagt?«

»Es ging wohl um Ihre Reportage über das Hotel, mehr weiß ich nicht.«

»Ach Gott, er wollte wahrscheinlich sichergehen, dass es sich um eine reine Werbeberichterstattung handelt!«

Kluftinger nickte. Auch er kannte solche »Berichte« über Hotels aus der Zeitung.

Er verabschiedete sich und machte sich, nun einigermaßen zufrieden mit dem Ergebnis seiner Befragung, auf den Weg nach unten. Jetzt galt es zu klären, was die Hotelbediensteten gemacht hatten, während die Gäste sich auf ihren Zimmern befanden.

Kluftinger fand das Zimmermädchen im Gespräch mit Ferdinand Sacher an der Rezeption. »Ah, gut, dass ich Sie grad treffe, Fräulein …«

»Müller. Kerstin«, ergänzte das Mädchen.

»Genau. Jetzt erzählen Sie mir bitte, was Sie gestern gemacht haben, bevor alle zum Essen heruntergekommen sind«, forderte sie der Kommissar auf. Sacher ging derweil Richtung Treppe. Kluftinger seufzte. Der Portier hielt sich schon wieder nicht an die Abmachung, alles genau wie gestern zu machen. Oder etwa doch? Kluftinger würde ihn gleich noch dazu befragen, erst aber war das Zimmermädchen dran.

Kerstin Müller sah zu Boden und erzählte mit dünner Stimme, dass man sie nach oben geschickt habe, um die Überreste der Vase zu beseitigen. Da sie nicht gewusst habe, ob die Vase vielleicht wertvoll gewesen war, hob sie die Scherben in einer Kiste auf. »Wissen Sie, ich habe schon mal Ärger bekommen, weil ich alte Schachfiguren in den Müll geworfen habe, die aber wohl aus Elfenbein waren. Drum war ich vorsichtig. Und jetzt hat es sich sogar gelohnt. Ich habe Ihrem Kollegen gerade die Scherben gebracht.«

»Meinem …? Ach so, ja, sehr gut gemacht, Fräulein Kerstin, vielen Dank!«

Das Zimmermädchen lächelte.

»Wer hat Sie denn auf die Vase hingewiesen?«

»Ferdinand, ich meine, Herr Sacher hat mich gerufen. Ein Gast hatte es gemeldet. Ich glaube der Ältere, mit den weißen Haaren.«

»Wissen Sie, wann das genau war?«

»Nein, keine Ahnung, tut mir leid.«

»Aber das war, bevor Sie Frau König losgeschickt hat, um bei Herrn Weiß zu klopfen?«

»Ja, sicher, ich bin ja später noch mal rauf. Und als ich wieder runterkam, sind Sie mit der Chefin nach oben.«

»Wann sind Sie denn das erste Mal wieder heruntergekommen?«

Kerstin Müller zuckte mit den Schultern.

»Ich meine, was war im Speisesaal denn gerade los, als Sie ihn wieder betreten haben?«

Sie machte eine Pause und überlegte.

»Hm … die Schauspieler haben gerade miteinander gesprochen. Genau. Sonst waren alle noch oben.«

»Und beim Zimmer von Herrn Weiß? Da ist Ihnen auch nichts aufgefallen?«

Kerstin schüttelte den Kopf. »Nein. Ich bin noch eine Weile stehen geblieben, weil ich nicht wusste, was ich jetzt machen sollte. Ich mein, die Chefin wollte ja, dass ich ihn hole. Andererseits ist er Gast, und ich wollte ihn auch nicht unnötig stören.«

»Und vorher haben Sie auch nichts Besonderes bemerkt? Ihnen ist niemand begegnet auf dem Weg?«

»Nein. Es war völlig still. Fast schon unheimlich. Und dann … warten Sie, natürlich!«

Kluftinger horchte auf. Kerstin riss die Augen weit auf und tippte sich an die Stirn. Auf einmal begann sie zu schimpfen: »Ja scheiße, bin ich jetzt doof oder was? Natürlich, da oben hat jemand geschrien, während die Gäste auf den Zimmern waren und ihre Kostüme angezogen haben. Aber das war nicht im Vierten. Es war ein ganz komischer Laut, wie von einem Hund oder einem Pferd. Gequält, tierisch irgendwie.«

»Ein Schmerzensschrei?«

Das Mädchen schürzte die Lippen und schüttelte schließlich den Kopf. »Nicht so richtig. Aber ich bin da vielleicht auch nicht gerade eine Expertin. Es hat sich eher total dumpf angehört, wie wenn man in ein Kissen schreit oder wenn man den Mund zugehalten bekommt. Aber jetzt im Nachhinein, Herr Kommissar, total unheimlich. Ich krieg jetzt die totale Gänsehaut, wenn ich dran denke.«

Total interessant, schoss es Kluftinger durch den Kopf, er sparte sich aber einen Seitenhieb auf den inflationären Gebrauch dieses Wortes, den er auch von seinem Sohn nur allzu gut kannte: »Ich weiß, das ist jetzt eine schwere Frage, aber glauben Sie, es kann ein Todesschrei gewesen sein?«

»Also … keine Ahnung. Schrecklich genug war er auf jeden Fall. Richtig widerlich, irgendwie«, gab Kerstin an. Dann sah sie ihn erschrocken an. »Meinen Sie, das war der Weiß? Aber der war doch weiter oben? Scheiße, ich meine, dass ich da nicht dran gedacht habe, Mann, dass ich Ihnen das nicht früher gesagt habe! Aber ich war irgendwie total schockiert von dem allen. Sie meinen doch jetzt nicht, dass ich …«

»Verstehe. Wenn wir es rausfinden könnten, ob es Weiß war, könnte uns das natürlich etwas über den Todeszeitpunkt sagen.«

»Oh mein Gott, wenn das wirklich …«, brachte das Mädchen noch heraus, dann begann sie zu schluchzen. Kluftinger sah sie ein wenig hilflos an. Er wusste nicht, wie er sich verhalten sollte. Also versuchte er schlicht, ein paar tröstende Worte zu finden: »Wissen Sie, Sie haben es ja nicht gesehen. Das wäre ja viel schlimmer, diese Bilder würden Sie nie mehr aus dem Gedächtnis bekommen. Aber Töne vergisst man schneller, glauben Sie mir, ich hab da …«

»Entschuldigen Sie mich«, rief Kerstin Müller noch, bevor sie weinend davonrannte.

Offenbar hatte er nicht den richtigen Ton für die vorliegende Situation getroffen, dachte Kluftinger, zuckte die Achseln und begab sich zu einem der Sessel in der Halle.

Ächzend nahm er Platz, senkte den Kopf und massierte langsam seine Nasenwurzel. Immer deutlicher begann sich der gestrige Tag wie ein Film vor seinen Augen abzuspielen. Bis hin zu einem möglichen Todesschrei von Weiß hatten sich durch das Nachspielen wichtige Details ergeben, die dem ganzen Geschehen Gesicht und Struktur gaben. Und ihm bis jetzt vorenthalten worden waren. Oder – so merkte er in Gedanken selbstkritisch an – nach denen er bisher nicht gefragt hatte. Nach und nach ging er im Geiste die einzelnen Zimmer der Gäste durch, bis er schließlich bei Weiß angelangt war. Was dort passiert war, das lag noch immer im Dunkeln. Aber ganz allmählich schälten sich einzelne Teile aus dem Nebel heraus. Wie er das Rätsel des verschlossenen Raumes lösen wollte, war ihm allerdings immer noch schleierhaft. Schließlich gab sich der Kommissar einen Ruck. Bald würden die anderen Gäste wieder nach unten kommen, und bis dahin musste er sich um die restlichen Angestellten kümmern.

Eine halbe Stunde später hatte er mit allen geredet – allerdings mit eher mäßigem Erfolg: Sie waren schlicht und ergreifend ihrer Arbeit nachgegangen. Hatten sie jedenfalls ausgesagt. Wieder kehrte der Kommissar zur Rezeption zurück, um sich mit Sacher über dessen mangelnde Disziplin beim Nachstellen des vergangenen Abends zu unterhalten. Doch das kleine Kämmerchen hinter der Theke, die sich für Kluftinger zu einer Art Informationszentrale entwickelt hatte, war verwaist. Der Kommissar lehnte sich an den Tresen und ließ einige der Streichholzpackungen in seiner Jackentasche verschwinden – schließlich hatte auch er Feuerwerkskörper von zu Hause mitgebracht, die es heute Abend anzuzünden galt.

Er schob sich gerade die siebte Packung in die Tasche, da öffnete sich die Tür des Fahrstuhls. Ferdinand Sacher stieg aus und ging rasch auf Kluftinger zu. Noch bevor der Portier irgendetwas zum Kommissar sagen konnte, fragte ihn der in scharfem Ton: »Herrgott, wo waren jetzt Sie schon wieder, Herr Sacher? Wissen Sie, wenn alle immer bloß wegspringen, dann kommen wir gar nicht weiter. Sie müssen das schon mit ein bissle mehr Sorgfalt angehen.«

»Ja, schon klar!«, fauchte Sacher zurück und ließ dabei jegliche professionelle Freundlichkeit vermissen. »Jetzt kommen Sie mir auch noch mit Sorgfalt daher! Ich war gestern doch bloß hier drin gesessen.« Damit zeigte er auf den kleinen Raum. »Jeder meint bloß, er müsst mich hier zusammenscheißen. Erst die Chefin und jetzt Sie. Sorgfalt, Sorgfalt! Meinen Sie, für mich ist das alles eine Routineangelegenheit? Ich muss ja schauen, dass der Laden läuft! Nur wegen diesem saudummen Brief so einen Aufstand zu machen.«

Kluftinger sah ihn fragend an. »Ich hab doch gar nix wegen einem Brief gesagt.«

»Was? Nein, nicht Sie, die Chefin. Wegen dem Brief war ich ja weg. Bei diesem Eckstein. Und weil ich den vergessen habe, hat sie mich zur Sau gemacht.«

»Jetzt mal ganz langsam«, sagte Kluftinger bestimmt, »Sie haben Eckstein einen Brief gebracht?«

»Schon«, brummte Sacher.

»Und von wem war der?«

»Keine Ahnung.«

»Von Weiß vielleicht? Der hat ja angeblich noch einen geschrieben hier unten.«

Sacher schien nachzudenken. »Hm, kann schon sein, davon weiß ich nix. Nur, dass er den Computer benutzen wollte. Möglich, dass er da den Brief geschrieben hat.«

»Und dann?«

»Na ja«, sagte Sacher zögernd, »es ist mir schon ein bisschen peinlich. Wirklich. Aber ich hab nicht mehr in die Fächer geschaut. Bei dem ganzen Trubel, da denkt man doch nicht an so was.« Er blickte Kluftinger an, als erwarte er eine Bestätigung von ihm. Als die ausblieb, fuhr er fort: »Und dann lag noch ein Flyer drauf.«

»Wo drauf? Himmelarsch, wovon reden Sie denn jetzt?«

»Die Chefin hat gerade beim Durchschauen der kleinen Fächer, in denen die Zimmerschlüssel hängen, einen Brief an Eckstein gefunden, den ich übersehen habe. Und dann hat sie sich aufgeregt, weil ich so wenig sorgfältig …«

»Wissen Sie, was in dem Brief stand?«

»Meinen Sie, ich les die private Post der Gäste?« In der Frage lag ein aggressiver Unterton.

»Hat Weiß Ihnen den Brief nicht gegeben, um ihm Eckstein ins Fach zu legen?«

»Nein, wenn, dann hat er ihn selber reingelegt.«

»Wo waren Sie denn zur fraglichen Zeit?«

»Ja hier, oder eben hinten in meinem Kabuff. Da kann ich schon mal jemanden übersehen draußen. Und einmal hab ich aufs Klo müssen.«

Kluftinger bohrte weiter: »Und den Brief haben Sie jetzt gerade Eckstein gebracht?«

»Ja, ich … lieber spät als nie, ich mein … hätt ich ihn lieber Ihnen, ich mein … au weh …«

Kluftinger ließ den Mann einfach stehen und lief in Richtung Treppe. Er musste wissen, was in diesem Brief stand. Schwer atmend kam Kluftinger am Treppenabsatz des zweiten Stocks an. Er hielt sich kurz am Handlauf fest, verschnaufte einen Moment, trabte dann weiter zu Ecksteins Tür und trat ohne zu klopfen ein. Der

Weißhaarige stand über den Schreibtisch gebeugt da und fuhr erschrocken herum.

»Was …«, war alles, was er herausbrachte. Dann stellte er sich vor den Tisch. Kluftinger entging nicht, dass er etwas in seiner rechten Hand verbarg. Und er nahm auch einen seltsamen Geruch wahr. Den Geruch verbrannten Papiers!

Kluftinger rannte zu Eckstein. »Lassen Sie mich vorbei!«, schrie er und stieß ihn beiseite. In einem gläsernen Aschenbecher lagen einige kokelnde Schnipsel und ein Streichholz, das gerade im Begriff war, die Papierfetzen in Brand zu setzen. Beherzt griff Kluftinger nach dem Hölzchen und warf es mit einem Schmerzensschrei von sich, wobei es auf dem Teppich landete und dort einen Brandfleck hinterließ.

»Isch ja schon recht!«, sagte Eckstein ruhiger als erwartet und legte eine Schachtel Streichhölzer auf den Tisch.

Kluftinger drückte mit den Fingern die qualmenden Stellen aus. Das Papier hatte nur am Rand vor sich hin geschwelt und war weitgehend erhalten.

»Warum haben Sie das getan?«, fuhr er Eckstein an.

»Lesen Sie es, dann wissen Sie, warum. Und auch wenn Sie das jetzt meinen: Ich habe ihn nicht umgebracht!«

»Was steht in dem Brief?«

»Wie gesagt …«

»Kreuzkruzifix, halten Sie mich hier nicht zum Narren!«, entfuhr es Kluftinger. Dann trat er nahe an Eckstein heran und sagte drohend: »Eckstein, das alles macht Sie hier zum Verdächtigen Nummer eins. Schlechter könnte es für Sie kaum aussehen!«

Eckstein war ein Stück zurückgewichen und mied den Blick des Kommissars. Es sah nicht so aus, als wolle er noch etwas zur Klärung der Situation beitragen. Kluftinger schnappte sich den Aschenbecher, wandte sich wortlos um und verließ den Raum, wobei er die Tür geräuschvoll ins Schloss donnern ließ.

Zwei Minuten später betrat auch er den Raum, in den er den Doktor vorhin hatte abschieben lassen. Er war mit Spielzeug geradezu vollgestopft. Das Zentrum bildete eine große hölzerne Ritterburg samt Klettergerüst, Zugbrücke und Holzrutsche. Doch das war es nicht, was die Aufmerksamkeit des Kommissars auf sich zog. Ihm bot sich ein Bild, das er am liebsten fotografisch festgehalten und heimlich im Wartezimmer von Langhammers Praxis aufgehängt hätte: Mit der Zunge im linken Mundwinkel klebte der Doktor, der an einem hellblauen Kindertisch auf einem kleinen Holzstühlchen saß, eifrig Porzellanteilchen zusammen.

»Ah, Sie brauchen mich? Ich bin schon zu Ihren Diensten, nur einen kleinen Moment, bitte!«, beeilte sich der Doktor zu sagen, als er den Kommissar bemerkt hatte, und wollte sofort sein Werkstück weglegen. Offenbar freute er sich über die Unterbrechung seiner Bastelei.

Kluftinger trat zu ihm, legte die Hand auf seine Schulter und drückte ihn wieder auf sein Stühlchen. »Nein, lassen Sie, ich brauch nicht Sie. Nur ein bissle was von Ihrem Kleber.«

Langhammer wirkte enttäuscht. »Ah, Sie müssen also auch etwas rekonstruieren?«

»Schon.« Kluftinger zeigte ihm den Aschenbecher mit den Schnipseln.

»Kein Problem, der Uhu reicht für uns beide. Und hier hinten ist eine ganze Schublade mit Zeichenpapier, da können Sie das Zeug aufkleben!«

Der Doktor kannte sich ja schon prächtig aus hier unten, dachte Kluftinger. Immerhin hatte er, zum Erstaunen des Kommissars, schon rund ein Drittel des Gefäßes rekonstruiert.

Kluftinger nahm ebenfalls an einem der kleinen Tischchen Platz und widmete sich konzentriert seiner Aufgabe. Nach ein paar Minuten des Schweigens fragte Langhammer: »Möchten Sie mir nicht endlich sagen, worum es sich bei diesem Schriftstück handelt?«

Kluftinger sah ihn lange an und sagte ruhig: »Nein.«

Dann wandte er sich wieder seinem Puzzle zu. Eckstein hatte beim Zerreißen ganze Arbeit geleistet. Gedankenversunken arbeiteten die beiden jeder für sich, wobei Kluftinger bemerkte, dass

Langhammer leise sang. Er glaubte sogar, die Melodie eines Kinderliedes zu erkennen.

Auf einmal ging die Tür auf, und Erika und Annegret standen im Raum. Wortlos sahen sich die vier in die Augen, bis Erika ihre Freundin in die Rippen stieß und kopfschüttelnd sagte: »Jetzt schau dir das an: Wir warten brav auf unseren Zimmern und machen uns schon Sorgen um unsere zwei …«

»… und dabei sitzen die hier einträchtig und basteln ein bisschen«, vollendete Annegret den Satz.

Erika brachte noch ein »Nett, gell?« heraus, dann prusteten die Frauen los.

Kluftinger holte gerade Luft, um zu einer Rechtfertigung anzusetzen, als Sacher seinen Kopf zur Tür hereinstreckte: »Herr Kluftinger, Frau König lässt Sie daran erinnern, dass bereits die ersten Gäste im Speisesaal eintreffen.«

Der Vorhang fällt

Es war ein überwältigendes Déjà-vu-Erlebnis: Als die Gäste nach und nach in ihren Kostümen die Treppe herabkamen und sich im Salon einfanden, fühlte Kluftinger sich derart stark an den gestrigen Abend erinnert, dass er sich für einen kurzen Moment nicht sicher war, ob er sich die Ereignisse, die darauf gefolgt waren, nicht doch nur eingebildet hatte.

Der Kommissar trat vor und hob an zu einer seiner inzwischen zur Gewohnheit gewordenen Ansprachen: »Meine Damen und Herren, ich danke Ihnen sehr, dass Sie alle bisher so gut mitgemacht haben. Ich weiß, dass es nicht einfach für Sie ist, aber Sie haben mich ein großes Stück weitergebracht.« Bei diesen Worten verdüsterte sich die Miene des Doktors, und er starrte Kluftinger verständnislos an. »Ich bitte Sie, durchzuhalten. Nehmen Sie jetzt einfach Ihr Essen ein, ganz zwanglos – soweit das halt möglich ist. Es gibt allerdings statt des ›Mörderischen Silvestermenüs‹ was ganz Normales, soll ich von Frau König ausrichten. Das ist sicher im Sinn von uns allen.«

Und ich hungere halt derweil ein bissle zum Jahresausklang, fügte der Kommissar in Gedanken hinzu. Die Überfülle, die er nach dem Frühstück in seinem Magen gespürt hatte, war einer gähnenden Leere gewichen. Zwischen dem Gefühl *In mich passt nie wieder was rein* und *Ich könnt schon wieder ein kleines Schnitzel vertragen* lag bei ihm oftmals nur ein ausgiebiger Mittagsschlaf. Er überließ die anderen also mit neidvollen Blicken ihrem Abendessen und ging in die Küche, wo ihm sofort ein vertrauter und heiß geliebter Duft entgegenschlug, der ihn für ein paar Sekunden regelrecht benommen machte. Sein bis vor wenigen Sekunden schwelender Hunger wuchs sich zu einem verzehrenden Kohldampf aus.

»So, gibt's …«, Kluftinger musste schlucken, um den Speichel, der ihm ob des Anblicks und des Geruchs der Speisen im Munde zusammengelaufen war, loszuwerden, »… was Gutes heute.«

»Na, bloß Kässpatzen mit Salat«, gab der Koch mürrisch zurück, wobei er Kluftinger kaum eines Blickes würdigte.

»Ja, eben!«, rief der erfreut aus und blickte auf sprudelnde Kochtöpfe und Pfannen voller goldgelb glänzender, brutzelnder Zwiebeln. »Sieht ja brutal gut aus.« Er hoffte, der Koch würde ihm wegen seines überschwänglich geäußerten Lobes etwas anbieten, doch diese Hoffnung zerstreute sich schnell, als der brummte: »Können's ja heut Nacht wiederkommen und die ganze Küche verwüsten. Und danach alles ohne Kühlung rumliegen lassen, wenn Sie Hunger kriegen.«

Kluftinger lief knallrot an. Er fühlte sich wie ein Kind, das die Mutter beim heimlichen Fernsehen erwischt. »Ich … also, ja, aber wegen dem Mord hab ich, also, nix gegessen, und da hab ich noch Hunger bekommen und …«

»Soso.« Der Koch hatte ihm bereits den Rücken zugedreht und rührte mit einem mächtigen Schaumlöffel in seinen Töpfen herum.

Kluftinger war klar, dass er ihm nichts anbieten würde. »Herr Steiger, wissen Sie noch genau, was Sie gemacht haben an dem … also gestern Abend?«

»Mhm.«

Kluftinger seufzte. Der Mann hatte offensichtlich beschlossen, ihm seine Arbeit besonders schwer zu machen. Sicher, ihre nächtliche Fressattacke und die Spuren, die sie dabei hinterlassen hatten, waren nicht die feine Art gewesen. Aber so musste der Koch sich nun auch wieder nicht aufführen. Dem Kommissar wurde an diesem Wochenende immer wieder schmerzlich bewusst, wie mühsam Ermittlungen ohne den Apparat waren, den er sonst hinter sich wusste. Allein die Tatsache, dass er solch störrische Menschen nicht ins Präsidium einbestellen konnte, um sie dort mit der geballten Autorität der Polizei zu konfrontieren, war bedauerlich. Aber nun einmal nicht zu ändern.

»Geht es etwas genauer?«, setzte Kluftinger nach.

»Wollen Sie wissen, wann ich in welchem Topf gerührt habe?«

Noch einmal entfuhr Kluftinger ein Seufzen. Er blickte sich um. Dabei fiel sein Blick auf einen Teller mit Kässpatzen, der, bis ins kleinste Detail ansprechend angerichtet, rechts neben ihm auf einem der Edelstahl-Büfetts stand. Er vermutete, dass es sich dabei um den Musterteller handelte. Er kannte das von den vielen Kochsendungen aus dem Fernsehen: Spitzenköche bereiteten für jedes Essen eine Vorlage, damit alle aus dem Küchenteam wussten, wie das fertige Gericht auszusehen habe, bevor es die Küche verließ. Und das hier sah nun wirklich ganz außerordentlich appetitlich aus: Die goldgelben Spatzen waren in der Mitte des riesigen Tellers zu einem kleinen Hügel aufgehäuft worden, auf dessen Spitze die gebratenen Zwiebeln thronten. Drumherum sorgte frisch gehackte Petersilie für einen farbigen Akzent, gesprenkelt mit einigen schwarzen Pfefferkrümeln. Mit aller Kraft und geblähten Nasenflügeln zwang sich der Kommissar dazu, seine Aufmerksamkeit wieder auf das Gespräch zu lenken. Er schluckte.

»Ich meine: Haben Sie die Küche mal verlassen?« Bei diesen Worten rückte der Kommissar kaum merklich nach rechts, in Richtung des Mustertellers.

»Nein, hab ich nicht. Obwohl, doch, einmal war ich im Keller, um was aus dem Lager zu holen.«

Steiger hatte sich bei seinen Worten nicht umgedreht, und für Kluftinger wurde die Versuchung einfach zu groß. Er konnte nicht mehr widerstehen. Er taxierte den massigen Körper des Kochs von hinten, fragte: »Was haben Sie denn geholt?« und langte gleichzeitig nach rechts, wo seine Hand die Spitze des Spatzenturms packte und gierig in seinen Mund stopfte.

»Ist das so wichtig?«, erwiderte in diesem Moment der Koch und drehte sich zum Kommissar um, der umgehend seine Kaubewegungen einstellte und beflissen nickte. »Herrgott, ich glaube, es war eine Flasche Wein, die ich zum Kochen gebraucht habe.«

Der Koch drehte sich wieder weg.

Erleichtert mampfte Kluftinger und schluckte die Masse schließlich halb gekaut hinunter. »Waren sonst alle hier in der Küche?«

Der Koch sah ihn kurz an: »Wer sind denn *alle*?«

»Ja, mei, alle halt aus … der Küche.«

»Normalerweise hab ich hier ein ganzes Team. Aber wegen der erlesenen Gesellschaft …«, Steiger sprach das Wort *erlesen* mit hörbarem Sarkasmus aus, »… habe ich ja nur eine Notbesetzung. Und zwei davon sind nicht einmal mehr hochgekommen wegen dem Schneefall. Die Kellner haben sich bereit erklärt zu helfen. Ich hab ziemlich improvisieren müssen, da werden Sie verstehen, dass ich keine Augen für die anderen hatte.«

Während dieses kleinen Monologs hatte sich Kluftinger erneut eine Handvoll Kässpatzen in den Mund gestopft und danach schnell den Teller wieder ein bisschen in Form gebracht. Mit lausigem Ergebnis, wie er sich eingestehen musste.

In diesem Moment fuhr der Koch herum: »Was meinen denn Sie, wie viel Arbeit das ist, so ein Essen praktisch allein, nur mit ungelernten Aushilfen, zuzubereiten?«

Kluftinger, außerstande, mit so vollem Mund zu sprechen, ohne sich zu verraten, zuckte nur mit den Schultern.

»Meinen Sie, das ist ein Kinderspiel?«

Kluftinger schüttelte den Kopf.

»Das ist eine Meisterleistung, verstehen Sie das?«

Nicken.

Dann beendete der Koch die Phalanx seiner rhetorischen Fragen und wandte sich direkt an sein Gegenüber: »Sie haben die Kellner ja bestimmt auch nach mir befragt. Was haben die denn gesagt? Tät mich grad interessieren. Den rauen Küchenton sind die nicht so gewöhnt.«

Kopfschütteln.

»Wie jetzt? Sie haben nichts gesagt?«

Wieder Kopfschütteln.

»Herrgott, hat's Ihnen die Sprache verschlagen?«

Jetzt war es Kluftinger, der sich kurz wegdrehte. Er tat, als müsse er husten, und versuchte dabei, die Spatzen hinunterzuschlucken. Dabei geriet ihm aber ein Stückchen Zwiebel in die Luftröhre, und es folgte ein echter Hustenanfall, der ihm die Tränen in die Augen trieb. Er dauerte fast eine Minute, und als sich der Kommissar röchelnd wieder gefangen hatte, blickte er in die gleichgültigen Augen des Kochs.

»So, geht's wieder?«, fragte der lediglich, ohne dass in seinen Worten auch nur der Anflug von Interesse lag.

»Danke … geht … schon«, presste der Kommissar hervor. Er war hier nun auch wirklich fertig, aus dem störrischen Mann würde er zumindest heute nichts mehr herausbringen. »Ich geh dann mal«, sagte er und wollte sich schon umwenden, da streckte sein Gegenüber die Hand aus und zeigte auf Kluftingers Mund.

»Sie haben da übrigens einen Käsefaden hängen.«

Der Kommissar war erleichtert, als er die Küche wieder verlassen hatte. Manchmal übermannte ihn sein Hunger derart, dass sein Verstand aussetzte. Deswegen sorgte seine Sekretärin im Büro immer für ausreichend Nussschnecken und andere Süßigkeiten, falls plötzlicher »Unterzucker«, wie er seine Heißhungerattacken beschönigend nannte, ihm die Arbeit erschwerte.

Auf Höhe der Rezeption lief ihm erneut das Zimmermädchen in die Arme.

»Na, geht's wieder?«, fragte er.

Sie nickte. Ihre Augen waren gerötet, aber sie schien sich wieder gefangen zu haben. »Nett, dass Sie …«

In diesem Moment ertönte aus dem Salon ein schriller Schrei, der den Kommissar und die Angestellte zusammenfahren ließ. Beide blickten in Richtung Tür.

»Das war er. Der Schrei! Von gestern!«, rief Kerstin Müller. Ihr Gesicht war auf einen Schlag leichenblass geworden.

»Sie meinen der, den Sie …«

Sie nickte nur, und Kluftinger spurtete los. Er riss die Tür zum Speisesaal auf und verschaffte sich in wenigen Sekunden einen Überblick über die Situation: Praktisch alle saßen an ihren Tischen, aber niemand aß, die meisten starrten in eine bestimmte Richtung. Kluftinger folgte ihren Blicken – sie führten geradewegs zum Tisch seiner Frau. Verwirrt rief der Kommissar: »Wer hat gerade geschrien?«

Ein paar Sekunden herrschte Stille, dann sagte Langhammer:

»Wieso, habe ich Sie erschreckt? Der Kellner hat mir den Kaffee …«

Der Kommissar ließ den Doktor gar nicht erst ausreden: »Nein, ich meine nicht Sie. Es muss jemand anderes geschrien haben.«

Entgeisterte Augenpaare blickten ihn an.

»Niemand sonst«, beharrte der Doktor. »Es tut mir ja leid, wenn wir Sie erschreckt haben, aber ich versichere Ihnen, es ist nichts passiert.«

Mit hängenden Schultern wandte sich der Kommissar an das Zimmermädchen. »Tja. War wohl leider doch nicht der Schrei, den Sie …«

»Doch!« Mit schneidend scharfem Tonfall und trotzig aufgerissenen Augen verteidigte Kerstin Müller ihre Angaben.

»Nein, Sie müssen sich irren. Herr Langhammer?« Jovial winkte Kluftinger den Doktor zu sich. »Die junge Dame behauptet, den Schrei vom Mordabend gerade eben als Ihren wiedererkannt zu haben. Täten Sie ihr vielleicht sagen, dass das nicht möglich sein kann?«

Unschlüssig blickte der Doktor zwischen den beiden hin und her.

»Herr Langhammer? Wenn Sie bitte … die junge Dame ist sonst nicht von ihrer Überzeugung abzubringen.«

Jetzt drehte sich der Doktor um, und die Gäste, die sie noch beobachtet hatten, widmeten sich schnell ihrem Essen. »Also, wie soll ich sagen«, druckste Langhammer herum, »wenn man es genau nimmt, dann könnte es schon sein, dass ich …«

Überrascht hob der Kommissar die Augenbrauen: »Sie haben geschrien?«

»Na, also Schreien würde ich das nicht nennen.«

»Was denn nun? Haben Sie jetzt gestern geschrien oder nicht?«

Der Doktor schluckte. »Das kommt darauf an, wie Sie das betrachten.«

»Was gibt's denn da zu betrachten? Entweder man schreit oder …« Die Augen des Kommissars weiteten sich. Schlagartig hatte er verstanden. »Ach so, also ich mein, Jesses, schon so spät, ja, Frau Müller, Kerstin, mei, jetzt hab ich Sie ja lang aufgehalten, Sie haben ja sicher noch viel zu tun, vielen Dank auch, gell, und wenn Ihnen noch was einfällt, dann sagen Sie es einfach, Sie wissen ja, wo Sie mich finden.« Unter einem unaufhörlichen Redeschwall schob Kluftinger das Zimmermädchen aus dem Raum. Als sie draußen war, wandte er sich um und sagte sofort, um eine peinliche Stille gar nicht erst zuzulassen: »So, Herr Langhammer, war's gut, das Essen? Ich muss jetzt schnell noch mal was sagen.« Dann schritt er fix am Doktor vorbei und postierte sich vor dem Kamin – seinem Rednerplatz, wie er ihn in Gedanken schon getauft hatte.

»Meine Damen und Herren, ich bedanke mich noch mal sehr, dass Sie alle so engagiert mitgemacht haben. Das Spiel ist aus.« Er lauschte seinen eigenen Worten nach und korrigierte sich sogleich: »Also, das Nachspielen. Sie wissen schon. Sie können jetzt machen, was Sie wollen, und sich vor allem auch wieder umziehen. Schließlich steht ja heute Abend noch das Feuerwerk auf dem Programm.« Als er fertig war, ging er zu seinem Tisch und ließ sich mit einem Ächzen neben seiner Frau nieder. Die gab ihm einen Schmatz auf die Wange, und sofort breitete sich ein wohlig-warmes Gefühl in ihm aus. Wenn er es recht bedachte, war es eigentlich gar nicht so schlecht, seine Frau bei den Ermittlungen dabei zu haben.

»Schade eigentlich.« Der Doktor seufzte vernehmlich und schob mit der Gabel ein paar übriggebliebene Spatzen auf seinem Teller hin und her.

Kluftinger sträubte sich innerlich dagegen, nachzufragen, aber da er wusste, dass der Arzt ihn auch so an seinen Gedanken würde teilhaben lassen, verkürzte er die Prozedur: »Was denn?«

»Na, Ihr Theater hier.« Langhammer machte eine unbestimmte Handbewegung in den Raum hinein. »Schade, der Vorhang ist gefallen und nichts dabei rausgekommen.«

»Wie kommen Sie denn darauf?« Obwohl er müde war, hatte der Doktor es geschafft, noch einmal seine Kampfeslust zu wecken.

»Na ja, es war ja ganz abwechslungsreich, aber wirklich weitergebracht hat es uns nicht.«

»So? Ich sehe einige Dinge jetzt viel klarer. Ich finde, wir sind ein ganz erhebliches Stück weitergekommen. Sie nicht?«

Ratlos blickte ihn der Doktor an. Dann setzte er sein Gute-

Laune-Gesicht auf und erwiderte: »Jaja, war nur ein Spaß. Natürlich sehe ich jetzt auch manches … äh … in einem anderen Licht.«

Nach und nach hatten die Gäste den Saal verlassen, und jetzt, da auch Langhammers gegangen waren, saßen sich nur noch Erika und ihr Mann am Tisch gegenüber. Erst in drei Stunden würden sie sich wieder treffen, wenn es Zeit war, auf ein gutes neues Jahr anzustoßen. Wenn Kluftinger nachdachte, war ihm an diesem seltsamen Silvester eigentlich nur danach, das alte Jahr zu vertreiben. Auch wenn das immerhin noch etwas Positives für ihn bereithielt: eine Portion Kässpatzen. Natürlich waren die weder von Erika noch von seiner Mutter zubereitet worden – und »niemand kocht so gut wie meine Hedwig Maria«, wie sein Vater immer sagte. Dass sie dennoch schmeckten, davon hatte er sich ja bereits überzeugen können.

Kluftinger winkte den Ober, der gerade dabei war, die Tischdecken zu wechseln und fürs Frühstück einzudecken, zu sich her.

»Ja?«

»Äh, Herr … Ober, ich würd dann jetzt essen«, sagte Kluftinger freudig.

»Wie meinen Sie?«

»Meine Spatzen. Ich würd jetzt dann meine Spatzen kriegen, bitte.«

Am überraschten Gesicht des Kellners war unschwer abzulesen, dass der nicht wusste, worum es gerade ging. Erika erklärte ihm, dass ihr Mann noch nicht zu Abend gegessen habe und nun auf seine Portion Spätzle warte, die man ihm doch sicher in der Küche bereitgestellt habe.

»Also, da muss ich mal schauen, was noch übrig ist in der Küche. Salat auf jeden Fall, aber Spatzen … ich schau mal.«

»Und jetzt?«, fragte Erika interessiert, als sie mit ihrem Mann allein war.

»Hör bloß auf, die zwei Wörter hör ich schon den ganzen Tag! Ist anstrengender, als ich befürchtet hab.«

»Die Ermittlungen?«

»Nein, der Langhammer«, brummte der Kommissar.

»Aber ihr arbeitet doch so toll zusammen, sagt die Annegret! Das freut mich fei. Klar ist es eine stressige Situation, aber da lernt man sich doch richtig kennen und schätzen, oder?«

»Glaub mir, Erika, es kann allen Beteiligten nur schaden, wenn wir uns noch besser kennenlernen. Wer weiß, auf was man da noch stößt!«

»Ach komm, alter Brummbär«, lachte Erika und legte ihrem Mann die Hand auf den Unterarm. In diesem Moment kehrte der Ober mit Kluftingers Essen zurück: einem kleinen Teller Kässpatzen und einer Riesenschüssel Salat.

»So, einen guten Appetit wünscht unser Koch. Das ist alles, was noch übrig geblieben ist, meint er.«

Kluftingers Blick wanderte über seine Mahlzeit. Priml. Allein das Missverhältnis von Salat und Teigwaren war kaum akzeptabel. Aber auch der Zustand der Speisen ließ zu wünschen übrig. Die Spatzen waren am Rand ganz eingetrocknet und lagen fast nackt, ohne Käse, auf dem Teller. Garniert war das Ganze mit vereinzelten, nahezu schwarzen Zwiebelstückchen. Es hatte nichts mit dem Musterteller gemein, der Kluftinger vorher zur Stärkung gedient hatte. »Also, jetzt schau dir das an, Erika!«, polterte er empört.

»Was denn?«

»Ja, der Salat!«

»Hm? Ist doch gut, so am Abend mehr Salat. Du, mir war das kleine Schüsselchen, das sie uns hingestellt haben, eher zu wenig. Die Annegret und der Martin haben erzählt, dass sie abends kaum Kohlenhydrate essen. Das muss toll sein, könnten wir auch mal probieren.«

»Ja, ganz toll. Abends keine Kohlendings. Gibt's dann bei uns auch keine Zwiebeln mehr?«

»Doch. Zwiebeln schon. Auch wenn sie sehr fett sind.«

»Schon recht. Ich will jetzt jedenfalls welche«, raunzte der Kommissar und rief den Kellner zu sich.

»Könnten Sie mir einen Gefallen tun: Ich hätte gern noch die Zwiebeln zu den Spatzen. Könnten Sie mir welche bringen?«

»Ich kann mal in der Küche nachfragen.«

»Ja, bittschön. Und sagen Sie dem Koch einen schönen Gruß von mir, es wär nett, wenn sie nicht ganz so schwarz wären.«

Als sie wieder allein waren, kam Erika auf ihre Eingangsfrage zurück: »Jetzt sag, habt ihr schon eine heiße Spur? Hat jemand ein Motiv?« Kluftinger stocherte lustlos in seinem Salat herum und sagte nebenbei: »Wenn man es so nimmt, haben eigentlich mehr Leute ein Motiv, als mir recht ist. Hätt ich nur *einen* Verdächtigen, dann wär's einfacher.«

»Ja, und wer?« Erika war auf ihrem Stuhl ein wenig vorgerutscht und beugte sich weit über den Tisch.

»Ach komm, jetzt lass mich erst mal essen, ich erzähl's dir dann nachher im Bett.«

»Schon, aber jetzt sag halt gleich, wer!«

»Ach Erika, bitte! Später. Sag mir lieber, wie die Stimmung beim Essen war.« Am jammernden Unterton in seiner Stimme erkannte Erika, dass es nicht ratsam war, weiter nachzubohren.

»Du, es ging schon. Ich glaub, manche waren ein bissle enttäuscht, dass es nicht das eigentlich vorgesehene Silvesterdinner gegeben hat. Allgemein war es halt eher ruhig und verhalten. Aber gut, dass sich alle nachher fürs Feuerwerk treffen, dass man wenigstens eine kleine Ablenkung hat, oder?«

»Mhm.«

Da kam der Ober mit einer kleinen Schale zurück.

»Na also, geht doch!«, rief Kluftinger erfreut.

»So, einen schönen Gruß aus der Küche, soll ich sagen. Extra für Sie aufgeschnitten und überhaupt nicht schwarz«, tönte der Kellner.

Als er die Schale auf den Tisch stellte, stieg Kluftinger sofort ein beißender Geruch in die Nase: Die Zwiebeln waren roh! Kluftinger fehlten die Worte. Mit offenem Mund sah er abwechselnd zu seiner Frau und auf das rohe Gemüse. Er schluckte und wollte beim Kellner protestieren, doch der war schon wieder verschwunden.

»Das … also, das ist ja wohl … eine Frechheit, ich werd …«, begann Kluftinger zu stammeln, doch seine Frau legte ihm die Hand auf den Arm und sagte beruhigend: »Du wirst jetzt gar nix. Ich werd dir am nächsten Montag daheim so viele Zwiebeln zu deinen Spatzen machen, wie du willst. Wenn es sein muss, ein ganzes Kilo. Aber jetzt beschwer dich nicht. Die Leute, die hier arbeiten, sind doch auch alle angespannt. Sei friedlich!«

»Falls wir am Montag schon wieder daheim sind«, sagte Kluftinger mit einem bitteren Seufzen. »Ich mein, ich bin ja hier auch Gast, das scheinen inzwischen alle vergessen zu haben.« Dann schaufelte er die Spatzen »nackt« in sich hinein und aß hinterher sogar den ganzen Salat, unter den er noch die rohen Zwiebeln mischte. So leicht würde er sich dem Koch nicht geschlagen geben.

»Komm, wir schauen noch beim Martin vorbei, oder?«, sagte Erika, als sie den Saal verließen – sie zufrieden und satt, er in Gedanken schon beim angekündigten mitternächtlichen Imbiss.

»Wieso? Wo ist denn der?«

»Er macht doch immer noch diese Sisyphusarbeit für dich, jetzt komm schon. Ist das die Vase, die da gestern im Gang zu Bruch gegangen ist?«, fragte Erika im Gehen.

Kluftinger blieb kurz stehen und runzelte die Stirn. Woher wusste Erika eigentlich davon? Er hatte ihr noch nicht von der Blumenvase erzählt.

Erika erriet offenbar seine Frage, denn sie lächelte verschmitzt und sagte: »Du, ich hab halt auch so meine Quellen« und zog ihren Mann weiter. Immer wieder wunderte er sich darüber, wie schnell sie sich Informationen beschaffen konnte. Im Dorf nutzte er sie manchmal sogar als »Kundschafterin«, wenn er etwas über irgendjemanden herausfinden wollte.

Als sie das Kinderspielzimmer betraten, war Langhammer immer noch dabei, Splitter in die mittlerweile fast ganz wiederhergestellte Vase einzupassen.

»Mei, Martin, das hast du toll gemacht!«, rief Erika begeistert.

Der Doktor blickte auf, lehnte sich stolz zurück, rückte mit einer Hand seine riesige Brille zurecht und betrachtete zufrieden sein

Werk. »Ja, meine Liebe, ich muss selber sagen: An Fingerfertigkeit fehlt es mir nicht.«

Kluftinger runzelte die Stirn und verzog missbilligend das Gesicht.

Doch Langhammer wollte sich offenbar weiter in seinem eigenen Lob sonnen: »Kollege, ich würde sagen, mein Puzzlespiel hat sich gelohnt.«

»Ach so? Brauchen Sie eine Vase für Ihre Vitrine zu Hause?«

»Ach was. Ich meine ermittlungstechnisch. Sehen Sie«, sagte er und drehte die Vase vorsichtig in die Richtung des Kommissars, »es fehlt genau *ein* Stück. *Eine* Scherbe.«

»Und?«, drängte Kluftinger.

»Na? Macht es denn nicht ›klick‹?«

»Na, macht's nicht.«

»Ein fehlendes Teil? Das letzte Stück? Im Puzzle?«

»Ja?«

»Also bitte, ist doch sonnenklar! Wenn wir das Teil finden, werden wir den Fall gelöst haben, Sie werden sehen«, beharrte der Doktor.

»Genau. Und morgen ist Ostersonntag.«

»Nein, Neujahr«, versetzte der Doktor unbeeindruckt.

Erika schaltete sich ein: »Du, aber ganz unrecht hat der Martin vielleicht nicht: Irgendwo muss dieses fehlende Stück doch sein. Na ja, und vielleicht ist es eben noch beim Täter, weil er ja noch unterwegs war. Und weil er niemandem gesagt hat, dass …«

»Ach so, genau. Vielleicht kommt auch noch raus, dass er Weiß dann mit der Scherbe ein bissle gefoltert hat, hm? Tut's mir einen Gefallen: Überlasst das Kombinieren mir!«

»Jaja, ist ja schon recht! Wir wollten dir nur helfen, gell, Martin? Ich geh jetzt mal rauf und schau nach der Annegret.«

Erneut war Kluftinger mit dem Doktor allein. Aber so konnte er wenigstens noch seinen Brief zusammensetzen. Wortlos werkelten sie wieder nebeneinander her, der Kommissar an seinem Schriftstück, Langhammer an der Vase, der er durch etwas mehr Klebstoff den letzten Schliff verpasste.

Als er fertig war, trat er hinter den Kommissar und beugte sich zu ihm hinunter. Kluftinger, der auf einem Sitzsack in Form eines plattgedrückten Frosches saß, zog unwillkürlich die Schultern hoch. Wenn es etwas gab, das er hasste, dann, wenn ihm jemand über die Schulter schaute und dabei lautstark in sein Ohr atmete.

Er rückte ein wenig zur Seite und gab so den Blick auf den Brief frei, der mittlerweile fertig auf dem Trägerpapier aufgeklebt war. Beide überflogen den Inhalt: Kluftinger verstand, warum Eckstein versucht hatte, ihn aus der Welt zu schaffen. Aus den Zeilen ging hervor, dass Eckstein Weiß bedroht haben musste, weil der ihn geschasst hatte. Und Weiß verlangte, dass er endlich mit diesen Drohungen aufhören sollte. War die Anwesenheit von Eckstein eventuell der Grund gewesen, warum Weiß ihn gestern noch hatte sprechen wollen?

Ein paar Sekunden war es still, dann sagte Langhammer: »Dieser Fleck dort am linken unteren Rand … haben Sie den aufs Blatt gemacht, oder war der schon drauf?«

Ein genervter Blick traf den Arzt. »Nein, der war natürlich schon drauf. Dürfte von der Hitze sein, der Brief hat ja ganz schön geschwelt.«

»Hm, ich hätte eher gesagt, es handelt sich um Kaffee.«

»So oder so, worauf es ankommt, ist schließlich der Inhalt, oder? Und der wird unseren Herrn Eckstein ganz schön ins Schwitzen bringen. Aber heute lassen wir mal den Silvesterfrieden einkehren, oder? Schließlich besteht ja keine Fluchtgefahr.«

Der Arzt nickte ernst. »Gut, vernehmen wir ihn also morgen dazu.« Dann rückte er die Vase mitsamt Tischchen an die Wand. Als er sich wieder aufrichtete, sagte er: »Schade, dass wir nicht die Zeit haben, Bleigießen zu machen. Ich hab extra ein großes Set gekauft und mitgebracht, mit einem dicken Deutungsbuch. Kluftinger, mein Lieber, das wär ein Spaß geworden, wie?«

»Ja, ganz priml. So schade, dass es nicht klappt!« Zum ersten Mal hielt dieses Wochenende einen, wenn auch nur klitzekleinen, positiven Aspekt bereit. Weiß' Tod hatte ihm immerhin das Bleigießen mit dem Doktor erspart.

»Wissen Sie was? Wir machen einfach eine Nachsilvesterfeier bei uns zu Hause, wenn das hier vorbei ist, und holen alles nach. Auch

Fondue und so. Einverstanden?«, fragte Langhammer, und aus seinem Gesicht schloss der Kommissar, dass er tatsächlich eine Antwort erwartete.

»Hm? Mhm«, brachte Kluftinger lediglich hervor. Dann erhob er sich, streckte sich ausgiebig und verkündete: »So, dann treffen wir uns ja schon um halb zwölf wieder, oder? Ich geh jetzt noch schnell ans Internet.«

Der Doktor grinste: »*Ans* Internet? Aha. Gut, bis gleich. Ich gehe dann mal ... bei Annegret.«

Wenig später saß Kluftinger am Terminal und öffnete sein Mailprogramm. Er schrieb Maier eine kurze Notiz, um von ihm zu erfahren, wie die Wetterprognosen aussahen. Die Fäden in seinem Kopf verknüpften sich immer mehr zu einem Netz, und um das zuzuziehen, brauchte er die Unterstützung der Kollegen noch mehr als bei der Ermittlung, das war ihm klar. Einen überführten Täter hier ohne jegliche Hilfe festzusetzen und zu kontrollieren, das würde alles andere als einfach werden.

Noch während der Kommissar über dieses Szenario nachdachte, hörte er ein metallisches Klingeln, und eine Computerstimme wies ihn auf den Erhalt einer E-Mail hin.

Neugierig klickte er auf »Posteingang« und fand bereits eine Antwort von Maier vor. Er hätte nicht damit gerechnet, dass der Kollege überhaupt noch vor dem Rechner saß. Kluftinger öffnete die Nachricht und las:

lieber chef! tut mir leid, dass ich dir keine positivere nachricht schicken kann, aber wir haben nach wie vor katastrophenalarm für das ganze oberallgäu und das walsertal. höchste lawinenwarnstufe. vor morgen nachmittag wird es auch nicht dauerhaft aufhören zu schneien. wir können weder zu euch rauffahren noch mit dem hubschrauber kommen. alles, was oberhalb des passes ist, ist im moment von der außenwelt abgeschnitten. tut mir echt leid. wenn du willst, kann ich aber versuchen, mich

irgendwie nach oben zu kämpfen, um dir unter die arme zu greifen. soll ich? ich hab das beim bund auch mal gemacht, ich war beim skizug. mit biwakieren und so. wenn ja, melde dich bitte.
im anhang ein interessanter artikel über dein mordopfer. geschrieben von alexandra gertler (!). viel spaß beim lesen!
notfalls gleich mal ein gutes neues jahr!
R.

Kluftinger dachte kurz nach und tippte dann seine Antwort:

Servus Richard!
Schmarrn. Bleib unten.
Guten Rutsch!
K.

Er klickte auf den Anhang und dann auf »Drucken«. Voller Stolz, dass sich sofort die Maschine surrend in Gang setzte, ging er um den Tisch herum und nahm das erste Blatt. Es sah aus wie eine der Tafeln, die die Augenärzte immer hochhielten, um die Sehkraft ihrer Patienten zu testen: Die Buchstaben waren so riesig, dass nur wenige Sätze auf das Blatt passten.

»Kruzifix, verreckter Blechdepp«, schimpfte der Kommissar und rief die Druckeinstellungen auf, was ihm zu seiner eigenen Überraschung ebenfalls sofort gelang. Hinter dem Feld »Schriftgröße« stand der Wert »72«. Priml. Damit konnte das Drucken noch eine Weile dauern. Seufzend setzte sich der Kommissar wieder und lauschte dem gleichförmigen Rattern der Maschine. Etwa zwei Minuten später ließ ihn ein erneutes metallisches Klingeln zusammenzucken. Maier hatte bereits geantwortet:

echt? kanns gern probieren. bin ja trainiert. kein thema.
R.

Kluftinger schrieb grinsend zurück:

Dann zieh dir aber eine lange Unterhose an, saukalt hier. Und bring mir auf jeden Fall einen Kasten vernünftiges Weizen mit, hier gibt's meine Lieblingssorte nicht.
K.

Dann schaltete er lächelnd den PC aus und nahm die 85 Seiten, die er ausgedruckt hatte, mit auf sein Zimmer.

Der große Knall

»So ein Schmarrn. Doch nicht bei der Kälte! Komm, Erika, jetzt bleib halt mit mir an dem Fenster da in der Halle, da können wir zum Feuerwerk rausschauen und ganz romantisch zu zweit aufs neue Jahr anstoßen.« Kluftinger sah seiner Frau tief in die Augen, aber auch die Masche mit der Romantik brachte nichts. Entschieden schüttelte sie den Kopf.

Also schlüpfte er seufzend in seine Winterstiefel und seinen Lodenmantel, setzte seine wollene Skimütze auf, band sich den Schal um und ging zur Tür.

»Jetzt wart halt, so schnell bin ich nicht«, rief ihm seine Frau zu, während er schon demonstrativ die Hand auf die Klinke legte.

Nachdem er eine gefühlte Viertelstunde darauf gewartet hatte, dass sich auch Erika winterfest machte, gingen sie zusammen nach draußen.

Die »Sonnenterrasse« war für die Silvesterfeier extra vom Schnee befreit worden. Jeder sollte dort seine mitgebrachten Raketen und Silvesterkracher zünden – ein Versuch der Hotelbetreiber, wieder ein Stück weit zur Normalität zurückzufinden. Kluftinger fand das eine durchaus begrüßenswerte Idee – die allerdings von der Tatsache überschattet wurde, dass er dabei schon wieder in die eisige Kälte hinausmusste. Wenigstens hatte es gerade etwas aufgeklart.

Die Terrasse wurde von zwei großen Strahlern erhellt, in deren Schein sich eine Schneebar mit einigen Sektflaschen abzeichnete. Die Hände in den Taschen und mit hochgezogenen Schultern ging Kluftinger mit seiner Frau zu den anderen Gästen, die bereits draußen standen. Ihre Gesichter verrieten, dass auch sie nicht wirklich in Feierlaune waren.

»Wo ist denn das Doktorenpaar?«, knurrte Kluftinger misslaunig, doch seine Frage wurde umgehend beantwortet: Polternd trat Langhammer aus der Eingangstür, mit zahlreichen Kisten und Tüten voller Raketen und anderer Feuerwerkskörper bepackt, sodass er seinen Kopf strecken musste, um über seine Ladung hinauszusehen. Aus einer sehr großen blauen Umhängetasche fiel immer wieder die eine oder andere Rakete, die Annegret, die hinter ihm herlief, peinlich berührt einsammelte.

»Darauf freut er sich immer das ganze Jahr«, sagte sie entschuldigend, als sie bei den Kluftingers ankamen.

Langhammer lud seine Ladung vor sich ab. Er schien von Kluftinger gar keine Notiz zu nehmen, denn er war konzentriert damit beschäftigt, die Tüten und Kisten auszupacken. Darin befand sich auch ein CD-Spieler, dessen Zweck hier draußen sich Kluftinger noch nicht erschloss.

Erika warf dem gesammelten Material geradezu sehnsuchtsvolle Blicke zu. »Wo sind eigentlich *unsere* Raketen?«, wollte sie von ihrem Mann wissen.

»Erika, du weißt doch, dass dieses Knallzeugs furchtbar gefährlich ist, kommt doch alles aus China. Chemikalien ohne Ende. Sau ungesund das alles. Und sündteuer obendrein.«

»Haben Sie denn nichts dabei?« Der Doktor strahlte den Kommissar überlegen an.

»Doch, schon, freilich. Ich hab Kracher dabei. Ganz viele kleine feine. So … Fürz halt.«

Drei weit aufgerissene Augenpaare starrten ihn an. Kluftinger biss sich auf die Lippen. Er wusste, dass man die heute nicht mehr so nannte, weil das politisch mehr als unkorrekt war. Aber die neue Bezeichnung »Ladycrackers« wollte ihm auch nicht so recht über die Lippen.

»Da brauchen Sie gar nicht so entsetzt zu schauen«, entgegnete Kluftinger trotzig und schloss die Hand in der Jackentasche um seinen selbstgebastelten Riesenkracher, der alljährlich das Finale seines bescheidenen Silvesterfeuerwerks bildete.

Demonstrativ vergnügt wandte sich Erika darauf ihrer Freundin zu: »Mei, aber der Martin wieder, hm? Ein richtiger Pyrotechniker ist das. So tolle Sachen hat der jedes Jahr!«

»Ja, mir ist es manchmal schon fast ein bisschen zu viel. Weniger ist bei so etwas oft mehr.«

Diesen Satz quittierte Kluftinger mit einem demonstrativen Kopfnicken in Richtung seiner Frau.

Die nächsten Minuten verbrachten sie schweigend und sahen dem Doktor zu, wie er die Vorkehrungen für sein Feuerwerk traf: Den Randbereich der Bar funktionierte er zur Startrampe um. Er steckte die Raketen in den tiefen Schnee, was Kluftinger misstrauisch beäugte. Immer wieder fielen die dünnen Stecken um, die oben eine viel zu groß dimensionierte Raketenspitze trugen. Ein aufgeblähter Kopf und dünne Beinchen – eigentlich passten die Dinger ganz gut zum Doktor, fand er.

»Mit Flaschen ist das fei ungefährlicher, gell?«, rief er Langhammer aus einiger Distanz zu, was der mit einer wegwerfenden Handbewegung quittierte.

Schließlich steckte er noch vier Halterungen für seine »berauschend schönen Sonnenräder«, wie er versicherte, in den Schnee und brachte diverse »bodengestützte Geschütze«, wie sie Kluftinger für sich taufte, in Position: ganze Batterien von Röhren in diversen Farben und Höhen. Einige der Lunten, die daran befestigt waren, knüpfte er am Ende zusammen. Kluftinger wurde angst und bange. Die übrigen Gäste standen in Grüppchen zusammen und unterhielten sich. Sie schienen nichts zum Feuerwerk beitragen zu wollen.

Der Kommissar blickte auf die Uhr: erst kurz nach halb zwölf, kein Grund zu übertriebener Geschäftigkeit, wie sie der Doktor an den Tag legte. Er selbst hatte sein kleines Feuerwerk bereits fast fertig in der Tasche und musste es zu gegebener Zeit lediglich herausholen und zünden. Allerdings galt es noch, die zu Bündeln gepackten Knaller auseinanderzudrehen, denn so konnte man aus einem kurzen Spektakel von Knallsalven eine abendfüllende Veranstaltung einzelner Kracher machen. Kluftinger zerlegte gerade den letzten von fünf Zöpfen, als er vor Schreck zusammenfuhr: »In Deckung, alle Mann in Deckung!«, brüllte Langhammer aus vollem Hals.

Kluftinger zog den Kopf ein, weil er bereits befürchtete, dass Langhammers Munitionslager ihnen nun um die Ohren fliegen würde, da rannte der wie ein Derwisch an ihm vorbei, rief ihm noch ein »Helfen Sie mir!« zu und stürzte auf Georg Eckstein. Kluftinger brauchte eine Weile, um zu erkennen, was der in seiner rechten Hand hielt, doch dann erkannte er die Pistole. Ihm war wegen der ganzen Knallerei unter den gegebenen Umständen sowieso unwohl gewesen, nun schienen sich seine Befürchtungen grausam zu bewahrheiten.

Noch bevor Kluftinger etwas unternehmen konnte, hatte der Doktor den Mann bereits zu Boden gerissen und drückte die Hand, in der er die Waffe gehalten hatte, in den Schnee. Eckstein war von Langhammers Blitzangriff derart überrumpelt worden, dass er keinerlei Gegenwehr gezeigt hatte; jetzt aber versuchte er vehement, sich aus der Umklammerung zu befreien, was nicht einfach war, denn der Doktor drückte ihn mit dem ganzen Körper nieder.

»Kluftinger! So helfen Sie mir! Wir haben ihn! Er hat Weiß erschossen!«, presste Langhammer hervor.

Alle anderen starrten verstört auf die beiden Männer, die sich am Boden balgten. Kluftinger schüttelte den Kopf und ging langsam auf sie zu. Ruhig bückte er sich, hob die Waffe auf, die unweit von Ecksteins Hand im Schnee lag, besah sie sich kurz, steckte sie in die Jackentasche und sagte zum Doktor: »Lassen Sie den Mann bitte los!«

»Niemals, dann wird er eine Geisel nehmen, jetzt, wo alle wissen …«

»Lassen Sie ihn los!«, zischte Kluftinger. »Weiß ist doch gar nicht erschossen worden, und das ist nur eine harmlose Feuerwerkspistole, Herrgottsakrament!«

»Eine … genau. Verstehe!« Sofort ließ der Doktor von dem weißhaarigen Mann ab und ergriff die Hand, die Kluftinger ihm hinstreckte. Der jedoch zog sie sofort zurück und hielt sie Eckstein entgegen.

Während sich Langhammer fahrig den Schnee abklopfte, richtete sich Eckstein ächzend auf. Annegret fragte ihren Mann ängstlich, ob ihm denn auch nichts passiert sei.

In diesem Moment trat Eckstein so nah an Langhammer heran, dass dieser unwillkürlich zurückwich. »Sie sind der größte Depp, der mir je untergekommen ist«, sagte er. Und zwar erstaunlich ruhig, wie Kluftinger fand. »Eine echte Witzfigur!«

Und in Richtung des Kommissars rief er: »Sie wissen schon, dass das die Feuerwerkspistole von Ihrem Chef ist, oder? Sie können sie ihm zurückgeben, wenn Sie möchten, und diese unglaubliche Geschichte hier erzählen. Das hat ein Nachspiel!«

Kluftinger zog die Brauen hoch. Wahrscheinlich würde er nach dem Aufenthalt hier oben beim Doktor als Sprechstundenhilfe anheuern müssen. Aber er musste auch zugeben, dass der schnell und konsequent gehandelt hatte. Hätte es sich tatsächlich um eine scharfe Waffe gehandelt, wäre Langhammer der Held des Wochenendes gewesen. Also raunte er Eckstein zu, dass auch die Sache mit dem Brief noch ein Nachspiel hätte. Vor sich hinschimpfend klopfte der Mann sich den Schnee von der Kleidung und verzog sich in Richtung Eingang.

»Konnte man ja nicht ahnen, nicht wahr? Hätte ja auch …«, begann Langhammer, sich zu rechtfertigen.

Kluftinger nickte: »Schon recht. Gut reagiert.« Als er ein überraschtes, stolzes und ein wenig selbstgefälliges Grinsen auf dem Gesicht des Doktors erkannte, schob er aber schnell ein »Für Ihre Verhältnisse jedenfalls!« nach.

»Ja, und haben Sie gesehen, wie ich ihn niedergestreckt habe?«

»Hm«, knurrte Kluftinger. »Wo haben Sie das geübt? Bei Ihren Patienten im Altersheim?«

Die Stimmung unter den Gästen schien nun noch gedrückter, als sie sowieso schon war. Auch die verzweifelten Versuche der Hotelchefin, die eine Sektflasche nach der anderen köpfte und die Anwesenden mit lockeren Sprüchen in Feierlaune versetzen wollte, zeigten kaum Wirkung.

»So«, verkündete der Mediziner nach einigen schweigend verbrachten Minuten, »jetzt geht's los!« Bei diesen Worten zog er ein Einwegfeuerzeug aus der Tasche.

»Jetzt schon?« Kluftinger warf einen zweifelnden Blick auf seine Armbanduhr. »Ich hab's erst zwanzig vor.«

Langhammer korrigierte ihn: »Siebzehn vor. Für die Ouvertüre wird es jetzt schon Zeit, damit wir um zwölf den ersten Höhepunkt erreichen.«

»Aha«, sagte Kluftinger skeptisch, ging in sichere Entfernung und sah zu, wie sich der Doktor zu seinem CD-Player bückte, woraufhin klassische Musik aus dem Lautsprecher schepperte.

»Die Feuerwerksmusik von Händel!«, erklärte Annegret.

Erika nickte wissend, und Kluftinger zischte ein gelangweiltes »Wird auch überschätzt«. Er hatte jetzt schon genug von der Show des Doktors.

Dann machte sich Langhammer daran, die erste seiner Raketen anzuzünden, ein riesiges Gerät mit purpurrotem Kopf.

»Das bringt bloß Unglück, wenn man vor zwölfe das Knallen anfängt.« Kluftinger hatte seinen Sicherheitsabstand inzwischen so weit vergrößert, dass er die Worte rufen musste, um Langhammer und die Frauen zu erreichen.

»Pah, alles Aberglaube«, wischte der Doktor seinen Einwand beiseite und zündete die Lunte. Sofort erhob sich das Raketenungetüm zischend in den Nachthimmel. Dort erglühte unter lauten Böllern ein bunter Lichterregen nach dem anderen. Es schien gar nicht mehr aufzuhören. Alle hatten ihre Köpfe in den Nacken gelegt, und einige kommentierten das Schauspiel mit entzückten Ausrufen wie »Aaaaaah!« und »Oooooh!«, »Toll!« und »Schöööööön!«, wobei Langhammer jedesmal ein Stück zu wachsen schien. Offenbar genügten ihm diese Begeisterungsbezeugungen jedoch nicht, und er fügte regelmäßig ein »Gucken Sie nur, gucken Sie, die Kaskade!« oder »Himmlisch, der Sternenregen, nicht?« hinzu.

Sicher, es war unzweifelhaft ein Meisterwerk fernöstlicher Feuerwerkskunst, das da am Himmel zu bestaunen war, räumte Kluftinger ein. Aber Langhammers Anteil daran war denkbar gering. Außer ein halbes Vermögen dafür hinzublättern und das Ding zu zünden, hatte er ja wohl nichts dazu beigetragen.

Die Schauspieler und Alexandra Gertler applaudierten.

»Jetzt sag du halt auch mal was!«, forderte Erika ihren Mann leise auf und versetzte ihm einen leichten Stoß in die Rippen.

»Mhm, nett. Ein bissle hell vielleicht, oder?«, brummte er daraufhin. Dann hielt er sich demonstrativ die Ohren zu und schob nach: »Und viel zu laut, wenn du mich fragst!«

Nach ein paar weiteren langhammerschen Raketen, Fontänen,

Böllern und Silberregen machte der Doktor eine kurze Pause. Er rief Kluftinger so laut zu, dass es alle Anwesenden mitbekamen: »So, mein Lieber, und jetzt Sie!«

Alle Köpfe wandten sich erwartungsvoll dem Kommissar zu, der verlegen in seiner Tasche kramte und einen der vorher durch Auseinanderdrehen gewonnenen drei Zentimeter langen und etwa drei Millimeter dicken Kracher samt winziger Zündschnur herausfischte. Er legte den Miniaturböller auf den Boden, denn die Dinger in der Hand zu zünden war viel zu gefährlich, und steckte ihn mit einem der Streichhölzer an, die er sich vorher an der Rezeption in die Taschen gestopft hatte. Die Lunte sprühte ein paar Sekunden lang Funken, dann zerstob der Kracher mit einem leisen »Pfft«, das von Händels Feuerwerksmusik ganz und gar übertönt wurde.

Betretenes Schweigen machte sich breit. Kluftinger schaute in die Runde und erntete mitleidige Blicke. Erika war die Enttäuschung ins Gesicht geschrieben. In die Stille einer Musikpause rief Alexandra Gertler plötzlich: »Also, machen Sie dann weiter, Herr Langhammer? Lassen Sie noch eins von Ihren Riesendingern sehen!«

Der Doktor drohte ihr schelmisch mit dem Zeigfinger, griff dann in eine Kiste und zog mit den Worten »Na, da will ich mich nicht lange bitten lassen. Nun werden wir mal ein wenig für die entsprechende Klangkulisse sorgen!« eine Handvoll Riesenkracher und Heuler heraus, die er einen nach dem anderen abfeuerte. Dabei hielt er die Feuerwerkskörper so lange in Händen, bis die Lunten fast heruntergebrannt waren, um sie erst dann in die Luft zu werfen.

»So ein Depp!«, raunte Kluftinger Erika zu, »und dann reißt es ihm die Hand weg, und wir haben die Sauerei!«

Erikas tadelnden Blick beantwortete er umgehend mit einem zuckersüß geheuchelten »Ich mach mir halt Sorgen«.

Der Doktor war inzwischen gefährlich nahe an sie herangerückt. »Hier, Herr Kluftinger, nehmen Sie mal!«, forderte er den Kommissar auf. Der streckte betont unbeteiligt seine Hand – ohne hinzusehen – nach dem Gegenstand aus, den ihm der Doktor gab. Denn er verstand nicht, und es verärgerte ihn zudem ein wenig, warum *er* ausgerechnet Langhammers Feuerzeug halten musste und so zu seinem Adjutanten gemacht wurde und nicht Annegret, aber … Kluftingers Kopf fuhr herum. Dieses Zischen klang so gar nicht nach Feuerzeug. Er riss die Augen auf und starrte auf einen mächtigen brennenden Chinakracher in seiner Hand. Von der Lunte waren nur noch Millimeter …

Kluftinger stieß einen unkontrollierten Schrei aus, von dem er später leugnen würde, dass er das Wort »Hilfe!« enthalten hatte, und starrte vor Schreck wie gelähmt auf den Böller in seiner Hand.

»Wegwerfen! Sofort wegwerfen!«, schrie Langhammer, was Kluftingers Erstarrung löste. Er warf. Alle verfolgten die Flugbahn des Funken sprühenden Feuerwerkskörpers, der schon nach kurzer Zeit in der Luft einen Bogen beschrieb und wieder zu Boden fiel – an der Stelle, an der Langhammers CD-Spieler stand.

Es tat einen Knall, dessen Lautstärke durch das Bersten des Gerätes noch verstärkt wurde, dann drangen aus dem Lautsprecher ein paar letzte, verzerrte Töne, ein jammervolles Wimmern, das im Wind verklang, bevor die Musik von Georg Friedrich Händel gänzlich verstummte. Einen Moment war es fast unheimlich still; sogar der Wind schien den Atem anzuhalten. Kluftinger glaubte, in der Ferne das Aufschlagen einzelner Plastikteile zu hören. Sein Blick fiel auf den CD-Player, der nunmehr friedlich und still, aber ziemlich mitgenommen im Schnee stand: Die Detonation hatte ein beachtliches Loch in die Vorderwand des Gerätes gerissen.

Die Freude über den Totalschaden konnte Kluftingers Zorn jedoch nicht besänftigen: Die Finger hätte ihm diese Explosion wegsprengen können. Er fuhr herum und baute sich nach Luft schnappend vor Langhammer auf. »Sind Sie von allen guten Geistern verlassen?«

»Ach, jetzt machen Sie mal nicht so einen Aufstand!«, wiegelte der Arzt ab. »Es ist ja gut gegangen. Wenn man von meinem CD-Player absieht. Aber Sie haben ja bestimmt eine Haftpflichtversicherung, nicht wahr?«

Kluftinger traute seinen Ohren nicht: Statt sich zu entschuldigen, fing er jetzt mit seinem lächerlichen Radio an. Keinen Pfennig würde er dafür sehen. »Das Ding? Mit ein bissle Klebstoff kriegen Sie das bestimmt wieder hin. Sie haben jetzt ja Erfahrung mit sowas!«

Damit drehte er sich um und ließ einen betretenen Langhammer zurück. Kluftingers Blick auf die Uhr zeigte ihm, dass es Zeit war, sich und Erika allmählich ein Gläschen zum Anstoßen zu besorgen. Er war fast bei der Schneebar angekommen, als er Langhammers gellendes »Deckung!« aus seinem Rücken vernahm. Kluftinger fuhr herum und sah direkt vor seinen Füßen schon wieder so einen vermaledeiten Feuerwerkskörper, ein riesiges Modell, mit glimmender Zündschnur.

Der Kommissar hechtete zur Seite und rollte sich ungelenk im Schnee ab. Die Hände schützend über das Gesicht gelegt, wartete er auf den großen Knall, doch nichts passierte. Stattdessen ging wieder ein ehrfürchtiges Raunen durch die Reihen. Vorsichtig spitzte Kluftinger durch die Finger und sah, wie aus dem vermeintlichen Böller lautlos eine majestätische Feuersäule stieg, die ihre Farbe von rot über grün zu blau wechselte und dabei funkelnde Sterne in den Himmel warf. Als er sich ächzend erhob, sah er, dass der Doktor grinste. Auch die anderen betrachteten ihn lächelnd. Kluftinger machte kehrt. Bevor er sich um die Getränke kümmern konnte, hatte er noch eine Mission zu erfüllen.

Er stapfte zurück zu Langhammer, der gerade eine weitere Lage Raketen zum Abschuss bereit machte, schnappte sich heimlich sein Feuerzeug, das er auf einer der Kisten abgelegt hatte, entfernte blitzschnell die Metallverkleidung über dem Stellrad, um an einem kleinen Metallrädchen zu drehen, bis er das Gas aus dem Ventil zischen hörte. Er stellte das Rädchen um eine Vierteldrehung zurück, schob das Metallteil wieder notdürftig darüber und legte das Gerät exakt an die Stelle, von der er es genommen hatte. All dies lief in kürzester Zeit und mit äußerster Präzision ab. Was Kluftinger einmal gelernt hatte, das vergaß er nicht wieder – und das Frisieren von Feuerzeugen hatte in seiner Jugend zu den beliebtesten Streichen gezählt.

»Ach, wenn Sie schon da sind, könnten Sie sich ein wenig nützlich machen«, rief der Doktor über die Schulter. »Seien Sie doch so gut und zünden ein paar von den Heulern und Krachern an, solange ich hier die nächste Lage aufbaue. Sonst ist es so ruhig, jetzt, wo die Musik nicht mehr läuft!«

Kluftinger war der vorwurfsvolle Ton am Ende keineswegs entgangen. »Ich …?« Trotz der Kälte wurde es ihm auf einmal ganz warm. »Ich … hab's nicht so mit Feuer und diesem ganzen Kram, das ist mir zu gefährlich. Ich möcht mir jetzt auch lieber mal was zum Anstoßen holen.«

»Ah, das ist mal ne gute Idee. Organisieren Sie uns doch gleich ne ganze Flasche von dem Schampus und vier Gläser! Das wird ja wohl drin sein für Holmes und seinen Watson, wie?«

»Poirot«, korrigierte der Kommissar knapp und begab sich zur Bar. Er lief allerdings rückwärts, schließlich wollte er sich nicht um die Früchte seiner Arbeit bringen.

Er musste nicht lange warten: Schon griff sich Langhammer das Feuerzeug, beugte sich zu einer seiner Raketen, drückte ab – und löste eine fast vierzig Zentimeter hohe Stichflamme aus. Der Doktor stieß einen spitzen Schrei aus und warf sich eine Ladung Schnee ins Gesicht. Kluftinger fragte sich schon, ob er vielleicht zu weit gegangen war, da sah er das Ergebnis seiner Neckerei: Die Augenbrauen des Doktors hatten sich ein wenig gekräuselt und wiesen ein paar Schmauchspuren auf. An der Watte auf seiner Oberlippe hatte das Feuer dagegen ein wenig heftiger gewütet …

»Au weh«, rief er dem Arzt mit unschuldiger Miene zu. »Sag ich ja: Kann elend gefährlich sein, diese Zündelei!«

»Keine Sorge«, beruhigte der Doktor, »nur die Härchen ein wenig versengt. Das haut eine deutsche Eiche nicht um.« Diese Äußerung wirkte äußerst befremdlich, denn die weiße Watte unter Langhammers Nase hatte sich schwarz verfärbt. Erika und Annegret hielten respektvollen Abstand zu der unheilvollen Aufmachung des Doktors.

»Können wir dir nicht ein wenig helfen, vielleicht etwas vorbereiten oder so?«, bot sich Erika zaghaft an.

Der Doktor betrachtete seine Feuerwerksvorräte auf dem Boden. »Na ja«, sagte er schließlich, »dramaturgisch wäre es herrlich, wenn in etwa zwei Minuten die Sonnenräder gezündet werden könnten. Dazu müsste man sie an die Stäbe montieren. Aber ich will dir das nicht zumuten, Erika.«

»Ich mach des scho«, erklärte sich Kluftinger sofort bereit. Erika machte ein verwundertes Gesicht ob der plötzlichen Hilfsbereitschaft ihres Mannes. Der ließ sich die Dinger geben und lauschte geduldig den Anweisungen. Es könne eigentlich gar nichts schiefgehen, schloss der Doktor, denn es handle sich nicht um Ware vom Baumarkt oder gar vom Discounter, sondern aus einem Spezialgeschäft.

»Auch da kann man nie wissen«, unkte Kluftinger und begab sich zu den vorher in den Schnee gesteckten Befestigungen. Als er die Scheiben montiert hatte, sah er sich verstohlen um und steckte dann in jede kleine Öffnung je einen seiner winzigen Kracher.

Schließlich rief er »Fertig!« und schlug die Hacken zusammen. In seinem Bauch breitete sich ein warmes Gefühl schwer in Zaum zu haltender Vorfreude aus. Der Doktor war immer noch damit beschäftigt, der Menge seiner Heuler und Böller Herr zu werden. Am laufenden Band zündete er mit einem Ersatzfeuerzeug – »Man muss immer auf alle Eventualitäten vorbereitet sein!« – Lunten an und warf Knallkörper in den nächtlichen Himmel. Auf Kluftingers Rufen hin sah er kurz auf, hob wie ein Dirigent beide Hände, was wohl heißen sollte, es sei noch zu früh, wartete eine halbe Minute und gab dem Kommissar schließlich das Startsignal.

Der brauchte mehrere Versuche, die Zündschnüre mit seinen Streichhölzern zu entflammen, was zum großen Teil am Wind und dem wieder einsetzenden Schneefall lag, aber sicher auch ein bisschen an seiner nervösen Spannung.

»Meine Damen und Herren, eines der Highlights: die Spezialsonnenräder aus Laos!«, rief Langhammer und deutete wie ein Zeremonienmeister mit großer Geste auf Kluftinger. Der hatte sich inzwischen in der Menge in Sicherheit gebracht, Erika sanft am Arm gefasst und drückte sie nun an sich, was sie mit einem Seufzen goutierte.

Gleichzeitig begannen sich die Sonnenräder zu drehen und goldene Funken zu sprühen. Das kleine Häuflein Menschen sah gebannt auf das Feuer, das die Szenerie mittlerweile hell erleuchtete. Ein anerkennendes Zischeln erhob sich, als die Räder die erste Drehung vollendet hatten und an Fahrt gewannen.

Kluftinger hatte gerade noch Zeit ein »Toll, gell?« in Erikas Ohr zu hauchen, dann ging es los: In kurzer Folge stoben überall aus den

Rädern die Funken kleiner Explosionen und brachten sie aus dem Takt. Dann blieben sie stehen, um Sekunden später mit einem dumpfen Knall in die Luft zu gehen. Flammen schlugen oben heraus, nach unten ergoss sich ein Funkenregen, bis nur noch kleine bläuliche Flämmchen aus den unförmigen Gebilden züngelten, die durch den Rauch fast erstickt wurden.

Das begeisterte »Oooooh« der Umstehenden ging in ein enttäuschtes »Ooooch« über. Nur einer steckte zufrieden seine Streichholzschachtel ein und drückte seiner Frau einen Schmatz auf die Wange.

Langhammer rannte zu den noch immer schwelenden Rädern und untersuchte sie, wobei er Kluftinger an einen dieser Sachverständigen erinnerte, die nach Flugzeugabstürzen anhand der Trümmer versuchen, die Ursache herauszufinden.

»Heu, in Laos hat man es gern ein bissle kürzer, scheint's«, rief ihm der Kommissar zu.

Gestärkt vom Gelingen seines kleinen Streichs zog Kluftinger eine kleine Schachtel aus seiner Jacke. Darin befanden sich seine liebsten Silvesterartikel, die er schon als Kind viel schöner gefunden hatte als Raketen und Knallerei, auch wenn ihn die anderen Buben im Dorf damit aufgezogen hatten: bengalische Hölzer, gerade einmal so groß wie ordinäre Streichhölzer. Trotz ihrer Einfachheit belohnten sie einen mit einem betörenden grünen, blauen oder silbernen Leuchten. Mittlerweile waren sie schwer zu bekommen, aber im kleinen Altusrieder Schreibwarenladen hatte man ihm bisher noch jedes Jahr welche besorgt.

Der Kommissar wusste, dass auch seine Frau diese kleinen Hölzchen mochte, und so zündete er erst ein rotes und danach zwei grüne für sie an. Auf einmal erhob sich wieder ein leises Raunen. Kluftinger sah zu Langhammer, der gerade wieder eine seiner Riesenraketen gezündet hatte und nun kommentierte: »Sehen Sie nur! Der Sternenregen!« Und kurz darauf: »Die Kaskade, jetzt, jetzt, jetzt!«

Doch zu Kluftingers Erstaunen sahen die Leute nicht in den Himmel, sondern zu ihm.

»Herrlich, dieses bunte Feuerchen!«, rief Frederike Zougtran entzückt aus, und die anderen nickten zustimmend. Sie bildeten einen

Kreis um den Kommissar, und für einen Moment herrschte eine wunderbar intime Stimmung, die sie zusammenschweißte – dann sah der Kommissar den Doktor, der wie ein Derwisch im Schnee herumrannte und versuchte, die Aufmerksamkeit der Gäste auf seine teuren Raketen zu lenken.

Fünf bengalische Hölzer später kam er angetrottet. »Na, manche müssen eben mit sehr kleinen Dingen versuchen, Wirkung zu erzielen, wie?«

Die Frauen sahen ihn stirnrunzelnd an. Offenbar störte sie der aggressive Unterton, der die friedliche Stimmung störte.

Na, dann wollen wir doch mal sehen, wer hier den Größten hat, dachte sich Kluftinger. Er bückte sich und entnahm seiner rechten, ausgebeulten Manteltasche seine Silvesterüberraschung: Es war die Kartonverpackung eine dieser mundgeblasenen Christbaumkugeln, von denen sich Erika jedes Jahr eine gönnte. Er hatte ein Dutzend große Chinaböller, sogenannte Kanonenschläge, aufgesägt und das Schwarzpulver in den Karton gefüllt. Die Kracher hatten eine so gefährlich kurze Lunte, dass es für Kluftinger einem Himmelfahrtskommando gleichgekommen wäre, diese zu zünden. Und beim Selbstbau hatte er die Sicherheitsvorschriften sowieso viel besser im Blick.

Schwer lag die mit Paketschnur und dicken Lagen Klebeband umwickelte Schachtel in seiner Hand.

Kluftinger ging etwa zehn Meter weit, legte dann den selbstgebauten Böller in den Schnee und wickelte vorsichtig die Zündschnur ab.

Langhammer hatte Annegret im Arm und beäugte die Szene argwöhnisch.

»Wollen wir uns jetzt endlich mal einen Champagner gönnen?«, fragte Annegret beim Blick auf die Uhr ungeduldig, entwand sich ihrem Mann und holte eine der Flaschen von der Bar. Ihr Mann nahm sie ihr ab, drehte sich um, schüttelte sie heimlich und hielt sie dann Kluftinger entgegen.

»Und Ihnen gebührt die Ehre, sie zu öffnen, mein lieber Kluftinger!«

Der Kommissar, der in gebückter Haltung rückwärts laufend die etwa acht Meter lange Zündschnur entrollt hatte, stand auf, ging zu Langhammer und nahm die Flasche an sich. Er dachte kurz nach und sagte: »Ich weiß nicht. Ich bin da nicht so bewandert …« Dann zeigte er auf die erste Rakete, die Anwander gerade abgeschossen hatte. »Mei, dieses Blau!«, rief er euphorisch aus, worauf alle die Köpfe gen Himmel reckten, was Kluftinger dazu nutzte, die Flasche kurz, aber heftig zu schütteln. Dann reichte er sie wieder dem Doktor. »Machen doch lieber Sie.«

»Nein, Kluftinger, das gebührt Ihnen! Sie sind in diesem speziellen Fall ja so etwas wie mein Vorgesetzter!«, insistierte Langhammer.

»Aber ich bitte Sie! Ich möchte doch auch nichts vergeuden von dem edlen Tropfen!«

Annegret warf Erika einen verwunderten Blick zu. Die Frauen schienen nicht nur überrascht von diesem seltsam höflichen Geplänkel, sondern auch ein wenig genervt angesichts der Entscheidungsschwäche der beiden. Schließlich nahm Annegret Kluftinger die Flasche aus der Hand und forderte Erika auf: »Komm, wir übernehmen das, sonst wird das dieses Jahr nichts mehr.«

Die beiden Männer sahen ihnen bedröppelt zu und wichen kaum merklich ein paar Schritte zurück. Während Annegret die Flasche hielt, machte sich Erika an dem Draht zu schaffen, der den Korken sicherte. Doch noch bevor sie die kleine Schlaufe bis zum Ende aufgedreht hatte, schoss der Sekt in einer Fontäne nach oben – direkt in die Gesichter und auf die Mützen der beiden Frauen.

Erika schnappte nach Luft, so sehr hatte sie die unfreiwillige Dusche überrascht.

Betroffen beobachteten die Männer ihre Frauen aus der Distanz.

»Erika, komm, lass uns reingehen«, sagte Annegret knapp. »Wir ziehen uns um und stoßen dann miteinander an.«

»Gute Idee!«, sagte Erika, machte kehrt und ging auf das Haus zu, jedoch nicht ohne den beiden Männern mit einem wissenden Blick ein »Bis nächstes Jahr, die Herren!« zuzurufen. Dann waren sie verschwunden.

Und Kluftinger mit Langhammer allein unter Fremden. Priml.

»Sollen wir …«, begann der Kommissar, doch der Doktor fiel ihm gleich ins Wort.

»Hinterhergehen? Auf keinen Fall! Nein, die kriegen sich schon wieder ein. Und wir können noch die ganze Nacht mit ihnen anstoßen …«

Beim letzten Satz hatte seine Stimme wieder dieses schlüpfrige Timbre angenommen.

Es folgte eine peinliche Stille, die Kluftinger dazu nutzte, die Lunte seines Krachers anzuzünden. Dann erhob er sich, sah ein paar Sekunden der zischenden Leuchtspur im Schnee nach und fragte dann mit Blick auf die Uhr: »Ist in der Flasche eigentlich noch was drin?«

Langhammer hob sie auf und hielt sie gegen das Licht. »Müsste reichen, um …«

Kluftinger zog die Augenbrauen hoch. Ihm schwante Böses.

»Jetzt ist es endgültig soweit, mein Lieber! Wir trinken hochoffiziell Brüderschaft!«

Nicht schon wieder, dachte Kluftinger.

»Also, ich bin der Martin«, tönte Langhammer.

Kluftinger wog seine Möglichkeiten ab, doch er fand keinen Ausweg. Resigniert seufzte er: »Ich weiß. Also, dann bin ich halt der A–« In diesem Moment wurde die Terrasse von einem kolossalen Knall erschüttert. In Kluftingers Ohren begann es zu pfeifen, dicke Rauchschwaden zogen über den Schnee.

Als sich der Nebel ein wenig verzogen hatte, gab er den Blick auf einen regelrechten Krater frei. Alle starrten mit offenen Mündern auf die Stelle der Explosion, manche in gebückter Haltung, die Arme schützend um den Kopf gelegt.

Nächstes Mal ein bisschen weniger Schwarzpulver, notierte Kluftinger im Geiste.

Das Jahr begann nicht gerade entspannt für den Kommissar. Während er sich noch unruhig auf dem Kissen wälzte, schlief Erika bereits tief und fest. Diese Eigenschaft bewunderte er an ihr: Ihr Schlaf war ihr nicht nur heilig, sondern auch wie auf Knopfdruck abrufbar. Er selbst wusste, dass es bei ihm heute lange dauern würde, einen ähnlich entspannten Zustand zu erreichen. Deswegen, und weil er darauf brannte, den Ausdruck zu lesen, zog er sich aufs Klo zurück – den einzigen Ort, an dem er seine Frau nicht stören würde.

Überhaupt war das stille Örtchen für ihn der ideale Platz zum Lesen. Auch wenn es angeblich ungesund war – wegen der Hämorrhoiden. Aber wenn er es sich recht überlegte, hatte er dort im Laufe seines Lebens wohl mehr gelesen als an jedem anderen Ort sonst – den ledernen »Lesesessel« eingeschlossen, den ihm seine Frau bald nach ihrer Hochzeit geschenkt hatte.

Als er es sich auf dem heruntergeklappten Toilettendeckel bequem gemacht hatte, mit dem Rücken an die Wand gelehnt, griff er sich die Seiten und wollte mit der Lektüre beginnen. Was sich als einigermaßen schwierig herausstellte, denn er hatte vergessen, die Seiten zu nummerieren, und nachdem sie ihm vorher in der Halle heruntergefallen waren, musste er sich ihre Reihenfolge in mühsamer Puzzlearbeit zusammensuchen. Relativ einfach war es, den Anfang zu finden: Hier prangte die Überschrift »Die dunklen Machenschaften des Carlo W. – Immer mehr Banker verkaufen die Kredite ahnungsloser Kunden an Hedgefonds. Ein Beispiel aus der Provinz von Alexandra Gertler«.

Das klang schon einmal nicht nach einer schriftlichen Liebeserklärung, dachte sich Kluftinger. Er schaute auf das Datum: So wie es aussah, war der Artikel geschrieben worden, nachdem die Beziehung in die Brüche gegangen war. Und es klang ganz nach einer Abrechnung. Kluftinger war gespannt.

Was er dann zu lesen bekam, verstand er nur in groben Zügen. Er war nie ein großer Wirtschaftsexperte gewesen, sein Geld lag noch immer auf dem klassischen Sparbuch, auch wenn ihn sein Bankberater seit Jahren dazu drängte, wenigstens einen Teil in »lukrativen Aktienfonds« zu investieren. Nachdem die Börsen zurzeit aber auf der ganzen Welt in die Knie gingen, fühlte sich Kluftinger in seiner konservativen Investmentstrategie bestätigt. Dementsprechend wenig verstand er von Hedgefonds, Optionsscheinen und Warentermingeschäften. Aber auch wenn sich ihm Weiß' »dunkle Machenschaften« nicht in allen Verästelungen erschlossen, hatte er doch eine Ahnung, worum es ging.

Gertler beschrieb anhand mehrerer offenbar authentischer Fälle, wie Banker – und wenn sie Banker sagte, meinte sie Weiß – ihre Kunden um ihre Existenz brachten, indem sie deren Kredite verkauften. Er konnte kaum glauben, was er da zu lesen bekam, aber es schien tatsächlich wahr zu sein, wie Aussagen von Experten im Text – Schuldnerberater, ehemalige Geschädigte und Aussteiger aus der Finanzbranche – zu belegen schienen.

Die Praxis sah in etwa so aus: Kunden holten sich bei ihrer Hausbank einen ganz normalen Kredit, um beispielsweise eine Immobilie zu finanzieren. Die Bank veräußerte diese Kredite an sogenannte Heuschrecken, große Hedgefonds im Ausland, die vorwiegend davon lebten, Kredite aufzukaufen. Dabei waren sie darauf bedacht, nicht nur »faule«, also solche Kredite zu erhalten, bei denen die Schuldner ihren Zahlungsverpflichtungen nicht nachkamen, sondern auch solche, die durch Grundschuld abgesichert waren und bei denen kein Zahlungsrückstand bestand. Kredite von normalen, pünktlich zahlenden Häuslebauern etwa. Also mussten die Hausbanken Pakete mit gesunden und faulen Krediten schnüren, die für die Hedgefonds attraktiv waren. Die klassische Mischkalkulation. Für die Banken war das ein lohnendes Geschäft: Sie waren die säumigen Zahler los und hatten einen Teil ihres Geldes sicher zurück, auch wenn sie natürlich Einbußen hatten. Für die Schuldner bedeutete das jedoch meist das Ende: Die Fondsgesellschaften kündigten ihnen den Kredit, verlangten eine sofortige Rückzahlung oder völlig inakzeptable Raten. Konnten die Schuldner dieser Aufforderung nicht nachkommen, was meist der Fall war, fiel beispielsweise das Haus, mit dem sie für den Kredit gebürgt hatten, an den Hedgefonds. Für den war es nur interessant, weil er diese Immobilien möglichst schnell versilbern wollte. Also wurden sie verkauft beziehungsweise versteigert. Und die Banker auf beiden Seiten strichen Bonuszahlungen ein, die einem die Schamesröte ins Gesicht trieben. So offenbar auch Weiß.

Kluftinger legte die Blätter auf seine Knie und atmete durch. Sollte das wirklich stimmen? Hatte damit auch der Brief von Weiß an Eckstein zu tun? Von »kriminellen Machenschaften« war da die Rede.

Und der schlimmste Gedanke war: Wenn das alles wahr sein sollte, stand vielleicht auch sein eigenes Häuschen auf dem Spiel. Denn auch er zahlte noch immer den Kredit ab, den sie damals aufgenommen hatten.

Der letzte Satz des Artikels lautete: »Vor dem Umgang mit Menschen wie Carlo W. wird deshalb eindringlich gewarnt.«

Das war deftig. Aber wie viel war dran an dem, was Gertler geschrieben hatte? Es schien ein wirklich gut recherchierter Artikel zu sein, kein Wunder, dass sie sich davon den Eintritt in eine anspruchsvolle Form des Journalismus versprochen hatte.

Kluftinger gähnte. Das Lesen hatte ihn müde gemacht – wie immer. Er kroch wieder zu Erika ins vorgewärmte Bett und kam nun endlich dazu, sich zu überlegen, welche Vorsätze er fürs neue Jahr fassen wollte. Höchstens eine Minute später und noch ohne Ergebnis sank er in einen dämmrigen Schlummer, in dem er von riesigen Heuschrecken träumte, die mit überdimensionalen Giftspritzen von Berggipfel zu Berggipfel hüpften und hüpften und hüpften … Kluftinger öffnete die Augen. Ein rhythmisches Klopfen hatte ihn zurück in die Wirklichkeit geholt. Benommen rieb sich der Kommissar das Gesicht. Was war das nur? Versuchte womöglich jemand, in ihr Zimmer zu gelangen? Sofort setzte er sich kerzengrade hin. Er sah zu Erika. Die schien nichts zu hören, ihr Atem verriet, dass sie fest schlief. Er überlegte, ob er sie aufwecken sollte, entschied sich aber dagegen, um sie nicht unnötig zu beunruhigen, falls es nichts weiter war.

Langsam schlug er die Decke zurück und erhob sich. Das Klopfen hatte aufgehört. Hatte er sich alles nur eingebildet? Er stand reglos im Zimmer und horchte. Nichts. Nur das Heulen des Windes draußen war zu hören. Er setzte sich wieder und wollte sich gerade in die Kissen sinken lassen, da hörte er es wieder. Eine Art dumpfes Klopfen, rhythmisch, polternd. Der Kommissar schluckte. Es war fast vollständig dunkel im Zimmer, nur schemenhaft konnte er die Einrichtungsgegenstände erkennen. So leise es ging erhob er sich und schlich zur Kommode. Daneben stand ein grober hölzerner Hocker, den Kluftinger vorsichtig nahm, prüfend in der Hand wog und dann über den Kopf hob. Das musste als provisorische Waffe genügen.

Derart gerüstet konzentrierte er sich wieder darauf, den Ursprung des Geräusches zu lokalisieren. Ob es an der Eingangstür …? Er umfasste den Hocker noch ein bisschen fester – und blieb stehen. Das Geräusch kam nicht von der Tür. Nein, es kam von links. Verständnislos starrte er auf die nackte Wand. Da war es wieder, es kam von … von der Verbindungstür zu Langhammers Zimmer!

Sollte dort vielleicht jemand eingedrungen sein? Oder wollte Langhammer zu ihnen herein, mit ihm reden? Vorsichtig schlich er sich zur Tür. Erst schaute er sie nur an, als könnte er, wenn er nur lang genug hinstarrte, durch sie hindurchsehen. Dann legte er sein Ohr an das Holz. Ja, kein Zweifel, jetzt hörte er es ganz deutlich. Es war ein Klopfen, dann ein Scharren – und Stimmen. Langhammers und Annegrets Stimmen. Aber sie sprachen nicht, nein sie …

Plötzlich erstarrte der Kommissar. Jetzt war ihm klar, bei was er sie da gerade so aufmerksam belauscht hatte. Gelähmt vor Entsetzen fiel ihm sein Hocker aus der Hand. Sofort hörte auch das Klopfen auf. Allerdings nur ein paar Sekunden, dann begann es erneut. Kalter Schweiß trat Kluftinger auf die Stirn. Er wünschte sich beinahe, seine erste Annahme wäre wahr gewesen. Lieber hätte er einen Einbrecher erschlagen als … Er würde niemals Schlaf finden können, mit diesem … Geschehen im Nebenzimmer.

Er wusste nicht einmal, warum ihn das so schockierte. Er konnte sich ja ohne Weiteres zusammenreimen, was sich nachts im Schlafzimmer des Doktors abspielte. Darüber setzte er Gott und die Welt schließlich oft genug in Kenntnis. Aber diese Geräuschkulisse zwang Kluftinger sozusagen dazu, dem Ereignis akustisch beizuwohnen. Beiwohnen, allein dieses Wort…

Er musste dieses Bild vor seinem inneren Auge unbedingt wieder loswerden, sonst könnte das ungeahnten Schaden an seiner eigenen Libido anrichten. Der erste Schritt war, die Geräuschkulisse zu bekämpfen. Sollte er gegen die Wand klopfen? Nein. Damit würde er sich ja zu erkennen geben.

Fieberhaft überlegte er, was er tun könnte. Die Matratze! Natürlich, bei ihrer Ankunft hatte er im großen Einbauschrank eine zusätzliche Matratze gesehen. Er schlich in den Vorraum, öffnete leise die Tür, donnerte beim Entnehmen allerdings die Matratze dagegen, worauf Erika erst ein leises Gurgeln von sich gab und dann mit belegter Stimme fragte: »Ist was passiert?«

»Noch nicht«, entgegnete ihr Mann, als er keuchend die Matratze vor die Verbindungstür wuchtete.

»Was machst du denn?«

»Pscht!«, zischte der Kommissar und hob eine Hand in Richtung seiner Frau. Dann blieb er reglos stehen und horchte. Er hörte … nichts. Ein erleichtertes Lächeln umspielte seine Mundwinkel. Dann schlüpfte er wieder unter die Decke. Sofort ergriff eine bleierne Müdigkeit von ihm Besitz. An Schlaf war dennoch fürs Erste nicht zu denken.

»Hallo? Würdest du mir vielleicht mal sagen, was du da genau getrieben hast?« Erika hatte sich im Bett aufgesetzt und starrte ihn an, das spürte er, auch wenn er es nicht sah.

»Getrieben? Ich nix, aber unsere Nachbarn.«

»Annegret und Martin?«

»Woll.«

»Ist was passiert?«

»Kann ich mir nicht vorstellen.«

»Streiten sie?«

»Eher im Gegenteil.«

»Im Gegenteil?«

»Mhm.«

»Was soll das heißen?«

»Dass sie nicht streiten, sondern … nett sind.«

»Sie sind nett?«

»Schon. Lieb halt.«

»Lieb, aha. Was genau …«

»Himmelherrgottzack, jetzt stell dich doch nicht so an.« Kluftinger hatte das Gefühl, dass seine Frau ganz genau wusste, worauf er hinauswollte. »Ich glaub, ich muss dir das nicht mehr erklären, das mit den Bienen und den Blumen und so?«

Erika legte sich wieder ins Bett. »Verstehe. Du brauchst ja nicht gleich so granteln, du alter Brummbär«, sagte sie sanft.

Kluftinger wunderte sich ein bisschen darüber, dass sein Wutausbruch, den er auf den enormen psychischen Stress schob, dem er gerade ausgesetzt gewesen war, eine derart milde Reaktion hervorgerufen hatte.

»Die Annegret erzählt schon ab und zu, dass es bei ihnen immer noch ganz gut läuft.«

»So?«

»Ja, sagt sie. Und der Martin auch.«

»Ja, das muss man sich ja oft genug anhören, obwohl es wirklich niemand wissen will. Und überhaupt: Was redest du denn mit dem … darüber?«

Eine Weile war es still, dann hauchte Erika mit belegter Stimme: »Du-hu?«

Von der Seite ihres Mannes kam nur ein unverständliches Grunzen zurück. Doch Erika ließ nicht locker. »Du, Butzele? Sag mal, eigentlich sind wir ja hier im Urlaub, oder? Ich mein, klar, es ist jetzt nicht gerade erholsam für dich, aber … und wo doch Neujahr ist, ich mein …«

Sie strich mit ihrer Hand zart seinen Oberarm entlang. Noch einmal flüsterte sie »Du-hu?«, und als er nicht antwortete, schwang sie ihr Bein um seine Taille. Dann beugte sie sich zu ihm, streichelte seine Wange und gab ihm einen Kuss auf den Mund. Als sie sich langsam wieder zurückzog, kam von ihrem Mann als Antwort ein tiefes, wohliges Schnarchen.

Die weiße Spinne

»Erika?« Mit zusammengezogenen Augenbrauen lauschte Kluftinger in die Stille des Zimmers hinein. Er stand auf und klopfte an die Badezimmertür, doch auch hier bekam er keine Antwort. Als er eintrat, wurde ihm klar, dass seine Frau bereits ohne ihn zum Frühstück gegangen sein musste. Er kratzte sich am Kopf. Wie konnte das sein? Gestern hatte sie sogar darauf bestanden, hier oben auf Langhammers zu warten, und nun war sie einfach ohne ihn verschwunden. Hatte er irgendetwas falsch gemacht? Er ließ die gestrige Nacht noch einmal Revue passieren, aber ihm fiel beim besten Willen nichts ein. Gut, das mit dem Feuerwerk war nicht ganz optimal gelaufen, aber sauer konnte Erika deshalb ja nicht wirklich sein. Und auch nicht wegen der Matratze; schließlich hätte sie sicher kaum Zaungast bei Langhammers Hörspiel sein wollen. Achselzuckend begab er sich ins leere Bad. *Weiber!*

Mit dem zusammengeklebten Brief und den ersten Seiten des Artikels in der Jackentasche machte er sich kurz darauf ebenfalls auf den Weg in den Frühstücksraum. Als er diesen betrat, sah er auf der einen Seite seine Frau, die mit Langhammers bereits am Tisch saß und in eine Marmeladensemmel biss. Auf der anderen Seite erblickte er Alexandra Gertler, die nur zwei Tische von der Tür entfernt lustlos in ihrer Tasse herumrührte. Kluftinger dachte kurz nach und ging dann schnurstracks zu Gertlers Tisch, dabei die Augen allerdings stets auf seine Frau gerichtet. In dem Moment, als er den Tisch der Moderatorin erreicht hatte, blickte sich Erika um und sah ihn an. Er hob die Hand, um zu ihr hinüberzugrüßen, doch als er sie gerade mal zur Hälfte erhoben hatte, hatte sie sich schon wieder weggedreht. Ratlos, mit halb erhobener Hand, stand er vor der jungen Frau, die ihn von unten fragend anblickte.

»Herr Kluftinger?«

»Hm, bitte?« Irritiert senkte der Kommissar seinen Blick.

»Ist was passiert?«

Es war dieselbe Frage, die seine Frau ihm gestern Nacht gestellt hatte. »Nein, nix. Ich wollte …«

»Dann setzen Sie sich halt hin.«

»Wie? Ach ja, freilich, danke.«

Kluftinger setzte sich, kramte den Artikel aus seiner Jackentasche, faltete die Papiere auf und legte sie auf den Tisch. Die Journalistin wurde blass. »Wo … woher haben Sie den?«

»Ich hab so meine Quellen.«

Sie blickte ihm tief in die Augen. Dann nickte sie. »Offensichtlich. Aus Ihnen wäre ein guter Journalist geworden.«

Aus Ihnen vielleicht auch, lag Kluftinger auf der Zunge, doch er winkte ab: »Wann haben Sie ihn geschrieben?«

»Sie meinen, vor, während oder nach unserer Beziehung?«

»Genau.«

»Danach, wie Sie sich sicher schon gedacht haben.«

Der Kommissar entgegnete nichts, er hoffte darauf, dass die Gertler von sich aus erzählen würde. Und er wurde nicht enttäuscht.

»Ich gebe zu, es war ein bisschen aus Rache. Ich wusste eben über bestimmte Dinge Bescheid. Über seine Geschäftspraktiken beispielsweise. Und als dann Schluss war, da war ich auch einmal skrupellos. Damit ich nicht ganz leer ausgehe, Sie verstehen?«

Sie sah ihm fragend in die Augen, und Kluftinger nickte.

»Leider ist das ja ziemlich nach hinten losgegangen«, fuhr sie fort. »Ich war überrascht, wie weit seine Beziehungen reichen. Also, ich meine jetzt nicht die zu Frauen.« Sie lachte bitter auf. »Er hat dafür gesorgt, dass ich bei diesem Nachrichtenmagazin nie einen Fuß auf den Boden gebracht habe. Die Macht des Geldes sollte man nie unterschätzen, das musste ich lernen. Sicher war es auch nicht fair, Fakten, die ich privat in Erfahrung gebracht hatte, beruflich gegen ihn zu verwenden. Aber Fairness hat bei Carlo auch nie eine Rolle gespielt.« Sie hob ihre Tasse und leerte sie in einem Zug.

»Sie wollen damit also sagen, dass er Ihre Karriere … beeinträchtigt hat?«

»Er hat sie beendet. Jedenfalls die, die ich mir gewünscht hätte. Ernst zu nehmende Journalistin wollte ich werden. Pah.«

»So etwas habe ich mir schon gedacht. Ihnen ist schon klar, dass Sie damit ein erstklassiges Mordmotiv haben?«

Zögernd nickte die junge Frau. »Ja, das weiß ich natürlich. Deswegen habe ich ja auch nichts gesagt. Also, ich meine, über den Tenor des Artikels. Erwähnt habe ich ihn ja.«

Kluftinger erhob sich. Bevor er die Gertler jedoch allein ließ, stellte er ihr noch eine letzte Frage: »Sind Sie ganz sicher, dass Sie am Mordabend keine Verabredung mit Herrn Weiß hatten? Ich meine, er hat da diesen Zettel hier geschrieben. Schauen Sie: Auf dem steht *18 Uhr, G.* G wie Gertler? Fällt Ihnen dazu etwas ein?«

Sie antwortete ihm, ohne nachzudenken: »Er hat mich immer Alessandra genannt, das war so ein Tick von ihm. Sie wissen schon: die italienische Version von Alexandra. Und was das G. betrifft: Wir haben uns nicht beim Nachnamen genannt. Auch nach der Trennung nicht.«

Als der Kommissar den Frühstücksraum verließ, kam Georg Eckstein gerade aus dem Aufzug. Kluftinger überlegte kurz, beschloss dann aber, gleich seiner Pflicht nachzukommen und den Mann wegen des gestern in mühsamer Kleinarbeit wiederhergestellten Briefes zu vernehmen.

Während Eckstein sich Frühstück holte, rührte Kluftinger in einer weiteren Tasse Kaffee herum und dachte darüber nach, wie er die Sache mit Erika wieder hinbekommen würde. Als sich der Weißhaarige an den kleinen Tisch setzte, fuhr Kluftinger zusammen und platzte heraus: »Also, haben Sie den Brief geschrieben?«

Sein Gegenüber sah ihn entgeistert an und brachte unter heftigem Stirnrunzeln nur ein zögerliches »Hm?« heraus.

»Ob Sie ihn geschrieben haben, will ich wissen!«

Ecksteins Augen verengten sich zu Schlitzen, als er in gemessenem Tempo und mit dunkler Stimme sagte: »Guter Mann, Ihnen ist schon klar, dass ich der Empfänger bin, oder?«

Kluftinger schluckte. Er war im Moment nicht bei der Sache. Wenn die Harmonie mit seiner Frau gestört war, fiel es ihm schwer, einen klaren Gedanken zu fassen. Ihm fehlte dann eine gewisse Grundsicherheit, die ihn sonst in sich ruhen ließ. Das war schon immer so: Wenn sie morgens gestritten hatten und die Versöhnung ausgeblieben war, war der Tag im Büro gelaufen, noch bevor er begonnen hatte. Allerdings beruhigte er sich dann immer damit, dass es ein gutes Zeichen für ihre Ehe sein musste, wenn ihn solche Misstöne im Verhältnis zu Erika nach all den Jahren noch aus der Bahn warfen.

»Tschuldigung«, knurrte Kluftinger kopfschüttelnd, »ich war mit meinen Gedanken gerade ganz woanders. Freilich, Herr Weiß hat den Brief ja an Sie geschrieben. Also, was hat es mit dem Inhalt denn auf sich?«

»Was wollen Sie wissen?«, fragte Eckstein, ohne den Kommissar anzusehen.

»Na ja, einerseits entschuldigt sich Weiß bei Ihnen, dass er dafür gesorgt hat, dass Sie Ihren Job verlieren. Und er räumt ein, dass es mit unsauberen Mitteln geschehen ist. Stimmt das?«

»Allerdings stimmt das. Und er hat meinen Ruf so nachhaltig ruiniert, dass sich nebenbei noch meine Frau und beinahe mein gesamtes Umfeld von mir abgewandt haben.«

»Was hat er denn getan?«

»Nun, er hat in meinem Namen Geld von der Bank auf eines meiner Konten verschoben. Von meinem Computer aus. Damit es so aussieht, als ob ich mich selbst bedient hätte am Geld der Kunden. Und um dem noch eins draufzusetzen, hat er von meinem Telefon aus nächtelang bei Telefonsexnummern angerufen. Wahrscheinlich hat er einfach den Hörer danebengelegt. So kamen über zwanzigtausend Euro auf einer Rechnung zusammen. Ein Abdruck davon ging an meine Frau.«

Von Ecksteins Verstimmung war nichts mehr zu merken. Er schien regelrecht erleichtert zu sein, dass er endlich alles erklären konnte.

»Und niemand hat Ihnen geglaubt, dass Sie nicht selbst dafür verantwortlich waren?«

»Hätten *Sie* mir geglaubt?«

»Wahrscheinlich nicht«, räumte Kluftinger ein. »Aber warum um alles in der Welt soll er das denn alles getan haben?«

»Wie gesagt: Um mich aus dem Weg zu haben. Und schon war er Chef der Investment- und Kreditabteilung. Und war gleichzeitig den größten Kritiker seiner Machenschaften los.«

»Sie haben also Differenzen wegen seiner Arbeitsweise gehabt?«

»Allerdings«, sagte Eckstein mit einem bitteren Lachen, »die hätten größer nicht sein können. Weiß war ein eiskalter Hund, nur auf Gewinnmaximierung bedacht. Der bekam Boni in exorbitanter Höhe. Natürlich, weil er selbst prozentual an den Geschäften, die er im Namen der Daba gemacht hat, beteiligt war. Rendite war das einzig Ausschlaggebende, ohne Rücksicht auf Verluste. Er hat Kreditpakete geschnürt …« Eckstein hielt kurz inne, warf einen prüfenden Blick zu Kluftinger und fragte: »Sagt Ihnen das was?«

Der Kommissar nickte, und Eckstein fuhr fort: »Gut. Wie gesagt: Kreditpakete, in denen von hanebüchenen Risikoverträgen bis zur Baufinanzierung des immer pünktlich zahlenden Häuslebauers alles dabei war. Ob dadurch Familien ihre gerade neu gebauten Häuser verloren haben, war ihm völlig egal. Die Leute haben es nicht einmal an die große Glocke gehängt. Fragen Sie mich nicht, wie er das geschafft hat.«

»Im Brief steht was von Drohungen, mit denen Sie endlich aufhören sollen. Haben Sie Weiß unter Druck gesetzt?«

»Ach was. Ich hatte im Endeffekt nichts in der Hand gegen ihn. Sonst hätte ich alle Register gezogen, glauben Sie mir. Ich bin niemand, der einfach aufgibt. Aber er hat de facto nicht illegal gehandelt. Eben nur absolut gewissenlos. Ich hab mir an ihm regelrecht die Zähne ausgebissen. In der Verzweiflung hab ich … na ja, sicher das eine oder andere gesagt, was man nicht …« Er brach ab.

»Was hätte er denn von ihnen zu befürchten gehabt?«, hakte Kluftinger beiläufig nach.

»Wissen Sie, Herr Kommissar, ich bin ein paar Jährchen älter als Sie. Ich habe viel verloren. Es gab Zeiten, da wäre ich zu allem in der Lage gewesen. Ich fühlte mich so hilflos, war seinen Intrigen machtlos ausgeliefert. Da malen Sie sich die bizarrsten Rachepläne aus. Aber wahrscheinlich fehlte es nur einfach immer an der Gelegenheit …«

»… bis Sie ihn hier wiedergetroffen haben, oder? Sie wussten doch, dass er kommt? Und dann war die lang vermisste Gelegenheit auf einmal da«, vollendete Kluftinger.

Eckstein sah sein Gegenüber mit müden Augen an und erwiderte ruhig: »So war das nicht gemeint. Ich hab nicht geweint über seinen Tod, das haben Sie mitbekommen. Er hat es verdient. Aber ich hab ihn doch nicht umgebracht. Wenn, dann hätte ich auch dazu gestanden, da bin ich altmodisch. Nein, Herr Kluftinger, Sie müssen schon noch ein bisschen weitersuchen nach dem Täter.«

»Warum haben Sie dann den Brief hier vernichten wollen, wenn Sie angeblich ein so ehrlicher Typ sind, der für alles einsteht, hm?«

Ecksteins Reaktion war heftig: »Ich hab keine Lust, als Justizirrtum in die Geschichte einzugehen. So dumm bin ich auch wieder nicht. Ich hab nichts getan, also muss ich auch für nichts gradestehen.«

»Und diese Andeutungen in dem Brief wegen ihrer – wie heißt es da? – *unsauberen Steuerangaben*?«

Eckstein schwieg.

»Sie haben nicht nur ein Motiv, sie haben sogar zugegeben, dass Sie den Mann bedroht haben. Und dann dieses Schreiben – da haben wir schnell eine blitzsaubere Indizienkette zusammen gegen Sie.«

»Was ist denn dieser Wisch schon für ein Beweis? Ein paar maschinengeschriebene Zeilen! Und wissen Sie, was seltsam daran ist?«

»Dass er Sie zum Hauptverdächtigen im Mordfall Weiß macht?« Der Kommissar provozierte bewusst.

»Nicht im Geringsten. Nein, das Komische ist die Anrede darin.«

Kluftingers fragender Blick wurde von Eckstein umgehend beantwortet: »Schauen Sie«, begann er und nahm das Papier an sich, woraufhin Kluftinger sich sofort aufrichtete. »Keine Sorge, ich zerreiß ihn nicht mehr. Schauen Sie, Weiß und ich, wir waren per Du. Und dabei haben wir es auch belassen. Wir waren beide nicht die theatralischen Typen, die sich diese Anrede in einem dramatischen Akt wieder entziehen. Und in diesem Brief spricht er mich dauernd als ›Herr Eckstein‹ an.«

Kluftinger runzelte die Stirn. Sicher war das ein wenig merkwürdig, aber anders als Georg Eckstein konnte er sich durchaus vorstellen, dass Weiß zu einer weniger vertraulichen Anrede übergegangen war. Wieder ein Puzzleteil, das eine interessante Form hatte, von dem der Kommissar aber noch nicht wusste, wo es hingehört.

»Hat denn Weiß schon vorher irgendwie auf Ihre Drohungen reagiert?«

Eckstein winkte ab. »Nein, ich denke, er hat das gar nicht ernst genommen.«

»Was Sie nur noch mehr gekränkt und den Hass gegen ihn geschürt hat!«, ergänzte Kluftinger schnell.

»Hören Sie doch bitte auf, mir Dinge in den Mund zu legen. Wie schon gesagt, ich hab's nicht getan«, sagte Eckstein lapidar, als Kluftinger einen geradezu beschwingten Doktor Langhammer den Raum betreten sah. Rasch kam er auf die beiden zu und sprudelte los: »So, ich stehe wieder ganz zur Verfügung. Die beiden Damen sind im Wellnessbereich, und wir Männer widmen uns wieder der weniger kontemplativen Seite des Lebens, wie?«

Dabei klopfte er dem Kommissar jovial auf die Schulter. Von Eckstein schien er gar keine Notiz zu nehmen.

Das gelangweilte »Hm« von Kluftinger ließ er unkommentiert und fuhr fort: »Na, wo kann ich helfen, was kann ich tun?«

Kluftinger sah ihn kurz an und sagte dann bloß: »Zuhören!«

Langhammer zog sich mit sauertöpfischem Gesicht einen Stuhl heran und lauschte dem weiteren Verlauf des Gesprächs, ohne selbst das Wort zu ergreifen. Offenbar war ihm nicht nach einer verbalen Auseinandersetzung – weder mit Eckstein noch mit Kluftinger.

»Was hab ich Ihnen gesagt, mein lieber Kluftinger?«, sagte der Doktor erneut strahlend, als er mit dem Kommissar eine Viertelstunde später durch die Halle ging.

»Was haben Sie gesagt?«, fragte er seufzend.

»Na ja, schon nach der ersten Vernehmung von Eckstein hab ich Ihnen gesagt, dass …«

»Dass ausgerechnet er es nicht ist! Sie haben ihn doch selbst ›vernommen‹, wie Sie es nennen. Und danach gesagt, dass er nicht als Täter in Frage kommt.«

»Hab ich gesagt? Hab ich … richtig, ja. Aber doch nur, um Sie nicht von vornherein in eine bestimmte Richtung zu beeinflussen!«

Kluftinger schob die Unterlippe vor und antwortete übertrieben freundlich: »Ach so, schon klar, ja vielen Dank auch.«

Langhammer war sichtlich bemüht, das Thema zu wechseln, und schlug vor, an der Bar einen Kaffee zu trinken. Da Kluftinger keine Lust hatte, Erika in den Wellnessbereich hinterherzulaufen, um dort um Vergebung nachzusuchen, stimmte er zu. Lediglich mit einem leichten Stirnrunzeln nahm er Langhammers in gönnerhaftem Ton vorgetragene Ankündigung zur Kenntnis, dass er natürlich sein Gast sei. Schließlich waren alle Getränke hier umsonst.

An der Bar saß bereits Lars Witt, eine leere Tasse vor sich und wieder in ein Buch vertieft. Er sah kurz auf und nickte den beiden zu, die in einigem Abstand zu ihm Platz nahmen und einen Kaffee für den Kommissar und eine »große Latte macchiato alla nocciola mit viel fettarmer Milch« bestellten.

»Mein lieber Kluftinger«, sagte Langhammer nach einer Weile des Schweigens, »ich konnte gestern nicht gleich einschlafen nach dem Feuerwerk, und wissen Sie, was ich da gemacht habe?«

Kluftinger, der bislang tief auf die Bar gestützt dasaß, richtete sich blitzschnell auf. Mein Gott, wollte Langhammer jetzt allen Ernstes über seine nächtlichen Aktivitäten reden? So eine Art Männergespräch, bei dem er erwartete, dass auch Kluftinger seine Bettgeschichten auspackte?

»Na ja, Sie kommen wahrscheinlich eh nicht drauf, ich will es Ihnen verraten!«

Kluftingers Herz pochte, er wusste nicht, wie er am besten aus dieser Sache herauskommen sollte.

»Ich habe richtig lange und ausgiebig das getan, was ein Mann einfach täglich tun sollte. Es hält die Seele gesund.«

Kluftinger schickte ein Stoßgebet gen Himmel. *Lieber Gott, lass es nicht allzu detailliert werden!*

»Ich hab mal so richtig hemmungslos nachgedacht.«

Kluftinger hob überrascht den Kopf.

»Nachgedacht über den Fall…«

Dem Kommissar fiel ein Stein vom Herzen. Das Stoßgebet war erhört worden. Falscher Alarm. Wobei er etwas irritiert war, dass ihn das Ereignis der letzten Nacht derart traumatisiert hatte.

»… und ich muss sagen, was ich nach wie vor so mysteriös finde an der Lage des Falles, ist, dass alle Gäste hier in irgendeiner Beziehung zu Weiß stehen. Dass die Leute alle auf einmal hier …« Langhammer machte ein Pause und wartete, bis Lars Witt, der sich gerade von seinem Stuhl erhoben hatte, an ihnen vorübergegangen war. Als er sich so weit entfernt hatte, dass sie ihn nur noch mit Schreien erreicht hätten, drängte ihn Kluftinger, fortzufahren: »Dass alle hier …?«

»Ja, dass alle hier sind, das ist schon ein sehr seltsamer Zufall, finden Sie nicht?«

»Wenn es überhaupt ein Zufall ist«, gab der Kommissar zu bedenken.

»Eben, genau darum geht es. Und jeder hier hat ein Motiv.«

»Na ja, nicht wirklich jeder. Jedenfalls wissen wir es nicht von jedem. Sie nicht, ich nicht, unsere Frauen nicht, die Waschfrau nicht, der Kellner nicht, Herr Witt nicht …«

»Jaja, ich habe schon verstanden. Aber vielleicht ist er es gerade deswegen. Vielleicht war er es, weil er als Einziger der Gäste außer uns eben kein Motiv hat.«

Kluftinger lachte bitter auf. »Mittlerweile«, sagte er, »finde ich nicht mal diesen Gedanken abwegig.«

Langhammer, der auf die Zustimmung des Kommissars nicht vorbereitet war, nickte freudig: »Ja, nicht wahr? Wir müssen in alle Richtungen denken.« Dann breitete er weiter seine Theorien aus, was Kluftinger nur noch mit halber Aufmerksamkeit zur Kenntnis nahm. Er beugte sich nach links und griff sich das Buch, das Lars Witt auf dem Tresen hatte liegen lassen. »Mal sehen, was er so liest, der Herr Holländer«, murmelte er und blickte, die Stirn in Falten gelegt, auf den Buchdeckel. »Aha, der Flachlandtiroler interessiert sich für die Klassiker der Bergliteratur! Hier: ›De witte spin‹ von Heinrich Harrer!«

»Heinrich Harrer?«, sagte Langhammer, »ist das nicht der Bergsteiger? Der mit dem Dalai Lama? Sieben Jahre in Tibet?«

Kluftinger nickte. »Genau der. Und Sie können mir sicher auch sagen, was genau dieser Harrer mit dem Allgäu zu tun hat. Und dieses Buch da auch!« Seine Augen blitzten. Beim Thema Bergsteigen kannte er sich aus. Und wenn ihn sein Gefühl nicht völlig täuschte, dann besser als Dr. Schlaumeier.

Langhammer war sichtlich perplex. Er dachte angestrengt nach, kam aber ganz offensichtlich zu keinem Ergebnis.

Kluftinger entfuhr ein fast hämisches »Na?«, dann fügte er an: »Die legendäre Erstdurchsteigung der Eiger-Nordwand. Dämmert's?«

Langhammer schüttelte langsam den Kopf.

»Also, mehr kann ich Ihnen nicht helfen! Wer war denn dabei am Eiger, hm? Zusammen mit dem Harrer? Im Hinterstoisser Quergang? Na?«

»Pah!«, machte Langhammer, »sind wir jetzt hier in der Schule, oder wie? Mit dem Allgäu zu tun … präziser geht es nicht?«

Kluftinger legte dem Arzt beruhigend die Hand auf den Arm und sagte mit gönnerhafter Stimme: »Herr Langhammer, man kann ja auch nicht alles wissen, gell? Ich werd's Ihnen verraten: Mit Harrer waren zwei Bergsteiger am Eiger unterwegs. Und einer davon war Anderl Heckmair. Und wo hat der gelebt?«

Langhammer verzog das Gesicht. »Im Allgäu vielleicht?«

»Genau! Hier bei uns, in Oberstdorf! Bis zu seinem Tod im Jahr 2005.«

»Was Sie nicht sagen. Und was hat das mit dem Buch da zu tun?«

»In dem Buch beschreibt Harrer die Bezwingung der Eiger-

Nordwand. Zusammen mit Heckmair. Das ist spannender als jeder Krimi. Ich hab's mehrere Male gelesen! Immer wieder toll.« Es war das erste Mal, dass Kluftinger mit seiner bescheidenen Lektüreerfahrung prahlen konnte, und er kostete diesen Moment aus.

»Und warum hat der dann auf Holländisch geschrieben?«, knurrte Langhammer.

»Hat er ja gar nicht. Der Harrer war ein Österreicher, hat also auf Deutsch geschrieben. Aber das Buch ist halt ein Klassiker, das gibt's in ganz vielen Sprachen. Das Original heißt die weiße Spi–«

Unvermittelt hielt Kluftinger inne. Ein paar Sekunden saß er mit offenem Mund da, ehe ihm ein »Herrgott, ich vernagelter Volldepp« entfuhr. Er sprang auf, griff sich das Buch und ging schnell in Richtung Treppe, doch dann wandte er sich noch einmal um und rief dem Doktor zu: »Danke, Herr Langhammer! Manchmal hilft einem die Naivität von seinem Gesprächspartner viel weiter als ein geistreicher Beitrag!«

Als Kluftinger keuchend im zweiten Stockwerk ankam, sah er, wie Lars Witt gerade die Tür zu seinem Zimmer aufschloss. Der Mann warf ihm einen gelangweilten Blick zu und wollte den Raum betreten. Jetzt ließ es Kluftinger drauf ankommen. Er hielt das Buch hoch und rief: »Das haben Sie vergessen, Herr Weiß.«

Der Holländer erstarrte. In den Augen des jungen Mannes erkannte Kluftinger sofort, dass er mit seiner Vermutung richtig gelegen hatte, auch wenn sie ihm auf dem kurzen Weg nach oben schon wieder abstrus erschienen war: Witt hieß übersetzt nichts anderes als Weiß. Und er war sich sicher, dass die Namensgleichheit alles andere als ein Zufall war. An Zufall mochte er in diesem Fall sowieso nicht mehr glauben. Er erinnerte sich auch daran, was Carlo Weiß ihm bei ihrer Ankunft gesagt hatte: Eigentlich müsse er Bianco heißen, wie sein Vater. Die Geschichte wiederholte sich offenbar.

Wie das Kaninchen vor der Schlange blieb Witt vor seinem Zimmer stehen. Erst als Kluftinger ihn erreicht hatte, löste er sich aus seiner Erstarrung und betrat mit ihm den Raum. Sofort rief er seiner Mutter, die auf dem Bett lag und las, etwas auf Holländisch zu. Kluftinger glaubte, etwas wie »Er weiß es« herauszuhören.

Frederike Zougtran erhob sich und ging zum Fenster. Der Schneefall hatte nachgelassen, es sah sogar so aus, als würden sich die Wolken ein wenig aufhellen.

»Sie wissen es also?«, fragte sie, ohne sich umzudrehen. Lars Witt ließ sich in den Sessel fallen.

»Na ja«, antwortete Kluftinger, »vielleicht nicht alles in allen Details, aber in groben Zügen ...«

»Und was passiert nun mit uns? Wir haben damit wohl das, was man ein Motiv nennt, wie?«

Kluftinger schnaubte. Priml. Damit wären ja motivmäßig alle Gäste versorgt. Nun musste er nur noch herausbekommen, warum genau auch Frederike Zougtran und ihr Sohn als Täter in Frage kamen. Er hatte eine Vermutung, aber sicher war er sich nicht.

»Das sehe ich auch so, ja. Erzählen Sie doch bitte noch einmal die ganze Geschichte. Also, von Ihrer Warte aus, sozusagen. Ob Sie mit meiner Version übereinstimmt. Frau Saug ... Herr Witt?«

Frederike Zougtran schüttelte den Kopf, den Blick noch immer nach draußen gewandt. Ihr Sohn übernahm für sie. »Wie Sie richtig vermuten, war Carlo Weiß mein Vater.«

Der Kommissar nickte. »Das heißt, Sie waren verheiratet?«, wandte er sich an die Frau.

Wieder schüttelte sie den Kopf.

»Ich nehme an, er hat sich die ganze Zeit weder um Sie noch um seinen Sohn gekümmert?«

»Sie liegen goldrichtig«, bestätigte diesmal Lars Witt. »Wir haben nie auch nur einen Gulden Unterhalt gesehen.«

»Ich bin mir bei den weiteren Details nicht ganz sicher«, dachte Kluftinger laut nach. »Aber es ist ja offensichtlich, wie alles ausgegangen ist. Weiß sollte endlich zahlen. Und hier haben Sie ihn damit konfrontiert. Als er sich geweigert hat, hat er eben auf eine andere Art bezahlen müssen. Günstig, dass ihr Sohn Pharmazeut ist, gell? Da hat er leichten Zugang zu allen möglichen Medikamenten, Chemikalien – und Giften.«

Die Frau wandte sich nun um und blickte dem Kommissar direkt in die Augen. »Ich weiß, dass es so aussehen muss für Sie. Noch dazu, wo wir Ihnen die ganze Sache verheimlicht haben. Aber es war anders. Die Vorgeschichte wie auch der Ausgang.«

»Ach ja?«, sagte Kluftinger ein wenig gereizt. »Da bin ich mal gespannt. Vielleicht erzählen Sie mir dann endlich Ihre Version.«

Auf einmal meldete sich Lars Witt: »Würden wir ja, wenn wir endlich zu Wort kämen. Wir werden Ihnen keine erfundene Geschichte auftischen. Die Wahrheit ist das, was uns entlastet.« An seine Mutter gewandt fuhr er fort: »Frederike, sag ihm alles, dann wird er verstehen.«

Frau Zougtran nickte ihrem Sohn zu, setzte sich dann auf ihre Bettkante und begann zu erzählen: »Mit Carlo, das war bei mir, wie sagt man so schön, Liebe auf den ersten Blick. Leider hat es nicht sehr viel länger als einen Augenblick gedauert.«

Kluftinger schüttelte den Kopf. Was hatte dieser Weiß nur gehabt, was anscheinend auf alle Frauen in seinem Dunstkreis eine so unwiderstehliche Anziehungskraft ausgeübt hatte? Er schien nur von Geliebten und Exgespielinnen des Opfers umgeben zu sein.

»Aber unsere Liebe blieb nicht folgenlos: Lars war unterwegs. Und am Anfang war nicht nur ich, sondern auch Carlo Feuer und Flamme. Bei mir blieb das so, bei Carlo war das ein Jahr später vorbei. Und ich Idiotin hatte meinen Sohn nach ihm genannt! Lars Carlo Weiß. Und wie Sie sagten, wurde daraus später Witt. Er ist eines Tages einfach nicht mehr aufgetaucht. Abgehauen. Ich sollte ihm seine Sachen an eine Büroadresse schicken, hat er mir geschrieben. Ich hab sie alle fein säuberlich zerschnitten, in kleine Schnipsel, und in ein Paket gesteckt. Und wieder haben Sie recht: Er hat nie gezahlt. Aber ich wollte sein Geld auch nicht. Er wollte nichts von uns wissen, wollte nicht zahlen – und ich nie wieder etwas mit ihm zu tun haben.«

»Bis?«

»Bis vor einigen Wochen ein Brief von ihm kam.«

»Was stand in dem Brief?«

»Er hatte erfahren, dass wir in diesem Preisausschreiben gewonnen haben! Ich hatte eh so ein komisches Gefühl dabei. Ausgerechnet im Allgäu, Carlos Heimat. Ich erinnerte mich gar nicht mehr daran, dass ich teilgenommen hatte. Aber ich hab nicht immer den Überblick, weil ich bei so vielen mitmache, wie gesagt. Er schrieb, er würde die Hotelchefin kennen und hätte gehört, dass wir gewonnen hätten. Er würde auch da sein und wolle uns sehen, mit uns sprechen, alles erklären. Ich überlegte lange, ob ich Lars überhaupt davon erzählen sollte.« Sie warf ihrem Sohn einen liebevollen Blick zu, dann fuhr sie fort: »Aber ich dachte, es könnte eine Chance für ihn sein. Endlich seinen Vater zu treffen, zu wissen, woher er stammt. Und im Brief sprach Carlo eindeutig auch von finanzieller Wiedergutmachung.«

»Also haben Sie ihn in die Geschichte eingeweiht«, fügte Kluftinger an.

»Genau. Er war zunächst sehr skeptisch. Und das vor allem wegen mir. Er hatte Angst, dass ich nicht damit fertig werden würde, ihn zu sehen.«

Kluftinger sah zu Lars Witt, der ihm bestätigend zunickte. »Ja, aber Frederike bestand darauf. Sie wollte unbedingt von ihm verlangen, dass er mir das nötige Startkapital für die Apotheke gibt.«

Kluftinger hob die Hand: »Bitte noch mal zurück zu dem Brief: War er der einzige Kontakt, den Sie vor diesem Wochenende zu ihm gehabt haben? Oder haben Sie telefoniert, sich gemailt?«

»Nein, bis zum Schluss war ich mir ja nicht sicher, ob wir wirklich fahren sollen.«

Kluftinger runzelte die Stirn. Eine merkwürdige Geschichte war das: Ein Mann, der sich nach fünfundzwanzig Jahren auf einmal für seinen unehelichen Sohn interessierte, ein seltsamer Brief … »Und als Sie sich dann hier begegnet sind, da …« Der Kommissar hielt inne. Jetzt dämmerte es ihm. Er hatte die Szene genau vor Augen: Weiß war verstummt, hatte wie erstarrt Richtung Panoramafenster geschaut. Er hatte gedacht, der Mann sei entsetzt über das schlimme Wetter. Dabei saßen vor dem Fenster … »Wie hat Weiß auf Sie reagiert?«, fragte er schnell.

»Ja, das ist wirklich das Beste«, meldete sich Lars Witt wieder zu Wort. »Mein Vater … mein Erzeuger schreibt uns, dass er sich treffen und mit uns reden will. Und als wir ihm hier zum ersten Mal begegnen, sieht er uns an, als würde er dem Leibhaftigen gegenüberstehen.«

Kluftinger hatte also richtig vermutet. »Wie sah denn dann der erste persönliche Kontakt aus?«, hakte er nach.

»Es gab keinen. Wir waren geschockt. Er wollte uns dann zwar noch besuchen, aber wir haben ihn nicht reingelassen.«

»Haben Sie den Brief dabei?«, fragte Kluftinger.

Die Zougtran zog ihre Nachttischschublade auf und gab Kluftinger ein gefaltetes Papier, das bereits ein wenig zerfleddert war. Sicher hatte die Holländerin es immer und immer wieder gelesen. Es enthielt weder Datum noch Adresszeile. Und alles war mit dem Computer geschrieben. Wie der Brief an Eckstein, dachte der Kommissar. Dann runzelte er die Stirn. Etwas am Format des Briefes war seltsam: Der untere Rand war säuberlich abgetrennt worden.

»Haben Sie das hier abgerissen?«

»Nein«, sagte die Frau, »aber es ist mir auch aufgefallen. Wahrscheinlich Briefpapier aus der Bank. Er wollte bestimmt nicht, dass wir seine Adresse sehen.«

Kluftinger konnte sich gut vorstellen, wie gekränkt sie gewesen sein musste, als sich Weiß einfach aus dem Staub gemacht hatte. Er steckte den Brief kommentarlos in seine Jackentasche.

»Er war so, wie ich ihn mir immer ausgemalt hatte in all den Jahren: ein Scheusal, ein wirklich überhebliches Arschloch!« Frederike Zougtran drohte mehr und mehr die Fassung zu verlieren.

Der perfekte Zeitpunkt, um ihr ein Geständnis zu entlocken: »Also haben Sie Ihren Notfallplan in die Tat umgesetzt«, erklärte Kluftinger.

Die Holländerin starrte ihn entgeistert an. »Sie glauben immer noch, dass … ich … wir …«, brachte sie noch heraus, dann begann sie hysterisch zu schluchzen. Ihr Sohn stürzte zu ihr und nahm sie in den Arm, wobei er Kluftinger über die Schulter einen vorwurfsvollen Blick zuwarf.

»Ich geh dann mal besser«, sagte der kleinlaut und verließ mit einem lapidaren »Wir sprechen uns später« den Raum.

Als er auf dem Gang stand, schwirrte ihm der Kopf. Er schien mit seinen Ermittlungen geradezu gegen eine Aufklärung des Falles anzuarbeiten, denn nach und nach häufte er einen Berg von Mordmotiven an. Mit der normalerweise entscheidenden Suche nach einem solchen schien er hier also nicht weiterzukommen.

Er kannte nur einen einzigen Fall, bei dem dieses Vorgehen trotzdem zum Ziel geführt hatte, und das war keine reale Ermittlung gewesen: Beim *Mord im Orient-Express* von Agatha Christie hatten ebenfalls alle der im Zug Anwesenden ein Motiv gehabt – und schließlich auch alle gemeinsam die Tat begangen. Davon war hier aber nicht auszugehen, ja, es war schlicht unmöglich.

Als er die Stufen zu seinem Stockwerk hinunterstieg, erwartete ihn der Doktor schon auf dem Treppenabsatz. Kluftinger hätte gerne gefragt, woher Langhammer wusste, dass er auf dem Weg in sein Zimmer war, gab seiner Neugierde jedoch nicht nach.

»Wo waren Sie denn?«, fragte der Arzt in demselben vorwurfsvollen Tonfall, den seine Frau an den Tag legte, wenn er nach der Musikprobe zu spät aus dem Gasthaus zurückkam. Nur, dass der Doktor im Moment deutlich bedrohlicher aussah.

»Bei der Saug… bei den Holländern«, gab Kluftinger knapp zurück und wollte an ihm vorbeigehen, da packte ihn Langhammer am Arm.

Kluftinger blieb stehen und starrte auf die Hand des Doktors, worauf dieser sofort losließ.

»Na, das lassen wir mal schön bleiben«, sagte Kluftinger, als wolle er einem Hündchen beibringen, nicht an der Tür zu kratzen.

Der Doktor indes ließ sich nicht abschütteln. »Was haben die beiden denn gesagt?«, fragte er mehrmals, bis Kluftinger es ihm schließlich erzählte. Als sie vor ihren Zimmern standen, flüsterte Langhammer: »Ich wusste es.«

»Sicher«, entgegnete Kluftinger. Ihm war klar, dass, wie immer dieser Fall auch ausgehen mochte, Langhammer nach der Klärung sagen würde, dass er das schließlich gleich gesagt habe. Und er hätte damit genau betrachtet ja sogar recht.

»Es tut mir leid, ich muss jetzt auf mein Zimmer, mir tut alles weh heut.« Zur Bestätigung rieb sich der Kommissar den Nacken.

»Oho, mein Lieber. Damit ist aber gar nicht zu spaßen. Lassen Sie mich doch mal sehen.«

Kluftinger schüttelte heftig den Kopf. »Nein, nein, so schlimm ist es nicht. Nur verspannt. Das wird schon wieder.« Mit diesen Worten öffnete er die Tür zu seinem Zimmer einen Spalt breit und schob sich hindurch.

Der Doktor drängte sich sofort neben ihn. »Nein, wirklich, ich bestehe darauf. Das ist eine ärztliche Anordnung!« Noch während sie in der Tür standen, tastete er den Nacken des Kommissars ab.

»Zefix jetzt!«

»Oho! Das fühlt sich aber schlimm an«, warf der Doktor mit ernster Miene ein. »Wir sollten das wirklich behandeln lassen, sonst besteht die Gefahr einer erheblichen Wirbelverschiebung und daraufhin vielleicht einer Querschnittslähmung. Dann ist Schluss mit Laufen.«

Kluftinger erstarrte. Schon einmal hatte ihm ein richtiger Arzt vor Jahren etwas Ähnliches prophezeit, wenn er nichts für seine Rückenmuskulatur tun würde. War es nun so weit? War das das Ende des Lebens, wie er es kannte und liebte? Er bekam es mit der Angst zu tun.

»Ist das nicht ein bisschen schwarzgemalt?«, erkundigte er sich kleinlaut.

»Ganz und gar nicht. Ha, was glauben Sie denn! Das geht oft schnell. Sie müssen gleich etwas tun. Entweder …«, der Arzt dachte kurz nach, »… entweder Sie begeben sich sofort zu unseren Angetrauten zur Aquagymnastik, oder wir versuchen es mit einer Massage.«

Beide Möglichkeiten schienen dem Kommissar nicht gerade verlockend. Doch der Gedanke, zwischen Annegret und der sicherlich noch immer schlecht gelaunten Erika – von der er im Gegensatz zum Doktor nicht einmal gewusst hatte, dass sie sich bei der Wassergymnastik befand – im Becken herumzuhüpfen, schien ihm noch weniger erstrebenswert, als von einem fremden Mann durchgeknetet zu werden. Leise antwortete er deswegen: »Dann vielleicht doch die Massage.«

Weniger als zehn Minuten später standen der Kommissar und der Doktor in weißen Frotteebademänteln und ebensolchen Schlappen vor dem Eingang zum Wellnessbereich. Kluftinger war die Zeit bedeutend kürzer vorgekommen, denn er hätte sich gerne noch etwas vor dem nun Folgenden gedrückt.

»Ich habe bereits telefonisch einen Termin für Sie vereinbart«, flötete der Doktor, der offensichtlich hocherfreut war, dass sein ärztlicher Rat befolgt wurde.

»Nehmen Sie denn keine Massage?«, wollte Kluftinger wissen. Aus irgendeinem Grund hätte es ihn beruhigt, wenn der Doktor die gleiche Prozedur durchlaufen hätte wie er. Er wusste nicht einmal genau, woher das Unbehagen rührte, sich von einem Mann massieren, kneten, streicheln … Kluftinger zog die Schultern hoch und schüttelte den Kopf, um den Gedanken gleich wieder zu vertreiben.

»Ist etwas?«, erkundigte sich der Doktor.

»Wieso?«

»Na, weil Sie den Kopf so schütteln.«

»Ach das, das ist nur wegen … meines Nackens.«

Der Doktor nickte ihm mitleidig zu. »Aber Vorsicht mit derart ruckartigen Bewegungen. Es wird höchste Zeit, dass da mal jemand Hand bei Ihnen anlegt.«

»Wie meinen Sie das jetzt?«, bellte Kluftinger.

»So, wie ich es gesagt habe. Der Arndt soll ja magische Hände haben.«

»Jaja, schon gut, gehen wir doch am besten einfach rein.« Damit betrat Kluftinger den Wellnessbereich.

»Freut mich, Herr Kluftinger, dass Sie da sind. Ich hoffe, ich darf das als Zeichen deuten, dass Sie mir nichts mehr nachtragen.« Mit einem strahlenden Lächeln empfing der Masseur seinen Patienten.

»Sie sollen hier nix deuten, sondern massieren«, antwortete der Kommissar heftiger, als er wollte, und sofort hatte Vogel wieder den unsicheren, gehetzten Blick, den Kluftinger bereits von ihm kannte.

Tatsächlich hatte es nichts weiter zu bedeuten, wenn er sich hier massieren ließ. Theoretisch konnte Arndt Vogel auch der Mörder sein. Aber was hieß das schon? Schließlich war so ziemlich jeder verdächtig, und dann hätte er kein Essen vom Koch annehmen und auch das Zimmermädchen nicht hereinlassen dürfen. Immerhin ließ er sich aber mehrmals von Vogel beteuern, dass das nicht die Liege war, auf die sie den Toten gelegt hatten. Ein ungutes Gefühl blieb dennoch beim Kommissar zurück.

»Und Sie?«, wandte sich Kluftinger schließlich an den Doktor, der noch immer im Zimmer herumstand.

»Danke, ich komme zurecht. Ich lege mir die Elektrotherapie selbst an, wenn Sie gestatten, Herr Kollege?«

»Natürlich können Sie …«

»Wie jetzt?« Kluftinger verstand nicht.

Langhammer winkte ab: »Ach, ich mach das in der Praxis ja fast täglich, das ist …«

»Nein, ich mein: hier?«

»Wo denn sonst?«

»Während ich …?«

»Mein Lieber, genieren Sie sich nicht. Nichts, was ich nicht schon in voller Pracht an Ihnen gesehen hätte.« Der Doktor zwinkerte ihm zu. »Aber ich werde eh mit dem Rücken zu Ihnen sitzen. Denn da unten ist's mir gestern reingefahren.« Er zeigte auf seinen Lendenwirbelbereich.

»Das kann ich mir vorstellen.«

»Wie bitte?«

Kluftinger stockte. »Ich mein, da sollten Sie was tun dagegen, gell. Haben Sie ja selbst gesagt.«

»Sie haben völlig recht.« Dann zog er sein Hemd aus und entblößte seine behaarte Brust, worauf sich Kluftinger angewidert abwandte und den Masseur unschlüssig anstarrte.

»So, dann ziehen Sie sich doch bitte mal aus.«

»Hab ich schon«, tönte es hinter Kluftinger.

Er drehte sich um. Tatsächlich, der Arzt hatte nicht lange gefackelt. Er saß auf einer Liege, wobei er ihnen den Rücken zuwandte. Das heißt: Kluftinger fand, dass er ihnen nicht den Rücken, sondern den Hintern zuwandte. Denn er trug keine Faser mehr an seinem Körper. So kam der Kommissar nicht umhin festzustellen, dass sich der Doktor wohl gerne textilfrei bräunte.

»Oh, Sie hätten aber gar nicht …«, setzte der Masseur an, unterbrach sich aber selbst und vollendete den Satz mit den Worten: »Na ja, auch schon egal.« Dann wandte er sich wieder an Kluftinger: »Sie müssten aber schon …«

Seufzend zog der Kommissar die Schlappen aus und legte den Bademantel ab. Als er ihn an den Haken an der Wand hängte, bemerkte er, dass Langhammer ihn grinsend beobachtete. Dabei legte er sich die Elektroden an seinem Rücken an, sodass er seinen nackten sehnigen Körper in derart unvorteilhafte Posen verrenken musste, dass Kluftinger unwillkürlich die Augen schloss.

Das bemerkte auch der Masseur, der ohne ein weiteres Wort zum Schrank bei der Tür ging und etwas dahinter hervorzog. Erst als er es zwischen ihnen und dem Doktor platzierte, erkannte der Kommissar, worum es sich dabei handelte: Es war ein Wandschirm.

Dankbar lächelte er Arndt Vogel an, willens, ihn, selbst wenn er der Mörder gewesen wäre, von allen Sünden loszusprechen. Doch seine Dankbarkeit schwand sofort wieder, als der ihn aufforderte: »Bitte *alles* ausziehen, sonst muss ich da immer so reinfahren.« Bei diesen Worten deutete er auf die Unterhose des Kommissars.

Reinfahren? Kluftinger wollte ganz und gar nicht, dass der Masseur da *reinfahren* musste, er wollte eigentlich überhaupt nicht, dass er in dieser Gegend *irgendetwas* machte – ob mit oder ohne Hose. Doch Arndt Vogel hielt ihm bereits ein Handtuch hin und wandte sich dann den Fläschchen im Schrank zu, sodass Kluftinger sich schnell die Unterhose abstreifte und sich das Handtuch herumwickelte.

Als Vogel mit den Flaschen zurückkam, hatte er sich schon auf die Liege gelegt.

»Muskuläre Verspannungen im Nacken- und Lendenbereich«, raunte es von hinter der Trennwand. »Kein Wunder, bei der adipösen Figur.«

Vogel ging nicht auf den Doktor ein. »Was für einen Duft darf ich Ihnen denn anbieten?«

»Hmpf?« Kluftinger konnte kaum reden, weil sein voluminöser Kopf in dem schmalen Loch, das in der Liege dafür ausgespart war, nicht genügend Platz hatte. *Schwollkopf*, hatte sein Vater ihn manchmal deswegen genannt, während seine Mutter ihm immer versichert hatte, dass ein großes Gehirn eben viel Platz brauche.

»Welchen Duft Sie möchten?«

»Wö, Duff?«

»Ich hätte hier etwas Entspannendes, etwas Anregendes, etwas Aphrodisierendes und etwas Zartes.«

Keine wirklich berauschende Auswahl, fand Kluftinger. Für ihn klangen alle Möglichkeiten irgendwie zweideutig. »Dönn ötwös Zörtös«, presste er hervor.

»Oho, etwas Zartes«, erschallte daraufhin die Stimme des Doktors. »Wie süß. Ich wusste gar nicht, dass Sie so ein Sensibelchen sind.«

Kluftingers sowieso schon roter Kopf schien anzuschwellen. Er wünschte sich einen schlimmen Kurzschluss herbei, der dem Arzt ein paar zusätzliche Kilovolt in die Elektroden jagte. In diesem Moment trat Arndt Vogel an die Liege heran und zog ihm mit einem Ruck das Handtuch, das er sich um die Hüften geschlungen hatte, zwei Handbreit nach unten. Kluftingers gesamter Körper spannte sich auf der Stelle wie die Sehne eines Bogens. Derart körperliches Ausgeliefertsein war für ihn einfach unerträglich – noch dazu gegenüber einem Mann.

Während er dalag und jeden Muskel in seinem Körper anspannte, begann Vogel mit der Massage. »Mein Gott, sie sind ja hart wie ein Brett«, entfuhr es ihm, und auch dieser Satz trug nicht zu Kluftingers Entspannung bei. Zumal hinter dem Paravent glucksende Geräusche zu hören waren. Schließlich entlud sich das Glucksen in einem Prusten, als der Masseur sagte: »Na ja, dafür ist Ihre Haut aber wunderschön glatt.«

Das war zu viel. Mit einem »Oh, vielen Dank, ist ja wirklich schon viel besser jetzt« wollte sich Kluftinger erheben, doch Vogel presste ihm die Hand auf den Rücken und sagte: »Nichts da, wir haben ja noch nicht mal richtig angefangen.«

In halb aufgerichteter Stellung verharrte Kluftinger ein paar Sekunden wie eine bizarre griechische Skulptur, dann sagte der Masseur seufzend: »Ich fürchte, bei Ihnen muss ich härtere Saiten aufziehen.«

»Jaja, härtere Saiten, genau«, kam es frohlockend hinter dem Paravent hervor.

Kluftinger drehte ängstlich den Kopf nach hinten: »Wie … meinen Sie das?«

»Legen Sie sich einfach hin und versuchen Sie, sich ein bisschen zu entspannen. Nur ein bisschen. Zählen Sie still bis zehn, und atmen Sie die ganze Zeit dabei aus. Das hilft.«

Kluftinger tat, wie ihm geheißen. Und es half tatsächlich. Allerdings nur bis *acht*, dann spürte er plötzlich einen Schmerz auf seinem Rücken, als hätte sich der Masseur gerade auf ihn gekniet. Er blickte wieder zurück und sah, dass genau das gerade passiert war.

»Was machen Sie da?«, stieß der Kommissar mit schriller Stimme hervor.

»Entspannen, habe ich gesagt. Und ruhig liegen bleiben.«

Doch Kluftinger dachte gar nicht daran. Er versuchte, durch eine Körperdrehung den Mann über sich loszuwerden. Der wiederum packte den linken Arm des Kommissars und zog ihn nach hinten. Mit der anderen Hand griff er sein rechtes Bein und verlagerte dann sein Gewicht abwechselnd auf beide Knie.

»Hören … Sie … sofort …auf«, keuchte der Kommissar. Er hatte Mühe, Luft zu bekommen.

»Was ist denn da los? Hallo? Ich krieg ja gar nichts mit.« Niemand beantwortete die Frage, die hinter dem Wandschirm gestellt wurde.

»Hören … Sie … endlich …« Weiter kam Kluftinger nicht, denn seine Wirbelsäule krachte plötzlich, als würde ein Ast zerbrechen. Daraufhin lockerte der Masseur seinen Griff, und Kluftingers Körper sackte auf die Liege. Ihm war sofort klar, dass er nie wieder würde gehen können, dass er nie wieder auf den Allgäuer Wiesen flanieren würde, und er sah Erika im Geiste bereits seinen Rollstuhl schieben. Sämtliche Nervenstränge seines Rückenmarks mussten durchtrennt sein, denn er spürte nichts mehr. Absolut nichts, auch keinen … *Schmerz*. Da war nur noch pure Entspannung. Eine wohlige Leichtigkeit durchströmte ihn. Er bewegte seine Beine – sie funktionierten tadellos. »Wie haben Sie das gemacht?«

»Mein Spezialgriff. Ich hoffe, ich habe Ihnen nicht wehgetan?«

»Nein. Ich meine: doch, aber … es ist jetzt viel besser. Absolut schmerzfrei. Sakrament, Sie sind ja ein Wunderknabe.«

»Ach, ich habe eben ein paar Tricks drauf. Ich war mal im Leistungssport als Therapeut tätig. Da kommt es drauf an, dass es schnell geht. Freut mich, wenn Sie sich besser fühlen.«

Kluftinger schwang sich gelenkig von der Liege, dabei peinlich darauf bedacht, sein Handtuch nicht zu verlieren.

»Na, geht es Ihnen besser, was, mein Lieber? Das habe ich Ihnen doch gesagt«, rief der Doktor. »Sie können sich dann ja später für meinen Tipp erkenntlich zeigen.«

Oder vielleicht doch gleich, dachte der Kommissar, sagte jedoch nichts und ließ die anschließende Lockerungsmassage, zu der ihn der Masseur noch einmal auf die Liege beorderte, geduldig über sich ergehen. So gut hatte er sich lange nicht gefühlt.

Als sie fertig waren, kleidete sich Kluftinger an und linste verstohlen hinter den Wandschirm. Langhammer hatte schon eine Zeit lang nichts mehr von sich gegeben. Und tatsächlich: Der Doktor war eingeschlafen.

Gemeinsam mit Vogel verließ Kluftinger leise den Raum und ging ein paar Schritte den Gang entlang, um dann mit den Worten »Tschuldigung, bin gleich wieder da, hab nur was vergessen« noch einmal umzukehren. Vorsichtig öffnete er die Tür, trat fast lautlos ein und kontrollierte zunächst, dass der Doktor noch schlief. Dann drehte er angewidert den Kopf zur Seite und besah sich genau die Apparatur, die Langhammers Elektroden mit Strom versorgte. Ein kleiner Drehregler zog seine Aufmerksamkeit auf sich: Ein an Stärke zunehmender roter Balken war darüber gezeichnet. Auf der linken Seite stand »Min«, auf der rechten »Max«. Der kleine Pfeil auf dem Drehknopf zeigte in etwa auf das »n« in dem linken Wort. Darunter stand etwas, was Kluftinger nicht verstand, wovon er aber den Sinn zu erraten glaubte: »Caution! May cause severe harm if voltage is too high.« Kluftinger streckte den Arm aus, drehte den Knopf bis zum Anschlag nach rechts und schlüpfte sofort wieder aus dem Zimmer.

Er war noch nicht beim Masseur angelangt, da hörte er schon die Schreie. Eigentlich war es mehr ein Jaulen.

»Was war das?«, fragte Vogel erschrocken.

»Das? Wahrscheinlich der Wind.«

Mit dieser Antwort gab sich Vogel zufrieden. »Wissen Sie, Herr Kluftinger, Ihr … also der Doktor hat schon recht gehabt, dass er Sie zu mir geschickt hat. Es war höchste Zeit.«

Ein Anflug von schlechtem Gewissen machte den Kommissar nachdenklich. Allerdings nur für ein paar Sekunden.

»Ja, wirklich«, fuhr Vogel fort. »Manchmal ist der Zeitpunkt entscheidend, zu dem man eine Therapie verabreicht bekommt.«

Kluftinger blieb wie angewurzelt stehen. *Was?*, wollte er sagen, doch er brachte nur ein Krächzen heraus.

Arndt Vogel blieb stehen und musterte ihn besorgt. »Ist Ihnen schlecht geworden? Sie sind ja kalkweiß.«

»Ich … ich muss gehen. Nachdenken.«

Unter den ratlosen Blicken des Masseurs schlurfte Kluftinger gedankenverloren den Gang entlang zur Treppe.

Kluftinger schloss die Tür zu Weiß' Zimmer auf, durchschritt es zielstrebig und ließ sich in den Sessel nieder. Von dort aus konnte er beinahe den ganzen Raum überblicken. Er hatte das Gefühl, hier, am Ort des Geschehens, am besten über alles nachdenken zu können.

Er hielt jetzt den Schlüssel zu dem Rätsel, dessen Lösung ihm anfangs so unmöglich erschienen war, in der Hand. Den Zeigefinger auf seine Nase gelegt, saß er da. Entspannt von der Massage und doch hochkonzentriert. Er war so in seine Gedanken vertieft, dass er nicht hätte sagen können, wie viel Zeit vergangen war, bis sich auf einmal Schritte auf dem Gang näherten. Gespannt richtete der Kommissar den Blick auf die Tür. Einige Augenblicke später erschien darin eine gebeugte Gestalt, die sich ächzend am Türrahmen abstützte. Kluftinger musste zweimal hinsehen, ehe er den sonst so agilen Doktor erkannte.

»Da sind Sie, hab ich mir schon gedacht«, sagte der mit misslaunigem Tonfall. »Scheint Ihnen ja wieder gut zu gehen, so wie Sie sich im Sessel aalen.«

»Herr Langhammer, ich muss Ihnen sagen: Mir ging es selten besser!«, antwortete Kluftinger mit einem strahlenden Lächeln.

»Aha, war die Massage also erfolgreich. Nun, in der Diagnostik bin ich eine Wucht, wenn ich das mal sagen darf. Und Arndt Vogel scheint tatsächlich magische Hände zu haben.«

»Eher magische Knie. Aber wie dem auch sei: Sie schauen nicht gerade entspannt drein.« Kluftinger hatte Mühe, ein Grinsen zu unterdrücken.

»Ach, hören Sie mir auf«, stöhnte Langhammer und schritt dabei in den Raum, »die haben ein völlig defektes Stromgerät hier. Scheint sich von selbst zu verstellen. Lebensgefährlich ist das!«

»Ja, tut das denn nicht weh, wenn man …«

»Ich muss eingenickt sein, wahrscheinlich wegen der verbrauchten Luft da unten. Alles voller Chlordampf aus dem Bad. Regelrechte Verbrennungen hab ich auf dem Rücken. Und meine Schulter …«, schimpfte der Doktor. Um dann großzügig hinzuzufügen: »Hauptsache, Ihnen geht's gut.«

»Das liegt aber nicht nur an der Behandlung gerade. Der Grund dürfte eher sein …«, Kluftinger machte eine wirkungsvolle Pause, »… dass ich soeben den Fall gelöst habe.«

»Sie haben … was?«, stammelte der Mediziner.

»Den Fall gelöst. Zumindest habe ich die Lösung des Rätsels, das mir schier unlösbar vorgekommen ist.«

»Wie? Ich verstehe kein Wort. Wer war es denn nun?« Langhammer richtete sich neugierig auf, was sich mit einem stechenden Schmerz rächte. Schnell nahm er wieder die gebeugte Schonhaltung ein.

»Lassen Sie mir noch ein bissle Zeit, um einige Sachen zu überprüfen. Aber im Laufe des Tages werden wir den Täter bekanntgeben können.« Kluftinger stand auf, drängte sich am Doktor vorbei nach draußen und sagte, bevor er ihn an der Tür stehen ließ: »Warum lassen Sie sich nicht massieren? Soll ja Wunder wirken bei Verspannungen. Damit ist nicht zu spaßen. Ruck-zuck sitzt man im Rollstuhl!«

»Das müssen Sie schon mir überlassen«, rief Langhammer Kluftinger hinterher. »Und wegen einer Muskelverspannung ist noch niemand im Rollstuhl gelandet.«

Kluftinger ging in Gedanken noch einmal alle weiteren Schritte durch und steuerte dann mit schnellerem Schritt und festerem Blick als heute Morgen die Hotelhalle an. An der Rezeption stand Julia König gerade in irgendwelche Unterlagen vertieft. Kluftinger ging zielstrebig auf sie zu.

»Frau König«, begann er ohne Umschweife, »ich hatte Ihnen versprochen, mich gleich bei Ihnen zu melden, wenn ich mit den Ermittlungen einen entscheidenden Schritt weitergekommen bin.«

»Ach ja, nett von Ihnen!«, sagte die Hotelchefin verwirrt. »Und?«

»Also, ich habe einen dringenden Verdacht. Aber mir fehlen noch ein paar Beweise, um den zu erhärten.«

»Ach … wirklich? Wer war's denn?«

»Nein, Sie müssen schon verstehen, ich kann Ihnen das vorab noch nicht sagen, wirklich. Aber Sie werden sehen, noch heute werde ich den Mörder präsentieren können.«

»Ach, bitte, Herr Kommissar, bitte, bitte! Sehen Sie, es würde mich ungeheuer beruhigen im Umgang mit den Gästen …«

Kluftinger blickte darauf über beide Schultern in die Halle, beugte sich zu ihr und flüsterte verschwörerisch: »Na gut, aber Sie *müssen* es für sich behalten: Ich habe den dringenden Verdacht, dass Georg Eckstein unser Mann ist. Aber wie gesagt: Verschwiegenheit, in Ordnung? Die Details werde ich sowieso allen nachher gemeinsam mitteilen.«

Julia König strahlte: »Wirklich? Also, das hätte ich niemals gedacht. Wie sind Sie ihm denn auf die Schliche gekommen, hm? Na ja, Ihre Schweigepflicht, verstehe schon. Aber ich habe nie daran gezweifelt, dass ein Ermittler Ihres Formats Erfolg haben wird. Auch ohne richtige Hilfe.«

Kluftinger seufzte. »Mit wär's vielleicht schneller gegangen. Übrigens: Ich bräucht noch mal schnell Ihren Computer.«

»Er gehört ganz Ihnen.«

Maier hatte, nach ihrer gestrigen Konversation, noch weiter Mails geschrieben, wie Kluftinger nun feststellte. Sie begannen harmlos mit »hallo?« und »bist du noch da?« und wurden mit zunehmender Dauer immer besorgter.

Die letzte Nachricht lautete etwas kryptisch:

lieber chef!
ich weiß nicht, ob du das noch lesen kannst. halte tapfer durch!
R.

»Halte tapfer durch – mir kommen die Tränen!«, murmelte Kluftinger spöttisch und fügte ein bitteres »Priml!« an, ehe er sich wieder erhob. Er ging in sein Zimmer, denn er wollte unbedingt Erika von seinem Durchbruch erzählen. Als er den Raum betrat, hörte er aus dem Bad ein friedliches Plätschern. Er öffnete die Tür und rief gut gelaunt: »Erika, ich bin's.«

Die streckte nur kurz den Kopf aus der Duschkabine und sagte: »Ich würde gern in Ruhe duschen. Allein!« Dann zog sie die Glastür wieder zu.

Na toll, sie stritten also immer noch. Aber wer einen so verzwickten Fall aufklären konnte, der würde auch das wieder ins Lot bringen, dachte der Kommissar. Er legte sich auf sein Bett und starrte an die Decke. Er dachte an gar nichts – eine Tätigkeit, die er sehr schätzte, seitdem er sie beherrschte. Erst in fortgeschrittenem Lebensalter hatte er sie erlernt und festgestellt, wie erholsam das ist.

Er schreckte hoch, als Erika im Bademantel und mit einem Handtuch auf dem Kopf den Raum betrat. Das Gefährliche am Nichtsdenken war – das musste man einräumen –, dass man dabei schnell einmal einnickte, was jedoch den Erholungswert ins beinahe Unermessliche steigerte.

Erika widmete sich dem Inhalt ihres Kleiderschranks. Nachdem sie auch auf heftiges Räuspern ihres Gatten nicht reagiert hatte, fing der schließlich von sich aus zu reden an. »Jetzt rat einmal, was ich grad gemacht hab!«, rief er freudig erregt, und erst als er den Ausruf noch einmal wiederholt hatte, drehte sich Erika lustlos um und ließ ein wenig begeistertes »Hm?« hören.

»Du sollst raten, was ich gerade gemacht hab!«

»Wahrscheinlich hast du mit irgendjemandem geredet? Oder bist am Computer gesessen? Oder hast wichtig ermittelt?«

In Erikas Stimme lag nichts Warmes, Sanftes. Der Kommissar glaubte sogar einen Hauch Aggressivität herauszuhören. Na ja, die Mitteilung gleich würde schon ihre Wirkung entfalten und ihn in einem glanzvollen Licht dastehen lassen. Das zog unheimlich bei seiner Frau.

»Ich habe soeben den Fall aufgeklärt.«

Schweigen.

»Erika? Ich weiß, wer es war!«

Erika kramte eine Weile demonstrativ im Schrank herum und wandte sich dann, ohne eine Miene zu verziehen, dem Kommissar zu. »Toll. Das ist ja auch deine Arbeit als Polizist, oder? Wenn du dich bitte umdrehen könntest, ich würde mich gern anziehen.«

»Was? Ich glaub, ich spinn.«

»Ja, das glaub ich auch. Da ich dich anscheinend nicht mehr interessiere, was du mir gestern ja gezeigt hast, und du dich lieber mit jüngeren Frauen abgibst, was du mir heute Morgen vor allen Leuten vorgeführt hast, sollte es dir nicht schwerfallen, wegzusehen, wenn ich mich anziehe. Wir gehen übrigens jetzt Kaffee trinken, ich muss mich beeilen.«

»Wir?«

»Nicht wir … *wir!* Martin, Annegret und ich haben uns in der Halle verabredet.«

»Au, da komm ich mit!«

»Mei, ich kann's dir nicht verbieten.« Dann ging Erika mit ihrer Kleidung über dem Arm ins Bad. Sie zog sich tatsächlich nicht vor ihm um. Allmählich wurde Kluftinger ein wenig unruhig. Es war wirklich an der Zeit, die Wogen zu glätten.

Während er beim Hinuntergehen mit seinen Versuchen, galant und versöhnlich zu sein, bei seiner Frau abblitzte, kam seine ungewohnt verbindliche Art beim Ehepaar Langhammer offenbar recht gut an.

Nicht nur, dass er Annegret in ein Kompliment einbezog – die beiden Frauen sähen durch ihre Wassergymnastik noch jünger aus, als sie eh schon wirkten. Der Kommissar erkundigte sich zudem, ob denn der Rücken des Doktors bereits weniger verspannt sei. Und das ohne ironischen Unterton.

»Ja, meine Taube hat mir alles wegmassiert. Sie weiß, wo sie bei mir hinlangen muss, damit es mir gut geht!«, tönte er mit einer leicht anzüglichen Note in der Stimme, um dann sachlicher fortzufahren: »Aber sagen Sie uns doch endlich, wer den Mord begangen hat, mein lieber Kluftinger! Vor allem die Damen dürfen Sie jetzt nicht mehr länger auf die Folter spannen!«

»Ja, bitte! Ich kann es kaum noch aushalten«, bestätigte Annegret.

»Ist es die Holländerin? Wegen ihres Sohns?«

Kluftinger zeigte keine Reaktion.

»Nein, warten Sie, es ist der … der Concierge. Weil … weil er heimlich seine Chefin liebt. Oder …«

Auch bei den weiteren fünf Hypothesen, die Langhammer aufstellte, enthielt sich Kluftinger einer Antwort. Erika betrachtete alles ruhig, sorgsam darauf bedacht, auf keinen Fall das Wort an ihren Mann zu richten.

Der winkte schließlich ab und sagte: »Ich brauch nicht mehr lange. Die Räder sind noch in Bewegung, das heißt, wir müssen noch ein Weilchen warten und sehen, was passieren wird. Aber schon sehr bald kann ich euch mit absoluter Bestimmtheit sagen, wer Carlo Weiß ermordet hat.«

Kluftinger nahm sich seinen Kaffee und lehnte sich genüsslich zurück, wobei die Tasse auf dem Unterteller umkippte und sich beinahe der ganze Inhalt über seine Jacke ergoss. Aus seiner überlegenen Pose wurde ein hektisches Hin-und-her-Wischen, bei dem Erika ihrem Mann allerdings nicht wie gewohnt zur Hand ging. Stattdessen sah sie ihm mit einem missbilligenden Kopfschütteln zu. Als sämtliche Servietten am Tisch aufgebraucht waren, war der Fleck zwar notdürftig trockengelegt, aber nach wie vor deutlich zu erkennen. Kluftinger erhob sich, um in seinem Zimmer eine andere Jacke zu holen, da sah er Julia König, die mit dem Zimmermädchen aufgeregt durch die Halle auf ihn zulief. Kurz bevor sie bei ihnen war, gab die Chefin ihrer Angestellten ein Zeichen, woraufhin diese stehen blieb. Die Hotelchefin ging weiter und trat ganz nahe an den Kommissar heran. »Herr Kluftinger«, sagte sie halblaut und mit nur mühsam unterdrückter Nervosität, »darf ich Sie für einen kleinen Moment entführen?«

Kluftinger blickte in die Runde und zuckte entschuldigend die Achseln. Während ihm Langhammers zunickten, wandte Erika den Kopf ab.

»Herr Kluftinger, Kerstin kam gerade zu mir, sie hat Ihnen etwas zu sagen.« Julia König schob ihn in Richtung des Zimmermädchens.

Kluftinger sah Kerstin Müller fragend an. Stammelnd begann sie: »Also ich … ich war gerade dabei, die Betten aufzuschlagen … also beim Herrichten der Zimmer für die Nacht, und in Zimmer 209, da hab ich …«

»Zimmer 209 ist das Zimmer von Herrn Georg Eckstein, musst du dazusagen, Kerstin«, ergänzte die König.

»Genau, von dem Eckstein … dem Herrn Eckstein … und als ich heute das Bett machen wollte, da war das Laken nicht richtig gespannt.« Kerstin Müller machte eine kleine Pause und versicherte sich bei ihrer Chefin mit einem Blick, dass sie weitererzählen sollte. »Also, ich hab die Matratze ein wenig herausheben müssen, um das Laken richtig zu stecken … und da hab ich das hier entdeckt!«

Mit zittriger Hand überreichte sie Kluftinger eine Spritze samt Kanüle, die in einer Schutzhülle steckte. Mit spitzen Fingern griff der Kommissar danach und besah sie sich genauer.

»Ich hab schon zu Kerstin gesagt, da muss vielleicht gar nichts dabei sein. Vielleicht ist der Mann auch nur Diabetiker. Oder er spritzt gegen eine Thrombose«, wandte die Hotelbesitzerin ein.

Kluftinger schürzte die Lippen und merkte ruhig an: »Na, das glaub ich jetzt eher weniger.« Dann wandte er sich wieder an das Mädchen: »Sagen Sie, haben Sie das Gefühl, dass die Spritze dort versteckt war oder dass sie eher zufällig unter die Matratze gerutscht ist?«

Ohne nachzudenken antwortete das Mädchen: »Versteckt. Auf

jeden Fall. Total sicher, echt. Einfach drunterrutschen, das sieht anders aus.«

Kluftinger nickte, und gedankenversunken murmelte er: »Das habe ich mir schon gedacht.«

Schließlich sagte er: »Dann Ihnen beiden vielen Dank! Toll, dass Sie dieses Beweisstück gefunden haben, wirklich. Gerade noch rechtzeitig. Ganz große Klasse, Fräulein Müller. Sie haben mir wirklich sehr geholfen. Sie natürlich auch, Frau König. Ich werde sofort Herrn Doktor Langhammer fragen, ob es sich dabei wirklich um die … die Tatwaffe handelt.«

Dann ging er zurück zur Sitzgruppe und hielt dem Doktor die Spritze unter die Nase.

»Sind Sie denn des Wahnsinns?«, rief der erschrocken aus, worauf die beiden Frauen zusammenfuhren. »Nicht mit bloßen Händen anfassen! Die Abdrücke!«

»Lassen Sie nur«, beschwichtigte der Kommissar, »ich kann mir nicht vorstellen, dass je welche drauf waren.«

»Handelt es sich dabei um die Spritze, mit der Weiß …«, fragte Langhammer. Die beiden Frauen sahen ihren Ehemännern gebannt zu; auch Erika hatte ihren stillen Protest aufgegeben.

»Ich würde jeden Betrag darauf wetten, dass es genau diese Spritze ist, ja. Können Sie mir sagen, was es für eine Substanz ist, die damit gespritzt wurde?«

Der Doktor ließ sich die Spritze geben und sah sie sich genau an, zog den Kanülenschutz ab, roch an der Nadel und hielt sie schließlich gegen das Licht. Dann nahm er die Kanüle ab, nahm sich seine Untertasse und schüttelte ein paar Tropfen der übrig gebliebenen Substanz aus der Spritze darauf. Auch daran roch er wieder, nickte, um sie dann zu Kluftingers Erstaunen nicht an ihn, sondern an seine Frau weiterzugeben.

»Nichts sagen, meine Taube, nur erst mal riechen«, bat er.

Nach Annegret roch Erika daran, dann reichte der Doktor dem Kommissar das Tellerchen.

»Und?«, fragte Langhammer in die Runde.

»Also … ich rieche nichts«, befand Annegret.

»Ich auch nichts«, pflichtete Erika bei.

Der Kommissar schüttelte nur den Kopf.

Langhammer sah sich die Flüssigkeit auf dem Untersetzer an, tauchte die Spitze seines kleinen Fingers hinein und führte sie dann zum Mund.

»Sind Sie verrückt?«, schrie Kluftinger und wollte ihm die Hand wegziehen. Doch Langhammer lächelte nur. »Dachte ich es mir doch. Salzig. Ich vermute, wir haben es hier mit Kaliumsalz zu tun. Das würde passen.«

»Und Sie meinen, damit könnte man Weiß …«, Kluftinger sah zu den beiden Frauen. »Sie meinen, das ist die fragliche Substanz?«

Nachdenklich sagte der Arzt: »Sicher ist es kein klassisches Gift …« Er stockte. Dann bekam er große Augen. »Aber in Zusammenhang mit Gamma-Butyrolacton sieht das schon ganz anders aus.«

»Gamma … was?«

»Gamma-Butyrolacton. Besser bekannt als Liquid Ecstasy. Findet man in Lösungsmitteln, Farbentfernern und so.«

»Farbentferner?«

»Ja. Oder Teppichkleber-Entferner. Solche Sachen eben. Wird von manchen als billige, aber hochgefährliche Droge verwendet. Führt zu Rauschzuständen, aber auch zu starker Übelkeit oder gar zum Herzstillstand.«

»Übelkeit, hm?« Kluftinger rieb sich das Kinn. »Und das zusammen mit diesem Salzzeugs …?«

»Ja, intravenös gegeben, in hoher Dosierung … das würde zum Herzstillstand führen. Unkonventionell, aber wirksam, wenn Sie mich fragen!«

»Geht das schnell? Ich mein der Tod?«

»Kommt, wie gesagt, auf die Dosierung an. Ein paar Minuten höchstens, schätze ich.«

»Ihr entschuldigt uns noch einmal kurz?«, sagte Kluftinger zu Erika und Annegret, zog den Arzt am Arm hoch und bedeutete ihm mitzukommen.

»Dann bleibt mir jetzt nur noch eine Sache.«

»Wo glauben Sie jetzt noch hin zu müssen, wenn Sie doch angeblich schon den Täter gefunden haben?« Der Arzt klang genervt, und Kluftinger vermutete, dass der Grund dafür in seinen zahlreichen nebulösen Andeutungen lag. Aber er konnte jetzt noch nicht mit ihm darüber reden. Vielleicht wollte er auch noch nicht richtig wahrhaben, worauf die Ermittlungen hinausliefen.

»Ich muss noch mal ins Zimmer von Weiß«, antwortete Kluftinger.

Der Arzt starrte ihn verständnislos an. »Ins Zimmer von … da waren wir doch schon so oft. Und gerade eben haben Sie da noch gesessen! Wir haben alles durchsucht. Da können wir rein gar nichts mehr finden.«

»Ich will ja auch nichts finden, eher …«, Kluftinger überlegte, »… herrgottzack, muss ich denn immer alles erklären? Kommen Sie einfach mit.«

Hastig stiegen sie die Treppe zu Weiß' Zimmer hinauf. Wenn er jetzt auch noch richtig lag, gab es nicht einmal mehr den Hauch eines Zweifels. Als sie schließlich vor dem Zimmer standen, hielt er für einen kurzen Moment inne.

»Na, haben Sie es sich doch noch anders überlegt?«, fragte der Doktor provozierend.

Kluftinger verdrehte die Augen und trat ein. Mit raschen Schritten durchquerte er das Zimmer und kniete sich vor den Schrank. Langhammer beobachtete ihn mit düsterem Gesichtsausdruck.

Kluftinger zog die Schranktür auf und blickte hinein. Dann holte er tief Luft, tippte eine sechsstellige Nummer in das Zahlenfeld des Tresors, schloss die Tür und legte seine Hand auf den kleinen Hebel. Er hielt den Atem an. Dann drehte er – und mit einem satten metallischen Klacken verriegelte sich der Safe.

Ein Grinsen huschte über die Lippen des Kommissars. Zufrieden stand er auf und blickte in das fassungslose Gesicht des Doktors.

»Wie … ich meine, woher … also, das ist ja …«, stammelte der.

Der Kommissar setzte zu einer Antwort an, hielt aber inne und grinste erneut. »Das, mein Liebör«, sagte er und bediente sich dabei wieder des französischen Akzents von Poirot, »machen allein die kleine graue Celle.« Dabei tippte er sich an die Stirn und verließ das Zimmer.

Am Treppenabsatz hatte ihn der Doktor eingeholt. »Verraten Sie es mir, bitte, Kluftinger, ich muss es wissen«, bettelte er.

»Sie werden es erfahren, versprochen.«

Der Arzt schien erleichtert. »Gott sei Dank, ich hätte ja nicht ruhig schlafen können, mit dem Wissen, dass Sie … ich meine …«

»… dass ich etwas durchschaut habe und Sie nicht.«

Vehement schüttelte der Doktor den Kopf. »Nein, so war das nicht gemeint. Ganz und gar nicht. Ich muss ehrlich sagen …«

»Geschenkt.« Kluftinger machte eine wegwerfende Handbewegung. »Rufen Sie bitte in … sagen wir einer Stunde alle im Kaminzimmer zusammen. Angestellte und Gäste. Dann werde ich Ihnen und den anderen alles erklären.«

Langhammer verstand nicht. »Warum wollen Sie allen alles erklären? Erklären Sie es mir jetzt, und ich helfe Ihnen bei der Festnahme.«

Darüber hatte Kluftinger auch schon nachgedacht, den Gedanken jedoch wieder verworfen. »Nein, das geht nicht. Ich muss den Täter festsetzen, das ist klar. Aber dazu brauche ich die Hilfe der anderen Gäste, jedenfalls so lange, bis meine Kollegen zu diesem verfluchten Schneeloch hier oben durchdringen. Und die Hilfe werden die anderen mir nur gewähren, wenn sie überzeugt sind, dass ich auch wirklich den Richtigen habe. Einfach so werden sie mir kaum glauben, denn es ist wirklich zu abwegig, Sie werden sehen. Ich kann es aber nicht riskieren, dass die gegen mich aufgehetzt werden und der Täter womöglich fliehen kann. Deswegen müssen alle erfahren, was wirklich vorgefallen ist.«

Im Kopf des Doktors schien die Neugierde gegen die Vernunft zu kämpfen. »Na gut«, sagte er schließlich, »ich werde Ihnen helfen. Aber einen kleinen Hinweis können Sie mir schon geben, oder?«

Prüfend sah ihn der Kommissar an. »Wenn Sie drauf bestehen: Der Schlüssel zum Fall war die Massage bei Arndt Vogel.«

Dann drehte er sich um, lief die Treppe hinunter und ließ einen perplexen Langhammer zurück.

»Huch!« Erika machte einen Satz, als sie das Licht im Zimmer anschaltete und ihren Mann erblickte, der regungslos im Sessel saß. »Was sitzt du denn da im Dunklen rum?«, fragte sie vorwurfsvoll.

»Es ist doch gar nicht dunkel.«

»Ja, jetzt nicht mehr. Also weißt du, manchmal, da frage ich mich wirklich …«

»Was denn?«, unterbrach sie Kluftinger in herausforderndem Tonfall.

»Ach, nix. Und was ist das mit dem Martin?«

»Hm?«

»Er hat gesagt, du hättest gesagt, wir sollten uns im Kaminzimmer einfinden.«

»Das stimmt.«

»Und?«

»Und was?«

»Himmel, jetzt lass dir doch nicht alles aus der Nase ziehen«, erwiderte Erika gereizt. »Was sollen wir da?«

»Das wirst du dann schon sehen.«

Sie blickte ihn verblüfft an. »Also, wie du heute mit mir redest.«

»Immerhin rede ich mit dir. Ganz im Gegensatz zu dir.«

»Willst du mich jetzt ärgern? Dann bist du auf dem richtigen Weg.«

Er schwieg.

»Also los, jetzt sag schon, was wir da sollen. Ich werd's ja wohl als Erste erfahren dürfen, ich bin schließlich deine Frau.«

»Mhm. Ist dir das auch wieder eingefallen. Vorher hättest du es hören können, aber da hast du ja geschmollt. Ich muss alles erst noch einmal genau durchdenken. Das ist wichtig. Sonst würde ich es dir gleich sagen.« Sein versöhnlicher Ton war als Friedensangebot gedacht. Doch seine Frau schlug es aus.

»Aber so wirst du ja wohl kaum gehen wollen, oder?« Sie zeigte auf die Flecken auf seiner Trachtenjacke.

Er blickte an sich herab und zuckte mit den Schultern. »Ich hab nix anderes.«

»Oh doch, hast du schon.« Erika ging zum Schrank und holte das cremefarbene Poirot-Sakko heraus.

»Also, das ist ja wohl wirklich übertrieben.«

»Nichts da.«

Es war immer wieder erstaunlich, dass seine Frau selbst in Konfliktsituationen nicht vergaß, sich um seine Außenwirkung zu kümmern, fand der Kommissar. Da er die angespannte Situation nicht auf die Spitze treiben wollte, gab er klein bei und schlüpfte in das Sakko, das sie ihm hinhielt. Als sie sich aufs Bett setzte und in einer Zeitschrift blätterte, bemerkte er ihren zufriedenen Blick. Er selbst ließ sich wieder auf dem Sessel nieder, stützte den Kopf in seine rechte Hand und dachte weiter nach.

Das Spiel ist aus

Kluftinger ging mit einem flauen Gefühl im Magen die Stufen hinunter. Seine Frau war wutentbrannt aus dem Zimmer gestürmt. Nachdem sie minutenlang geschwiegen hatten, hatte er ihre Frage, wann es denn endlich losgehe, mit den Worten beantwortet: »Glei. Geh doch schon mal vor!«

Als er die Tür zum Salon öffnete, sah er, dass Langhammer ganze Arbeit geleistet hatte: Ausnahmslos alle, die sich hier oben im Hotel aufhielten, hatten sich in dem Raum versammelt. Sie saßen auf ihren Stühlen im Halbkreis vor dem Kamin: Es sah aus, als wollten sie jemandem eine Bühne bereiten. Und er wusste, dass er dieser jemand war.

Bevor er endgültig ins Zimmer trat, verrenkte er den Hals in alle Richtungen, bis es gefährlich knackte, machte zwei Kniebeugen und schlug sich mit der flachen Hand mehrmals schnell hintereinander auf die Wange. Lockerungsübungen nannte er das. Dann trat er ein.

Sofort sprang der Doktor auf und lief auf ihn zu: »Ah, da sind Sie ja, mein Lieber. Wir können es kaum noch erwarten.«

Kluftinger hatte das Gefühl, dass Langhammer vor allem von sich selbst sprach. »Jetzt bin ich ja da.«

»Sehr schön. Fangen wir an?«

»Nein, nicht wir. Ich fang jetzt an.«

Langhammer stellte sich zähneknirschend hinter den Kommissar und wartete ab.

Kluftinger schaute in die Runde und begegnete nervösen, unsteten Blicken aus blassen Gesichtern. Er kam sofort zur Sache. »Meine Damen und Herren, ich danke Ihnen, dass Sie meiner Bitte, sich hier zu versammeln, noch einmal gefolgt sind. Es wird das letzte

Mal sein, denn das Spiel ist aus. Ich bin mir nun sicher, wer Carlo Weiß umgebracht hat – und wie es geschah.«

Sofort erhob sich ein Murmeln, und eine Stimme in seinem Rücken ließ ihn zusammenzucken: »Genau, so ist es«, krakeelte der Doktor.

Der Kommissar nahm sich vor, Langhammers Kommentare einfach zu überhören, und fuhr fort: »Ich möchte Ihnen zunächst meine Vorgehensweise erklären. Ich bin von Anfang an von einigen falschen Annahmen ausgegangen, deswegen hat es so lang gedauert.«

Wieder die Stimme hinter seinem Rücken: »Ja, das habe ich ja gleich gesagt, falsche Annahmen!«

Wütend fuhr Kluftinger herum: »So, welche denn?«

Der Doktor erschrak, als er die Kampfeslust in Kluftingers Augen sah. Und da er offenbar keine intelligente Antwort auf dessen Frage parat hatte, trollte er sich auf seinen Platz, wo er Annegret über die Hand streichelte und ihr bedeutete, genau aufzupassen – ganz so, als wüsste er bereits, was nun folgen würde.

Kluftinger ärgerte sich, dass er sich vom Doktor in seiner Konzentration hatte stören lassen, und er versuchte, sich erneut zu sammeln. Erstaunlicherweise half ihm dabei der Aufzug, in dem er hier stand: Das Poirot-Sakko, das ihm seine Frau aufgenötigt hatte, versetzte ihn in genau die Stimmung, die er brauchte, um diese Sache anständig über die Bühne zu bringen. Er fühlte sich wie eine Mischung aus nostalgischem Romandetektiv und echtem Kommissar. Er warf Erika einen dankbaren Blick zu, der zu seiner Überraschung von einem Lächeln erwidert wurde. Kluftinger meinte, in ihren Augen einen Anflug von Stolz zu erkennen.

»Gut, also, noch mal von vorne. Ich hab die ganze Zeit einen entscheidenden Fehler gemacht: Ich hab versucht, ein scheinbar unlösbares Rätsel zu lösen: das Rätsel eines Mordes in einem von innen verschlossenen Raum. Ich hab mich so sehr auf diese Aufgabe konzentriert, dass mir gar nicht in den Sinn gekommen ist, was doch eigentlich so naheliegend war: Es ist nicht nur *scheinbar*, sondern *tatsächlich* unlösbar.«

Einige der Gäste sahen sich fragend an.

»Ich erklär's Ihnen gleich, keine Angst. Fürs Erste genügt es aber festzustellen: Niemand kann einen Menschen ermorden, den Raum dann von innen verschließen und sich anschließend, ohne Spuren zu hinterlassen, in Luft auflösen. Das geht noch nicht mal in einer Rauhnacht. Und doch haben wir einen Toten hinter der verschlossenen Tür. Ja, und dann habe ich noch einen Fehler gemacht: Ich bin so vorgegangen wie immer, obwohl das hier doch offensichtlich ein durch und durch anders gelagerter Fall ist, anders als die, die ich normalerweise bearbeite. Aber ich hab wie immer damit begonnen, nach einem Motiv zu suchen. Bis ich plötzlich viel zu viele davon hatte. Jetzt war also die Frage: Welcher der vielen Gründe hat ausgereicht, um einen Mord zu begehen, beziehungsweise: Bei wem war die Hemmschwelle niedrig genug, den Mann zu töten, mit dem doch so viele von Ihnen eine Rechnung offen hatten.«

Kluftinger machte ein paar Schritte nach links, zum Anfang des Stuhlkreises. Dann schritt er die Reihe langsam ab: »Wurde Carlo Weiß etwa ermordet, weil ein Diebstahl dadurch vertuscht werden sollte?« Bei diesen Worten sah er Arndt Vogel an, der daraufhin den Kopf senkte.

»Oder ist er Opfer eines eifersüchtigen Ehemanns geworden?« Klaus Anwander schaute Kluftinger ausdruckslos an.

»Vielleicht aber war es auch weibliche Eifersucht, die ihn dahingerafft hat?« Kluftinger schritt an Julia König und Alexandra Gertler vorbei.

»Ein starkes Motiv«, bei diesen Worten blieb er kurz vor dem Ehepaar Rieger stehen, »wäre sicherlich auch die Rache für einen lange zurückliegenden tragischen Unfall, an dem Weiß die Schuld trug, für den er aber nie zur Rechenschaft gezogen worden ist.« Frank Rieger ergriff die Hand seiner Frau und drückte sie. »Ein Unfall, durch den sich das Leben mehrerer Personen für immer verändert hat.« Franziska Weiß hielt seinem Blick wie immer selbstbewusst stand. Neben ihr saß Erika, die ihrem Mann aufmunternd zunickte, daneben Annegret, die seinen Worten mit unverhohlener Neugier folgte, und schließlich Martin Langhammer, der jeden Satz des Kommissars mit einem wissenden Nicken begleitete. Deswegen fuhr Kluftinger fort: »Vielleicht wurde er auch Opfer eines ärztlichen Kunstfehlers«, worauf Langhammer erstarrte und den Mund in stummem Protest öffnete und schloss, als wolle er etwas sagen. Um dies zu verhindern, setzte Kluftinger seinen Rundgang fort.

»Möglicherweise ist er auch von seinem eigenen Fleisch und Blut gemeuchelt worden, oder von der Mutter des gemeinsamen Sohnes, weil er nie seinen Vaterpflichten nachgekommen ist.« Frederike Zougtran sah ihren Sohn an und schüttelte, als der etwas erwidern wollte, selbstsicher den Kopf.

»Oder wollte ein Mann nicht länger mit ansehen, dass die Frau, die er schon so lange heimlich verehrt, von einem schnöseligen Banker wie Dreck behandelt wurde?« Ferdinand Sacher ballte die Fäuste so sehr, dass seine Knöchel weiß wurden.

»Und sicherlich hätte auch ein früherer Kollege, der von Carlo Weiß schamlos ausgebootet worden ist, der durch ihn seine Arbeitsstelle und nicht zuletzt seine Frau verlor, einen Grund für eine Abrechnung.« Georg Eckstein fuhr sich durch seine schneeweißen Haare, als habe Kluftinger gerade gesagt, dass sein Scheitel nicht richtig sitze. Der Kommissar war nun fast am Ende des Halbkreises angelangt.

»Sicher ist, dass Carlo Weiß hier von vielen umgeben war, die ihm ganz eindeutig nicht wohlgesinnt waren.«

Kluftinger sah das Zimmermädchen, die beiden Kellner, den Koch und die Waschfrau an. Sie bildeten den Schluss der Stuhlreihe. »Aber vielleicht gibt es ja weitere Motive, von denen wir noch gar nichts wissen …« Er ließ die Frage im Raum stehen und blickte einen nach dem anderen an.

Die Spannung war jetzt mit Händen zu greifen. »Ich werde Ihnen gleich die Einzelheiten darlegen. Lassen Sie mich nur kurz erklären, wie ich zu meiner Erkenntnis gelangt bin.« Kluftinger fand selbst, dass er etwas geschwollen daherredete, aber die Detektivrolle, die er hier einnahm, schien ihn rhetorisch zu beflügeln. »Sie, Frau Rieger …« Blitzartig wandten sich alle Köpfe der Schauspielerin zu, die sichtlich zusammenzuckte. »Sie haben es am Anfang in Ihrem kleinen Stück treffend formuliert: Nur das soll man erwägen, was wirklich beobachtet werden kann. Aber *was* haben wir wirklich beobachtet? Ein Mann ist umgebracht worden. Eine Vase ist zu Bruch gegangen. Und niemand will das eine oder das andere getan haben. Dennoch haben wir die Ergebnisse klar vor uns.«

»Herrgott, jetzt kommen Sie doch endlich zum Punkt, guter Mann«, unterbrach ihn Eckstein und erntete dafür zustimmendes Gemurmel.

»Ich bin doch schon mittendrin«, parierte Kluftinger. »Die Vase ist es, die uns unmittelbar zum Kern des Rätsels führt. Weiß hat sie selbst umgestoßen, als er in sein Zimmer torkelte.«

Eckstein hob fragend die Augenbrauen.

»Ja, torkelte. Ich komm später noch darauf zurück, keine Sorge. Aber was ich sagen will: Wenn niemand die Vase umgestoßen hat, dann bleibt ja nur noch diese Lösung – er war es selbst. So einfach, und doch hab ich mich die ganze Zeit in diese Frage verrannt.«

Jetzt nickte Langhammer eifrig in die Runde.

»Würden Sie uns endlich mal verraten, wie es sich Ihrer Meinung nach zugetragen hat?« Eckstein klang nun ziemlich unwirsch, genau wie gestern, als er andauernd mit Lodenbacher gedroht hatte.

Der Kommissar hob beschwichtigend die Hände. »Jaja, schon gut. Aber es wird Ihnen nicht gefallen. Ich muss Ihnen leider mitteilen, dass, nach reiflicher Überlegung und Gewichtung der Spuren, alles auf …« Er machte eine Pause und sah noch einmal einen nach dem anderen an. Alle hielten den Atem an, und Kluftinger fand mehr und mehr Gefallen an seiner Rolle. »… Sie hindeutet, Herr Eckstein.«

Der Mann wurde leichenblass, um kurz darauf rot anzulaufen. »Sie sind doch ein Stümper, ein absoluter Nichtskönner, genauso wie Ihr Quacksalberfreund! Das kostet Sie Ihren Job, das verspreche ich Ihnen, Sie, Sie …«

»Na, na, na! Kein Grund, sich gleich so aufzuregen«, schaltete sich der Doktor ein.

»Kein Grund?« Ecksteins Stimme klang schrill.

»Nein, wirklich kein Grund«, sagte Kluftinger ruhig. »Ich will Ihnen gerne sagen, wie ich zu diesem Schluss gekommen bin.« Sacher blickte seinen Nebenmann finster an, was dafür sorgte, dass er sich nun zurückhielt.

»Also, ein Motiv, das habe ich schon erläutert, hatten ja beinahe alle. Carlo Weiß scheint wirklich kein angenehmer Zeitgenosse gewesen zu sein. Die Gelegenheit war zudem günstig, denn alle waren auf ihren Zimmern und konnten sich relativ sicher und unbeobachtet bewegen. Sie, Herr Eckstein, haben sich extrem verdächtig gemacht, als Sie diesen Brief hier verbrennen wollten.«

Kluftinger entnahm seiner Jackentasche das zusammengeklebte Schriftstück und hielt es in die Höhe.

»Hier in diesem Brief wird Georg Eckstein aufgefordert, endlich seine Drohungen zu unterlassen. Und was meinen Sie, wessen Name darunter steht?« Kluftinger ließ den anderen keine Zeit zu antworten: »Richtig, wie Sie sich denken können, ist er gezeichnet mit ›Carlo Weiß‹!«

Leises Gemurmel erhob sich, die Blicke waren auf Eckstein gerichtet.

»Sie hätten damit zu mir kommen müssen, Herr Eckstein. Doch nicht nur dieser Brief belastet Sie, nein, denn gerade vorhin hat das Zimmermädchen bei Ihnen das hier gefunden.« Nun zog er die Spritze, die er in eine von Langhammers kleinen Plastiktüten verpackt hatte, aus der Tasche.

Eckstein starrte ihn eine Weile nur an, dann leckte er sich nervös über die Lippen und stammelte: »Das … das hat mir … jemand untergeschoben.«

Alle blickten entweder fassungslos oder feindselig zu dem Mann mit den weißen Haaren.

Der Kommissar räusperte sich. »Warten Sie ab. Alles wird sich aufklären. Ich werde Ihnen kurz beschreiben, was passiert ist, nachdem wir uns hier zum Begrüßungscocktail versammelt haben. Carlo Weiß hat auf dem Weg noch einmal kehrtgemacht. Warum? Sie werden sich wundern: Er hatte die Absicht, mit mir zu sprechen, in meiner Eigenschaft als Polizist. Hat er etwas geahnt? Oder hatte er Angst, weil er hier so auffallend viele Leute traf, die einen Groll gegen ihn hegten?«

Kluftinger hielt kurz inne und horchte seinen eigenen Worten nach: Er fand, dass er sich für seine Verhältnisse außerordentlich gewählt ausdrückte – und das gefiel ihm.

»Wir werden nie erfahren, warum sich Weiß so kurz vor seinem Tod einem Kommissar anvertrauen wollte. Als er wieder zurück nach oben ging, hat er an einem Zimmer geklopft, genau so, wie Sie es beschrieben haben, Herr Eckstein. Sie haben nur die falschen Schlüsse gezogen: Aus der vertraulichen Anrede schlossen Sie, dass es das Zimmer seiner Frau war. Aber es war nicht das Zimmer seiner Ehefrau, sondern von einer anderen, mit der ihn gewisse Bande verknüpften: Er hat am Zimmer von Frederike Zougtran geklopft, der Mutter seines Sohnes. Seines Sohnes … Lars Witt.«

Ein erschrockener Seufzer ging durch die Menge, und die Blicke hafteten nun auf den beiden Holländern.

Unbeirrt fuhr Kluftinger fort. »Dann hat er sich auf den Weg in sein Zimmer gemacht, um sich für den Abend umzuziehen. Und weil ihm nicht gut war, weil er nicht mehr ganz Herr seiner Sinne war, stieß er unterwegs die Vase um, schaffte es aber noch nach oben, wo er sich heftig übergab. Es gibt einen einfachen Grund für sein Unwohlsein: Er hatte eine giftige Substanz zu sich genommen, eine … wie hieß das noch, Herr Langhammer?«

Der Doktor, wie vom Donner gerührt, dass er nun endlich doch eingreifen durfte, setzte sich kerzengerade hin: »Sie meinen das GBL?«

Der Kommissar nickte.

»Ja, das erklärt die Symptome«, setzte Langhammer hinzu. »Gamma-Butyrolacton kann zu schweren Herzrhythmusstörungen führen, ganz sicher aber zu Übelkeit.«

»Und wo ist dieses Gammazeug drin?«, fragte Kluftinger.

»Es findet sich in Lösungsmitteln.«

»Wie dem Farbentferner, der in unserem Behelfsbüro literweise herumsteht? Und von dem jeder ein bisschen hätte abzapfen können?«

»Ja.«

»Danke. Weiß ging also, wie vom Mörder geplant, auf sein Zimmer. Von diesem Umstand hing viel ab. Denn wäre er in der Halle geblieben, hätte der Plan nicht funktioniert. Um sicherzugehen, hat der Täter sich mit ihm auf dem Zimmer verabredet.«

Kluftinger zog den Zettel mit der Notiz heraus.

»Leider finden wir hier nur die rätselhaften Worte: *18 Uhr G.* G wie Georg, nicht wahr, Herr Eckstein?«

Kluftingers Frage fand keine Erwiderung. Den Blick auf den Boden gerichtet, schüttelte Georg Eckstein nur immer wieder den Kopf.

»Das Opfer geht also auf sein Zimmer und schließt sich ein. Auch das ist für den Mörder ein glücklicher Umstand. Vielleicht wusste er auch, dass Carlo Weiß das für gewöhnlich so machte. So entstand das Rätsel des von innen verschlossenen Raumes, das mich die ganze Zeit so vom eigentlichen Tathergang abgelenkt hat. Im Zimmer wartet er auf die Injektion der zweiten Komponente des Gifts, das ihn schließlich töten wird: das Kalium, das – so hat mir der Doktor versichert – eine tödliche Kombination mit dem Gammadings eingeht.«

Langhammer nickte zufrieden. Er schien seine Rolle bei der Aufklärung nun endlich ausreichend gewürdigt zu sehen.

»Für einen kurzen Moment dachten wir an Selbstmord, aber zu vieles lag da im Argen. Wir haben ein leeres Tablettenröhrchen gefunden, normale Medikamente, aber durchaus geeignet, sich damit umzubringen. Zwei Tabletten befanden sich allerdings noch drin, und nicht mal Fingerabdrücke haben wir auf dem Röhrchen gefunden.«

»Ja«, mischte sich Langhammer ein, »vor allem seine nicht, wie wir wissen, seit Sie ihm in der Garage den gefrorenen Finger abgebrochen haben.«

Kluftinger erstarrte. Der Doktor hatte mit ihm unbedingtes Stillschweigen über diese Sache vereinbart. Und Kluftinger hatte diese unappetitliche Angelegenheit fast schon verdrängt. Sein Magen machte einen Satz, und schnell setzte er hinzu: »Das Nächste, was wir sicher wissen, ist, dass Weiß nicht zu seinem Auftritt gekommen ist und man das Mädchen nach ihm geschickt hat, bis wir schließlich selbst nach dem Rechten geschaut haben. Ich hab die Tür eingeschlagen – und da hing er auf seinem Stuhl.«

Mit diesen Worten wandte er sich um und blickte den Masseur an: »Wissen Sie noch, was Sie mir heute nach der Massage am Gang gesagt haben?«

Vogel zögerte mit der Antwort. Offenbar war er sich nicht sicher, ob das ein Test war. »Sie meinen, nachdem sie noch einmal schnell in den Massageraum zurückgegangen sind?«

Aus dem Augenwinkel sah Kluftinger, wie Langhammer den Hals reckte und die Augen aufriss.

»Jaja, das tut ja jetzt nichts zur Sache«, beeilte sich der Kommissar zu sagen. »Wissen Sie noch, was Sie da gesagt haben?«

»Ja, ich glaube, ich habe gesagt, dass oft auch der Zeitpunkt entscheidend ist, zu dem eine Medizin verabreicht wird ... oder so ähnlich.«

»Genau! Und da hat's bei mir klick gemacht. Plötzlich haben sich die ganzen Fakten, die ich über die Tage gesammelt hab, all die Eindrücke, in meinem Kopf gedreht und ganz neu arrangiert.« Kluftinger wirbelte mit seinen Armen in der Luft herum. »Das Dilemma war gelöst.«

»Wie hat er ihn denn nun um die Ecke gebracht, der Eckstein?«, knurrte Sacher mit einem süffisanten Grinsen ob seines Wortspiels.

»Hat er nicht.«

Jetzt hatte Kluftinger wieder die volle Aufmerksamkeit, auch von Eckstein. »Er hätte sich nach der Tat buchstäblich in Luft auflösen und durchs Schlüsselloch verschwinden müssen. Ich hab lediglich gesagt, dass alles auf Sie *hindeutet*, Herr Eckstein. Entschuldigung, aber das musste sein, denn alle sollten verstehen, wie raffiniert hier vorgegangen wurde. Und warum ich so lange gebraucht hab, um die Identität des wahren Mörders zu finden. Oder sollte ich besser sagen: der Mörderin? Denn es steht ganz ohne jeden Zweifel fest, dass nicht Sie Carlo Weiß umgebracht haben, Herr Eckstein, sondern Sie ...«

Atemlose Stille.

»... Frau König.«

Dieser Name schlug ein wie eine Bombe. Worte wie »absurd«, »lächerlich« und »peinlich« machten die Runde, Anwander lachte kehlig auf, Sacher ballte die Fäuste, und Langhammer starrte den Kommissar konsterniert an. Nur Eckstein schien erleichtert. Und Julia König schüttelte ungläubig den Kopf.

»Das kann nicht Ihr Ernst sein«, flüsterte sie, sodass Kluftinger sie in dem Tumult kaum verstehen konnte.

»Warum nicht?«, erwiderte er, und jetzt verstummten die Geräusche der anderen. Alle lauschten der Hotelchefin und dem Kommissar, der ihr nun direkt gegenüberstand.

»Ich meine, Sie … Sie waren doch dabei. Ich war die ganze Zeit bei Ihnen. Während die anderen sonst was hätten anstellen können, bin ich mit Ihnen durchs Hotel gegangen. Quasi lückenlos haben Sie mich überwachen können. Und dann, als wir zu seinem Zimmer gegangen sind und Sie schließlich die Tür eingeschlagen haben, da haben Sie doch auch gesehen, dass er tot ist.«

»Hab ich das?«

»Sicher! Sie standen doch neben mir!« Julia König klang verzweifelt.

»Ja, das stimmt. Und Sie wollten mich glauben machen, dass wir es mit einem Toten zu tun hätten. Aber denken wir an Maigret zurück: *Etwas zu glauben reicht nicht aus.* Alles, was ich gesehen habe, war ein regloser Mann, der offensichtlich nicht bei Bewusstsein war. Dass er tot war, haben Sie behauptet. Ich fürchte aber, zu dem Zeitpunkt hat Carlo Weiß noch gelebt. Und ich muss damit leben, dass er tot war, als ich mit dem Doktor wiedergekommen bin.«

»Also, Herr … Kommissar«, Anwander spuckte das Wort förmlich aus. »Ich glaub, das ist ganz großer Scheißdreck, den Sie uns da auftischen. Und ich tät Ihnen raten, jetzt mal langsam einen Gang runterzuschalten, sonst gibt's noch einen zweiten Mord.«

Sacher schickte sich an aufzustehen, doch der neben ihm sitzende Lars Witt packte ihn an der Schulter und zog ihn wieder auf seinen Stuhl. Der Portier schien überrascht von der Kraft des jungen Mannes und ließ es geschehen.

Kluftinger sah sich das Treiben an. Seine Vermutung hatte sich bestätigt: Wenn er nicht schleunigst eine plausible Begründung für seine Behauptung liefern würde, würde nicht die *Mörderin,* sondern *er* die größten Probleme bekommen. »Es hätte mir spätestens zu dem Zeitpunkt klar sein müssen, als ich herausgefunden hab, dass Lars Witt der Sohn von Carlo Weiß ist. Sie haben mir selbst gesagt, dass Sie die Reise bei einem Preisausschreiben gewonnen haben, Frau … Saug … gell?«

Die Holländerin nickte.

»Ich mein, ehrlich, Kreuzhimmelsakrament, wo soll's denn so einen Zufall geben? Nirgends. Bei den anderen hätte man möglicherweise noch denken können, dass sie Weiß kannten, weil alle von hier waren. Aber es waren ja nicht irgendwelche Leute. Jeder Einzelne hatte ein Motiv, jeden Einzelnen hätte Frau König belasten können, um einen Verdacht an ihrer eigenen Person gar nicht erst aufkommen zu lassen.«

Der Kommissar war während des Redens vor dem Kamin auf und ab gegangen, stellte sich jetzt aber wieder direkt Julia König gegenüber.

»So, wie Sie es mit Eckstein gemacht haben, gell? Als ich Ihnen sagte, dass ich ihn unter Verdacht habe, da …«

»Sie haben was?« Eckstein funkelte Kluftinger kampfeslustig an.

»Nur zum Schein«, beruhigte ihn der Kommissar. »Als ich Ihnen also einen der vielen Verdächtigen, die Sie mir hier oben zur Wahl gestellt haben, als Täter präsentiert hab, da haben Sie zugegriffen. Sie waren es doch, die die Spritze so unter Ecksteins Kopfkissen geschoben hat, dass das Zimmermädchen sie finden musste. Rein zufällig kurz nachdem ich Ihnen den Namen Eckstein genannt hab.«

Die König schnaubte.

»Und noch ein paar Sachen sind mir im Nachhinein aufgefallen. Alle hatten ein Motiv, haben es aber vor mir verheimlicht. Sie, Frau König, waren die Einzige, die sich selber belastet hat und zu mir gekommen ist. Aber klar, Sie hatten ja auch als Einzige ein Alibi, warum sollten Sie also nicht? Und wer konnte über all die dunkeln Geheimnisse in Weiß' Leben Bescheid wissen, all seine Feinde kennen, wenn nicht jemand, der ihm eine Zeit lang sehr nahe war?«

»Das ist Ihre Beweiskette?« Die Hotelchefin wirkte nun überhaupt nicht mehr freundlich, sondern aggressiv und ärgerlich. »Damit wollen Sie mir einen Mord nachweisen?«

»Nein, damit nicht.«

Wieder mischte sich Anwander ein: »Dann beeilen Sie sich lieber. Ich geb Ihnen zehn Minuten, dann sind Sie fällig. Dann passen Sie in keinen Schuh mehr.«

»Zehn Minuten reichen mir allemal«, sagte Kluftinger kühl. »Und ich würd mich nicht so weit aus dem Fenster lehnen, Herr Anwander. Denn Ihre Frau hat es auch nicht versäumt, Sie zu belasten.«

Stirnrunzelnd blickte der Alte die Hotelchefin an.

»Ja, ich erinnere mich noch genau an Ihre Worte, Frau König. *Ich weiß nicht, wie er reagiert hätte, wenn er von mir und Carlo erfahren hätte.* Das haben Sie doch gesagt, oder? Ich nehme an, Ihr Mann wusste ohnehin längst von Ihrer Affäre mit Weiß.«

Anwander senkte den Blick und zog den Arm zurück, den er gerade noch um die Schulter seiner Frau gelegt hatte.

»Und Sie haben auch behauptet, Ihr Mann hätte Weiß eingeladen, während Frau Weiß mir gesagt hat, sie seien von der Hotelchefin persönlich angeschrieben worden. Ich Depp! Dass ich nicht gleich hinter Ihre kleinen Tricks gekommen bin …« Er schlug sich mit der Hand an die Stirn.

»Aber fangen wir doch bei unserer Ankunft an. Mir ist damals aufgefallen, dass Sie den Herrn, der sich da so rüde über den Tresor beschwert hatte, mit dem Vornamen angesprochen haben. Klar, das haben Sie ja später erklärt. Aber wie Sie mich eingelullt haben – Respekt, das muss ich sagen. *Der beste Kommissar des Allgäus* – mei, auch ich bin für Schmeicheleien empfänglich.« Mit einem Blick in Erikas Richtung versicherte sich der Kommissar, dass sie das nicht falsch verstehen würde. Dabei bemerkte er, dass sie ihn mit unverhohlener Bewunderung beobachtete. Das beflügelte ihn, genauso weiterzumachen wie bisher.

»Dann der Begrüßungscocktail. Ist da außer mir denn niemandem was aufgefallen?« Er blickte herausfordernd in die Runde.

»Das war ein ganz übles Gesöff«, meldete sich Alexandra Gertler zu Wort, die Kluftingers Ausführungen mit leuchtenden Augen folgte. »Viel zu süß, das hat einem den Magen verklebt.« Dabei verzog sie das Gesicht.

»Vergelt's Gott«, sagte Kluftinger. »Ich hatte gehofft, dass jemand von Ihnen das sagen würde.«

»Ja, ich fand das auch«, pflichtete Langhammer nun bei. »Zu süß!«

»Na, das ist ja noch besser«, kommentierte Kluftinger sarkastisch.

»In einem Hotel wie dem Ihren, das so viel Wert auf Stil legt und in dem es sogar sauteures Gletscherwasser gibt, so ein bappsüßes Zeug anzubieten, das ist schon ein starkes Stück. Außer natürlich …«, Kluftinger verzog den Mund zu einem wissenden Grinsen, »… außer, der grauslige Geschmack soll einen anderen überdecken. Denn in einem der Gläser befand sich das Gamma … das Lösungsmittel. Das erklärt auch, warum Sie die Gläser selbst verteilt haben und es nicht einem Kellner überlassen haben.«

»Nein, das macht die Chefin immer so bei der Begrüßung«, rief das Zimmermädchen dazwischen.

»Vielleicht, Fräulein Müller, vielleicht. Aber diesmal musste sie sichergehen, dass es der Richtige bekommt.« Bevor er fortfuhr, ging Kluftinger zu einem Tisch, auf dem eine Flasche des billigen Wassers stand, schraubte sie auf und nahm einen kräftigen Schluck. Jede seiner Bewegungen wurde von den Anwesenden genau beobachtet. Etwas erfrischt fuhr er fort: »Ich werde Ihnen nun genau die einzelnen Phasen ihres Verbrechens erklären. Passen Sie gut auf, es ist ein wenig kompliziert. Nachdem Weiß das Zeug getrunken hatte, hat uns Julia König eindringlich ermahnt, auf unsere Zimmer zu gehen. Die Übelkeit hätte Weiß ja sowieso dorthin getrieben. Aber sie hat sich mit ihm verabredet, um sicherzugehen.« Noch einmal hielt er die kleine Notiz hoch.

»Pah«, platzte die König heraus, »da sehen Sie alle, was das für ein Schmarrn ist. War ich wohl doch etwas voreilig mit dem Lob Ihrer Fähigkeiten. In meinem Namen kommt nicht mal ein G vor. Tun Sie nur so dämlich, oder sind Sie wirklich so dumm?«

»Das G, ganz recht, das war wirklich sehr verzwickt. Danke, dass Sie selbst darauf zu sprechen kommen, das hat mich auch eine Weile beschäftigt. Dabei ist die Lösung doch so einfach. Herr Weiß ist italienischstämmig, das hat er ja selbst bei unserer Anreise ungefragt betont. Vor allem dadurch, dass er die Namen seiner Frauen immer in der italienischen Form benutzt hat. Alexandra Gertler war bei ihm *Alessandra*, seine Frau Franziska war *Francesca*. Und wie heißt die italienische Form von Julia?« Kluftinger wartete ab. Er wollte, dass jemand anderes es sagte.

»Giulia«, murmelte Arndt Vogel schließlich.

»Giulia, genau. *G.*« Kluftinger steckte die Notiz wieder in seine Jacke.

»Giulia König konnte also einigermaßen sicher davon ausgehen, dass er auf seinem Zimmer sein würde. Hätten Sie, Frau Zougtran, ihn hereingelassen, als er bei Ihnen geklopft hat, säßen wir jetzt vielleicht nicht hier.«

Die Holländerin schlug die Augen nieder.

»Ich gebe Ihnen keine Schuld. Mir schon. Weiß hat mich ja sogar gesucht. Aber als er gehört hat, dass ich mit Frau König unterwegs war, hat er geflucht und ist abgezogen. Das haben Sie sehr gut durchdacht: Sie haben nicht nur die anderen eingeladen, um genügend Verdächtige präsentieren zu können: Nein, Sie haben sich Ihren Ermittler gleich dazugeholt. Einen, der Ihnen das beste Alibi der Welt geben sollte. Und noch einen Gehilfen haben Sie sich dazugenommen, der Ihren Plan absichern sollte: Doktor Langhammer.«

Der Doktor hob erschrocken den Kopf.

»Sie brauchten einen Fachmann, um die Todesart zu untermauern. Am liebsten wäre Ihnen wahrscheinlich gewesen, er hätte die Sache mit dem Selbstmord durch Tabletten gefressen. Aber Ihnen war wohl klar, dass selbst ein Altusrieder Landarzt darauf kaum reinfallen wird.«

Langhammers Kiefer klappte nach unten.

»Deshalb haben Sie sich diesen verzwickten Plan ausgedacht. Aber ich schweife ab. Im Zimmer mussten Sie nur noch mich loswerden, um Ihr unheilvolles Werk zu vollenden. Also haben Sie die hysterische Dame gespielt und mich weggeschickt, um den Doktor zu holen. Die Sorge um den fehlenden Gast hatten Sie vorher ja schon ausreichend geschürt. Es brauchte keine hellseherischen Fähigkeiten, um vorherzusagen, dass ich nicht lange zögern würde. Und als ich weg war, haben Sie dem bewusstlosen Weiß die tödliche Injektion gesetzt.«

»Und woher hatte sie die Spritze?«, fragte der Doktor. »Das war ja ein ganz schönes Kaliber!«

»Auch da ist sie auf Nummer sicher gegangen. Die war die ganze Zeit im Zimmer.« Kluftinger blickte ihn an, doch er merkte, dass der Arzt noch nicht verstanden hatte. »Im Tresor!«

Der Doktor schluckte.

»Deswegen ist er zuerst nicht aufgegangen. Weil Sie, Frau König, darin die Spritze aufbewahrt haben, mit der Sie Herrn Weiß ins Jenseits befördert haben, stimmt's?«

Sie antwortete nicht.

»Woher wollen Sie das denn wissen?« Ferdinand Sacher wirkte nach wie vor gefährlich aggressiv.

»Herr Langhammer, würden Sie Herrn Sacher bitte sagen, was wir gerade eben im Zimmer von Herrn Weiß gemacht haben?«

Der Doktor antwortete zögerlich: »Wir … Sie haben die Kombination in den Tresor eingegeben und ihn geschlossen.«

Ein Tuscheln erhob sich, und Sacher fragte: »Woher haben Sie die gewusst?«

Kluftinger grinste. »Wissen wäre zu viel gesagt. Ich hatte einen starken Verdacht. Es war das letzte Puzzleteilchen. Wenn das passen würde, gab es für mich keinen Zweifel mehr. Frau König hat mir kürzlich verraten, dass sie immer ihr Geburtsdatum als Kennwort verwendet. Ein dummes Missgeschick. Da hab ich's einfach ausprobiert.«

»Aber woher wusstest du denn ihr Geburtsdatum?«, platzte es aus Erika heraus, der es sichtlich unangenehm war, damit die Aufmerksamkeit aller Anwesenden auf sich zu ziehen.

»Den Tag und den Monat hat sie uns verraten, auch, wie alt sie bei ihrem Olympiasieg war«, antwortete ihr Mann. »Der Rest war einfache Mathematik.«

Erika nickte beeindruckt.

Kluftinger wandte sich wieder der Hotelchefin zu. »Um die Spritze loszuwerden, haben Sie sie dann einfach aus dem Fenster geworfen. Mitten in den Schnee. Daher die geheimnisvollen Fußspuren, die der Doktor und ich in der ersten Nacht gefunden haben. Die unter dem Fenster des Doktors geendet haben. Oder unter dem von Weiß – je nachdem, welches Stockwerk man betrachtet. Da haben Sie sich das Ding wieder geholt. Der Schnee hatte es ja gut verborgen. Überhaupt kam Ihnen der ganze Schneefall hier gerade recht. Von der Außenwelt abgeschlossen und nur mit dem Doktor und mir, das war wie ein Sechser im Lotto! Nur einmal, da hat Sie der Schnee aus dem Konzept gebracht, oder? Da hab ich begonnen, die Fährte aufzunehmen. Als Sie die Spritze aus dem Fenster geworfen haben, ist Ihnen etwas Schnee vom Rahmen reingetropft, hm? Und auf die Schnelle haben sie sich nicht besser zu helfen gewusst, als ein Glas mit Weiß' Fingerabdrücken daneben zu platzieren. Allerdings sehr ungeschickt, wenn ich das sagen darf. Die Fingerabdrücke falschrum, das Glas mit dem Boden zum Fleck … das passt so gar nicht zu Ihrer sonst so minutiös durchgeplanten Tat. Logisch, dieser kleine Zwischenfall war ja auch nicht eingeplant. Sie mussten improvisieren, denn Ihnen war klar, dass der Doktor und ich binnen ein, zwei Minuten vor der Tür stehen würden. Als wir dann eine aufgelöste Frau König neben der Leiche gefunden haben, war zumindest das nicht gespielt.«

Der Kommissar gönnte allen eine kleine Pause, um das eben Gehörte zu verarbeiten. Noch einmal nahm er sich einen großen Schluck Wasser.

»Lassen Sie uns mit unserer kleinen Rekonstruktion fortfahren! Wie Sie uns im Zimmer bei der Untersuchung so hilfsbereit *unterstützt* haben, Frau König, das passt ebenfalls ins Bild. Sie haben von Anfang an versucht, unsere Ermittlungen in eine bestimmte Richtung zu lenken. Und Ihr Interesse am Fortgang sollte sicherstellen, dass Sie immer auf dem neuesten Stand waren, um meinen momentanen Verdacht, welcher auch immer das gerade war, erhärten zu können. Wie Sie immer um mich rumscharwenzelt sind, wenn ich die E-Mails an mein Büro geschrieben hab. Und als Sie mich wegen der ersten Mail gerufen haben, war das Programm schon offen, was mir erst später aufgefallen ist. Gott sei Dank war mein Kollege so schlau und hat einen sicheren Kanal gewählt. Als ich Ihnen dann Eckstein präsentiert hab, musste es für Sie aussehen, als würde alles wunderbar aufgehen, und Sie haben die Spritze platziert.«

Julia König hatte sich mit verschränkten Armen zurückgelehnt und lauschte scheinbar gelangweilt den Ausführungen des Kommissars.

»Das mit den Briefen war aber wirklich eine Nummer zu viel.« Kluftinger schüttelte den Kopf. »Sie dachten, so könnten Sie Herrn Eckstein zum perfekten Verdächtigen machen.« Er nahm erneut das zusammengeklebte Papier zur Hand. »Aber mir ist jetzt völlig klar, dass der Brief nicht etwa von Weiß, sondern erst *nach* seinem Tod geschrieben worden ist. Und Sie, Herr Langhammer, haben mich drauf gebracht.«

»Ich?« Der Arzt schien überrascht, fing sich aber schnell wieder. »Ja, sicher, so war das.«

»Wollen Sie mir kurz erklären, wie?«

»Ach, nein, nein, machen Sie mal, Sie machen das so gut.«

»Danke. Also, Sie haben gesagt, dass der Fleck hier«, Kluftinger zeigte unbestimmt auf eine Ecke des Papiers, »aussieht wie Kaffee. Ich hab gedacht, es seien einfach Brandspuren. Aber natürlich ist es Kaffee. Und wissen Sie, von wem? Von mir!«

Die Anwesenden sahen ihn an, als sei er nicht ganz bei Trost.

»Ja, Sie haben richtig gehört. Mir ist gestern am PC ein kleines Missgeschick passiert, bei dem ich Kaffee verschüttet hab. Auch aufs Druckerpapier. Und genau dieses Papier ist benutzt worden. Verstehen Sie? Das Papier, das erst gestern mit Kaffee genau an dieser oberen Ecke besudelt wurde, kann auch erst gestern verwendet worden sein. Außerdem haben Sie die falsche Anrede benutzt, Frau König. Weiß und Eckstein waren per du, nicht per Sie. Und dann ist mir noch etwas aufgefallen an diesem Schreiben. Allerdings erst, nachdem ich Ihren Brief gesehen habe, Frau … Dings.« Er zog ein weiteres Papier heraus und hielt es in Richtung der Holländerin.

»Ein Brief, den Weiß angeblich an seinen Sohn und dessen Mutter geschrieben hat, und der Familie Saug … Witt zugestellt wurde, kurz bevor sie abfuhren. Kein Wunder, Herr Witt, dass Ihr Vater so ablehnend reagiert hat und auf einmal von einem Treffen nichts wissen wollte: Nicht er hatte den Brief geschrieben, sondern Julia König. Wissen Sie noch, was ich zu dem Brief gesagt hab? Wegen des Formats? Dass ich es komisch fand?«

Sie nickte.

»Und bei dem Eckstein-Brief ist es genauso, nur sieht man es da so schlecht.« Jetzt wandte er sich wieder an die König. »Es handelt sich nicht um das übliche A-4-Format. Denn Sie mussten den unteren Teil abreißen, weil da ein paar verräterische Sachen draufstanden.« Er griff noch einmal in seine Tasche und holte ein Blatt des Ausdrucks heraus, den er gestern gemacht hatte. »Ihre Hoteladresse und das Hotellogo nämlich. Also, wissen Sie, Sie müssen sich schon sehr sicher gewesen sein, dass Sie nicht einmal ein normales weißes Blatt Papier dafür genommen haben.«

»Das hätte jeder nehmen können«, schrie Julia König plötzlich heftig erregt, »es liegt ja offen rum.«

»Ja, hätte. Könnte. Sicher ist, dass Weiß die Briefe nicht geschrieben haben kann, jedenfalls den zweiten nicht, denn da war er schon tot. Und dass Sie Herrn Sacher so zusammengestaucht haben, nur weil er den angeblich übersehen hat – das hätt mir gleich spanisch vorkommen müssen.« Kluftinger hielt inne und fuhr sich übers Gesicht. Er hatte sich in Rage geredet und zwang sich nun selbst zur Ruhe. »Hab ich noch was vergessen?«

Eine Weile blieb es still, dann meldete sich Langhammer: »Was ist mit dem leeren Aktendeckel?«

»Der Aktendeckel, genau.«

Der Doktor sah sich Beifall heischend um.

»Das ist jetzt allerdings nur eine Vermutung. Ich nehme nicht an, dass Weiß gerne leere Aktendeckel mit sich rumschleppt. Also wird wohl was drin gewesen sein. Das würde dazu passen, dass er unbedingt den Tresor wollte, den Hotelsafe aber nicht benutzt hat. Ich nehme an, es war irgendein belastendes Dokument. Vielleicht werden wir es bei den Sachen von Frau König finden, vielleicht auch nicht, es spielt eigentlich keine große Rolle.«

»Es spielt keine Rolle?« Julia Königs Stimme klang schrill. Ihre weit aufgerissenen Augen funkelten. Dann entspannten sich ihre Gesichtzüge, und sie tat etwas, das den Kommissar kurzzeitig aus dem Konzept brachte: Sie applaudierte. Ihr Klatschen hallte von den Wänden des Salons wider, als sie sagte: »Können Sie das alles auch beweisen?«

»Na ja, beweisen ist vielleicht ein starkes Wort, ich würde eher von einer Ballung von Indiz–«

»Sie können das alles gar nicht beweisen?« Anwander war wieder munter geworden und fixierte den Kommissar mit zusammengekniffenen Augen.

»Zefix, was wollen Sie denn noch hören!« Kluftinger platzte langsam der Kragen. Herrgott, immerhin war er Polizist. Sein Ausbruch verschaffte ihm wieder etwas Luft – vorerst jedenfalls.

»Sie haben keinen Beweis?«, insistierte Anwander.

»Doch!«, platzte der Doktor heraus und sprang von seinem Stuhl, »die Vase! Das fehlende Teil der Vase! Das muss die König haben.«

Kluftingers Blick zu Langhammer war derart vernichtend, dass der sich mit eingezogenem Kopf wieder setzte. Zwar lag ihm ein *Beachten Sie ihn gar nicht* auf der Zunge, er rang sich aber dazu durch, einfach nichts zu erwidern. Stattdessen fuhr er fort: »Wie gesagt, wir haben eine mustergültige Indizienkette, die jedem Richter genügen wird, um festzustellen: Der einzige Zweck Ihres Wochenendes war es, Carlo Weiß umzubringen und seinen Tod so zu inszenieren, dass man nicht auf Sie als Täterin kommt. Wir alle waren nur Statisten. Und Sie hätten jeden als Täter ausgeliefert, sogar Ihren eigenen Mann.«

Anwander sah zu seiner Frau und schüttelte ungläubig den Kopf.

Kluftinger atmete tief durch und stellte sich dann direkt vor die Hotelchefin. »Was hat Sie bloß zu diesem Spielchen getrieben? Ich muss Ihnen zugestehen, dass Sie sich viel Mühe gegeben haben bei Ihrer Inszenierung, Hut ab. Aber wenn Sie mich fragen, waren Sie viel zu verkopft bei der Planung.«

Er wandte sich ab und überlegte kurz, wie er seinen Monolog beenden sollte. »Ja, meine Damen und Herren, auch wenn ich keinen Beweis habe, besteht doch aufgrund dessen, was ich Ihnen gerade dargelegt habe, nicht der geringste Zweifel, dass es sich genau so zugetragen hat.« Er sah in die Gesichter der Leute, die stumm dasaßen und geradezu an seinen Lippen hingen.

»Allerdings fehlt ein wichtiges Puzzleteil …«

Der Doktor richtete sich auf.

»… und es ist nicht das der Vase.« Langhammer ließ die Schultern hängen, während sich die anderen fragend ansahen.

»Sie kennen nun das *Wie*. Was uns aber fehlt, ist die Antwort auf die Frage nach dem *Warum*. Es ist mir nicht gelungen, ein wirklich starkes Motiv zu finden, Frau König. Eins, das ausreichend ist für einen so ausgeklügelten, kaltblütigen Mord. Dass Sie vor längerer Zeit einmal eine Affäre mit Weiß hatten, das ist mir einfach zu dünn. Wieder und wieder habe ich mir in den letzten Stunden das Hirn zermartert, aber …«

Ein unerwarteter Gast

»Da kann ich vielleicht weiterhelfen.« Zu Tode erschrocken fuhren Kluftinger und mit ihm alle anderen Anwesenden herum. Die Tür war mit einem donnernden Schlag aufgeflogen, und im Rahmen stand eine vermummte Gestalt.

Franziska Weiß stieß einen schrillen, hysterischen Schrei aus: »Carlo!« Das genügte, um den Übrigen das Blut in den Adern gefrieren zu lassen. Mit weit aufgerissenen Augen starrten sie die Erscheinung an, die auf der Schwelle zur Lobby stand: ein Mann mit groben Stiefeln, unter denen sich dicke Stollen aus Schnee gebildet hatten, einem Anorak in Flecktarn, Schal, Skibrille und Mütze, über und über mit Schnee bedeckt. In der rechten Hand hielt er eine Waffe, in der linken – Kluftinger musste zweimal hinsehen, um sicherzugehen, dass er sich auch wirklich nicht irrte – ein kleines Tragerl mit sechs Flaschen Bier.

War er übergeschnappt? Hatte die Schneewüste hier oben seine Sinne benebelt? Aber die Gestalt in der Tür war keine Halluzination, denn die tropften nur selten den Parkettboden voll. Die Gestalt stellte nun das Bier ab und zog sich die Mütze vom Kopf, ohne jedoch währenddessen die Waffe sinken zu lassen. Kluftinger hielt den Atem an. Jetzt zog sich die Erscheinung mit einem Ruck die Brille vom Gesicht.

Kluftingers Kiefer klappte nach unten.

»Maier!«, war alles, was er herausbrachte, doch es war nur ein heiseres Flüstern. »Was … wie …« Kluftinger fehlten buchstäblich die Worte.

»Er hat den Kredit an einen Hedgefonds verkauft. Und die haben ihn bereits gekündigt«, begann Maier, als würde er ein Gespräch fortsetzen, das erst vor wenigen Minuten unterbrochen worden war.

»Was für einen Kredit denn?« Der Kommissar hatte keine Ahnung, wovon sein Kollege sprach.

»Na, der für die Luxussanierung von diesem Hotel.« Maier blickte ihn mit hochgezogenen Augenbrauen an. Die Kälte hatte auf seinem Gesicht rote Ränder hinterlassen, die Haare klebten ihm am Kopf.

»Der Kredit, den Weiß bewilligt hat?«, fragte Kluftinger schließlich.

»Endlich hat's geschnackelt. Ja, klar, der Kredit, den Weiß Frau König gegeben hat. Den hat er wieder verkauft, an ausländische Investoren. Und die haben ihr den Hahn abgedreht. Ihr gehört gar nichts mehr da heroben.«

Julia König hörte ihm mit versteinerter Miene zu.

»Hier ist bald Schluss mit Wellness und Mörderspielchen. Und vor allem«, bei diesem Satz wandte er sich an die Hotelchefin, »ist Ihr eigenes Spielchen hiermit auch zu Ende, gell?«

Einige Sekunden gab niemand einen Laut von sich, dann begannen ein paar der Anwesenden zu tuscheln.

»Ach, und das haben Sie ganz alleine rausgefunden, ja?«, fragte die König mit schneidend kalter Stimme und schritt langsam auf Maier zu.

»Nicht ganz allein. Der Kollege Kluftinger und ich halt. Damit haben Sie wohl nicht gerechnet, oder?«

Julia König senkte den Kopf, was Maier mit einem zufriedenen Lächeln quittierte. »So, was ist denn jetzt mit dem Bier?«

»Warum um alles in der Welt hast du denn bloß *Bier* mit hier raufgeschleppt?«, wollte Kluftinger wissen.

Maier bückte sich zu den Flaschen, die noch immer neben ihm standen. »Weil du doch gesagt hast, ich soll …« Weiter kam er nicht. Als er sich wieder aufrichtete, sprang die König mit einem schrillen Schrei auf ihn und warf ihn zu Boden. Der Beamte war so perplex, dass er nicht in der Lage war, seinen Sturz abzufangen, worauf er hart mit dem Kopf aufschlug. Einen Moment lang lag er benommen da, und dieser Moment reichte Julia König. Sie riss ihm die Waffe aus der Hand, drehte sich zu den Gästen, die stumm und mit weit aufgerissenen Augen zusahen, und schwenkte die Pistole hin und her. Ihr Gesicht war eine hasserfüllte Fratze.

»Ich hab das hier alles so wundervoll geplant. Es konnte eigentlich nichts schiefgehen. Sogar das Wetter kam mir entgegen. Aber dass Sie«, die Frau zeigte mit der Waffe auf Kluftinger, »offensichtlich doch schlauer sind, als es erst den Anschein hatte, das hatte ich nicht vorgesehen. Sie hätten mehr auf Ihren Hilfssheriff hören sollen, dann wären wir alle jetzt nicht in dieser unguten Situation.«

Bei diesen Worten schwenkte sie den Lauf zu Langhammer, dessen Gesicht eine Mischung aus Empörung und Panik verriet.

»Hören Sie«, versuchte der Kommissar sie zu beschwichtigen, »es gibt doch für alles eine Lösung. Was immer Sie auch geplant haben, Frau König …«

»Jedenfalls nicht, dass ich hier mit einer Waffe vor Ihnen stehe. Aber das hatten Sie wohl auch nicht auf der Rechnung, nicht wahr?« Dabei verzog sie den Mund zu einem spöttischen Grinsen und sah zu Maier, der auf dem Boden lag.

»Maier!«, zischte Kluftinger wütend. Es wäre alles schon längst vorbei, wenn er hier nicht auf einmal aufgetaucht wäre. Dann wandte er sich mit der sanftesten Stimme, zu der er in dieser Situation fähig war, an die Hotelchefin. »Sehen Sie, Sie können uns ja schlecht alle erschießen. Geben Sie auf, das ist das einzig Vernünftige.« Er hoffte inständig, dass die König seine Nervosität nicht bemerkte.

Ein kalter Blick, in dem Kluftinger aber einen Anflug von Verzweiflung zu erkennen glaubte, traf ihn.

»Geben Sie mir die Waffe, Frau König. Es gibt keinen Ausweg.«

Beim letzten Wort ging ein Ruck durch die Frau. »Doch!«, schrie sie, und ihre Augen füllten sich mit Tränen. Dann hielt sie sich die Waffe an die Schläfe. »Doch, es gibt einen Ausweg.«

»Um Gottes willen, Frau König, tun Sie das nicht.« Kluftinger trat einen Schritt auf sie zu, doch ihr gellender Schrei ließ ihn sofort erstarren: »Halt! Keinen Schritt, oder ich …«

Kluftinger hob beschwichtigend die Hände, die Waffe war nun auf ihn gerichtet. »Schon gut, schon gut …«

In diesem Moment schnellte Maier mit einer Beweglichkeit, die ihm Kluftinger nicht zugetraut hätte, hoch und stürzte sich auf die Frau. Dann rollten sich die beiden über den Boden, wobei Maier versuchte, die Hand zu packen, in der sie die Waffe hielt. Sofort setzte sich auch Kluftinger in Bewegung, doch bevor er die beiden erreichte, ertönte ein ohrenbetäubender Knall, gefolgt von einigen spitzen Schreien der Anwesenden. Kluftinger blieb wie angewurzelt stehen. Wie in Zeitlupe trennten sich die ineinander verschlungenen Körper am Boden. Mit weit aufgerissenen Augen starrte Kluftinger auf das Bild, das sich ihm bot. Maiers Anorak war voller Blut. Er schluckte. »Mein Gott …«

Sein Kollege sah ihn entsetzt an, und als er die Bestürzung in Kluftingers Augen sah, senkte er angstvoll den Blick. Dann entdeckte auch er das viele Blut. »Oh nein, nein, nicht so, nicht hier, nicht ohne …« Er schluchzte, ließ sich auf den Boden zurückfallen und presste seine Hand auf den Bauch. »Ich wollte doch nur … helfen«, stammelte er.

Diese Worte trafen den Kommissar wie ein Schlag in die Magengrube. Verzweifelt blickte er sich um. Als sein Blick den des Doktors traf, stürzte auch der endlich auf Maier zu. Alle beobachteten, wie sich der Arzt zu dem Polizeibeamten hinunterbeugte und langsam den Reisverschluss seines Anoraks öffnete. Ein paar Sekunden später hob er den Blick, sah zu Kluftinger und schüttelte den Kopf.

Der Kommissar wollte nicht glauben, was da gerade passierte. »Das kann nicht sein«, flüsterte er. Erika trat von hinten an ihn heran und umfasste seine Schulter.

Auch Maier hatte Langhammers Kopfschütteln gesehen und sackte nun förmlich in sich zusammen. »Ich bin doch noch viel zu jung, ich hatte noch so viel vor …«

Wieder schüttelte Langhammer den Kopf, diesmal aber weit vehementer als zuvor. »Nein. Ich meine nicht, dass Sie sterben werden. Ich meine, dass Sie gar nicht getroffen sind.«

Sofort hörte der Beamte auf zu wimmern, und der Doktor erhob sich, um sich neben die bewusstlose Hotelchefin zu knien, die in den letzten Sekunden keiner mehr beachtet hatte. Doch jetzt sahen es alle: Das Blut kam von ihr, und es wurde immer mehr.

»Ein Steckschuss in der Magengegend, wie es aussieht. Ich hoffe nur, es ist kein Organ getroffen. Aber wir müssen sie schleunigst zu einem Arzt bringen.«

Kluftinger runzelte die Stirn. »Sie meinen, so einer wie … Sie zum Beispiel?«

»Nein, ich meine, so einer wie im Krankenhaus zum Beispiel. Sie muss schnellstmöglich operiert werden.«

»Ich bin nicht getroffen? Ich mein: gar nicht? Kein bisschen?«, meldete sich Maier, noch immer auf dem Boden liegend und seinen Bauch betrachtend.

»Wie stellen Sie sich das vor? Wir können nicht raus hier!« Kluftinger zeigte auf die Fenster.

»Wir müssen.«

»Vielleicht habe ich einen Streifschuss abbekommen …« Hektisch tastete Maier seinen Oberkörper ab.

»Wie sollen wir sie denn transportieren? Sollen wir mit dem Schlitten fahren oder was?«

Als der Kommissar das Wort Schlitten ausgesprochen hatte, erhob sich der Arzt auf einmal.

Kluftinger schüttelte den Kopf. »Oh nein, das kommt überhaupt nicht in Frage.«

»Vielleicht habe ich auch ein Schädeltrauma vom Sturz oder …«

»Herrgott, Richie, jetzt halt doch dei blede Gosch«, fuhr Kluftinger seinen Kollegen an, der daraufhin zusammenzuckte, als habe ihn jetzt wirklich eine Kugel getroffen. Das tat Kluftinger wiederum leid, und er fügte wesentlich ruhiger hinzu: »Ich bin ja froh, dass dir nix passiert ist, aber jetzt müssen wir halt erst mal schauen, dass wir der Frau helfen.«

Maier schien die Situation erst jetzt richtig zu erfassen. »Was sollen wir tun?«, fragte er und sprang eilig auf. Nach einem Schädeltrauma sah das dem Kommissar nun nicht gerade aus.

»Ich glaub, der Doktor meint, wir sollten eine kleine Schlittenfahrt unternehmen.«

»Ja, Sie haben doch gesagt, dass im Schuppen so ein großes Ding steht.«

»Schon, aber …«

»Nein. Nein, nein, nein.« Erika Kluftinger mischte sich nun in das Gespräch ein. »Ihr werdet doch nicht euer Leben aufs Spiel setzen für eine, eine …«

»Mörderin?« Der Kommissar blickte seine Frau mit einer Mischung aus Mitleid und Entschlossenheit an. »Das ist das, was ich tu, Erika. Ich jage Verbrecher, aber wenn sie in Lebensgefahr sind, muss ich ihnen helfen. Wie jedem anderen auch.«

»Ja, aber wer hilft dir?«

»Ich!« Langhammer stellte sich neben die beiden.

»Und ich!« Maier gesellte sich dazu.

Kluftinger lächelte. »Siehst du?«

»Ach, und wer hat gesagt, dass du da mitmischen musst?«, fragte nun Annegret empört, erhob sich von ihrem Platz und lief auf die Gruppe zu.

»Meine Taube, ich helfe eben auch Menschen, daran gibt es doch nichts auszusetzen.«

Annegret tauschte einen langen Blick mit Erika, dann sagte sie leise: »Aber passt bloß auf euch auf.«

Dieser Satz wirkte wie ein Startschuss auf die Männer. Kluftinger sah sich suchend um und ging dann auf Anwander zu, der völlig in sich zusammengesunken auf dem Boden neben seiner Frau saß. »Herr Anwander?« Der Mann rührte sich nicht.

»Herr Anwander?« Kluftinger rüttelte an seiner Schulter, und der Mann hob langsam den Kopf. Der Kommissar erschrak, denn seine Haut wirkte derart blass und wächsern, dass er um zehn Jahre gealtert schien. »Herr Anwander, ist der Hörnerschlitten in Ihrer Garage in Ordnung?«

Zur Antwort bekam er ein abwesendes Nicken.

»Gut«, Kluftinger drehte sich um. »Richie, wie sieht es draußen aus? Können wir's wagen?«

»Ich glaube schon. Es hat fast aufgehört zu schneien, und ab und zu gab es sogar schon ein paar Wolkenlöcher. Wir müssen uns halt nahe am Wald halten, dass wir keine Schneebretter auslösen.«

Der Kommissar nickte. Er umarmte seine Frau. Dann sah sich Kluftinger noch einmal im Raum um. Die Menschen auf den Stühlen schauten entweder weg oder starrten ihn ängstlich an.

»Danke für die guten Wünsche«, murmelte er.

Die Höllenfahrt, zweiter Teil

Keine zehn Minuten später standen sie dick eingemummt vor dem Hoteleingang. Langhammer hatte Julia Königs Wunde mit einem Druckverband notdürftig versorgt, dann hatten sie sie in ein Daunenbett gewickelt und auf den riesigen Schlitten geschnallt.

Maier hatte hinten Platz genommen, Langhammer, der wieder seine Stirnlampe, diesmal mit frischen Batterien versehen, auf dem Kopf hatte, vor der Patientin, ganz vorn sollte der Kommissar sitzen. In dem Moment, als er auf den Schlitten steigen wollte, rissen die Wolken auf, und ein fast voller Mond warf sein silbriges Licht auf die verschneite Landschaft. Kluftinger hob den Kopf. Dass es gerade jetzt ein bisschen heller wurde, kam ihm fast wie ein Wunder vor. »Ja, das sind die Rauhnächt'«, flüsterte Maier, und der Satz jagte allen einen Schauer über den Rücken.

»Alles klar, Männer?«, fragte der Kommissar in die gespenstische Stille hinein.

»Klar«, kam es wenig überzeugend von Maier. Langhammer hob lediglich den Daumen. Bevor sich Kluftinger setzte, drehte er sich noch einmal um. Alle hatten sich wieder an den Panoramafenstern versammelt. Egal, wie diese Fahrt auch ausgehen mochte, das war das letzte Mal, dass er hier eine derartige Prozession verursachen würde, dachte Kluftinger. Er suchte zwischen den Menschen das Gesicht seiner Frau. Als er es fand, blickte er sie lange an. Sie kam um vor Sorge, das war ihm klar. Doch er hatte keine Wahl. Er nickte ihr zu und setzte sich dann auf den Schlitten.

»Also dann: schiiiiiieben!«, schrie er und umfasste die gewaltigen Enden der geschwungenen Kufen, die wie die Hörner eines riesigen Stiers vor ihm aufragten. Sofort begannen die Männer im Sitzen mit den Beinen zu strampeln. Langsam, Zentimeter für Zentimeter, setzte sich der Rodel in Bewegung. Schon standen sie am Rande des kleinen Abhangs, der zum Parkplatz hinunterführte. Irgendwo dort mussten ihre Autos stehen, doch der Schnee hatte sie längst zugedeckt.

»Und jetzt: Laufen lassen«, rief der Kommissar und stellte seine Beine auf die Kufen. Dann neigte sich die Nase des Schlittens nach vorn, das Gefährt kippte, und sie nahmen Fahrt auf. Etwa auf halber Strecke zur ebenen Parkfläche wurde diese jedoch mit einem Ruck beendet.

»Herrgottzack, was ist denn jetzt?«, fluchte Kluftinger und untersuchte den Boden, doch in der Dunkelheit konnte er kaum etwas erkennen. Nur das Licht von der Stirnlampe des Doktors tanzte aufgeregt auf dem Schnee herum.

»Sind wir auf Grund gelaufen?«, tönte Langhammer hinter ihm.

»Eine Stelle mit zu weichem Schnee, drum hat's uns so gesteckt!«, erklärte Richard Maier.

»Noch mal schieben«, rief Kluftinger. Wieder strampelten sie, und der Schlitten nahm erneut Fahrt auf. Sie waren nun schnell genug, um mit dem Schwung über die Ebene hinauszukommen. Kluftinger schluckte, als sie den Rand des Parkplatzes erreicht hatten, und er erkannte, wie steil es von hier aus bergab ging. Bedrohlich neigte sich der Rodel, schien für einen Moment unentschieden über der Kuppe zu schweben, um dann nach vorn zu kippen und zu beschleunigen. Sie wurden innerhalb kürzester Zeit so schnell, dass Kluftinger der eisige Fahrtwind die Tränen in die Augen trieb. Plötzlich tat es abermals einen Ruck, und der Schlitten wurde wieder langsamer. Der Kommissar inspizierte erneut den Boden, drehte sich um – und erkannte den Grund für ihr gedrosseltes Tempo: Maier hatte die Hacken in den Schnee gestemmt, der rechts und links von ihm in die Höhe stob. Als auch Langhammer sah, weswegen sie an Geschwindigkeit verloren, sagte er: »Müsst ihr Beamten denn immer bremsen? Es wäre vorteilhaft, wenn wir schnell unten wären.«

»Ja, schnell, schon klar. Aber von zu schnell hat keiner was«, verteidigte sich Maier.

»Himmelherrgott, Richie, jetzt lass deine Füße oben«, brüllte

Kluftinger wutentbrannt, »sonst bind ich dich zu der König auf den Schlitten, das schwör ich dir.«

Blitzartig zog Maier seine Knie an, und der Hörnerschlitten wurde wieder schneller. Sehr schnell, wie Kluftinger fand. Immer wieder tauchte die Nase in den Tiefschnee und hüllte sie in eine weiße Wolke aus feinem Schneestaub. Die Unebenheiten des Bodens waren nur noch als dumpfe Schläge auf der Sitzfläche zu spüren und folgten jetzt so rasant aufeinander, dass Kluftinger das Gefühl hatte, über Kopfsteinpflaster zu fahren. Maier stieß immer wieder schrille Schreie wie »Vorsicht!« oder »Gefahr voraus!« aus, während der Doktor hinter ihm mit hörbarem Spaß johlte: »Aus der Bahn, wir kommen.« Kluftinger dankte Gott, dass es so viel geschneit hatte, sodass sie ungehindert über die ganzen Felsbrocken und Baumstümpfe, oder was auch immer da unter der Schneedecke lag, hinwegglitten. Ab und zu wurde es aber auch ihm zu brenzlig, und er streckte selbst die Beine ein wenig aus, um die Höllenfahrt abzubremsen, was der Doktor jedesmal mit einem »Laufen lassen, Spielverderber!« quittierte.

Vielleicht ließ Kluftinger wegen solcher Zwischenrufe manchmal etwas mehr Geschwindigkeit zu, als ihm eigentlich geheuer war. Die wenigen Umrisse der Landschaft, die der Mond aus der Dunkelheit herausschälte, nahm er nur verschwommen wahr. Er wischte sich über seine Augen, um wenigstens kurz wieder klar sehen zu können, da stockte ihm der Atem: Sie rasten genau auf eine riesige Bodenwelle zu, hinter der der schwarze Abgrund gähnte. »Obacht!«, kreischte Kluftinger, worauf offenbar auch Maier erkannte, worauf sie da zusteuerten, und unkontrolliert zu schreien begann. Der Kommissar versuchte noch, ihren Schwung abzubremsen, indem er seine Beine stocksteif ausstreckte, doch es war zu spät. Mit einem Zischen rasten sie über die Schanze und erhoben sich in die Lüfte. Für ein paar Sekunden schien es völlig still zu sein. Es kam Kluftinger vor, als sehe er zu, wie sie scheinbar schwerelos abhoben und wie eine bizarre Karikatur des Weihnachtsmann-Gespanns über den sternenbesetzten Himmel glitten, langsam an Höhe verloren, wie sich die Schnauze des Schlittens nach unten neigte, wie der Boden näher kam, näher und näher …

»Ducken«, brüllte der Kommissar und zog den Kopf ein, dann machte es einen derart heftigen Rumms, dass er fürchtete, der Schlitten würde entzweibrechen. Langhammer grölte irgendetwas, das in Kluftingers Ohren wie »Halleluja« klang, dann wurden sie erneut heftig durchgeschüttelt, und Kluftinger versuchte, durch instinktive Verlagerung seines Gewichts das Gefährt am Umkippen zu hindern.

Er wusste nicht, ob es diesem Manöver zu verdanken war, aber nach einigen Sekunden fuhren sie wieder verhältnismäßig ruhig durch die Nacht.

»Juhuuuuuu!«, jauchzte der Doktor und stieß einen Schrei aus, der wohl ein Jodler sein sollte, Kluftinger aber eher an das »Hollarütti« des Loriot-Sketches erinnerte.

Nach ein paar tiefen Atemzügen hatte sich Kluftinger wieder gefangen, und sein Puls normalisierte sich etwas. Er drehte sich zu den anderen um und rief: »Alles klar bei …« Er verstummte. Hinter ihm saß nur noch der Doktor, von Maier war nichts mehr zu sehen. »Richard?«, rief er, doch er bekam keine Antwort. Sofort stemmte er wieder die Beine in den Schnee.

»He, nicht schon wieder bremsen«, schimpfte der Doktor, doch Kluftinger ließ sich nicht beirren und brachte den Schlitten nach etlichen Metern zum Stehen.

»Oh! Wo ist denn der Kollege abgeblieben?«, fragte Langhammer, der jetzt erst dessen Fehlen bemerkte.

Kluftinger zuckte die Achseln: »Ich hoff, ihm ist nix passiert.« Dann formte er mit seinen Händen einen Trichter um den Mund und brüllte den Namen des Beamten in die Nacht. »Kreizkruzifix, das fehlt uns grad noch«, fluchte er – auch, um seine Sorge über den Verbleib des Kollegen nicht zu offensichtlich werden zu lassen. »Wie geht's denn der König?«

Der Arzt beugte sich über die Frau. »Ich würde sagen, den Umständen entsprechend. Aber wir müssen uns beeilen.«

Kluftinger rang mit sich. »Vielleicht sollten Sie allein weiterfahren. Ich kann Maier nicht einfach hier …«

»Was war das?« Der Doktor legte den Kopf schief, und sie lauschten atemlos in die Dunkelheit.

Tatsächlich, jetzt hörte Kluftinger es auch. Ganz leise drang ein Rufen an ihre Ohren. »Maier«, zischte Kluftinger, und diesmal klang es erleichtert. »Verstehen Sie, was er sagt?«

Langhammer schob sich die Kapuze hinter das Ohr und horchte. »›Weiterfahren‹, glaube ich.«

Kluftinger hob ebenfalls seine Mütze ein wenig und lauschte, doch er hörte nichts mehr. Maier war so schnell und plötzlich verschwunden, wie er vor Kurzem hier aufgetaucht war.

»Lassen Sie uns weiterfahren«, drängte der Doktor, »wir sind gleich da.« Bei diesen Worten streckte er seine Hand aus und zeigte ins Tal. Tatsächlich. Kluftinger hatte es noch gar nicht bemerkt, aber jetzt, als er die Lichter dort unten sah, schnürte es ihm den Hals zu. Es kam ihm vor, als wäre er wochenlang von der Welt abgeschnitten gewesen, ihr regelrecht abhandengekommen. Nun hätte ihn die Freude, wieder zurückzukehren, beinahe überwältigt. Beinahe, denn der Doktor sorgte dafür, das es nicht so weit kam.

»Na, mein Lieber, jetzt sind wir zwei wieder auf uns allein gestellt«, raunte er ihm zu.

Wieder?

»Wie bei unserem Fall.«

Unserem Fall?

»Dann geben wir mal Gas, damit wir ihn glücklich zu Ende bringen.«

Der Kommissar nickte, und so setzten sie sich wieder in Bewegung.

»Diesmal lenke ich besser etwas mit, damit wir nicht wieder Fracht verlieren«, schrie der Doktor gegen den Fahrtwind an, als sie weiter nach unten sausten.

»Nach links, Sie müssen nach links lenken«, rief Langhammer ein paar Sekunden später.

»Aber links ist der Schnee so hoch.«

»Glauben Sie mir, wir müssen nach links.«

»Nein, wir müssen geradeaus weiter.«

»Dann knallen wir auf die Straße.«

»Tun wir nicht.«

»Doch, weil … ach du Scheiße.«

Der Doktor verstummte. Kluftinger wandte sich wieder nach vorn. Alles, was er sah, war eine riesige weiße Wand, die rasend schnell auf sie zukam.

»Au weh …«

Mehr konnte er nicht sagen, denn sie fuhren mit Karacho mitten hinein. Eine Sekunde später waren sie nicht mehr zu sehen.

Nach einer endlos scheinenden Minute schaffte es Kluftinger, mit seiner Hand die Schneedecke zu durchstoßen, wand dann angestrengt und schimpfend Schulter und Oberkörper aus der Wechte und schließlich den Kopf. Er schüttelte sich den Schnee ab und sah sich um. Vom Doktor keine Spur. Nur ein Glimmen drang aus dem Inneren der Schneewehe. Kluftinger griff in seine Tasche und holte eine Taschenlampe hervor. Seine Frau hatte darauf bestanden, dass er sie mitnahm, jetzt war er ihr dafür sehr dankbar.

»Sind Sie da unten?«, rief er und leuchtete in die Richtung, in der er den Arzt vermutete.

»Nein, hier.« Mit diesen Worten geriet der Schneehügel hinter ihm in Bewegung, und ein verschneiter Langhammer kam zum Vorschein.

»Kreizkruzifixsakrament, ich hab doch gesagt, dass wir geradeaus müssen.«

»Sind wir doch«, erwiderte Langhammer brüskiert.

»Sind wir nicht.«

Ein plötzliches Stöhnen unter ihnen unterbrach ihren Disput.

»Mein Gott, die König, schnell.«

Die beiden Männer begannen wie wild, den Schnee mit ihren Händen wegzuschaufeln. Nach zwei Minuten waren sie schweißgebadet, aber sie hatten den Schlitten freigelegt. Julia König befand sich in einem tranceartigen Zustand zwischen Wachen und Ohnmacht. Ohne die Augen zu öffnen, schwenkte sie ihren Kopf unaufhörlich hin und her und gab dabei jammervolle Laute von sich.

»Wir müssen uns sputen«, erklärte der Doktor.

Sie zogen den Schlitten aus der Schneewehe und brachten ihn wieder in Position. Kluftinger sprang vorne auf und rief über die Schulter: »Anschieben.«

»Aye, aye, Captain.« Langhammer stemmte sich mit seinem ganzen Körpergewicht gegen den Schlitten, der sich wegen des tiefen Schnees nur langsam bewegte. Doch schon nach wenigen Metern wurde das Gelände wieder steiler, und der Schlitten beschleunigte.

»Gut so, gut so, nur noch ein bissle«, rief Kluftinger. Doch gerade als der Schlitten so richtig Fahrt aufnahm, hörte er einen schrillen Schrei. Er drehte sich um und sah, dass der Doktor abgerutscht war und nur noch mit einer Hand an dem Rodel hing. Trotz dieses Widerstands machte das Gefährt schon wieder beachtlich Fahrt. Allerdings bremste der Doktor diese Fahrt nicht nur ab, er wirkte auch wie ein außer Kontrolle geratenes Ruder, das sie nun genau in Richtung der Baumgruppe lenkte, die etwa zwanzig Meter vor ihnen auftauchte.

»Loslassen«, brüllte Kluftinger.

»Niemals«, kam es gellend vom Doktor.

»Loslassen, oder wir rasen in die Bäume.«

»Lenken Sie dran vorbei.«

Kluftinger hatte keine Zeit mehr, dem Doktor die Sachlage zu erklären. Er griff sich noch einmal die Taschenlampe, lehnte sich nach hinten und versuchte, dem Doktor damit auf die Finger zu hauen. Zunächst verfehlte er ihn, und er hatte schon Bedenken, dass er es nicht mehr rechtzeitig schaffen würde, doch sein vierter Schlag traf. Mit einem durchdringenden Schmerzensschrei ließ der Doktor los und blieb ungläubig starrend am Boden liegen. Wieder war der Kommissar froh, dass seine Frau ihm die Lampe aufgezwungen hatte. Sofort setzte er sich auf und versuchte mit seinem ganzen Körpergewicht den Schlitten herumzureißen. Er schrammte so knapp an den Bäumen vorbei, dass deren Äste in Bewegung gerieten und silbern glitzernder Schnee auf Kluftinger und seine Fracht herabregnete.

Der Kommissar hatte nun alle Hände voll zu tun, das Rodelungetüm im Zaum zu halten, denn er musste lenken und bremsen gleichzeitig. Er hätte nicht sagen können, wie lange er so fuhr, wie oft er dachte, die nächste Bodenwelle würde seine letzte sein, doch nach einem scheinbar endlosen Höllenritt verlor der Schlitten allmählich an Fahrt. Kluftinger sah auch, warum: Sie waren nur noch wenige Meter von einer Straße entfernt, die direkt in den nächsten

Ort führte, und das Gelände wurde flacher. Er konnte sogar das Ortsschild von hier aus sehen. Sie hatten es also tatsächlich geschafft. Er drehte sich um. *Er* hatte es geschafft.

Wo der Doktor wohl abgeblieben war? Er blickte nach oben. Dort ragte majestätisch das Bergmassiv in die Höhe. Es wirkte immer noch bedrohlich, so schwarz und gewaltig, wie es vor ihm lag. Das heißt, nicht vollkommen schwarz. Etwas weiter oben, viel weiter oben, wenn seine Augen Kluftinger nicht täuschten, tanzte ein winziges weißes Licht. Langhammers Stirnlampe. Kluftinger grinste.

Dann zog er mit den Zähnen seinen Handschuh aus, öffnete den Reißverschluss seines Mantels und schaltete sein Handy ein. Gespannt starrte er auf das Display. Ein paar endlose Sekunden vergingen, dann zeigten ihm drei kleine Balken, dass er wieder auf Empfang war.

Die Welt hatte ihn wieder.

Lageplan des Hotels

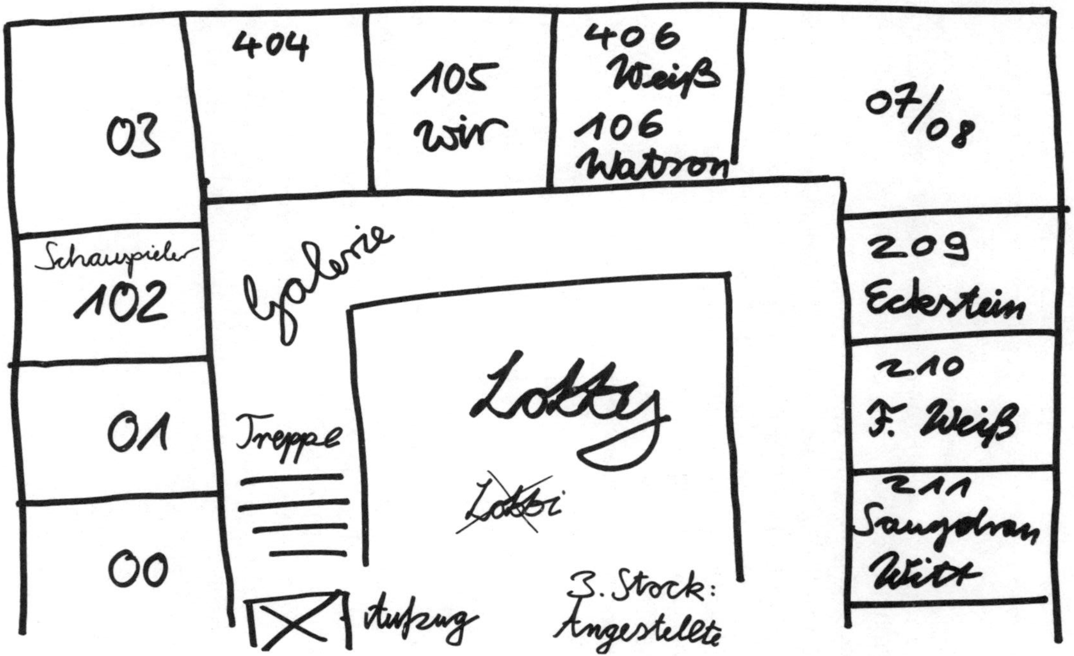

Michael Kobr, geboren 1973 in Kempten, aufgewachsen in Kempten und Durach. Im Hauptberuf ist er Realschullehrer für Deutsch und Französisch. Mit großer Leidenschaft, wie er versichert. Doch wenn der gebürtige Kemptener, wohnhaft in Memmingen mit seiner Frau und Tochter, am Abend alles erledigt hat, wenn er die Arbeiten seiner Schüler durchkorrigiert hat, dirigiert ihn seine zweite große Leidenschaft an den Computer. Michael Kobr ist begeisterter Krimi-Autor. Zusammen mit seinem Freund und Autor-Kollegen Volker Klüpfel sorgt er für Furore in der Krimi-Szene. »Milchgeld« tauften die beiden ihr Erstlingswerk, in dem Kommissar Kluftinger im Allgäu nach einem Mörder sucht. Das zweite Buch, »Erntedank«, fand wieder Eingang in die Bestsellerlisten und spätestens seit »Seegrund« gehört Kluftinger zur ersten Riege der »Kult-Kommissare«. Krimis haben es dem Lehrer Kobr schon seit Längerem angetan. Am liebsten liest er französische Autoren, vor allem Georges Simenon. Noch lieber aber trifft er sich abends mit Volker Klüpfel, um die Szenen für den »neuen Klufti« zu besprechen. Die beiden kennen sich schon seit der gemeinsamen Schulzeit in Kempten. Die Idee, Bücher zu schreiben, hatten sie auf einer langen Autofahrt, weil ihnen »langweilig war«. Und nun sind sie als viel gefeiertes Autorenteam auf zahlreichen Lesungen unterwegs.

Volker Klüpfel, geboren 1971 in Kempten, hat viele Jahre in Altusried gewohnt. Wer dort aufwächst, verfällt für gewöhnlich der Schauspielerei mit Leib und Seele. Bei Freilichtspielen und vielen Inszenierungen im Theaterkästle wirkte er mit. Eine weitere Leidenschaft heißt allerdings: Krimis schreiben. Volker Klüpfel, Redakteur in der Kultur-/Journal-Redaktion der Augsburger Allgemeinen, studierte vor seinem Einstieg in den Redakteursberuf Politikwissenschaft, Journalistik und Geschichte in Bamberg, arbeitete als Praktikant bei einer Zeitung in den USA und beim Bayerischen Rundfunk. Volker Klüpfel begeistern an Krimis vor allem dunkle, mystische Motive. Besonders die Werke der schwedischen Krimiautoren wie Henning Mankell haben es dem Allgäuer angetan. Ob seiner eigenen Werke war er zunächst skeptisch, »ob die nicht nur die Verwandtschaft kauft«. Seitdem aber die Werke des Autorenduos Klüpfel/Kobr, »Milchgeld«, »Erntedank«, »Seegrund«, »Laienspiel« und »Rauhnacht«, die Bestsellerlisten erklommen haben, ist auch er restlos überzeugt von den Qualitäten seines Protagonisten: Kommissar Kluftinger, ein beleibter Kemptener Kommissar mittleren Alters, der sich granteInd, aber ungeheuer liebenswert durch die mysteriösen Kriminalfälle ermittelt.

Übrigens: Schon tüftelt er mit seinem Autor-Kollegen Michael Kobr am nächsten Kluftinger-Fall.

Volker Klüpfel, Michael Kobr

Laienspiel

Kluftingers vierter Fall. 368 Seiten.
Piper Taschenbuch

Lodenbacher, der Chef von Kommissar Kluftinger, tobt. Ausgerechnet bei ihnen im schönen Allgäu hat sich ein Unbekannter auf der Flucht vor der österreichischen Polizei erschossen. Verdacht: Er plante einen terroristischen Anschlag. Bloß wo? Nun muss Kluftinger nicht nur mit Spezialisten des BKA, sondern auch noch mit den Kollegen aus Österreich zusammenarbeiten. Doch das ist nicht sein einziges Problem. Er soll mit seiner Frau Erika und dem Ehepaar Langhammer einen Tanzkurs absolvieren. Gleichzeitig steckt er mitten in den Endproben für die große Freilichtspiel-Inszenierung von »Wilhelm Tell« … Kluftingers vierter Fall von dem Allgäuer Autoren-Duo Volker Klüpfel und Michael Kobr.

»Kommissar Kluftinger ist ein höchst plastischer, liebenswert eigenwilliger Ermittler, wie es im Kriminalroman auch international nur wenige gibt.«
Vanity Fair

05/2413/01/L

Volker Klüpfel, Michael Kobr

Seegrund

Kluftingers dritter Fall. 352 Seiten.
Piper Taschenbuch

Am Alatsee bei Füssen macht der Allgäuer Kommissar Kluftinger eine schreckliche Entdeckung – am Ufer liegt ein Taucher in einer riesigen roten Lache. Was zunächst aussieht wie Blut, entpuppt sich als eine seltene organische Substanz aus dem Bergsee. Kluftinger, der diesmal bei den Ermittlungen sehr zu seinem Missfallen weibliche Unterstützung erhält, tappt lange im Dunklen. Der Schlüssel zur Lösung des Falles muss tief auf dem Grund des sagenumwobenen Sees liegen … Kluftingers dritter Fall von dem erfolgreichen Allgäuer Autoren-Duo Volker Klüpfel und Michael Kobr.

»Kommissar Kluftinger hat in seinen Kniebundhosen das Zeug zum Columbo von Altusried!«
Die Welt

05/2375/01/R

Volker Klüpfel, Michael Kobr

Milchgeld

Kluftingers großer Fall. 320 Seiten. Piper Taschenbuch

Ein Mord in Kommissar Kluftingers beschaulichem Allgäuer Heimatort Altusried – jäh verdirbt diese Nachricht sein gemütliches Kässpatzen-Essen. Ein Lebensmittel-Chemiker des örtlichen Milchwerks ist stranguliert worden. Mit eigenwilligen Ermittlungsmethoden riskiert der liebenswert-kantige Kommissar einen Blick hinter die Fassade der Allgäuer Postkartenidylle – und entdeckt einen scheinbar vergessenen Verrat, dunkle Machenschaften und einen handfesten Skandal.

»›Milchgeld‹ ist ein Volltreffer, weil er Mentalität in Reinform verkörpert.«
Süddeutsche Zeitung

05/1899/03/L

Volker Klüpfel, Michael Kobr

Erntedank

Kluftingers zweiter Fall. 384 Seiten. Piper Taschenbuch

Der Allgäuer Kriminalkommissar Kluftinger traut seinen Augen nicht: Auf der Brust eines toten Mannes in einem Wald bei Kempten liegt, sorgfältig drapiert, eine tote Krähe. Im Lauf der Ermittlungen taucht der Kommissar immer tiefer in die mystische Vergangenheit des Allgäus ein, und es beginnt ein Katz-und-Maus-Spiel mit dem Mörder, bei dem die Zeit gegen ihn arbeitet. Denn alle Zeichen sprechen dafür, dass das Morden weitergeht …
Mit eigenwilligen Ermittlungsmethoden riskiert der liebenswert-kantige Kommissar einen Blick hinter die Fassade der Allgäuer Postkartenidylle und deckt Abgründe auf.

»Kommissar Kluftinger hat in seinen Kniebundhosen durchaus das Zeug zum Columbo von Altusried. Und schon deshalb wird dieser Krimi auch über die Grenzen des Allgäus hinaus bekannt werden.«
Die Welt

05/2061/02/R

Zu diesem Buch

Endlich ein erholsames Winterwochenende mit Erika in einem schönen Allgäuer Berghotel! Da erträgt Kommissar Kluftinger sogar, dass das Ehepaar Langhammer mit von der Partie ist. Doch als ein Hotelgast ermordet wird, ist es vorbei mit der Idylle. Kluftinger steht vor einem Mysterium: Der Tote befindet sich in seinem von innen verschlossenen Hotelzimmer. Und über Nacht löst ein Schneesturm höchste Lawinenwarnstufe aus und schneidet das Hotel komplett von der Außenwelt ab. Kommissar Kluftinger muss ganz ohne die Hilfe seiner Kollegen den Fall lösen. Das heißt: fast. Denn Doktor Langhammer sieht seine große Chance als Hobby-Kriminaler gekommen und lässt sich nicht davon abbringen, Kluftinger mit guten Ratschlägen zur Seite zu stehen. Und gerade jetzt ist die Zeit der berüchtigten Rauhnächte, von denen man sich hier in den Bergen seit alters her unheimliche Geschichten von bösen Geistern erzählt, die in dieser Zeit ihr Unwesen treiben und Menschen töten …

Volker Klüpfel, 1971 in Kempten geboren, studierte Politologie und Geschichte, war Redakteur in der Kultur-/Journal-Redaktion der Augsburger Allgemeinen und wohnt mit seiner Familie in Augsburg.

Michael Kobr, 1973 in Kempten geboren, studierte Romanistik und Germanistik, ist Lehrer und wohnt mit seiner Frau und seinen Töchtern im Allgäu.

Klüpfel und Kobr sind seit der Schulzeit befreundet. Nach ihrem Überraschungserfolg »Milchgeld« erschienen »Erntedank«, ausgezeichnet mit dem Bayerischen Kunstförderpreis 2005 in der Sparte Literatur, »Seegrund«, »Laienspiel«, für das die Autoren den Weltbild-Leserpreis Corine 2008 erhielten, »Rauhnacht« und »Schutzpatron« sowie »Zwei Einzelzimmer, bitte!«. Zudem gewannen sie 2008 und 2009 die MIMI, den Krimi-Publikumspreis des Deutschen Buchhandels, und wurden 2011 mit dem Kulturpreis Bayern ausgezeichnet.
Weiteres unter: www.kommissar-kluftinger.de

Volker Klüpfel / Michael Kobr
Rauhnacht

PIPER